Jean-Christophe Bailly est né en 1949 à Paris. Après avoir longtemps travaillé dans l'édition (notamment chez Hazan et aux éditions Christian Bourgois), il enseigne aujourd'hui l'histoire de la formation du paysage à Blois. Depuis son premier livre, publié en 1967, il a beaucoup écrit, en croisant les genres et en couvrant de nombreux domaines qu'il s'efforce de faire jouer entre eux. Parmi ses livres récents : *Panoramiques* (Bourgois, 2000), *Tuiles détachées* (Mercure de France, 2003), *Le Versant animal* (Bayard, 2007) et *L'Instant et son ombre* (Seuil, 2008).

Jean-Christophe Bailly

LE DÉPAYSEMENT

VOYAGES EN FRANCE

Éditions du Seuil

TEXTE INTÉGRAL

ISBN 978-2-7578-2808-3
(ISBN 978-2-02-097493-6, 1re publication)

© Éditions du Seuil, 2011

Le Code de la propriété intellectuelle interdit les copies ou reproductions destinées à une utilisation collective. Toute représentation ou reproduction intégrale ou partielle faite par quelque procédé que ce soit, sans le consentement de l'auteur ou de ses ayants cause, est illicite et constitue une contrefaçon sanctionnée par les articles L. 335-2 et suivants du Code de la propriété intellectuelle.

1

Introduction

Le sujet de ce livre est la France. Le but est de comprendre ce que ce mot désigne aujourd'hui et s'il est juste qu'il désigne quelque chose qui par définition n'existerait pas ailleurs, du moins pas ainsi, pas de cette façon-là. Mon idée fut que pour m'approcher de la pelote de signes enchevêtrés mais souvent divergents formée par la géographie et l'histoire, par les paysages et les gens, le plus simple était d'aller voir sur place, autrement dit de visiter ou de revisiter le pays. La matière de ce livre, ce sont donc d'abord des incursions que j'ai faites en divers lieux du territoire, choisis en règle générale parce qu'ils faisaient trembler le motif, soit qu'ils m'aient semblé incarner des points de cristallisation de la forme nationale interne, soit au contraire parce qu'ils étaient sur des bords. Je précise qu'une forme interne sans bord ne peut pas même exister.

Écrit en relation étroite à ces incursions, le texte a été rédigé entre le printemps 2008 et l'automne 2010. Mais l'idée de l'écrire, ou tout au moins de tenter quelque chose d'approchant, beaucoup plus ancienne, aura suivi un long cheminement dont j'extrais deux étapes.

La première est lointaine : c'est même le seuil le plus reculé d'où je puisse voir l'idée du livre apparaître. Je ne peux pas le dater avec une trop grande précision, mais la marge d'erreur n'est pas grande : 1978 ou 1979, soit les années où, découvrant New York, je m'arrangeais pour y rester le plus longtemps possible. En tout cas j'y étais depuis des semaines lorsque dans un appartement, où passait à la télévision, en version originale, *La Règle du jeu*, le film de Jean Renoir, il m'arriva ceci d'inattendu que ce film (ce que je revois, c'est seulement l'image en noir et blanc, sans dimensions ni cadre) se mue en révélation. Non parce que je l'aurais alors découvert (je l'avais en effet déjà vu, de cela en revanche je suis sûr), mais parce qu'à travers lui, à travers donc ce film qui, sans doute, est avant tout un classique du cinéma, j'eus la révélation, à ma grande surprise, d'une appartenance et d'une familiarité. Ce que ce film tellement français, ainsi visionné à New York, me disait à moi qui au fond n'y avais jamais pensé, c'est que cette matière qu'il brassait (avec la chasse, le brouillard, la Sologne, les roseaux, les visages et les voix – les voix surtout) était mienne ou que du moins, et la nuance qui ôte le possessif est de taille, je la connaissais pour ainsi dire fibre par fibre – mieux, ou pire : que j'en venais.

En ces années, c'est-à-dire encore dans le sillage de Mai 68 et de ce qu'il avait signifié pour une génération tout entière, les pensées étaient naturellement orientées de façon centrifuge et l'idée même de nation, pour tous ceux qui s'étaient engagés un peu loin dans le mouvement, était pratiquement biffée, biffée d'avance et sans examen. C'est spontanément que, même en ayant cessé toute activité proprement militante, l'on se portait ou se sentait porté vers un dépassement au sein duquel les provenances, même si elles étaient respectées, étaient en tout cas reléguées loin derrière tout ce qui allait dans le sens d'une sortie, d'une évasion. Aussi la surprise fut grande, voyant ce film à New York et, par conséquent, à l'intérieur même d'un plan d'évasion, de découvrir qu'il pouvait y avoir pour moi une *émotion de la provenance*.

Ce que j'avais découvert à New York, ce n'est pas, bien sûr, que j'étais français. Mais si le pressentiment existait que cette nationalité n'était pas purement formelle et avait des contenus, il s'en serait pourtant fallu de beaucoup, alors, pour que je reconnaisse leur densité et, surtout, le fait qu'ils travaillaient en moi à mon insu. C'est ce travail souterrain, intérieur, qu'était venue me révéler mon émotion devant *La Règle du jeu*. Toutefois, aussitôt que l'on a pu reconnaître dans le film de Renoir quelque chose de *tellement français*, on s'aperçoit que ce que l'on manipule, par-delà l'évidence, voire la tautologie, demeure énigmatique. Qu'est-ce qui permet de dire cela, « tellement français » ? Qu'est-ce qui le permet à propos de ce film et, en règle générale, à propos d'un paysage, d'une scène de la vie réelle, d'un produit du commerce ou d'un livre ? Est-ce que cela a même un sens, une nécessité, là où il est si décourageant de voir affluer avec une régularité accablante toute une cohorte de lieux communs – des pires, strictement indexés sur l'idéologie (le « pays des libertés », par exemple), à ceux qui, simplement douteux, colportent une sorte d'impensé narcissique allant des prouesses gastronomiques au fait que les Français seraient cartésiens ?

Si un pays, ce pays, est tellement lui-même, au fond

nous ne le savons pas. Ce qui s'impose dès lors c'est d'aller y voir, c'est de comprendre quelle peut être la texture de ce qui lui donne une existence, c'est-à-dire des propriétés, des singularités, et de sonder ce qui l'a formé, informé, déformé. C'est justement parce que certains croient que cela existe comme une entité fixe ou une essence, et se permettent en conséquence de décerner des certificats ou d'exclure (dans le temps d'écriture de ce livre sera apparu un « ministère de l'Identité nationale », aberration qui entraînerait, on allait le voir, tout un train de mesures strictement xénophobes), qu'il est nécessaire d'aller par les chemins et de vérifier sur place ce qu'il en est. Tâche qui prenait place pour moi au sein d'une curiosité plus simple ou plus ample venant d'un autre constat qui est que ce pays, qui était donc selon toute apparence le mien, je le connaissais en fait plutôt mal, ou en tout cas de façon trop générale ou générique, ou brouillonne.

L'idée de dresser une liste de lieux à aller voir ou de chemins à suivre me vint à la suite d'une visite à mon (futur alors) beau-père chinois, visite que je considère comme la seconde étape, le second enclenchement m'ayant conduit à ce livre. Nous sommes au début des années quatre-vingt-dix, dans la région lyonnaise. À cette époque, je travaillais en effet souvent à Lyon (en fait, à Villeurbanne, au TNP, avec Georges Lavaudant et son équipe), et Gilberte, ma femme, prise par son travail, ne pouvant s'y rendre, je lui avais proposé d'aller à sa place rendre visite à son père dans une maison de convalescence des environs de la ville. Chinois originaire du Zhejiang (Tché-Kiang continue d'être pour moi, je n'y peux rien, la « vraie » transcription) d'où il était arrivé dans les années trente, établi à Lyon depuis la fin de la guerre, il venait d'être opéré du cancer dont il devait mourir quelques années plus tard et s'était retrouvé dans cet établissement. Bien que cette maison, située à Pollionnay, à l'orée des monts du Lyonnais, ne soit pas éloignée de Lyon de plus d'une vingtaine de kilomètres, je constatai que le temps qu'il me fallut pour m'y rendre en bus depuis le centre, en passant par la gare routière de Gorge-de-Loup, égalait à peu près celui qu'il faut pour aller à Paris par le TGV. La surprise de cet homme que je n'avais pas prévenu, en me voyant, fut grande, je crois qu'il était très content et il se montra assez enjoué durant ma visite, allant jusqu'à me dire, avec son fort accent chinois, que les autres pensionnaires étaient des « ringards » qui ne savaient même pas jouer à la belote. Je le revois, amaigri, élégant, avec ses sourcils à la Chou En-lai, me faisant un léger signe de la main quand je suis reparti.

Mais ce dont je me souviens, plus que de la forme du bâtiment ou de l'atmosphère des salles et des couloirs, c'est de l'impression que j'eus en arrivant, ce jour d'hiver, sur la grande terrasse formant belvédère et donnant sur le paysage de collines assez élevées des monts du Lyonnais. Alors que je me serais plutôt attendu à l'enchaînement de visions un peu sinistres que ce genre de maison de repos manque rarement de provoquer – vieil homme avançant péniblement derrière son déambulateur dans un couloir beige orné de plantes vertes et d'affiches reproduisant des tableaux impressionnistes, groupe de vieilles femmes en robe de chambre s'efforçant de boire une tisane ou un thé au goût de carton dans un réfectoire où un sapin de Noël décoré que personne ne regarde clignote sans fin –, je me retrouvais dans une sorte d'apothéose hivernale : non ces jours où une lumière d'or accentue les reliefs en les creusant, accordant à toute chose d'avoir l'air de séjourner – un instant – hors du temps, mais un de ceux, et ils sont moins nombreux encore, où le concours du brouillard et du soleil aboutit à une sorte d'émulsion qui est comme un milieu de lumière vaporisée où tout semble flotter et être en gloire, la visibilité, à laquelle pourtant en règle générale on tient, étant remplacée par l'affirmation sereine, enthousiaste, juvénile et sans âge, d'un pur rayonnement.

Et ce qui s'imposa à moi dans cette matinée de janvier, et que le reste de ma visite ne vint pas contredire, ce fut la sensation, en ce lieu de convalescence, d'une sorte d'équivalent populaire de *La Montagne magique*, et cela non au prix d'un effort de pensée ou d'une réflexion, mais avec la spontanéité et le naturel d'une musique que j'aurais soudain entendue. Suite à ce choc devant l'évidence de ce roman virtuel, j'eus la certitude que le territoire tout entier était truffé de tels romans et qu'à ce titre il méritait d'être revisité, non par acquit de conscience mais parce qu'un puissant écho de vérité se dégageait de ces instants. C'est ainsi que l'idée me vint de dresser une liste de lieux dont je pouvais penser qu'ils me réserveraient de telles surprises : c'étaient les lieux eux-mêmes qui m'envoyaient leurs signaux, et ils le faisaient avec d'autant plus d'insistance qu'entre-temps, grâce aussi (à partir de 1997) à mon travail d'enseignement à l'École nationale de la nature et du paysage de Blois (travail dont bien des échos s'entendront dans ce livre), je me retrouvais plus souvent qu'auparavant sur les routes et porté par la nécessité d'interpréter, comme un apprenti musicien, la partition de ce que je voyais.

Comme je l'avais fait pour mon livre sur le langage, dans lequel c'étaient des noms communs que je sélectionnais, je me mis à tenir, de façon confuse et improvisée tout d'abord, puis de façon concertante par la suite, une liste conçue comme un programme de lieux à visiter ou à revoir et susceptibles, donc, de constituer autant de chapitres. La maison de repos de Pollionnay était naturellement le premier d'entre eux, mais, finalement, je n'y suis pas retourné, persuadé que ce que j'y avais entrevu ne tenait qu'à un fil, brisé depuis lors. Très divers aura d'ailleurs été le destin des noms de lieux figurant sur cette liste extensible et sans fin raturée : tandis que certains ont effectivement occasionné des voyages (de découverte ou de retour) pour devenir des chapitres de ce livre, d'autres ont été abandonnés en cours de route. Mais, surtout, d'autres, imprévus au départ, sont venus s'imposer, une logique de tuilage – tel chapitre entraînant tel autre – s'étant mise en place dès lors que l'écriture eut vraiment commencé.

Pour ce qui est du genre, mon désir, s'affinant et se précisant au fur et à mesure que les choses avançaient, aura finalement été celui de parvenir à un livre composite, embrayant différentes vitesses d'écriture, tenant par certains côtés de l'essai et par d'autres du journal de bord, du récit et de l'embardée, voire, épisodiquement, du poème en prose, tout ce qu'on voudra mais en tout cas tendu par une injonction plus brutale – non pas le réalisme bien sûr, plus personne n'y croit, mais le désir que la forme verbale, quel que soit par ailleurs son travail, réponde le plus exactement possible à une dictée extérieure venant des choses rencontrées, le modèle, non verbal, étant ici celui de la photographie et de sa teneur indicielle, le petit écran baladeur des appareils numériques étant compris dans le lot. Tatouage mobile ou mue qui est quand même pour l'écriture un défi, car sous les mots le piège qui se tend toujours, via la linéarité induite par l'articulation du sens, est celui d'une involontaire refondation rhétorique.

Chemin faisant, l'Histoire, avec ses grands et ses petits récits, ses simples bulles de sens et son grand vent, m'a rattrapé, prenant une importance que je n'avais pas prévue tout d'abord. Mais ce qui est venu ainsi à ma rencontre, ce n'est ni l'histoire des manuels ni celle des guides, c'est ce qu'il faudrait appeler une histoire des traces, dont le présent serait l'affleurement. Le présent, en effet, pour peu qu'on le considère avec un peu d'insistance, finit presque toujours par apparaître comme l'espace infini et pourtant sans épaisseur où remontent lentement, comme par le fait d'une résurgence invisible, les traces parfois très lointaines de sa formation. Tandis qu'inversement commencent à descendre et à s'enfoncer en lui, puis au-delà de lui, les signaux par lesquels lui parvient ce qui le dissout et le renouvelle. Se tenir aux aguets de ce double mouvement, dans l'étendue d'un paysage qui tantôt l'apaise et tantôt l'accélère, c'est ce que j'aurai essayé de faire, en cherchant à fixer au passage ce que l'on devrait pouvoir appeler l'instantané mobile d'un pays.

2

Nasses, verveux, foënes, etc.

Bordeaux, la maison Larrieu, au numéro 51 de la rue Sainte-Colombe, entre la Grande Cloche et le cours d'Alsace-et-Lorraine. Jean-Louis Larrieu, l'actuel directeur de la firme – car il s'agit bel et bien d'une fabrique –, n'aime pas que l'on parle de boutique. C'est comme cela pourtant que, par des objets présentés derrière des vitrines donnant sur la rue, s'annonce cette maison et que se manifeste le pouvoir qu'elle a d'arrêter le passant : car ce que l'on y voit, et ce que l'on en devine, est extraordinaire. Je n'en connais en tout cas pas d'autre exemple en France, ou en Europe. Il s'agit d'une fabrique de filets, de nasses et, plus généralement, de tout ce qui sert ou peut servir à attraper des animaux vivants ou à les faire venir, les faire approcher : par conséquent un ensemble exubérant d'objets ayant à voir avec la chasse et la pêche (même si les filets servent aussi à bien d'autres choses et, notamment, à protéger, dans le bâtiment par exemple) – donc des objets qui a priori ne sont pas sympathiques, puisqu'ils sont des résultats directs de la volonté humaine de maîtrise et de domination. Oui, mais voilà, ce qui s'impose et saute aux yeux, dès la rue, dès cette rue du vieux Bordeaux, c'est une science infusée du paysage, ce sont des procédures de ruse et de lecture, ce sont des affects presque inconnus et secrets, liés à des lieux éprouvés comme des territoires et parcourus depuis des siècles : appeaux imitant la grive, la caille ou le sanglier, filets à papillons, cordages, épuisettes et autres outils pour la pêche à pied, mais surtout filets et nasses de toutes tailles et de toutes sortes, à grandes ou à petites mailles, extensibles, souples, articulés.

Soit pour la pêche et rien que pour elle, du côté des filets, les tramails, les araignées, les sennes, les carrelets, les éperviers et, du côté des nasses, par-delà la carafe à goujon au cul troué dont les petits poissons ne savent plus sortir (qui est comme un degré zéro de la nasse), toutes sortes de variantes adaptées à telle ou telle espèce (on n'attrape pas les anguilles comme les lamproies ou les seiches) et, surtout, les verveux, qui sont des nasses articulées de plusieurs mètres de longueur : suspendus au plafond du magasin, ils sont comme de souples sculptures mathématiques : objets aériens voués au fond de l'eau, qui pourraient avoir leur valeur en eux-mêmes mais qui ne sont que les serviteurs zélés et silencieux de l'intelligence rusée, de la *mètis*, et d'une *mètis* paysanne appariée à un paysage qui est plus ou moins celui des environs de Bordeaux : car même si la maison et le magasin (avec une usine dans le Finistère) rayonnent sur toute la France voire au-delà, il reste que ce que déploie cette manufacture de filets pluriséculaire, avec toute son histoire et ce qu'elle comporte de légendaire, c'est d'abord une connaissance ancrée à des terres proches et connues, mille fois arpentées, dans lesquelles l'eau douce n'est jamais loin de la mer, la Gironde qui n'est plus la

Garonne et pas encore l'océan étant l'estuaire et le sas de cet équilibre.

Mais le récit des filets, des nasses et des verveux est avant tout celui d'un infini de la structure, où la répétition des mailles vient écrire dans l'espace des formes qui sont comme des tentatives, à partir des solides, d'imiter les fluides. Pour parler de ceux-ci, Salomon de Caus, au début du XVIIe siècle (il y a une rue à son nom à Paris, le long du square des Arts-et-Métiers), donna à son livre un titre merveilleux : *Les Raisons des forces mouvantes*. Or ce sont bien ces raisons dont il s'agit et ce sont ces forces qu'il a fallu reconnaître et mesurer pour que chacun de ces filets ou chacune de ces nasses rencontre l'exactitude de sa forme. D'un monde de rivières lisses, aux courants secrets, aux fraîcheurs enchâssées, s'élève, via ces structures immergées, le chant du mathème, et l'on pense, forcément, en contemplant ces résilles de lignes souples ou tendues, à la perspective, à cette sorte de nasse aussi par laquelle les peintres ont cherché autrefois à capturer le visible : même paradoxe d'un parallélisme convergent, même volonté d'emprise, même jeu de cache-cache, même espoir de saisie. Et ce que raconte ce voisinage, c'est peut-être d'abord l'inanité de ce qui divise les opérations humaines entre un versant manuel et un versant intellectuel – la *mètis*, selon son concept grec, étant ce qui réunit les deux versants en un seul et unique pli dont la main serait justement la pliure.

Il ne s'agira pas de tracer une équation pure et simple entre la grille géométrique d'un tableau utilisant la perspective et la forme d'une nasse en plaçant le poisson-proie exactement au point de fuite, mais de dire, plus simplement, qu'il y a sans doute dans ce que les Italiens appelèrent la *progettazione* quelque chose d'un universel, c'est-à-dire un espace où l'on peut librement faire bouger des curseurs et faire varier les surfaces d'application. Du côté de l'eau et des « forces mouvantes », cet espace devient celui d'une perspective souple ou flottante, et cela produit pour l'esprit un très important dessin.

C'est cela que l'on peut voir ou deviner à travers les vitrines de la maison Larrieu, et c'est aussi pourquoi il n'est pas indifférent de se souvenir que la manufacture de filets en question fut fondée en 1622 par Baptiste Guignan qui, soldat de Louis XIII au siège de La Rochelle, ayant par désœuvrement observé le savoir-faire des pêcheurs tissant leurs filets, eut l'idée, à son retour, d'ouvrir un atelier de fabrication de filets à Bordeaux, rue des Ayres, tout près de l'actuel siège de la rue Sainte-Colombe, à une époque où l'activité du port était importante. Avec cette date l'on se retrouve tout près de Salomon de Caus, tout près aussi de la grande filature perspective. Point de fuite et point de croix, ce qui s'établit par-delà la broderie d'espace et l'histoire familiale de la firme (une lointaine descendante Guignan ayant épousé en 1895 un Larrieu, dont proviennent en droite ligne les actuels propriétaires), c'est un étonnant creuset, où des modèles mathématiques se mêlent à des odeurs de vasières, où la patience de pêcheurs-paysans configure des objets aussi sophistiqués que le sont les *mazochii* de Paolo Uccello et par lesquels vient s'écrire la longue histoire d'un rapport de familiarité au paysage. Entre le regard peut-être distrait de Baptiste Guignan sur un quai de La Rochelle et l'actuelle devanture de la rue Sainte-Colombe, ce qui se présente, c'est tout un ensemble de gestes appelés par les formes et les ordres de glissement de la nature, c'est toute une mimétique, toute une *Bildung* : la formation d'un tissage civilisationnel dont ce point particulier de la ville de Bordeaux, via cette maison et ses objets, est le nœud.

Des bancs de petits poissons argentés filant à toute allure, des replis d'eau lente protégés des courants, des accélérations tournoyantes, des passages à vide et des effets de siphon, des reptations d'écrevisses et le sable de l'estran griffé par les foënes, ces sortes de petites fourches pour dénicher les coquillages, des bourriches ou des paniers pleins d'éclats humides miroitant au soleil – c'est tout cela, c'est le frémissement vivant du paysage qui est incorporé à la sensation que l'on éprouve en franchissant la porte du 51, rue Sainte-Colombe. Je me souviens : des trois saumons entrecroisés entourant les initiales LF et surmontés d'une couronne qui sont l'emblème de la maison, du sol en parquet du magasin avec les filets prêts pour la livraison emballés dans des sacs de plastique transparent portant une étiquette, du petit bureau derrière la paroi vitrée, assez encombré (une maquette de thonier dont les voiles bleu et rouge passés se voient depuis l'extérieur, un plan de Bordeaux et une carte de France parmi de vieux classeurs type étude de notaire et de modernes mais non flambant neufs ordinateurs) ; de la matière des cordages, celle, odorante, du chanvre, du lin ou du sisal, et celle, colorée ou luisante, des tressages synthétiques (nylon, polyéthylène, polyamide) ; je me souviens aussi de la cravate au nœud défait de l'aimable propriétaire des lieux n'hésitant pas à faire de brèves démonstrations au rayon des appeaux ; et enfin du catalogue de la manufacture qui est d'abord un catalogue de noms et du voisinage si étroit qu'il révèle entre toute cette science halieutique ou chasseresse et la cruauté, puisqu'on y trouve non seulement des filets mais aussi des pièges à mâchoires et des collets, conformément à cet inextricable et mystérieux lien de la campagne au sang qui simultanément effraie et fascine et dont d'ailleurs toute la science que le magasin véhicule est le fruit.

Grande est l'étendue de sensations qui va de la beauté mathématique des grandes nasses suspendues à la vision de ligaments broyés dans des pièges, mais telle est et doit être sans doute la mesure selon laquelle un pays est connu et s'éprouve : non à la façon d'un paisible répertoire de souvenirs et de coutumes, mais à celle d'une pelote complexe et enchevêtrée où époques, affects et dimensions s'entremêlent comme ici le font le chanvre et le nylon, la petite épuisette et le grand carrelet, l'émerveillement et l'effroi. De telle sorte qu'en ressortant dans la rue, en plein centre de Bordeaux, on s'éprouve un peu différemment dans cette ville : remis au côté sanglant de la quête pour la nourriture, à un monde d'impitoyable chasse et levant la tête vers les immeubles, souvent très beaux, de ce quartier, on ne peut que faire le lien et se répéter la leçon de Walter Benjamin lorsqu'il constatait que les grands témoignages de culture étaient aussi des documents de barbarie : leçon qui défait à sa base l'idéologie du progrès continu ethnocentré, mais dont il faut répercuter l'effet de surprise pour qu'elle demeure efficace : car rien n'est moins barbare, cela va sans dire, que la rue Sainte-Colombe, surtout qu'elle s'ouvre en une sorte d'ouïe (ou de nasse...) que l'on n'a pas été jusqu'à baptiser place mais qui en a tous les aspects, à commencer par la terrasse du café des frères Apollinaire où l'on peut, en saison, s'installer et boire un verre de vin ou n'importe quoi d'autre (mais comment boire n'importe quoi d'autre à Bordeaux ?).

La forme de la rue, qui s'entrouvre juste après la devanture brun-rouge de la maison Larrieu, est due semble-t-il au fait qu'elle recouvre le contour de l'ancienne église Sainte-Colombe, dont elle tire son nom mais dont ne reste rien d'autre que cette forme, lointaine empreinte urbaine marquée dans le réseau de ce dédale étonnamment vaste déployé derrière la succession des façades longeant la Garonne et qui, des Chartrons à Saint-Michel, semble égrener toutes les manières d'habiter ou de faire la ville, de la plus austère compacité bourgeoise à l'improvisation bigarrée d'un quartier d'arrivants (autrefois espagnols, aujourd'hui maghrébins). Mais il s'agit là d'une autre histoire, celle de Bordeaux avec tous ses récits oubliés, en cours ou à venir – un monde, une ville entière, c'est-à-dire cette immensité que l'on peut toutefois, par l'entremise d'un plan, tenir dans ses mains, la toponymie déclenchant dès lors le roman au lieu de le calmer : allées de Tourny, rue Judaïque, rue de Cursol, rue Esprit-des-Lois, pont de Pierre... On dirait – et c'en sont parfois – des noms de stations, et tout pourrait glisser à partir d'eux, s'en aller dans des lointains où seraient convoqués, autant que les natifs, les grands exilés qui trouvèrent là refuge (Hölderlin et Goya), mais le propos ici, il faut presque que je me le rappelle, était tout autre – un lieu, rien qu'un seul lieu, en pleine ville une officine de campagne, un conservatoire de pratiques, une fabrique.

3

Le Bazacle

Une fabrique... C'est ce que serait peut-être le Bazacle, cette sorte de barrage placé entre le pont Saint-Pierre et le pont des Catalans à Toulouse, là où la Garonne, formant une ample courbe, semble infiniment s'élargir. Barrage à moulins autrefois, il alimente aujourd'hui une petite centrale hydroélectrique ouverte aux visiteurs, où a été aménagée une passe à saumons accompagnée d'un observatoire d'où l'on peut, supposément, les voir. Toulouse après Bordeaux, c'est un autre monde : ces deux villes qui, de loin, pourraient être appariées en cette entité bien trop vague que serait le Sud-Ouest sont en fait aux antipodes l'une de l'autre. Parler de Toulouse à Bordeaux est comme une faute de goût et de Bordeaux à Toulouse quasi un affront. Il n'y a pas de haine, mais les deux villes s'ignorent ou préfèrent s'ignorer, c'est plus simple. Rien de commun entre la brique et la pierre ou entre le fonds terrien qui imprègne Toulouse et la touche d'air marin qui passe à Bordeaux. Et pourtant c'est le même fleuve qui traverse ou longe les deux villes, c'est la proximité au même pays, l'Espagne, qui colore leur histoire. Mais mon sujet ici est justement le fleuve, le fleuve qui, descendant des Pyrénées pour aller rejoindre l'océan par un grand estuaire, relie les deux villes, quoi qu'elles en aient. Une logique halieutique, ou celle des forces mouvantes, en tout cas ce qui correspond au savoir des saumons, qui est immense – je m'explique.

La vie des saumons forme un cycle qui s'étend sur des années et qui les conduit de leurs zones de frai, placées en altitude, tout en amont des rivières, jusqu'à la haute mer (très loin, à des milliers de kilomètres de leur lieu de naissance) pour les ramener, avec une précision sidérante, au lieu même où ils sont apparus, où ils n'auront plus qu'à mourir en déposant des œufs d'où naîtra un nouveau cycle, et ainsi de suite, sans fin. On a découvert assez récemment que c'était le développement exceptionnel de leur faculté olfactive qui permettait aux saumons de retrouver infailliblement le recoin précis de torrent où ils avaient vu le jour. Il reste que cette extraordinaire mémoire, et que cette énergie déployée pour remonter, malgré les obstacles, le cours des rivières jusqu'au lieu de leur mort, qui est aussi celui de la renaissance et de la continuité de l'espèce, fascine. L'extrême régularité de ce cycle (qu'il faudrait décrire avec plus de précision, car la descente elle-même, aménagée en paliers correspondant aux tailles successives du poisson et, donc, à des besoins nutritifs évoluant avec l'âge est, elle aussi, fascinante), comme toutes les régularités et les circularités de la nature, pour autant qu'on s'y arrête, donne le vertige. Là où ce que l'on condensait autrefois dans la notion d'instinct semble régner de façon absolue se dégage pourtant une impressionnante sensation de liberté – de liberté non errante –, et la pensée peut suivre : si les poissons sont libres, ou si, munis d'un savoir, ils forent continûment leur intention, qui est comme un fatum – l'énergie dépensée par la vie produisant des sillages, des chemins réguliers où n'ont plus qu'à se tenir, tranquilles et inquiets, les prédateurs : ours (qu'on voit d'un coup de patte interrompre brusquement le long cycle des saumons) ou hommes.

On le sait, la plupart des saumons consommés aujourd'hui (et il s'en consomme énormément, et spécialement en France, c'est un trait d'époque) sont des poissons d'élevage, mais l'*existence* des saumons sauvages, en haute mer et davantage encore à l'intérieur des terres, selon la capillarité des chemins d'eau douce, change la donne et modifie l'appréhension que l'on a du paysage : c'est pourquoi, j'y reviens, la passe aménagée en pleine ville, au Bazacle, à Toulouse, pour que les saumons (et aussi les aloses, les truites, les anguilles) puissent descendre ou remonter la Garonne, crée une ouverture, un évidement : appel d'air à même l'eau, commandement de bulles, envoi – et d'autant plus que c'est aménagé de telle sorte que l'on puisse descendre sous le niveau de l'eau et, à travers un épais hublot, voir ce qui se passe, ou ce qui passe : rien, la plupart du temps, rien que l'action, directe et palpable, des forces mouvantes, c'est-à-dire une projection ou un tournoiement incessants de bulles, mais suspendus à l'idée qu'il pourrait bien y avoir là, quelque jour, un passage (il y en a tout de même d'avérés, un compteur en témoigne), ce qui a pour effet de transformer la passe en une sorte d'atelier contemplatif – poste de guet où l'on s'attend à voir passer, et seulement passer, du vif-argent, des sujets réels, mais où l'on est d'abord assis devant des idées, dans le plan d'immanence d'une venue qui s'étoile en nuages de bulles.

Cet atelier étrange, à la fois platonicien et sensible,

j'ai tenté de le décrire dans un poème écrit juste après avoir visité la passe à poissons du Bazacle mais, ici, ce que j'en retiens, c'est qu'il aménage, et pour ainsi dire au-dedans du fleuve, le contraire absolu d'une nasse – un lieu où ceux qui passent ne sont ni attrapés ni saisis, un lieu de pure vision où la fluidité, laissée tranquille, admirée sur le bord même d'un barrage qui la nie, est chez elle et s'écoule sans restes. Loin de moi l'idée d'opposer, via l'écart entre la nasse et la passe, Toulouse à Bordeaux, qui ont bien assez de sujets de discorde, mais ce qui m'intéresse avec cette différence, c'est l'opposition entre deux styles et peut-être même, au sens presque extrême-oriental, entre deux voies : la voie de la prédation, où la *mètis* opère, et celle du laisser-vivre et de la *contemplatio*, au sein de laquelle la ruse qui, bien entendu, se maintient, ne le fait que par égard pour l'écosystème concerné. Il existe sans doute un point où ces deux voies, que tout semble opposer violemment, convergent, et ce serait, justement, un point (ou une ligne) de non-violence induit(e) par le paysage, au fil de l'eau.

4

Le voyage de la fève

Je tiens à la main la fève qui m'a fait roi il y a deux soirs chez mes amis du quartier des Arènes à Arles, et je suis dans la forêt au bout du chemin qui, depuis Le Hohwald, longe la rivière Andlau jusqu'à la cascade. Là il y a une passerelle de bois qui franchit le torrent et donne comme un balcon sur la chute. La fève est restée dans ma poche tout ce temps, elle a fait ce voyage et c'est lui que je veux raconter. Face aux éclaboussures et aux caramboles de la cascade, dans sa rumeur, entre les sapins, dans cette effervescence d'eau et de rochers calés dans la profondeur verte et rousse de la forêt vosgienne, j'ai l'intuition, je pense, je vois, j'ai l'intuition d'un récit que je ne pourrai pas rejoindre mais qu'il faudra du moins effleurer – un récit ou, plutôt qu'un récit, un extrait de ce que Novalis appelait le « roman colossal », expression qui depuis que je l'ai découverte, il y a longtemps, au temps de ma formation (c'est-à-dire aussi dans ces forêts), s'est toujours portée au-devant des choses aussitôt que celles-ci se mettaient à ricocher de plus en plus vite, formant des sortes de fondus enchaînés ou de glissades emportés par un effet dominos qui balayait hiérarchies et rangements : le tout-venant, oui, sans doute, mais dès lors dans la compression singulière d'un voyage en train, de la Provence à l'Alsace : rien de bien spécial sans doute et, si le « roman colossal » est un peu comme une gigantesque meule de foin, rien qu'un brin alors, rien qu'une infime séquence. Mais le « roman colossal », justement, réside peut-être moins dans une immensité massive que dans la sensation, infiniment palpable, d'une immensité répartie et présente à même la séquence, fût-elle infime.

Assis dans le train et ayant pris des lignes lentes, celles qui parcourent le paysage à une allure rendant possible une observation moins furtive que celle qu'imposent les trains à grande vitesse, je me suis mis dans la tête de tout noter, ce qui revient à dire tout perdre, non parce que les mots seraient à la traîne mais parce que chaque parcelle de réel découpée dans la séquence est un monde : de telle sorte que l'on n'aura pas ici le roman mais seulement son schème : rue des Arènes, le narrateur remonte l'escalier de l'école de photographie, c'est la nuit et il ne doit pas diverger du chemin bien précis qui conduit aux chambres d'hôtes placées sous les toits, faute de quoi il pourrait déclencher l'alarme (il en a l'habitude mais cette contrainte modifie tout l'espace en resserrant le temps, quelque chose vient, qui fait le vide, dans la pénombre le large escalier avec ses ferronneries est le décor d'un film). Parvenu à sa chambre il ouvre la petite fenêtre qui, juste au-dessus des toits de la ville, permet à l'œil de glisser jusqu'au Rhône, une masse d'eau sombre semble venir de l'horizon dans un calme immense où de grands bateaux à quai font trembler leurs lumières, ce sont les bateaux-promenade qui ne servent que l'été, mais cela suffit pour que dans la nuit, dans la limpidité de la nuit, avec la pesanteur lointaine des collines, s'écrive l'équation à deux inconnues de la terre et de l'eau, on dirait que l'une longe l'autre sans lui parler et qu'au bord de ce silence, témérairement, des hommes sont venus poser leurs maisons. Cette ville le sait, que le fleuve parfois inonde, mais c'est ainsi qu'elle s'est mise près de lui, lovée et exposée dans une grande courbe. Du quartier des Arènes, on domine un peu cela, toute cette horizontalité, et l'effet labyrinthe y subit une tension, qui l'allège. Se promener dans ces rues l'hiver en accélérant le pas produit facilement un vertige, et bien que ce ne soit pas si grand, c'est tout de même la ville et même un absolu venu de très loin, avec des architectures somptueusement sobres, presque albertiennes parfois, élevées dans une pierre blonde qui semble avoir elle-même de l'ampleur dans son grain.

Donc c'est ici que ça commence, une nuit d'hiver un voyageur, un santon que la mémoire fait bouger sous un ciel très haut où éclatent de petits lustres jaunes et blancs, exactement comme Van Gogh l'a vu – on dirait que le silence de la nuit est un tintement. En Provence, la galette des Rois n'est justement pas une galette mais un gâteau en forme de couronne orné de fruits confits, la veille j'avais apporté à mes amis une *vraie* galette et c'est là qu'était la fève, une *vraie* fève et non pas une figurine comme c'est le cas le plus souvent (petits objets lisses et même bariolés où l'on trouve de tout, de l'enfant Jésus à un scooter ou à une geisha). Or les fèves ont une surface ferme et lisse comme du cuir, qui est agréable à toucher, et c'est à ce titre, avec sans doute aussi quelque chose d'un provisoire talisman, que celle dont, fait roi, j'avais hérité s'était donc retrouvée dans ma poche et y était restée

– jusqu'à ce moment sur la passerelle au-dessus de la chute d'eau, à ce moment dans la forêt, loin, très loin je pense d'Arles et du Rhône, et même à vrai dire dans un autre monde ou sur un autre versant du monde : et là, au lieu de la royauté de l'enfance, marquée par une couronne en papier doré, ce qui m'échut en guise de royaume, je le compris sur l'instant, tenait dans ma main, c'était cet instant, c'était cet objet, sa sensation dans l'instant – une fraîcheur – et tout ce que dès lors il contenait, ne pouvait contenir que pour moi, la condensation ou le point de condensation d'un récit, son point final, là, devant la chute, dans la joie objective des éclaboussures et des perles d'eau, pouvant dire que j'étais arrivé : mais non pas « au pays », si proche qu'en puissent être pour moi les parages du Hohwald, mais là, rien que là, c'est-à-dire dans une encoche ou une halte – dans une césure.

Oui c'est cela qu'il faut dire : qu'il n'y ait pas tant un pays qu'un glissement continu marqué de loin en loin et de façon irrégulière par des points d'arrêt – instants que le jour ou la nuit lancent au loin et qui ricochent ensuite dans la mémoire. L'air de rien, cela se tenait tout seul sur cette passerelle : la main caressant la fève dans la poche, c'était comme une ponctuation, une station et, pour ce voyage d'un seul jour, le terminus. Mais maintenant comment procéder autrement qu'en recopiant, presque sans les modifier, les mots du cahier qu'alors j'avais tout du long consciencieusement tenu, la décision ayant été prise,

1) de me rendre d'Arles à Barr (au sud de Strasbourg) – gare où l'on devait me prendre pour me monter au Hohwald – en utilisant le chemin le plus logique, en allant d'abord d'Arles à Lyon puis de Lyon à Stras-

bourg, tout en sachant que le plus rapide eût été de passer par Paris en prenant deux fois le TGV,

2) de noter tout ce que je pourrais noter, sans lire ni rien faire d'autre (sauf un instant me restaurer et un autre, malgré moi, somnoler), en me confiant tout d'abord à la litanie des noms propres, qui sont le récitatif de tout voyage.

On le sait, l'expression « France à deux vitesses » a eu beaucoup de succès, et spécialement chez les hommes politiques. Elle m'a toujours déplu, d'abord parce qu'il n'y a pas deux vitesses mais une gamme beaucoup plus étendue et ensuite et surtout parce qu'elle suppose que la lenteur est un retard ou un handicap qu'il faudrait combler. Disant cela, je vois aussitôt s'ouvrir devant moi le piège d'un éloge manichéen de la lenteur, avec tout le cortège de valeurs (d'ancienneté, de prudence, d'accalmie) qui se profile dans son sillage. La vitesse aussi est une joie (et la façon dont le TGV fend l'étendue une surprise), mais ce qui est à dire, et sans s'encombrer du bagage des valeurs, c'est qu'une différence considérable existe, désormais, sur les mêmes parcours, entre ceux que l'on accomplit en train à grande vitesse et ceux qui se font plus lentement et avec des arrêts fréquents. La différence des gares parle d'ailleurs d'elle-même, mais par-delà bâtiments et approches, ce sont bien sûr essentiellement les passagers, ce sont les gens qui diffèrent, et même s'il y a encore une première et une seconde classe dans les trains de desserte locale ou les trains Corail, elles doivent être comprises comme une sous-division interne à une sorte de troisième classe – et je me souviens ici de la peinture de Daumier avec l'enfant endormi, les deux paysannes et, derrière eux, les hommes aux lourds chapeaux (elle figurait dans les manuels scolaires) : certes, ce n'est plus comme ça, mais ce serait tout de même approchant avec, bien sûr, les traits d'aujourd'hui – plus de paysanne au panier mais une Africaine traînant un lourd sac de plastique renforcé à motif écossais bleu et rouge, et le même enfant que celui qui dort mais avec des écouteurs sur les oreilles et un sac à dos au lieu d'une caissette en bois.

19 janvier 2008.

Le train arrive à <u>Arles</u> avec 26 minutes de retard, ce qui me fera rater la correspondance à Lyon, puis l'heure d'arrivée prévue à Barr. Énervement sans durée, retombe vite. « On verra » est (devient) la règle d'or.

Cannes provençales dans le soleil. Paille grise et chiffonnée avec quelques élancements jaunes et verts.

L'odeur de la papeterie industrielle de Tarascon que le train longe. Elle pénètre partout et incommode.

Oliveraies, figuiers de Barbarie, pins, chênes verts. Le pays des échancrures ocre. Vergers, cabanons, pylônes. Roches partout affleurantes.

Chaises en plastique moulé sur les terrasses, jouets abandonnés dans les jardins, barbecues, désordres, improvisations, séries.

La Durance avec pour une fois un peu d'eau. On aperçoit au loin le pont du TGV sur le Rhône et sa courbe, son effet toboggan.

<u>Avignon</u>, la coulisse entre le rempart et le TGV, entre friche et chantier, arrière-cours, casernes. Au lointain la Vierge d'Or. Potagers d'hiver derrière les maisons, garages, tags sous les ponts, friches puis un chemin qui part dans les vignes comme un vestige, cheminées d'usine rouges et blanches, Isover avant Orange, faire à la main le travail des photographes, relevé numérique, flux, la bande passante – intermittences du monde comme dans Boxing *de James*

Coleman, il apparaît ainsi par bouffées, brusques, puis disparaît. Couleurs d'hiver.

<u>Orange</u>. Quelle tristesse qu'avec un aussi beau nom on pense toujours au Front national en le lisant. Nombreuses antennes paraboliques dans les HLM. Pavillons avec piscines de plastique bâchées. Tôles coupe-vent, chaque désordre, chaque ordonnance. Le bronze des artichauts. Rameaux rouges des fruitiers formant une brume optique. Le grand canal avant Bollène. Gares : triage des souvenirs : gares dont l'on est familier (Avignon), où l'on n'est venu qu'une ou deux, trois fois (Montélimar), où l'on n'a jamais fait que passer (Tain-l'Hermitage).

<u>Bollène</u>. Le quai au soleil un jour d'hiver commencement d'un récit (tableau). Serres sous une ligne à haute tension venant de la centrale nucléaire. Débris de maïs dans les champs. <u>Pierrelatte</u>. Cités mais surtout énormes extensions pavillonnaires récentes (accès à la propriété, gamme de coloris allant du rose au jaune, bien trop vifs). À l'est, les Préalpes neigeuses. Parfois dans les maisons une idée (simple) de bonheur : rôle des treilles, des pergolas. Brusques bouffées d'enfance traversant sans peine l'imagerie.

À <u>Montélimar</u> (souvenirs des marchands de nougat le long de la nationale 7), d'antiques platanes sur le quai mais ayant subi une taille radicale. Lycéens qui montent ou qui descendent du train. Casques ou écouteurs, parures de pauvres, trois jolies jeunes filles se photographient et sourient de toutes leurs dents. Injustice de la grâce. Leurs petits sacs et ce qu'ils renferment (je pense aux archives matérielles telles qu'Arlette Farge les décline dans ses livres). Jeunes filles du XVIIIe siècle ou d'aujourd'hui. Petits et longs parcours, l'appel des rails l'été, frissons dansant dans l'air comme s'il était devenu gras, une émulsion troublant sa transparence.

Centrale de Cruas-Meysse au ras des eaux. Balises rayées vertes et rouges bougent lentement. Avec quelle facilité on quitte peu à peu le Midi, le mode méridional des choses – c'est entre Valence et Montélimar que passe, insaisissablement, la limite, et aujourd'hui le ciel suit la leçon, devenant de plus en plus couvert.

Après Livron le train longe l'autoroute, ils ne sont séparés l'un de l'autre que par une bande de quelques mètres où l'on a creusé un fossé. Ce genre de zones. Quantité des camions, signe d'Europe, ils disent maintenant « logistique ».

<u>Valence</u>. *Chef de gare à la face rubiconde (personnage qui a eu son heure de gloire romanesque, c'est fini). Le train se remplit. Ponctuation de jeunes plants protégés par du plastique bleu, cimetières.*

<u>Tain-l'Hermitage-Tournon</u>, *les coteaux triomphants (Jaboulet, Chapoutier... écrivent leurs noms dans le paysage, banderoles fixes posées sur les pentes). Souvenir de Mallarmé, victime du hasard des nominations : à Tournon, à l'âge de vingt et un ans, c'est là qu'il vit l'Azur et le Faune, et pourtant :* « Tournon est un petit village, noir, très sale, habité moitié par des hommes, moitié par des cochons. Les hommes sont auvergnats et les cochons, maigres. La bise y est violente et froide parce que nous sommes resserrés entre des montagnes pelées. Au loin on voit des glaciers... » *(lettre du 20 décembre 1863, à son ami Armand Renaud). J'imagine, les visites à Avignon, les descentes en bateau sur le Rhône, le silence complet de la nuit, son écriture à la lueur d'une lampe.*

Un peu plus au nord toute une zone abandonnée. Hangars avec des tas de sacs de plastique autour, morceaux déchirés restant accrochés dans les arbres et les grillages : vitesse de la sensation d'abandon, courts trajets vers l'Apocalypse, tentatives, glissements, embryons.

<u>Le Péage-de-Roussillon</u>. *Usines Rhodia, usine Linde. L'une ancienne et mystérieuse. Piteuse gare, un banc sous lequel la terre est creusée, comme si des pieds rageurs ou des rats. Portail arborant des aigles de terre cuite en avant*

d'un pavillon. Tristesse. Nouvelle centrale nucléaire, c'en est la vallée, aux lourds dômes de béton. En face, Condrieu et ses vignobles tellement dénués de beauté. Conifères : le système des rois d'ombre.

<u>Vienne</u>. Contreforts sous la roche, cette gare juste avant un tunnel, avec une très belle maison (maison de roman) perchée haut au-dessus. Là où l'Alpe meurt. Souvenirs : Saint-Romain-en-Gal et les mosaïques romaines du musée, la librairie où Philippe acheta le livre de Jacques Cauvin (Naissance des divinités, naissance de l'agriculture), un livre magnifique, juste après que nous en eûmes parlé près du temple d'Auguste et de Livie.

On se rapproche de Lyon. Densité, désordre, rives grises, travaux, à Feyzin la chimie. On annonce que la correspondance pour la direction de Besançon et Strasbourg est maintenue, il faudra juste courir d'un quai à un autre de la gare de la Part-Dieu.

<u>Lyon</u>. Dans le Lyon-Strasbourg désormais. Glissade le long du parc de la Tête-d'Or, banlieues puis assez vite le Bugey où le train ralentit à plusieurs reprises mais ne s'arrête pas. Ambérieu, ça se voit, est devenue un « carrefour logistique », ce qui veut dire qu'elle s'étend selon tout un système de « zones d'activité », ce qui veut dire que la ville elle-même reste inactive, ou le devient.

Traversée de l'Ain, eau vive couleur de montagne, vert jade aérien caracolant obstinée. En approchant de Bourg-en-Bresse, on sent que l'on bascule dans d'autres régimes d'humidité. Pas d'arrêt, petites banlieues de pavillons où la tristesse abonde – à l'est apparaissent les contreforts du Jura. Maison isolée à l'entrée d'un bois, avec une verrière et des stores, un appentis, maison comme on en voit en médaillon dans les reportages sur les faits divers, puis tout un pré de poules blanches.

Le train assez vide, aperçus tout de même sur l'extraordinaire laideur des magazines *(les couleurs, les photos, la mise en pages, c'est le même style que les plaques et les tombes vendues par les magasins de pompes funèbres).* Croissance de la part agricole dans le paysage, eau partout, boisements plus épais.

Près de Cousance, de beaux étangs entourés de bambous, on longe bientôt les plis du Jura, conformément aux cours de géographie de l'école. Traversée (sans arrêt, mais lentement) de Lons-le-Saunier, la ville de la Vache qui rit, je me rends compte que je me trouve dans le train même que l'on voit passer comme un jouet depuis la terrasse des amis à Château-Chalon, j'aperçois en effet le village perché, c'est dans des falaises semblables à celles-là que nichent les derniers couples de faucons pèlerins, le train va à une sorte de vitesse lente en serpentant beaucoup, c'est maintenant le pays de Courbet – chaque été je me promets d'aller voir les sources de la Loue – et c'est selon cette lenteur que l'on passe Arc-et-Senans, la voie décrivant une courbe qui serre de près le demi-cercle de la Saline de Ledoux.

On franchit le Doubs puis le longe. Effet de gorge. Souvenir des récits de mon père qui pendant la guerre patinait là sur la rivière gelée. Avant Besançon une énorme usine de récupération de ferrailles.

<u>Besançon</u>, *la ville aux pierres bleues, la ville que vit Julien sur la route qui le conduisait de Lutèce à Antioche* (« Près de cette ville, je rencontrai un homme de la secte des cyniques, portant le manteau et le bâton. À le voir de loin, je m'imaginai qu'il ne pouvait être que toi », écrit-il à son ami le philosophe Maxime, en l'an 361 !) (*Lettres*, 26), *pensées vers ces voyageurs lointains, vers ces temps lointains et ce que pouvaient bien être les villes en leur temps, Besançon par exemple, qui est déjà dans Jules César, trois siècles plus tôt. C'est drôle comme c'est plus facile d'imaginer cela dès le Sud, à commencer par Arles où les arènes et les ruines du théâtre donnent l'échelle et l'élan.*

Grandes maisons francs-comtoises, leur évidence, nouvelles couleurs des sous-bois, effet nuageux très doux, un peu de mauve et de vert. L'eau en contrebas, lointaine, attirante.

Entre Deluz et Baume-les-Dames le cours du Doubs, ample et régulier, rencontre des rapides, plus ou moins aménagés, où l'eau chaque fois est réveillée par la pente et scintille, une partie du cours est détournée par un bief où se place une écluse. À Clerval, fin des gorges, Colombier-Fontaine.

<u>*Montbéliard*</u>*. Souvenirs ici. Très beau cimetière en pente au-dessus de la voie. On aperçoit Belfort, où la rivière qui passe s'appelle la Savoureuse, mais le train, au dernier moment, s'en détourne et ce sont les Vosges qui maintenant se découpent sur l'horizon, à l'ouest, on devine juste un peu de neige tout en haut. Débuts de l'Alsace, du Sundgau. Le restaurant Ritter de Dannemarie aperçu en passant, il y a là un verger avec des cerisiers et un appel de danses continentales, jeunes filles en corsage sautant d'un pied sur l'autre les mains sur les hanches, tout le paysage se met à parler sa langue, c'est-à-dire l'allemand ou tout au moins un dialecte germanique. Le long du canal qui précède Mulhouse et dont une partie a été pompée, des groupes de promeneurs comme sur une gravure ancienne.*

<u>*Mulhouse*</u>*. Le port de bateaux de plaisance sur le canal à Hasenrain. Même remarque qu'à Orange pour le Front national qui fit ici des scores impressionnants. Premiers offices de vraie germanité, les bâtisses en grès rose avant la gare. Celle-ci très singulière.*

Coquilles de béton ondulées sur la terre noire. Maître-chien qui bat son chien.

La plaine d'Alsace droit vers le nord dans le jour finissant.

Ici s'arrêtent les notes relevées dans le train car il fit nuit assez vite après Mulhouse et l'on n'y voyait plus rien. Je me souviens d'avoir pris à Strasbourg la micheline pour Barr, en fait un train moderne qui s'arrêtait partout, deux lycéennes en face de moi ne parlaient que de mode, semblables à des héroïnes de feuilletons ou à celles des livres de Laura Kasischke. À la gare de Barr on m'attendait et la voiture est montée à travers la forêt jusqu'au chalet, c'est le lendemain que j'ai reconnu où j'étais et vu le grand hôtel dans le vallon et que je suis allé à la cascade. L'après-midi il y avait la lecture (un 20 janvier ! le jour sur lequel s'ouvre pour toujours le *Lenz* de Büchner, pour moi l'absolu du récit, dont l'action se déploie très exactement dans ces parages), puis il y eut la redescente sur Strasbourg, par Andlau, avec les gens charmants et les traces de sangliers au bord de la rivière. Mais ce sont déjà d'autres poussières de romans qui s'agrègent, d'autres copeaux qui tombent, d'autres rushes – tel celui du surlendemain dans l'ancienne carrière d'Ottrott où pendant des années fut extraite la pierre destinée à être concassée pour former le ballast des voies de chemin de fer, sans même parler de l'eau de source du mont Sainte-Odile, si pure dit-on qu'un laboratoire allemand vient la chercher pour en faire la base de ses collyres. Mais tout cela est déjà de l'autre côté de la césure, au-delà du parcours que j'ai voulu tracer ou indiquer : de la rue d'Arles jusqu'au pont sur le torrent vosgien, l'espace d'une fève et pas plus loin.

5
Culoz

Culoz, dans le département de l'Ain, pour la plupart des voyageurs, ce n'est qu'une gare : lieu entraperçu (mais surtout pas non-lieu – la fortune de ce concept vide, même s'il désignait tout autre chose (les aires neutres des aéroports par exemple) a été catastrophique) sans presque rien autour – un village (ou une ville ?) que l'on ne voit pas, des contreforts rocheux, des bois, des voies qui semblent abandonnées, sur une aire assez grande, peut-être des hangars. Un nœud ferroviaire, comme on disait, où se rencontrent les lignes qui conduisent de Paris ou de Lyon à Genève et celles qui viennent d'Aix-les-Bains et de Chambéry, mais qui semble être resté de côté et n'avoir pas été pris en compte dans la modernisation des transports : les amis de Genève m'évoquent le souvenir, datant des années soixante, de nocturnes et quelque peu mystérieux changements de train et, aux heures creuses de l'après-midi, on peut même sans peine remonter plus loin dans le passé : il y a en effet dans cette gare comme une vibration d'anciens convois, avec des malles, des troufions et de la vapeur – c'est là aussi qu'un jour, en passant, je vis rouler lentement, seul, détaché, un wagon à ridelles sur la plate-forme duquel, étrangement, quelque chose brûlait. En tout cas l'idée m'est venue d'aller voir de plus près ce qui pouvait bien se cacher derrière ce nom, Culoz, et j'avais l'espoir, soit d'un charme désuet, soit d'une tendresse encastrée, comme le Bugey en ménage la surprise (mais un peu plus à l'ouest, vers Saint-Rambert ou Virieu).

Or rien comme cela n'advint, et c'est ce que je dois raconter, non parce que simplement je me le serais dit, mais parce qu'il m'a semblé tomber là-bas sur une sorte de siphon – non seulement ce que l'on appelle un trou, mais quelque chose de très difficile à décrire, soit l'un de ces lieux, et sans doute y en a-t-il beaucoup, où ni le passé, ni le présent, ni l'avenir n'ont de consistance et où tout semble devoir se diluer dans une sorte de survie qui n'a même pas pour elle l'indolence. Peut-être est-ce là, aujourd'hui, que se cache, loin des centres et comme en exil au sein même du monde rural, la vraie banlieue ? Je ne sais pas, et je ne sais pas non plus s'il faut nommer, rassembler sous la houlette d'un nom générique ce qui malgré tout se déclare dans une complète solitude.

À proximité immédiate de la gare, tout ce qui pourrait faire penser que l'on est arrivé en un point du monde qui aurait le bonheur ou peut-être même la présomption de se déclarer comme tel n'existe plus. Le Derby Bar, au pied d'une maison grise, et un hôtel surmonté d'un fronton en bois genre Far West où se lisent encore vaguement les lettres IMPERA sont fermés l'un comme l'autre. À travers les rideaux déchirés de l'hôtel, on aperçoit une grande salle vide avec quelques gravats et une cheminée en briques. On pense à de lointains banquets, à ces photos de groupe en noir et blanc ou aux couleurs passées où tout le monde autour de la table encombrée de bouteilles prend la pose, l'un des convives, un peu en retrait, faisant le mariolle. Une route s'en va vers le centre sous la roche grise dont il est interdit de s'approcher (chutes de pierres). Le centre, quelques rues qui se croisent, sans même qu'il y ait une place, de jeunes Beurs qui errent, un bar qui s'appelle le Rif, un autre le Fidji. Les maisons sont petites, laides, tout est gris ou ocre sale, des bacs à plantes vides ornent le pont qui franchit une rivière mince et incertaine, juste à côté de la toute petite maison où, une plaque le signale, HENRI ET LÉON SER-POLLET, PRÉCURSEURS DE L'AUTOMOBILE, INVENTÈRENT EN 1875 LA CHAUDIÈRE À VAPORISATION INSTANTANÉE, il y a donc des gloires locales. Sans même que l'on s'en rende compte, on sort déjà du bourg, il y a une usine sans identité déclarée, un stade, un arrêt de bus en tôle sous des pins. Dans une côte, des garçons qui font du raffut sur de petites motos (un bruit ancien, rural). Retour vers le centre en fermant la boucle, je note les noms, la tristesse des noms : Salon Coiff'Lyre, O'Thentik prêt-à-porter (dans la vitrine, des blouses aux motifs d'épouvante, ceux qui les dessinent – qui est-ce ? – sont en phase avec ceux qui trouvent de tels noms). Là où peut-être existe un carrefour principal, les commerces en vue sont une boulangerie, une pharmacie et un distributeur de vidéos, je pourrais même ajouter le crocodile en peluche dans la vitrine d'un salon d'esthétique et des lupins poussant dans un puits comblé, des pavillons délaissés, une odeur d'eau de Javel, à quoi bon ? On l'aura compris, Culoz n'est pas un lieu de villégiature que je recommanderais, je peux même dire qu'assez vite je m'en suis enfui. Pour Lyon, où étrangement aucun de mes amis n'était là et où je me suis précipité à la brasserie Georges, pour corriger par la vision de l'immense salle Art déco, où cinq cents couverts peuvent être servis en même temps, les effets déprimants de ma halte culozienne. La brasserie Georges comme un rêve de paysan, les lumières de la ville et de solides nourritures sous de très hauts plafonds évoquant des retours de comices, des congrès, des fiançailles...

Donc attendant en gare de Culoz le train pour Lyon, je me suis occupé à détailler ce que l'on peut y voir et qui relève là aussi du délaissement, mais avec quelques appels nostalgiques en direction d'un temps où le « chemin de fer » était roi : l'abri en forme de chalet aux motifs de bois festonnés, la passerelle métallique peinte en bleu clair, des rosiers chétifs et de lourds bancs de bois ou de béton sous quelques platanes, une salle d'attente avec papier peint à mouchetures, des chaises d'école dépareillées et une table de cuisine en Formica sur laquelle on trouvait *Le Pèlerin* et *Valeurs actuelles*. Qui dira la violence et l'efficacité avec lesquelles de tels lieux – salle d'attente proprement dite ou quais déserts – installent une idée de la vie qui se prive presque automatiquement de toute dimension d'espoir ? C'est comme une forme de raffinement, mais à l'envers, et peut-être aussi comme une culture : il y a en tout cas une chaîne de sens unanime qui se transmet d'une gare à une autre, d'un bac à plantes à un autre et qui transite par toutes les herbes folles poussant le long des voies. À la fin non seulement on s'habitue (l'attente se coule en elle-même, s'éprouve jusqu'à figurer une forme indolore du temps) mais on en redemande, non par un quelconque et snob appétit pour ce qui serait kitsch mais pour des effets de vérité, de véridicité, déposés à même les quais – une idéologie naïve qui vaut ce qu'elle vaut, fondée sur le principe que les fleurs, quelles qu'elles soient, égaient et que les trains, somme toute, finissent par arriver à l'heure, même s'ils sont en retard : idéologie, on le voit, à l'opposé de celle, dominante, de l'efficacité lisse qui, elle aussi, a ses ornements, par exemple des palmiers ou des oliviers exilés dans de grands pots stupides comme on en voit gare de Lyon.

Mais la seule image qui peut-être a la force de se poster avant toutes ces autres, et peut-être aussi banale qu'elles, est celle de ce couple croisé alors que j'étais monté sur la passerelle et qui passait devant la gare, sur la route – lui, en survêtement et barbu, poussant un landau, elle, marchant à son côté, intégralement voilée. Un couple de musulmans intégristes, donc, comme on en voit désormais si souvent, mais qu'on ne se serait pas attendu à trouver à Culoz, alors même qu'en ce genre de lieux – villes ou villages égarés ou misérables, zones de péri-industrie, grande, voire très grande banlieue – c'est la règle. Ils étaient là, donc, dans la banlieue de rien, dans ce rien épars de la rurbanité nouvelle, et se parlant et riant, en promenade. Me voyant les regarder, l'homme me jeta un regard sans insistance, vaguement hostile, et c'est tout – ma pensée les accompagna ensuite, vaguement hostile elle aussi, puis s'interrogeant. Ce que je voudrais, c'est dire absolument et simplement de quoi elle était faite – de le dire, donc, à distance de toute déclaration comme de toute posture (lesquelles, de façon pénible, obsédante, sont l'une et l'autre d'usage courant aussitôt qu'il est question d'immigration et, plus encore, d'islam).

Donc au début, je l'ai dit, une vague hostilité : pas

un mouvement de haine, mais un retrait, quasi un réflexe – pourquoi le nier ? Rien, dans ce qui nous fabrique et nous lance en avant dans le monde (et ce serait d'abord un fond républicain remontant à l'école publique des années cinquante – oh, il faudrait tout détailler, suivre toutes les ramifications de ce sentiment laïque spontané), ne peut préparer à cet effacement volontaire ou subi du visage féminin dont le voile est la marque. Rien non plus, si l'on pense aux gestes que la pratique rigoureuse de l'islam requiert – ces prières, ces interdits, cette absence de doute et d'ironie –, qui s'avance vers nous d'une façon compréhensible, directement admissible : les « limites de la simple raison » sont dépassées d'emblée et c'est ce qui nous crispe, mais voilà, en même temps, je dois le dire, de ce couple qui n'était pas silencieux – ils se parlaient, ils riaient – se dégageait une sorte d'harmonie, la sensation d'un partage, aussi bien, par le costume ou la panoplie, une intimité et peut-être une résistance à l'absorption pure et simple dans une nation en laquelle ils ne se reconnaissent pas. Comme c'est difficile ! Puisque je ne cherche à rien justifier, et surtout pas l'intégrisme et sa revendication haineuse, absurdement tendue. Mais il y avait cette *passeggiata* (y a-t-il un mot arabe pour désigner cela ?) et ce que je pouvais, à travers elle, imaginer de la vie de ces gens venus d'ailleurs et échoués là, à Culoz, dans un pli caché du monde sur lequel ils tentaient une sortie : par conséquent leur cuisine et leur chambre, le tapis de prière roulé dans un coin, un calendrier, un biberon aussi, et des oranges, une bouilloire électrique, un sac de pain de mie à demi entamé... la nature morte que chacun improvise, la communauté facile des objets, comme un repli ou un refuge et ce que je sais, ce que je peux dire, c'est que « la France » est faite maintenant de cela, de cela aussi : de ces exils, de ces replis, de ces autels secrets et qu'il y a là comme un effet boomerang de l'époque coloniale, quand des hommes et des femmes, peut-être catholiques, venus d'Alsace ou de Normandie, poussaient eux aussi leurs landaus sur des chemins, à Tlemcen ou dans telle petite ville d'Algérie, un peu plus gaies peut-être que ne l'est Culoz.

6

Le transparent de Carmontelle

Il est curieux de constater combien nombreux sont les noms qui, sans l'aide même des prénoms, plus facilement datés quant à eux via la succession rapide des modes, ont le pouvoir d'évoquer directement, par une sorte de rumeur émanant d'eux, l'époque d'où ils proviennent. Ainsi Rabelais ou Vivant Denon, Fontenelle ou Flaubert pour leurs époques respectives. Parfois, et plus rarement il me semble, c'est le contraire – ainsi, pour ne prendre qu'un exemple, Fantin-Latour qui semble décalé d'un siècle, avec un nom Ancien Régime autour duquel on croirait voir naturellement graviter d'autres fantômes que ceux de Manet ou de Rimbaud, ses contemporains. Mais Carmontelle ! Avec lui l'installation du patronyme dans son époque atteint la perfection – ce pourrait être au demeurant le nom d'un cuisinier célèbre, ou d'un ébéniste, métiers dont socialement, par sa fonction, Carmontelle ne fut pas très éloigné. Il s'agit, et ceci sans doute explique cela, d'un pseudonyme, adopté autour de 1750 : en vérité, c'est sous le nom de Louis Carrogis qu'en 1717 Carmontelle, fils d'un cordonnier tenant boutique à Paris dans le quartier de Saint-Sulpice, était venu au monde. Créateur de jardins (on lui doit le parc Monceau), organisateur de fêtes, dessinateur, metteur en scène de théâtre et amuseur du grand monde, il traversa pourtant la période révolutionnaire sans encombre et mourut en 1806, chez lui, rue Vivienne. Un homme doué, à la personnalité sans doute un peu pâle, comme le sont d'ailleurs ses dessins, précis et pourtant délicatement inachevés. Tout cela exquis sans doute, comme le disent des gens que je n'aime pas, ceux-là mêmes qui citent et récitent la formule de Talleyrand sur la « douceur de vivre » de cette fin du XVIIIe siècle d'avant la tourmente. Non que cette formule soit fausse, elle est même sans doute vraie en partie, et pas uniquement pour les gens du monde à qui elle s'adresse, mais sous ce qu'elle désigne – un temps qui ne se retrouvera plus – se cache presque toujours le déni de ce qui vint renverser cette douceur, et qui commença comme justice. Un déni impuissant et veule, dont le sillage est toujours présent dans la vie politique en France.

La douceur justement, c'était la spécialité de Carmontelle, et on ne peut pas lui en vouloir, non seulement il l'incarna, mais il la fit passer et glisser dans cette invention magnifique qu'est son transparent des *Quatre Saisons*, qui est ce dont je veux parler maintenant, parce que l'imagerie qui s'y voit a une portée très longue : je ne l'ai découvert que récemment, grâce à un ami qui m'avait conseillé d'aller voir à Sceaux l'exposition où il était montré, mais c'est avec lui comme si une intuition tenue depuis la petite école et les premiers contacts avec le climat et les noms du siècle des Lumières avait trouvé son champ de vérification. Le transparent est fait d'une suite de 119 feuilles de papier vergé de 44 à 51 centimètres de hauteur sur 32 à 39 centimètres de largeur collées les unes aux autres de manière à former une bande continue de 42 mètres de long. Montée sur deux cylindres d'enroulement en bois contenus dans une boîte munie d'une ouverture pour laisser passer la lumière du jour, cette bande pouvait donc se dérouler exactement comme ce qu'on appelle en scénographie un *cyclo*. Comme objet de salon, les transparents furent à la mode en cette fin du XVIIIe siècle et Carmontelle en réalisa de nombreux, mais celui des *Saisons*, que l'on date de 1798 et qui est le plus long, est de surcroît presque intact.

S'il est proche en esprit de la lanterne magique et appartient comme elle à la longue et passionnante préhistoire de la photographie et du cinéma, il en diffère pourtant sur un point fondamental : tandis que dans la lanterne magique l'image obtenue est le résultat d'une projection, avec le transparent, c'est l'image elle-même qui constitue l'écran : écran mobile faisant glisser horizontalement une suite d'images immobiles, en un mouvement lent qui, dans le cas des *Saisons*, fait donc passer en douceur de l'hiver au printemps puis de là à la plénitude de l'été, jusqu'à ce que vienne l'automne. La première des scènes, endommagée, montre la fin de l'automne : il y a encore des feuilles aux arbres mais tout glisse très vite vers un étang qui commence à geler – à l'autre extrémité, la porte Saint-Denis (seul monument identifiable avec certitude de toute la bande), encadrée de grands arbres roussis sous lesquels attendent des carrosses, ferme la marche : de telle sorte que le transparent se déroule comme un long fondu enchaîné courant sur une année, de novembre à novembre. Le charme particulier qui se dégage de cette longue bande passante vient de l'accord qui se fait spontanément entre la lenteur de son déroulement et le passage des saisons : du sein même des scènes montrant les travaux, les fêtes, les jours et les nuits, vient agir la mélancolie d'une torsade étrange entre plusieurs temporalités : au passage *ralenti* de la bande correspond, en fait, un film *accéléré* du temps – les 42 mètres de dessin défilent en une vingtaine de minutes qui valent pour une année. Et à cet effet vient s'ajouter pour nous celui résultant de la confusion entre la distance historique évidente – plus de deux siècles nous séparent de ce qui nous est donné à voir – et l'étrange sensation de familiarité, voire de reconnaissance, qui vient pourtant, comme depuis une enfance, avec ces images.

Les scènes produites par Carmontelle le long de la bande défilante ne sont pas des documents au sens propre ou immédiat : mais pourtant le film des *Saisons* a une valeur documentaire inépuisable, qui est aussi une puissance de traîne, un sillage, parce que ce qu'il montre à travers des scènes malgré tout tirées de la vie quotidienne, ce n'est pas tant une époque que le rêve que cette époque fit d'elle-même, c'est la teneur en vérité d'une projection. La grande absente de ces scènes pourtant censées montrer la vie réelle, c'est la misère, avec tout ce qu'elle comporte de désordonné et d'affluent, et l'on sait à quel point cette misère était visible, à quel point elle tramait, tout autrement que comme un spectre occasionnel et terrifiant, l'entièreté des jours et des nuits, à Paris ou dans les campagnes. Or pas trace du moindre mendiant sur ces vues par conséquent idylliques, peut-être l'ombre d'une ombre de pauvreté dans tel porteur de fagot, mais rien de plus, et ce n'est même pas sûr : entre ceux qui travaillent – paysans, paysannes, charpentiers, cochers – et ceux qui se promènent règne une sorte d'harmonie indiscutée, qui est l'idéologie même. Sans doute nous trouvons-nous un peu avant l'aube de l'âge industriel (et s'il y en avait alors quelques prémices visibles, Carmontelle a choisi de ne pas les représenter), mais sur le fond de ce monde paisible, peint juste après la Révolution et représentant plutôt, selon les historiens du costume notamment, la décennie qui la précéda, on ne peut s'empêcher de penser à de tout autres processions que celles, purement champêtres ou festives, qui jalonnent le cours du transparent.

Mais voilà : il ne s'agit pas, via l'embellissement, ou le travestissement, de mensonge. Ce monde si paisible est en fait un monde revenu : non pas un monde retrouvé, non pas le monde retrouvé de la « douceur de vivre » disparue, mais un monde pacifié, apaisé, un monde qui est le rêve d'une pacification, un monde *guéri*, exactement au sens où Benjamin emploie ce mot lorsqu'il écrit des personnages de Walser que « pour désigner ce qu'ils ont de charmant et d'inquiétant, on peut dire qu'*ils sont tous guéris* ». Et l'étrangeté la plus grande est que cette imagerie d'une société évadée du conflit (même une scène d'incendie nocturne y est dépeinte comme un événement tranquille, accordé), qui se détourne à l'évidence de la leçon déchirante de la Révolution, finit par avoir quelque chose d'une vision républicaine, oscillant entre la fête villageoise selon Rousseau et un climat de parc à l'anglaise où sans fin se reformeraient de petits noyaux d'êtres humains, les uns travaillant, les autres regardant, mais tous ensemble versés à un espace concertant qui serait celui, tous moyens et toutes classes confondus, d'une sorte de promenade éternisée.

(C'est le printemps, les feuilles sont revenues, la

nuit va tomber. Tout s'assombrit au-dessus du faubourg où un homme monté sur un mulet chargé de paniers s'éloigne lentement. Sur une colline, maisons et moulins éclairés par le couchant font une ponctuation de taches claires, contrastant avec l'obscurité qui a déjà gagné le pied des murs ou des arbres. Plus loin la nuit présentera une rue avec la ligne en pointillé de ses lanternes, un clair de lune sur un étang et une gloriette fantomale, un incendie, une fête dans un pavillon de musique éclairé et, vers l'aube, des hommes s'activant avec des pelles devant un grand four. Mais pour lors il n'y a que cette lente venue du soir autour de l'inertie des maisons sans lumières et quelques reflets sur un plan d'eau, on dirait qu'un extraordinaire silence a été versé sur le paysage et qu'en lui tout est en train de sombrer, calmement, inexorablement.)

Sans doute qu'avec ce transparent de Carmontelle une grandeur et même une souveraineté des arts dits mineurs sont atteintes, mais par-delà cette efficacité et ce pouvoir de compression des images, ce qui m'intrigue et me retient, c'est ce qu'il faudrait appeler l'onde stationnaire de l'imagerie, ou tout au moins de cette imagerie-là. Comment se fait-il que nous ayons si nettement, devant ce qui est montré ainsi, image après image, le sentiment d'être en pays de connaissance ? Comme si cette maison aux volets bleus d'où s'élève une mince fumée ou ce viaduc au lointain, dans l'échancrure de deux collines, ou ces chevaux tirant dans un virage une charrette remplie de fûts, nous les avions connus. La réponse sans doute est simple – c'est que dans leur style neutre, lent, presque éteint, les dessins du transparent de Carmontelle sont des dessins génériques et que la légende qu'ils inscrivent, qui est en effet celle d'un rêve fait par le siècle des Lumières, nous la connaissons par cœur : non parce que nous serions des spécialistes du XVIIIe siècle, mais au contraire parce que l'imagerie ainsi fixée – et elle date de ces temps, j'en suis sûr – a essaimé à l'infini : elle s'est prolongée encore, via la gravure, aux débuts de l'âge industriel en ajoutant aux scènes champêtres quelques usines et l'inévitable fumée d'un train, mais je la reconnais aussi, assez peu changée, dans les images qu'à l'école publique, jusque dans les années cinquante, on donnait encore de la campagne – une image civilisée à l'extrême, oscillant entre la minutie du plan-relief et le caractère approximatif des éléments de décor d'une maquette de train électrique. D'autres, avec d'autres souvenirs, pourraient identifier sa trace dans des motifs peints sur des assiettes ou des tissus, dans des étiquettes de fromage et, bien sûr, dans des livres pour enfants.

Est-ce là quelque chose qui serait seulement français ? Non, aucunement. Il va sans dire qu'on trouve, et même plus tôt et de façon plus ample, une telle vision du paysage apaisé dans tout ce qui procède de l'écriture anglaise du jardin, à commencer par les planches des livres d'Humphrey Repton, dans lesquelles celui-ci, grâce à un système de caches et de tirettes, pouvait présenter le même paysage *avant* et *après* l'intervention qu'il proposait. Il va sans dire aussi que cela est présent dans tout ce qui étire la vision allemande, depuis la *Naturphilosophie* jusqu'au style Biedermeier en passant par l'imagerie goethéenne, qu'elle provienne de *Werther* ou, plus encore, des *Affinités électives* qui déploient aussi, sous le drame, une théorie du jardin. Mais ce que je crois, et cela passe par le nom de Rousseau et à travers lui aussi bien par les Charmettes que par Ermenonville, c'est qu'il y a en France un lien obscur et secret entre cette imagerie et quelque chose de républicain, mais alors au sens le moins savant – sorte de bricolage où se mêlent des traces de leçons de choses, de feux de la Saint-Jean et de défilés du 14 juillet –, rien que des choses qui ne sont plus, mais où se répercute, en sourdine, affaibli, l'écho de cette république, au demeurant genevoise, dont l'auteur des *Rêveries* imagina les fêtes, qu'il jugeait préférables au théâtre.

La danse s'anime lentement autour d'un centre imaginaire (« Plantez au milieu d'une place un piquet couronné de fleurs, rassemblez-y le peuple et vous aurez une fête »). Elle se déplace le long d'un curseur qui pourrait être celui du transparent traversant l'Île-de-France pour aboutir, du côté de mon enfance, autrement dit en direction de Chaalis, Ermenonville, Longpont ou Compiègne, dans ces parages où, au nord de Paris, le passage de Nerval se superpose à celui de Rousseau, l'un et l'autre faisant corps avec le même cercle de danseuses. C'est le Valois où, dit Nerval dans *Sylvie*, « pendant plus de mille ans a battu le cœur de la France », écho où s'entend cette fois une nostalgie d'Ancien Régime qui n'a toutefois à porter qu'une légende d'écolier : la république dont je parle, en partie vraie, en partie imaginaire, avalait le nom des rois et nous, ses enfants, nous les régurgitions sous forme de promenades dominicales. Laissant ainsi glisser ma pensée à partir du ruban suggestif des *Quatre Saisons* de Carmontelle, je m'interroge : car il me semble que quelque chose, il n'y a pas longtemps, s'est rompu, et que nous avons basculé dans un univers où les références et les connotations que je laisse ici germer sont devenues lointaines. Non parce que simplement j'aurais vieilli, mais parce qu'un palier a été franchi, dès lors que la persistance du fond de ruralité qui habitait la France s'est brisée. Ne serait-ce qu'en mai 68, les paysans représentaient encore 13 % de la population active, quarante ans après, comme on sait, ils ne sont plus guère que 3 %, et si l'on remonte de 68 à 45 puis de là à l'orée du XXe siècle, la chute devient absolument vertigineuse, alors même que la France demeure, dans le mystère de ses campagnes vides traversées par d'énormes engins, une puissance agricole de premier plan.

Suis-je en train de dire que les noms de Rousseau ou de Nerval et ce qu'ils signifient ou envoient sont ou seraient indexés sur le taux de la population paysanne ? Non, bien sûr que non, mais je vois ou je ressens, malgré tout, qu'une matière s'est éloignée et qu'avec elle des solidarités objectives entre des contenus de culture et des éléments de vie quotidienne se sont distendues. Par exemple je conserve à la maison une *réclame* (on disait comme ça) pour une petite marque locale de *pâtes alimentaires* (on disait comme ça aussi) reproduisant justement comme image la maison de Mme de Warens, la maison de « Maman », ces Charmettes dont tout le monde, je crois, connaissait le nom et l'existence. Cet objet, je ne l'ai pas connu enfant, il m'a été donné par ma belle-sœur qui, à Lyon, vidait sa boutique de brocante, mais peu importe : je suis né dans un monde où de tels réflexes d'imagerie étaient possibles, étayant toute une culture qui n'avait rien de savant mais qui était répandue et circulante. Loin de moi l'idée de donner forme et consistance à la litanie d'un quelconque bon vieux temps, ce qui m'intéresse, c'est de vérifier que tout est daté et qu'il est dans la nature de tout signe d'emporter avec lui l'air de son temps, en le propageant aussi longtemps qu'il le peut. Dans la succession rapide et parfois même affolée des strates, aucune d'entre elles toutefois n'efface la précédente, et il en résulte pour chaque situation ou chaque document – par exemple le transparent de Carmontelle – une possibilité de résonance non pas infinie, sans doute, mais très longue. Irrégulière, soumise à conditions et susceptible de retours, cette survivance tantôt se maintient comme une sorte de dormance – c'est le terme que l'on emploie pour désigner le pouvoir qu'ont les graines de conserver longtemps leur capacité de germination –, tantôt agit comme une résurgence, que celle-ci soit provoquée ou qu'elle se libère d'elle-même.

Le soubassement de l'identité d'un pays, dès lors, il faut risquer cela, ce serait l'ensemble de toutes ces dormances, et la possibilité, à travers elles, d'une infinité de résurgences : jamais ce qui coule d'une unique source qui aurait valeur d'origine et de garantie, mais ce qui s'étoile au sein d'un système complexe de fuites et pannes par l'entremise duquel le passé se délivre, comme passé, à même la texture du présent, un seul fil tiré ayant le pouvoir d'en faire réagir quantité d'autres, selon une logique de réseau constamment agrandie et modifiée. Le fil Carmontelle, par exemple, tel que tiré par l'exposition du transparent des *Quatre Saisons* dans les écuries du parc de Sceaux, j'ai tenté d'en suivre un peu la secousse légère en passant par quelques relais dont Rousseau et l'enfance, mais bien entendu – car l'espace de la survivance n'a pas de bord – tout est beaucoup plus subtil ou beaucoup plus dilué, c'est comme si un infini de la résonance se présentait à chaque sursaut.

Là, à Sceaux, dans ce parc dessiné par Le Nôtre qui part comme un doux toboggan, en plein mois d'août, le vide de la capitale et celui des rues proches aux villas fermées ou recluses retentissant tout autour, que restait-il ? La tentation est grande de se laisser aller à parler de quelque chose d'indéfinissable, c'était pourtant aussi précis qu'une poussière levée dans les peupliers, ou qu'un sentiment égaré entre les promeneurs (certains, jeunes, des étudiants peut-être, assis dans l'herbe – d'autres, plus âgés, au profil d'amateurs bourgeois de ce genre de banlieue de résidences cossues), ou qu'un souvenir, mais à retrouver, et qui revient maintenant que j'y pense, celui, mais oui, des pages du *Journal* de Lucile Desmoulins, qui habitait tout près, au clos Payen à Bourg-la-Reine, et venait donc souvent, elle parle de bosquets, de jardins, d'émotions, de prêtres ridicules (la religion, je le note, est totalement absente des scènes du transparent de Carmontelle) – « nous avons été promener à sceaux, je disois à maman, pourquoi nous enuions nous ici, estce parce qu'il n'y a personne, ceci est pourtant bien beau ! tu vois me dit maman quil est des genres de beautés qui ne plaisent pas, nous aimons la solitude celle ci nous ennuie parcequelle ne dit rien a notre ame, une cabane ou l'on se plait ou l'on vit sans chagrin est incomparablement plus belle qu'un palais... ». Ainsi commence l'année 1789, selon le flux rapide de pensées que charrie, dans son orthographe irremplaçablement flottante, le *Journal* de la jeune fille, où l'on trouve entre autres – que cela aussi soit dit – le plus étonnant récit des journées d'août 1792, pour ainsi dire filmées de l'intérieur, dans l'affleurement indécis de l'événement qu'une lueur inquiète et nocturne parcourt de bout en bout, le cœur étant martelé, malmené...

Lucile alors, elle le précise, était rentrée de ce qu'elle appelle, comme tout le monde en son temps, la campagne – cette campagne donc, de Sceaux ou du clos Payen à Bourg-la-Reine, qui est celle-là même ou l'équivalent de celle que déroulent les *Saisons* de Carmontelle, lesquelles, semblables à un décor mobile de théâtre, tournent autour de l'événement révolutionnaire qu'elles refusent de voir. Mais tout cela, quoique ravivé, s'éclipse ou s'effeuille, et la survivance c'est aussi ou d'abord ce qui traverse la disparition. En l'occurrence celle, bien précise et bien longue, de cette campagne peu à peu mais sûrement devenue une banlieue – presque tout, hors les noms peut-être, ayant oublié ce passé empli d'odeurs, de paille et de charrettes : ainsi, à Montreuil, avec ce qui reste des murs à pêches. Mais à ce seul nom – d'ailleurs beaucoup plus familier pour moi – évoquant des fruits dont la renommée était telle qu'ils partaient dans de délicats emballages pour la cour de Prusse, je vois que la machine pourrait repartir et que le transparent, de bande passante, pourrait devenir manège – ce qui est certes aussi une figure du temps, mais d'où toutefois l'on peut si l'on veut redescendre.

7

Légers jardins, à peine

Pierre noire et détrempée, remblais luisants, feuilles mortes, faubourgs d'industrie effilochés, abandonnés sous les hautes cheminées d'où plus rien ne s'échappe (comment devrait-on dire ? Cheminées muettes ? Oui, c'étaient comme des paroles – pas une usine qui n'ait eu sa fumée dans les dessins que l'on en faisait enfant), puis une eau rapide et comme secrète, sauve, se sauvant, sur un lit de caillasses aux rives encombrées de branches mortes, des débris de sacs de plastique faisant des taches de couleurs vives un peu tremblantes – le train qui, après avoir franchi le Rhône en venant de Lyon monte vers Saint-Étienne, s'étire entre des collines le long d'une vallée presque étrange à force d'être sans charme : on a l'impression que tout ce qui est là n'a pas véritablement voulu y être et que nul non plus n'a eu la volonté de s'en débarrasser : ce serait comme une table de cantine mise il y a longtemps et dont rouilleraient ici ou là les gamelles, un peu diverties par l'apparition de quelques ustensiles flambant neufs cherchant à donner le change.

Et pourtant derrière cette absence d'attraits presque flagrante, c'est comme si s'insinuait une sorte de noblesse, de dignité : peut-être cette fierté propre aux terres ingrates, un liseré très fin, à peine dicible, passant clandestin entre l'abandon et la résistance. Il faudrait descendre à chaque station et vérifier, de Givors-Canal à Saint-Chamond, longer chaque usine défaite ou maintenue, aller voir chaque rue, du côté des pavillons récents comme du côté des logements créés pendant la révolution industrielle – ainsi ces casernes où habitaient les ouvriers des verreries et qui, avec leurs galeries superposées, ont quelque chose de méridional, de piémontais. Mais voilà, c'est comme partout, ou presque, on ne peut faire que passer, qu'effleurer, si immense que puisse être (et elle l'est) la levée des souvenirs probables, choses de rien mises bout à bout pour former un monde et le soutenir à la face de ceux qui s'y tiennent et qui sont là, homme qui bêche dans son jardin, enfants rentrant de l'école, vieille femme descendant du train, adolescents bruyants qui y montent...

À Saint-Étienne, qu'on vienne de cette façon ou d'une autre, par le nord par exemple, on s'y retrouve sans trop savoir comment et s'il y a bien un centre et un grand axe qui l'oriente, le relief est si compliqué, et les rues ou les faubourgs si tournants, parfois même si escarpés, que l'on finit assez vite par être désorienté : alors que le fond de la ville en effet est plat, il y a partout et très vite des montées et des côtes, tout un dédale de rues où alternent bâtiments et immeubles de tous styles, parfois pavillons et parfois cités, parfois aussi couloirs serrés de petites maisons grises à deux étages, à vrai dire là aussi sans véritable continuité mais avec des effets de toboggan et de tremplin qui sont induits aussi bien à pied qu'en voiture. Pêle-mêle par conséquent je revois

les crassiers (on ne dit pas terril, comme dans le

Nord) plus ou moins repris par la végétation mais qui conservent en eux une chaleur captive, ainsi qu'en témoigne, m'a-t-on dit, la neige qui en hiver ne tient pas à leur sommet,

la statue de bronze de l'Égyptienne tenant un flambeau, juste au pied de la rue Littré, devant le musée d'Art et d'Industrie et ses fabuleuses collections de vélos et de rubans,

l'escalier qui, par paliers, monte depuis le centre jusqu'au Crêt de Roc, dégageant progressivement des vues sur la ville qui semble là à la fois tapie et répandue,

les abords du site Couriot, c'est-à-dire de ce qui est devenu aujourd'hui – toute activité y ayant cessé en 1973 – le musée de la Mine (là, en l'état et semblant désertées non pas la veille mais depuis quelques semaines seulement, comme à la suite d'une catastrophe, la lampisterie et la salle des pendus, celle-ci, ainsi que ses semblables, tellement spectaculaire : on s'y tait comme dans une cathédrale, les bannières des vaincus suspendues pour toujours au plafond, très haut, comme une illustration définitive de la chute des corps, on dirait aussi des sortes d'anges déchus, roulés dans la poussière noire, mais volant encore),

l'esplanade largement ouverte devant la gare de Châteaucreux où l'effort de reconversion se manifeste, comme en d'autres points de la ville, avec un volontarisme presque poignant, comme s'il y avait dans le design un pouvoir de rédemption (pourtant cette esplanade porte toujours le nom de square de Stalingrad, la toponymie semblant refuser le mouvement vers l'avant, la glissade vers l'avenir radieux que se promettent les classes moyennes étant comme retenue par la pesanteur de noms évoquant plus qu'ailleurs la guerre ou le travail),

mais avant tout sans doute les jardins, les jardins ouvriers qui, à Saint-Étienne, sont plus nombreux que partout ailleurs en France, et qui souvent se cachent dans les replis du relief, encore qu'il y en ait de toutes sortes et que c'est justement parce qu'ils déploient toute une gamme de possibilités dans les façons d'être et de faire que j'ai voulu revenir les voir, les ayant aperçus une première fois en passant en voiture avec un ami sur une route en corniche qui redescendait vers le musée d'Art moderne.

Trois mille deux cents parcelles à peu près, et réparties un peu partout autour de la ville, dans des creux, des vallons, sur des pentes, chaque fois telle une petite colonie plus ou moins étendue, chaque groupement ayant sa singularité ou sa résonance, exactement à la façon d'un quartier ou d'un pâté de maisons. Comme ailleurs, c'est à la fin du XIXe siècle que les jardins ont commencé à se répandre, pour culminer après la Seconde Guerre mondiale et retomber un peu ensuite ; la superficie totale occupée aujourd'hui étant tout de même encore de 89 hectares. À la figure de l'abbé Lemire, maire d'Hazebrouck, qui donna la première impulsion, répond à Saint-Étienne celle du père Volpette, un nom que les jardins eux-mêmes répercutent puisqu'ils sont toujours divisés aujourd'hui entre « jardins Volpette » et jardins dépendant de la Fédération des associations de jardins ouvriers et familiaux de la Loire, d'inspiration laïque – quelques jardins, ceux du puits Couriot, dépendant encore d'une autre organisation. Il est clair que derrière ces divisions se sont faufilés autrefois des lignes et des enjeux politiques bien distincts, mais il semble qu'aujourd'hui plus rien de tendu ou même d'ironiquement distant ne subsiste et, s'il y a une différence, elle serait plutôt à chercher du côté de l'effectivité de l'encadrement des jardins, les jardiniers des parcelles « Volpette » semblant être plus libres de les laisser dériver vers le bricolage sinon la friche.

Dans tous les cas, les utilisateurs des parcelles – chacune d'entre elles faisant environ 200 mètres carrés, voire parfois moins encore – sont censés, en échange d'un loyer annuel très modique (une quarantaine d'euros) et de la fourniture d'eau pour l'arrosage, les entretenir et les cultiver. Et c'est ce que l'on voit à peu près partout, en se promenant dans les allées, mais selon des conceptions de l'entretien qui non seulement varient mais divergent. Fruits d'une volonté philanthropique d'origine associative à nuance religieuse ou laïque et nommément pensés comme des moyens de détourner les prolétaires de l'alcoolisme mais aussi, même si tout n'est pas si simple, de la subversion, les jardins ouvriers ne peuvent aucunement être considérés, au sens syndical, politique, comme des acquis de la classe ouvrière : à la lutte et à l'imagerie de la lutte, ils opposaient au contraire une diversion. À l'ordinaire de vies pliées par le travail, ils ajoutaient une sorte de surplus, mais d'essence différente, fonctionnant comme un bief détournant l'énergie. Sans doute. Mais dans le même temps, c'est-à-dire dans le temps de ces heures passées justement à jardiner – et à rêver –, quelque chose d'autre que cette simple dérivation ou ce simple apaisement est venu et s'est peu à peu imposé : via les gestes mêmes du jardin et les régimes d'objets qui les accompagnant, ce qui s'est construit, loin de toute volonté d'édification comme de tout cadre institutionnel, c'est aussi une sorte d'utopie, d'utopie concrète aux contours incertains – non pas le système tout entier proposé d'une refonte, mais des suites fragmentées de marques légères indiquant souplement, discrètement, une autre façon d'habiter la terre.

Ici rien ne doit être amplifié ou idéalisé : il ne s'agit que de petites surfaces, qui sont des surfaces de repos, des sortes de parenthèses, mais lorsque ces surfaces sont laissées à elles-mêmes, c'est-à-dire à la conduite inspirée qui a fait d'elles, malgré tout, des tentatives ou des paliers contemplatifs, alors quelque chose se dessine, qui est à peine plus qu'un givre ou une poussière, mais qui suffit pourtant à emmener assez loin, c'est-à-dire entre la terre habitée poétiquement dont un jour, dans un poème, Hölderlin vit s'ouvrir la certitude et ce « rêve d'une chose » dont Pasolini fit le titre d'un livre – rêve qui, par-delà celui, imprécis et peut-être fragile, de jeunes gens du Frioul partant sur les routes, désigne, si on veut bien l'entendre, tout ce qui, du sein d'une époque, cherche à s'arracher à la pesanteur, ou à la répétition. Cela donc, oui, ce « rêve d'une chose » sur les lieux mêmes d'une toute petite hypothèse de curé, mais qui aura vu dans une éclaircie la joie du travail non aliéné rencontrer des contenus, des matières :

à commencer par une terre à retourner, celle des abords de Saint-Étienne très noire, comme si la vérité de la mine l'avait imprégnée par en dessous, et cette terre retenue par paliers successifs dans les zones pentues, avec des moyens de fortune : tôles ondulées, couvercles de métal, tambours de lessiveuses formant des lignes parallèles un peu bombées, parfois au bord de la rupture, courbes de niveau dégageant des bandes larges de moins de deux mètres s'étageant jusqu'à l'ultime palier où souvent s'appuie la cabane, quoique celle-ci puisse aussi être proche de l'entrée. Puis, selon les saisons, les talents, les patiences, processions de choux montés en bordure, suites argentées de cardons enveloppés pour l'hiver, salades tantôt rabougries tantôt épanouies s'alignant sous un massif de fleurs fanées, tomates ayant résisté ou non à l'humidité – les vaincues formant de tristes grappes de retombées noircies –, parcelles tirant sur la perfection d'un manuel de jardinerie ou, au contraire, tirant sur la friche avec une cabane qui donne de la gîte, tonalités de vert pâle et de brun rouillé griffées parfois d'éclats rouge orangé venant des fleurs ou, lorsque c'est la saison, de différentes sortes de courges – les meilleures des parcelles selon moi étant celles qui s'équilibrent entre une culture effective, productrice, et un art consommé de l'improvisation bâtisseuse, la cabane en effet étant le point d'ancrage : non seulement local où ranger les outils mais aussi, grâce à l'appoint d'une petite tonnelle de préférence un peu fatiguée, d'une table et d'un banc (avec souvent, je ne sais pourquoi, un morceau de miroir cassé installé près de la porte), lieu où accueillir le soir quelque ami avec qui boire un verre, ce modèle réduit de sociabilité, qui ricoche de parcelle en parcelle et d'un groupement à un autre étant justement ce qui confère aux jardins ouvriers cette allure de zone franche peut-être pas rebelle mais tout au moins dédouanée, affranchie qui, sur les franges de la ville, entonne un chant très léger, peut-être en train de disparaître.

Car il faut le dire, et cela saute aux yeux, dans plusieurs groupements de parcelles, aujourd'hui l'ordre règne : ni cabane de guingois, ni bidon de plastique bleu pour récupérer les eaux de pluie, ni bataillons de fleurs éteintes – rien qu'une surface de production dûment peignée autour d'un cabanon réglementaire de couleur unie et, surtout, privé de tonnelle et même de fenêtre ou d'auvent : sous la pression d'une idéologie composite où entrent pour une bonne part des réflexes petits-bourgeois d'ordre et de conformité teintés d'un souci écologique plus normatif que généreux, les jardins semblent pouvoir, si nul n'y prend garde, glisser peu à peu vers une caricature où plus rien d'ouvrier et, surtout, de libre, de retiré, d'errant, ne subsistera. Peut-être est-ce pour cela que, surtout dans les services, l'on ne dit plus « jardins ouvriers », mais « jardins familiaux », comme s'il y avait de la honte à remuer le vieux fond sans lequel, pourtant, ils n'auraient jamais existé.

J'ai entendu dire que les propriétaires de pavillons qui se construisent alentour des jardins et qui, lotissement après lotissement, finissent par les rejoindre se seraient plaints, justement, de l'aspect négligé de beaucoup d'entre eux : on comprend facilement ce qui est en jeu ici, l'énigme sociologique n'est pas bien grande mais, mine de rien, ce sont deux mondes qui s'opposent. Le second, celui qui arrive avec les pavillons, les lotissements et tout ce qui les accompagne (matériaux, formes, usages), peut se présenter avec arrogance comme le visage du renouveau ou de la modernité (ce serait bien dans le ton d'une époque où les ouvriers qui font grève sont décrits comme « hostiles au changement »), il n'est pourtant que le fruit d'un avachissement du présent sur lui-même. Dans la combe de la Cotonne ou du côté de Montaud, partout où les jardins se sentent libres entre des palissades bricolées et des assauts d'herbes folles, par contre, ce que l'on peut percevoir, et peut-être est-ce déjà une survivance, c'est un nouage étonnant, étonnamment raffiné, entre des temporalités différentes – le rêve d'un futur éteint dans un passé qui chantonne, et un présent sans doute ouvert à lui-même mais comme une jachère.

Le rêve d'une chose ? Oui, et au fond c'est bien simple : les jardins ouvriers, quel que soit leur mode associatif, ne relèvent pas du régime de la propriété privée – et c'est cela que d'emblée ils rendent visible, c'est cela que l'on ressent, confusément, quand on les longe, et qui se précise quand on s'y promène. Et s'ils ont quelque chose d'un fragment discret d'utopie, ce n'est pas seulement pour cette raison, c'est aussi parce qu'ils ajointent souplement à cette élision de la propriété privée la sensation – et les gestes concrets – d'une appropriation. Chacun est chez soi dans ce qui pourtant n'est pas à lui, et cela n'a rien à voir, même s'il y a une ressemblance dans le statut, avec la simple location. Car l'appropriation que l'on voit et ressent est à la fois solitaire (chacun est maître de sa parcelle) et collective – c'est le tissu de toutes les parcelles qui forme le jardin, et ce qui est induit, comme une enquête même brève peut le confirmer, c'est aussi tout un ensemble de pratiques que cette forme d'association entraîne : semences ou plants qui naviguent d'un bord à l'autre du groupement, secrets, recettes et même effets de mode qui se propagent en ricochant.

Il va de soi que le mode associatif entraîné par les jardins prend des formes plus traditionnelles comme les jeux de cartes, la pétanque ainsi que, bien entendu, les repas collectifs à occasions répétées et la publication de bulletins où alternent brèves, conseils, articles de fond et même petits poèmes. Il y a aussi à Saint-Étienne d'autres traditions, qui viennent de l'époque de la mine et qui ne sont pas directement liées au monde des jardins – celle de la boule lyonnaise et celle des « baveux », autrement dit de petites confréries de tir à la sarbacane, en tout cas c'est avec tout cela et par les effets de cette mémoire active que la ville se sent vivante autrement que par décrets ou qu'à travers les seules émotions du Chaudron, son stade légendaire et redouté. De cette vie, les jardins sont la frange et la preuve : quelque chose de chantonné, de murmuré, que certains, aux abords directs ou en haut lieu, ne veulent plus ou ne savent plus entendre.

Ainsi le lien se fait-il tout seul avec le chant feutré et lointain que j'ai cru deviner par-delà les scènes du transparent de Carmontelle. Peut-être faut-il être incorrigiblement tourné vers le bonheur pour chaque fois n'extraire du jeu que la carte favorable (tout ce que je raconte à propos des jardins se déroule sur un fond de misère, je le sais bien), mais c'est ainsi – la ritournelle demeure.

À ceux qui croient pouvoir penser qu'il n'y a aucun rapport entre la question du communisme et un vieil Arabe souriant devant ses cardons ou entre le « penser par soi-même » par lequel Kant définissait le principe même des Lumières et la courbe s'affaissant d'une branche chargée de fruits, à ceux-là donc et à tous ceux qui coupent, taillent et délimitent l'existence en domaines séparés, aux parois bien étanches, il faut opposer la leçon politique du jardin. Il me semble que c'est ce que l'on comprend au bout d'une rêverie très longue, et en observant tout ce qui se distend entre le dénuement et l'abondance. Soudain toutes les images forment un fondu enchaîné où viennent s'agréger pour aussitôt disparaître d'autres promenades (ainsi à Toul dans les vergers en friche des flancs du mont Saint-Michel, ou à Bourges entre les lignes d'eau des Marais où les jardins semblent des radeaux), et des scènes vues du train – par exemple et comme on peut le voir en décembre là où les hivers ne sont pas trop rigoureux, la ponctuation extraordinaire des kakis gonflés, répartis comme des boules de Noël sur des arbres qui semblent déjà morts et qu'on appelle – je le signale car j'ai été heureux quand je l'ai appris – des plaqueminiers.

8
La France commence à Gentilly, Portugal

« Vous passeriez vingt ans à Paris que vous ne connaîtriez pas la France », fait dire Stendhal au marchand de fer qui est le narrateur des *Mémoires d'un touriste*. Qu'en est-il aujourd'hui ? La coupure est-elle aussi absolue qu'elle l'était du temps de Stendhal et de Balzac chez qui, plus qu'un thème ou une donnée, elle est quasi une obsession ? Ainsi posée, la question ressemble à un sujet de dissertation, mais elle existe, et est sérieuse : la base d'affects qu'elle rencontre n'a rien perdu de sa violence, et cette violence commence dès les portes, puisque Paris, on le sait, est encore aujourd'hui une ville fermée à double tour par un rigoureux système de ceintures. Ce dont je voudrais parler, disserter si l'on veut – une promenade récente me l'impose –, c'est de cette frontière ou de cet autre côté : non en termes généraux, mais en me remémorant mes pas, une journée de fin d'automne, et des noms (Cachan, Arcueil, Gentilly), une « dérive », comme ils disaient, et jusqu'au mur antibruit du périphérique, voire au-delà puisqu'on peut, même à pied, le franchir et inopinément entrer dans Paris. Mais il faut procéder par ordre, ou en tout cas par glissements successifs, comme dans une narration dont, pour répondre au marchand de fer de Stendhal, le titre serait, on verra pourquoi : « La France commence à Gentilly, Portugal ». Dont acte :

Gentilly est le nom de l'une des vingt communes de la première couronne, par laquelle commence cet autre monde qu'est la banlieue, introduction (peut-être) à la France. J'y reviendrai, mais ce jour-là j'étais allé plus loin, par le RER, jusqu'à Cachan, chez mes amis Jacques et Paule Monory, qui habitent là-bas, lui depuis presque toujours, pourrait-on croire, même si je l'ai connu, avant, à Paris, rue Boissonade puis boulevard Brune : comme d'autres artistes qui habitaient Paris, il a glissé peu à peu vers le sud, ce qui pouvait rester de Montparnasse s'éloignant vers de petites usines ou d'anciens entrepôts hors les murs, rendant familiers aux amis des peintres des parages qu'ils n'avaient fait jusque-là que traverser. Habiter Arcueil, par exemple, comme ce fut le cas d'Erik Satie, était exceptionnel pour un artiste dans les années vingt ou trente, voire encore après la guerre : dans ces époques, il était possible, même sans disposer de biens ou d'argent, d'arriver à se caser dans Paris. Mais c'est aujourd'hui presque impossible pour un artiste ayant besoin d'un peu ou de beaucoup d'espace : toute une ambiance d'ateliers, en provenance directe du XIXe siècle, s'est perdue, le reflet des toits de zinc illuminant les natures mortes des petits déjeuners cubistes avec journal du matin, bouteille et cartes à jouer a pu encore envoyer quelques éclats mats du côté d'Hélion ou de Wols, mais tout s'est éclipsé et c'est aux alentours de la Vache-Noire – ce carrefour dont le nom me retint et m'intrigua dès l'enfance – ou encore à Montreuil qu'aujourd'hui leurs descendants, peintres ou non, s'évertuent.

Quittant donc de très chers amis, après avoir déjeuné et causé avec eux, et m'apprêtant à reprendre le RER pour rentrer à Paris, aux abords de la station Cachan, je décidai, non de rentrer à pied, mais du moins de suivre un peu la voie ferrée en zigzaguant autour d'elle, comme un voilier tirant des bords. Quelques jours auparavant, j'avais dîné dans une maison où je n'étais encore jamais allé, située juste sous l'aqueduc de la Vanne qui passe là très haut au-dessus des têtes avant d'aller franchir le vallon tassé où s'en va l'autoroute du Sud, et qui est très étrange : construit en meulière caverneuse, cette pierre brune pleine d'alvéoles qui aura été le matériau roi de quantité de pavillons ou de murs de cette banlieue – une pierre qui serait comme une sorte d'écume solidifiée de couleur rouille et qui aurait mérité d'être décrite par Francis Ponge –, cet aqueduc, donc, confère à tout ce qu'il domine quelque chose d'un peu décalé, qui s'en va d'un côté vers le dessin d'enfant ou la maquette et, de l'autre, mais alors plutôt de nuit, vers la science-fiction façon Blake et Mortimer (il y a d'ailleurs des épisodes de *S.O.S. Météores* qui se déroulent plus au sud de cette ligne, l'élégant colonel Blake allant même jusqu'à l'emprunter pour rentrer en hâte à Paris). Et sans doute est-ce cela que je voulais revoir tout d'abord – ces pavillons avec leurs petits jardins tapis sous ces arches étroites et très hautes qui leur font en permanence un ciel un peu couvert, où stagne une structure solide dont on ne sait si elle est un vestige ou une utopie, une menace ou un élan.

Cela, donc, et tout près de la station, dans la rue qui s'appelle opportunément rue du Chemin-de-Fer, indication toponymique où remonte toute une époque qui doit d'ailleurs être à peu près celle de l'aqueduc. Ces

remontées de passé, qu'elles viennent de ce temps du
« chemin de fer » ou de périodes plus proches (le Front
populaire, les années cinquante) sont ce qui donne son
cachet et sa résonance à ce type de banlieue, pavillon-
naire en effet, mais où chaque pavillon, chaque jardin,
chaque îlot semble une improvisation plus ou moins
bricolée voire, pour les plus singuliers d'entre eux, une
invention. Alors que les lotissements récents que l'on
voit pulluler un peu partout évoquent un habitat tris-
tement cloné, il y a là, dans la diversité des hauteurs
ou des matériaux comme dans le répertoire étendu
des raccords et des styles, avec vieillissements et flé-
chissements, effets de torse et humbles replis, toute
une conjugaison du verbe habiter. Ce n'est ni gai ni,
comme disent certains, riant, il y a parfois de soudains
assombrissements, des traces trop visibles d'idéologie
niaise ou mesquine et beaucoup, beaucoup de signes
simplement ternes, mais malgré tout, avec l'appoint de
quelques hangars ou bistros, avec aussi un dosage sans
cesse varié de fatalisme et d'improvisation – l'effet
bricolé augmentant avec la donne populaire –, cela se
tient, un peu brinquebalant, l'hiver avec des fumées,
au printemps avec les floraisons.

De la station Cachan, j'ai donc tenté de suivre la voie
du chemin de fer aujourd'hui RER en remontant vers le
nord, vers Paris, passant parfois par des points repérés
en d'autres circonstances (visite à tel atelier, tentative
pour retrouver la maison de Satie, parce qu'il semble
que sa musique pour piano, à la fois frêle et décisive,
ait bien trouvé là, à Arcueil, l'espace premier où elle a
retenti, telle une sorte de trille distendu, exténué, d'une
infinie tristesse), parfois au contraire, à la faveur d'un
crochet, explorant une rue nouvelle. Croyant donc tan-

tôt retrouver une cour un peu ténébreuse au charme intact, ou me laissant porter par un départ de fiction suggéré par un petit immeuble, ou encore accélérant le pas le long d'un de ces murs qu'on dit aveugles, j'ai longé la voie puis, l'ayant franchie par le pont dégagé qui prend son élan sous les grands immeubles de la Caisse des Dépôts, dérivé dans Arcueil en passant derrière la Maison des Examens, vilain bâtiment en croix des années soixante où je me souviens d'avoir fait de la figuration à une épreuve – je ne sais plus de quoi, c'était avant ou juste après 68 –, ensuite j'ai glissé par l'avenue Jean-Jaurès jusqu'au pont par lequel elle rejoint Gentilly en franchissant la bretelle de l'autoroute du Sud, assez enclavée au fond d'un déblai aux allures de ravin mais qui se signale quand on s'en rapproche par une rumeur continue à la fois forte et chuintée. Comme le RER passe là lui aussi, mais *au-dessus* du pont routier enjambant l'autoroute, les lieux, qui sont calmes, semblent en même temps tout tremblants. J'avais depuis longtemps remarqué, depuis le RER, un petit pavillon qui se tient là, juste au rebord de l'autoroute, quasi au-dessus du ravin, et donc dans sa rumeur (celle-ci s'éteignant à vrai dire étonnamment vite), imaginant, je ne sais pourquoi, qu'on ne pouvait vivre là que seul, entre une télévision allumée (peut-être aussi un aquarium) et le luxe éphémère mais inouï, en cette grisaille, de quelques iris. J'en fais la remarque : en passant devant et à pied, ce n'est pas que cette esquisse de fiction ait disparu, happée par une sorte de chute dans le réel (ce que l'on voit depuis un train n'est pas moins réel que ce que l'on rencontre simple piéton), mais elle était remplacée par une autre, un peu différente, un peu moins lancée.

De l'autre côté, c'était Gentilly, j'y viens donc. D'abord, très brièvement l'avenue Pasteur puis tout de suite la rue Benoît-Malon (un drôle de nom, toponymiquement juste, évident, efficace – c'est celui d'un ancien berger, communard condamné à mort par contumace, qui rentra en France après l'amnistie, Hugo le cite avec la mention « prisonnier » dans *Choses vues*, à la date du 3 juin 1871, une rue porte son nom aussi à Alès) qui longe à peu près la voie ferrée pour la rejoindre en effet à la station Gentilly, à partir de laquelle la voie disparaît sous terre. C'est, je me suis trompé, non pas à Arcueil mais rue Benoît-Malon qu'il y a cette cour si étrange et aussi, à l'angle formé avec la rue de Reims, un jardin-terrain vague avec, au fond, une maison plus cabane que maison en train de s'affaisser, l'un et l'autre produisant discrètement une petite onde de choc qui s'en va au loin, non pas tant dans le passé que dans l'espace, vers quelque chose de russe ou qui tout au moins évoque une certaine puissance ou tonalité d'abandon là-bas si prégnante. Ce qui revient à dire aussi que, contrairement à ce que l'on pourrait penser, la pauvreté va plutôt croissant au fur et à mesure que l'on se rapproche de Paris. En fait, il y a là comme un mouvement de flux et de reflux aussi complexe et plein de petites retenues que l'est celui des vagues de la mer : tandis que la ville ou l'effet-ville ont plutôt tendance à s'expatrier hors les murs en suivant de grandes voies de circulation, ils ne le font qu'en laissant autour d'eux des zones qui peuvent aller justement jusqu'à ressembler à ce qu'on nommait autrefois, avant l'âge des quartiers et des ghettos, la zone. Ce phénomène, on peut l'observer ailleurs qu'à Gentilly, au nord, au nord-est, mais il ne fait pas loi et il y a évidemment d'autres logiques là où la banlieue est elle-même confortable ou huppée.

Toujours est-il qu'à Gentilly, dans la partie qui est la plus proche de la capitale, on éprouve l'impression d'aller buter contre le périphérique et son mur antibruit et qu'il en résulte, pour les abords immédiats, soit une sorte de dégradation effective, soit, plus fortement encore, un effet de relégation ou de temps suspendu, oublié. C'est particulièrement net, et émouvant, dans ce quartier qu'on appelle le Plateau, dont on s'aperçoit en le parcourant (il n'est pas vaste) qu'il surplombe aussi, par l'ouest, l'autoroute du Sud, cette même bretelle en déblai dont on avait franchi la rumeur un peu plus au sud et plus tôt. Quadrilatère enclavé et même assez secret, il est formé des rues Auguste-Blanqui, Romain-Rolland (écrivain du peuple, précisent les plaques, car on est sur un territoire qui appartint en plein à la ceinture rouge), Gabrielle, Pierre-Marcel, H.-Kleynoff, mais aussi de la rue des Champs-Élysées (oui) et de l'impasse Joséphine – la voie longeant le périphérique, bordée sur toute la gauche par un mur antibruit gris et bleu parfois interrompu par des motifs en losanges, s'appelant quant à elle avenue Paul-Vaillant-Couturier. Je cite ces noms, car les flottements de la toponymie sont une des joies de ce genre de banlieue, et pas seulement autour de Paris (oh le boulevard Fifi-Turin ou l'impasse des Beaux-Yeux à Marseille !). Mais là, et ce jour-là, d'automne, par-delà le bouquet des noms, il y avait cette impression de suspens, les rues bordées de maisons ou d'immeubles semblant avoir été faites pour infuser dans un automne perpétuel, un novembre gris et roux, dénué de tout espoir, avec quelque chose, je ne trouve pas mieux, quelque chose de rassurant dans cette sensation d'un temps alenti, se déposant feuille après feuille, presque imperceptiblement, sur des vies usées, absentes.

C'est pourquoi il y a quelque chose d'une surprise à découvrir, en arrivant avenue Paul-Vaillant-Couturier et en la suivant vers l'ouest à partir de la gare du RER qui est d'un assez bel et sobre Art déco, non pas une animation – ce serait trop dire (sauf le dimanche, j'y viendrai) – mais du moins quelques taches de couleurs, autrement dit des commerces, et tous, faisant face au mur antibruit qui raie pourtant toute possibilité d'horizon, porteurs d'un appel lointain – à commencer par le restaurant N'Zadette qui, à l'angle de la rue des Champs-Élysées, propose à très bas prix des plats congolais (« 27 ans dans restaurant à Paris 14ème/ de nouveau à Gentilly 94250/Plats du jour africain », dit un panneau). Mais plus que l'Afrique noire, c'est le Portugal qui est ici dominant, avec successivement la grande boulangerie Pão Quente (où l'on trouve, naturellement, des *pasteis de nata*), le restaurant Lieutades (qui était en travaux ce jour-là) et la Churrasqueria Galo proposant des viandes grillées à emporter – la raison d'être de cette concentration, qui reste loin de pouvoir former un quartier (c'est à peine si j'ai vu dans les parages un pavillon orné d'azulejos), étant la toute proche église confiée à la communauté portugaise depuis 1979.

Pour y parvenir, il faut encore aller plus loin vers l'ouest, vers Montrouge et la porte d'Orléans, et franchir la bretelle de l'autoroute du Sud (A6a est son nom) qui prend là sa source, jaillissant d'un tunnel juste après avoir laissé le périphérique qui reste, lui, parallèle à la rue. Pour des raisons de sécurité (aussi bien suicides que jets de pierres ou d'objets sur les véhicules), les accès au parapet dominant l'autoroute ont été fermés par un grillage, déterminant une sorte de bande étroite jonchée de déchets et où les herbes folles ont l'air de regretter d'être venues. Juste au-dessus de l'autoroute, à droite et par-delà une mince bande enherbée où poussent quelques maigres pins, séparée de la rue par un parvis désert lui aussi grillagé, se dresse l'église du Sacré-Cœur de la Cité universitaire, dont tous les automobilistes qui sortent de Paris par ce chemin connaissent l'étrange silhouette, soit cette masse de béton de style romano-byzantin élevée dans les années trente et qui semble, vue d'en bas, depuis le fond de la tranchée automobile, d'une hauteur démesurée.

Assez effrayante à vrai dire, surtout en semaine quand tous ses accès sont fermés, plongée dans le bruit ininterrompu de la circulation mais y stagnant comme un énorme plot de silence, on dirait qu'avec ses quatre grands anges de bronze accrochés autour du clocher, grise, si grise et terne, elle appartient à un régime de prières sinistre et révolu ou qu'elle est un temple d'après la fin du monde. Édifiée sous l'impulsion de l'industriel du sucre Lebaudy, qui voulait doter la Cité universitaire d'une église, elle dut se contenter d'un terrain proche repris à d'anciennes terres maraîchères, le parc universitaire devant rester laïque : de telle sorte que lorsque le périphérique fut tracé elle se retrouva reléguée de l'autre côté, à Gentilly, ayant également sous son flanc gauche l'autoroute du Sud pour voisine immédiate.

J'y suis retourné un dimanche matin, imaginant qu'à l'heure supposée de la messe je pourrais la voir sous un jour différent et, surtout, y pénétrer. Et en effet règne à ses abords toute une animation dominicale, entre les commerces portugais et le parvis qui fait office de place de village. L'intérieur de l'église, où s'étaient répartis entre les travées – après la messe – des groupes d'enfants suivant des cours de catéchisme, m'a paru assez conforme à ce que l'on peut en attendre quand on a observé sa façade. Un plan en croix latine avec une abside en demi-cercle, des hauteurs impressionnantes et un terrible enduit moucheté qui semble avoir été inventé non seulement pour retenir la poussière mais aussi pour l'imiter, de lourdes colonnes cylindriques en marbres de différentes tonalités dont ce rouge couleur foie qu'on voit aussi dans les boucheries et les cimetières, le tout moins sombre toutefois que je l'avais imaginé, mais éclairé par des vitraux « modernes » plutôt tristes (justement parce qu'ils sont de couleurs vives). Sans doute est-ce là le lieu central, puisque celui où se déroule l'*Eucaristia dominical*, événement qui semble avoir encore pour la communauté portugaise une certaine puissance de convocation.

Toutefois, dans cette foule clairsemée en de petits groupes sur les marches et le parvis, rien d'insidieux comme ce qui émane, par exemple, des groupes de fidèles qu'on peut voir, le dimanche également, devant l'église de la Mission polonaise, près des Tuileries. Il y avait là au contraire, m'a-t-il semblé, quelque chose de plutôt débonnaire, tant sur le plan proprement religieux que sur celui de l'appartenance nationale, l'un et l'autre donnant l'impression de se contenter de contours indéfinis, peut-être même perméables : une communauté visible (et sans aucun doute pesante à ses propres membres, comme toute communauté, aussitôt que l'on prétend s'en extraire) mais non pas agressivement centrée, c'est ce que j'ai cru apercevoir ce jour-là sur le parvis et, davantage encore, dans le vaste foyer qui se trouve sous la nef. Dans ce foyer auquel on accède en descendant quelques marches et en traversant un large vestibule, presque rien de religieux, de catholique – hormis peut-être les quelques panneaux d'azulejos représentant des églises, dont Notre-Dame de Paris – ne se fait remarquer. Beaucoup de monde, un bar d'angle où l'on sert du café et du vin, une table avec des gâteaux, des piles du journal gratuit *France sempre* (rempli d'annonces de repas dansants et d'encarts de publicité pour des médiums et des mages : Prof. Bemba, *medium vidente, potente marabout*) et, au fond, une scène vide et sans profondeur, comme dans toutes les salles des fêtes. En plus grand, et sans vouloir forcément donner consistance en l'évoquant à une unité ibérique, quelque chose – dans l'air – qui me rappelait le foyer espagnol, pas du tout religieux pourtant, de la rue Cristino-Garcia à La Plaine-Saint-Denis où, il y a longtemps déjà, Klaus Michael Grüber et Gilles Aillaud avaient mis en scène, inoubliablement, *Sur la grand'route* de Tchekhov.

Il existe au moins une autre église portugaise à Paris, moins monumentale, c'est Notre-Dame-de-Fatima, qui est comme incrustée, elle, dans l'hôpital Robert-Debré (je crois que Pierre Riboulet, l'architecte de l'hôpital, un homme très fin et très pénétré du sens tragique de ce qu'il avait à construire, avait eu quelques problèmes avec le maintien de cette enclave) – à proximité donc, encore, du périphérique, mais cette fois-ci à l'intérieur, tournée vers le boulevard Serrurier. Je ne l'ai pas visitée et je ne sais pas si ce qui en émane, les dimanches, est proche ou différent de ce que j'ai vu à

Gentilly. Sans doute que là-bas aussi l'année aura été dédiée à Paul de Tarse, *Apostolo das Gentes*, et peut-être que dans quelque salle paroissiale on peut voir des photos semblables à celles qui ornaient le vestibule du foyer de l'église de Gentilly, ainsi un panneau entier consacré à la célébration des Rameaux de 2005 lors de laquelle une dramaturgie de la Passion avait été réalisée : sur l'une des photos on pouvait voir que Jésus, plutôt juvénile entre deux soldats romains, portait ce jour-là des tongs et qu'il avait remonté jusqu'à l'autel la travée centrale de l'église en étant courbé sous le poids de sa croix.

Ce qui me requiert dans tout cela, ou m'émeut, ce n'est pas la trace catholique (dès que l'on y regarde d'un peu plus près, par-delà la ferveur ou l'espérance rôdent toujours le contrôle, la manipulation, le calcul), c'est une rumeur ou un halo : non pas de sainteté, tout au contraire, rien qu'un son composite, fait de langue portugaise et d'anoraks froissés, de chants aussi sans doute – que je n'ai pas entendus. À quelques pas de Paris, une assemblée paysanne avant l'hiver, avec ces visages incroyablement terrestres et ruraux qui sont ceux de ce peuple que l'on imagine à tort bien plus marin qu'il ne l'est. Peut-être pas « la France » que l'on ne connaît pas depuis Paris, mais à coup sûr une forme sociale liée à l'exil que le marchand de fer des *Mémoires d'un touriste* n'a pu connaître, le pays qu'il parcourut en tous sens n'étant pas ainsi, n'ayant pas en lui ces poches communautaires, plus ou moins compactes ou diluées, sans lesquelles en tout cas la France d'aujourd'hui ne serait pas ce qu'elle est, le dimanche et toute la semaine, à Gentilly et presque partout sauf dans les campagnes reculées.

Si je m'étais promené de l'autre côté de Paris, du côté de la « petite France », autour du foyer, justement, de la rue Cristino-Garcia, ce sont d'autres images qui seraient venues, avec des affiches de corridas et de soirées flamencas, avec aussi une histoire plus ancrée, plus ancienne et plus tragique, le merveilleux visage de Maria Leonor Rubiano, résistante de cette petite France morte en déportation en 1945 et qui est honorée aujourd'hui par une rue portant son nom, venant se poser sur ce quartier que la proximité du Stade de France a bouleversé, mais que j'ai pu connaître en l'état, au début des années soixante-dix, plein d'usines encore (Babcock Atlantique était là, il me semble, juste contre les voies venant de la gare du Nord) et aussi de cours où le linge claquait au vent comme dans un film réaliste des débuts du cinéma parlant.

Des images de la banlieue plus conformes à l'idée que ceux qui ne s'en occupent pas veulent que l'on ait d'elle, il y en a, à foison : à Gentilly même il suffit d'ailleurs de continuer l'avenue Paul-Vaillant-Couturier en direction de l'ouest pour en voir : à peu près au niveau de l'arrêt du 125 (ligne qui relie la porte d'Orléans à l'École vétérinaire de Maisons-Alfort), qui ne s'appelle pas par hasard Chaperon-Vert-Lénine, on devine, sans qu'aucun signe extérieur le dise, que dans d'anciens hangars ne payant pas de mine se trouve une mosquée, seuls des alignements clairsemés de paires de chaussures déposées sur des rayonnages métalliques au fond de la cour et un vieillard à calot blanc étant là pour en témoigner ainsi, il faut le dire, qu'une voiture de police stationnant non loin. Le contraste, forcément, est saisissant, entre le dimanche portugais joyeux et autorisé, pour lequel le fait religieux est tout autant prétexte et symbole, et cette ambiance misérable et quasi clandestine correspondant, sans doute, à une tout autre ferveur et, brusquement, ce que l'on souhaite, du plus profond repli d'un athéisme même pas militant, c'est que toutes les religions s'exhibent et s'épuisent à force de visibilité, et qu'il n'y ait plus pour elles – comme un enfer de leur point de vue, comme une fête selon le mien – qu'un festival de plus en plus suave de panoplies et de chants.

Alors même qu'en ce point l'avenue Paul-Vaillant-Couturier s'écarte du périphérique, laissant à la rue Pierre-Massé la tâche de le suivre, sur la bande de terrain ainsi laissée libre se voient successivement un chef-d'œuvre de pavillon en meulière et briques vernissées, dont les volets sont clos et la porte condamnée par un mur de parpaings, comme si son environnement quelque peu dur avait porté le dernier coup à ce pur enfant de la banlieue Sud 1900, puis, sans transition, selon la juridiction violente du collage, l'immeuble tout en métal high-tech, plutôt réussi, de la SAGEP, organisme de gestion de l'eau en région parisienne, tandis qu'en face, au coin de l'avenue Lénine qui s'en va vers l'impressionnante et longue barre d'immeubles qui ouvre – ou ferme – le quartier dit du Chaperon-Vert, se tiennent la pizzeria El Paradiso et le café Le Rétro, où l'on peut boire un verre, bien sûr, mais aussi faire, pour 10 centimes d'euro, des photocopies. Au-delà il y a encore quelques échoppes puis, d'un seul coup, c'est Montrouge et l'on passe presque dans un autre monde, c'est d'ailleurs aussi un autre département qui commence, le 92, incomparablement plus riche.

S'est-il agi, en présentant ce fragment de banlieue,

de répondre sérieusement à la question posée à partir du jugement de Stendhal ? Oui, mais en partie seulement, car il faudrait montrer que malgré la coupure du périphérique et des maréchaux, Paris lui-même est tout pénétré de cette France profonde des surfaces enchevêtrées et des communautés flottantes, plus ou moins regroupées ou clairsemées. Ce qui reviendrait aussi à se demander si ce que l'on a appelé le cosmopolitisme est une donne ancienne, dont Paris assurerait la sauvegarde, ou un plan d'immanence, en partie versé, en partie à venir, dont tout le territoire serait le lieu expérimental.

9

Passerelle du Cambodge

Juste en face de l'église du Sacré-Cœur de la Cité universitaire, de l'autre côté de la rue, par une discrète ouverture ménagée dans le mur antibruit, s'en va un escalier conduisant à une passerelle qui franchit les deux fois trois voies du périphérique. Elle s'appelle passerelle du Cambodge parce qu'elle débouche dans le parc de la Cité universitaire à proximité de l'arrière de la Maison du Cambodge, aujourd'hui rouverte mais qui fut fermée longtemps, après qu'à l'époque des Khmers rouges, de violents affrontements allant jusqu'à des combats au sabre opposant des groupes d'étudiants de diverses factions s'y furent déroulés. Ce qui est étrange, alors que de telles passerelles sont extrêmement rares sur le périphérique, c'est que très près de là il en existe une autre, dite des Arts-et-Métiers, dont la raison d'être, qui explique son nom, est de relier un corps de bâtiment hébergeant de futurs ingénieurs, situé à Gentilly, à la Cité universitaire elle-même, au niveau, cette fois, de ce qui s'appelle aujourd'hui Fondation Avicenne mais qui fut autrefois la Maison d'Iran – un immeuble assez audacieux d'ailleurs, formé de deux masses superposées qui ont l'air suspendues, mais qui semble en grande partie désaffecté.

La passerelle du Cambodge, je n'ai vu personne l'emprunter, ni Portugais sortant de la messe, ni étudiant, ni adepte du jogging (alors qu'on croise pas mal de ceux-ci dans les allées du parc). Plutôt étroite et bordée de bacs à plantes où rien ne pousse plus, elle a l'air quelque peu défraîchie. La franchissant, on ne s'y sent pas très sûr, et c'est avec la sensation d'avoir transgressé un interdit, alors même que son accès est libre, que l'on se retrouve de l'autre côté : dans Paris, devrait-on dire, puisque l'ensemble des bâtiments et des jardins de la Cité universitaire dépend du XIVe arrondissement, sauf que ce que l'on y voit ne correspond aucunement à l'ensemble de traits auxquels la capitale est apparentée. La forme des bâtiments, leur disposition, leur variété et jusqu'au parc où ils sont disséminés, tout est là singulier, tirant d'un côté vers le campus de tradition anglo-américaine (c'est flagrant aux abords de certains bâtiments qui, jusqu'aux bow-windows, assument clairement cette filiation) et de l'autre vers quelque chose d'indéterminé, dont je ne connais pas d'autre exemple et qui serait comme une zone franche ou comme un reste d'exposition universelle où divers exotismes tempérés auraient fini par aboutir à une sorte d'annulation – un nulle part, mais qui ne serait ni sinistre ni désert, en tout cas un espace étrangement flottant. Comme l'est déjà d'ailleurs celui, courbe et semblant très allongé, des quais de la station Cité-Universitaire qui, à ciel ouvert mais au fond d'une tranchée passant sous les grands arbres du parc Montsouris, donnent toujours, quand on y attend le RER, la sensation de ne plus être à Paris, mais très loin, dans un composé étrange de Bretagne et de Japon.

Coupée du monde, la Cité universitaire ne l'est pas

vraiment, d'une part parce qu'on y accède très facilement par de grandes portes et diverses ouvertures donnant sur le boulevard Jourdan et que l'entrée est libre (ce que beaucoup de Parisiens ont l'air d'ignorer), d'autre part parce que les soubresauts ou les drames de l'Histoire, comme l'indiquent les avatars des maisons d'Iran et du Cambodge, finissent toujours par y pénétrer. Mais l'impression générale est malgré tout celle d'un monde feutré, d'une réserve liée à l'étude et à ses mythèmes : lampe allumée tard la nuit sur la planche de travail, jeunes gens penchés sur les écrans de leurs ordinateurs – lueur bleue légèrement laiteuse évoquant le ton général de la veille, signes impalpables se propageant dans toutes les langues –, odeurs de machine à café montant dans les escaliers, rideaux un peu passés que l'on a mal tirés et qui laissent filtrer le jour. 5 600 lits en tout, répartis entre une quarantaine de maisons. Depuis les allées, on imagine facilement cela : 5 600 sommeils et, donc, 5 600 rêves que l'on pourrait visionner sur une batterie d'écrans, comme dans une salle de contrôle, en passant de l'un à l'autre – chutes d'un film secret sans montage, aux plans inachevés, confus.

À de telles rêveries, hantées par un cosmopolitisme étale et peut-être même fade, les lieux se prêtent avec une étonnante facilité, à la guise des accents que les bâtiments propagent, puisqu'il y a là avant tout, dans une atmosphère de grand parc, comme une sorte de concours international d'architecture qui aurait fini par se fixer, chaque maison étant comme la maquette grandeur nature d'une idée – du style international pleinement assumé (Le Corbusier est présent avec deux pavillons, ceux de la Suisse et du Brésil) à l'architecture néo-coloniale (la palme revenant sans doute à la Fondation Abreu de

Grancher, Maison de Cuba, due à Albert Laprade) en passant par quantité de paliers intermédiaires transitant du petit signe néo-vernaculaire à la volonté de transparence moderniste. Mais ce qui est singulier, c'est que, quel que soit son style, chaque maison évoque avec une sorte de candeur la nation qu'elle représente : les Pays-Bas, par exemple, sont aussi pleinement là dans le beau bâtiment De Stijl de Willem Marinus Dudok que l'Asie du Sud-Est l'est dans le bâtiment voisin, où les architectes ont choisi le parti d'un style extrême-oriental, avec toits recourbés à effet de pagode et dragons veillant sur l'escalier. La même remarque pourrait être faite, par exemple, pour la Fondation Heine, qui date de 1957, et qui malgré son parti pris de neutralité intégrale (un fonctionnalisme plutôt strict) renvoie presque automatiquement à tout ce que le style de la reconstruction a pu avoir, dans l'Allemagne des années cinquante, de sérieux et d'ingrat. Ou pour la Maison du Maroc qui, à l'inverse, avec ses tuiles vertes et son jardin intérieur, multiplie les signes arabisants, dans un esprit très proche de celui de la Mosquée de Paris.

La promenade architecturale pourrait se prolonger ainsi dans les allées des deux parties du parc, mais ce que je cherche à retrouver est différent : peu de chose, un souvenir, daté de ce dimanche où j'étais retourné à l'église des Portugais. Ayant franchi le périphérique, j'avais cette fois choisi de ne pas emprunter la grande sortie, qui fait face à la station Cité-Universitaire, d'où l'on peut à toute allure filer vers le centre de Paris. Mon but était d'aller vers l'ouest, en direction de la porte d'Orléans et, surtout, de revoir, en la rejoignant par le parc, la Maison de l'Asie du Sud-Est qui, longée si souvent autrefois en voiture par une rue que l'on pouvait alors emprunter directement depuis le périphérique, m'a toujours semblé bénéfique, avec son effet « Lotus bleu » facilement mais si efficacement obtenu. Fraîchement ravalée et repeinte, à peine sortie d'un chantier et, surtout, soumise au contrôle d'un gardien qui toléra que je jette un coup d'œil sur le hall d'entrée, elle n'était pas plus sympathique que cela et c'est finalement dans la maison qui lui fait suite, celle des Pays-Bas, que je suis entré par curiosité. J'ai appris depuis qu'elle allait être restaurée et qu'elle était portée sur l'inventaire des monuments historiques. Mais quelles que soient les subtilités du dessin de Dudok – un modernisme très fin, avec un sens élégant de l'allure, proche de celui de son compatriote Oud –, c'est encore d'autre chose (mais peut-être pas ?) que je veux parler.

Personne, là, en ce dimanche, pour contrôler les entrées, je pénétrai dans le hall désert et m'assis dans un fauteuil donnant sur le patio autour duquel le bâtiment, en fait, est organisé. C'est exactement comme dans un roman – il arrive ainsi que des scènes vécues, qui n'ont rien de spectaculaire, se détachent d'elles-mêmes pour produire une sorte de fiction stationnaire qui est aussi comme un plan de cinéma :

les murs autour du patio sont hauts et gris, l'état général du bâtiment, sans filer vers la ruine, est mauvais. Au commencement il n'y a personne, ni dehors ni dedans. Un mélange d'objets et de meubles des années trente et d'objets d'aujourd'hui (distributeurs de boissons, boîtes à lettres) produit, dans la pénombre, un équilibre étrangement chaleureux, renforcé par le léger laisser-aller qui imprègne tout. Dehors dans l'eau du bassin qui occupe presque la totalité du patio, il y a des poissons rouges. Ils vont lentement, changeant toutefois brusquement de direction, comme font tous les poissons. On dirait qu'il pleut doucement mais en fait il ne pleut pas, l'eau du bassin n'est pas troublée. Cette eau est verte, profondément. Autour d'elle l'immeuble entier est comme un aquarium, étrange, luxueux, fatigué. Puis quelqu'un vient : une jeune fille chinoise qui se met à chanter, et tout ce que je pouvais attendre de la maison d'à côté se met à exister là, pleinement et brièvement : je ne suis ni à Paris, ni en Hollande, ni en Chine, mais dans un voyage qui ne peut se poser en aucun de ces points, cela dure un peu, puis retombe, naturellement, et ce n'est pas le garçon qui est venu depuis les étages me demander si j'avais la monnaie sur un billet de cinq euros qui l'interrompt, ça s'effondre tout seul, sans bruit, sans effets, comme c'était venu. Une rêverie – je ne sais pas, il me semble qu'un nom, que ce nom est déjà de trop, qu'il s'agit d'encore moins que cela : scène de roman non plus d'ailleurs. Photographie peut-être, mais que nul n'a prise et que les mots ne peuvent pas prendre, ce n'est pas leur genre, mais je me souviens : le livre que j'écris a pour sujet la France, que vient faire dès lors cette épiphanie de quelques secondes dans le hall désert de la Maison des Pays-Bas de la Cité universitaire de Paris, avec son climat et ses poissons rouges ?

Elle vient dire, il me semble, que ce qui rend un pays vivable, quel qu'il soit, c'est la possibilité qu'il laisse à la pensée de le quitter. L'identité définie comme le modelé d'une infinité de départs possibles – peut-être serait-ce cela le socle le plus résistant de la provenance ?

10

L'Atlantide de Rodin

« Accoudé à la fenêtre, dans mon ermitage de Meudon, je baigne mon front dans la vapeur du matin. Toutes les pensées sombres s'éloignent, je cède à la douceur de cette belle heure du printemps. – Je sais que mon peuple de statues m'attend, pour se laisser voir, et pour travailler avec moi », écrit Rodin dans *Les Cathédrales de France* qui, davantage qu'un essai, est plutôt une sorte de journal discontinu. « Mon peuple de statues », écrit-il, autrement dit il en est le roi, et son ermitage est leur royaume. Mais ces statues travaillent, l'ermitage est une usine, une fabrique, c'est la villa des Brillants, avec son parc et ses dépendances, à commencer par la reconstitution (partielle) du pavillon de l'Alma qui fut l'espace du triomphe du sculpteur, lors de l'Exposition universelle de 1900 et qui devint donc, à Meudon, le cœur de son atelier. Et si tout atelier est un monde – à la fois nuée autour de l'œuvre et foyer où elle se pense et se creuse comme dans son propre fond –, alors celui de Rodin, là-haut, dans ce coin assez retiré, plus que celui de la rue de l'Université encore, est un absolu de l'atelier : une ruche, avec des aides, nombreux, une activité considérable, mais une villa aussi, une maison (pas très grande) – l'ermitage étant le lieu du repos et du repli, avec des soirs tranquilles et des matins où « les pensées sombres s'éloignent » au-dessus des brouillards qui s'enlèvent sur Saint-Cloud, mais encore l'espace d'engrangement de la formidable collection d'antiques que le sculpteur, avec une avidité hors du commun, réunira autour de lui – 6 500 pièces au bout du compte. Donc un lieu hors normes où entre deux peuples, celui des statues qu'il réalise et celui des antiques qu'il collectionne, règne un roi qui devient une sorte d'entremetteur, mêlant les lignées et les âges, plongeant telle fille venue de ses mains dans une coupe vieille de deux mille ans, voyant dans un fragment de torse antique l'idée d'une forme à déployer dans son siècle, entrecroisant, pliant et dépliant fébrilement les époques et les lieux mais surtout et plus encore multipliant, et jusqu'à des quantités surprenantes, un répertoire de formes prêtes à servir, pièces détachées de l'usine fabuleuse, fragments de corps rangés aujourd'hui les uns à côté des autres dans de longs tiroirs que l'on ouvre avec précaution dans les réserves qui forment à Meudon, sous la villa elle-même, une caverne et un laboratoire.

Dizaines, centaines de petits bras droits ou gauches, allongés ou repliés, dizaines, centaines de jambes, et de pieds, moulages de parties de corps, têtes, toutes sortes de têtes : tels sont, au repos et survivant par-delà leur remploi qui n'est pas venu, les « abattis », comme Rodin les appelait – véritablement l'une des clefs de son œuvre, en tout cas de ce qui en elle est le plus prompt et le plus vif, le moins connu peut-être, soit cette tension vers l'œuvre qui n'a de sens qu'à défaire et refaire autant qu'à constituer, qui inachève et qui fragmente – tout ce que l'on peut rapporter à un *work in progress* inattendu chez celui dont on a pu faire aussi, via quelques œuvres témoins, un absolu du sculpteur, maître d'un art de formes intégralement dressées et conduites à l'achèvement. Mais dès que l'on s'approche un peu, on voit que ces formes elles-mêmes sont, la plupart du temps (mais pas toujours), rapportables à des schèmes de travail beaucoup plus complexes et infinis : *Le Penseur* dont le rôle d'icône absolue fait oublier qu'il n'est d'abord qu'une pièce détachée venue de la *Porte de l'Enfer*, dans laquelle l'homme ténébreux et si pesamment assis qui figurait d'abord Dante envahi par sa propre vision demeurait à l'abri du rôle un peu trop évident qu'une tradition humaniste peu regardante allait lui faire endosser ; cette *Porte*, bien sûr, simultanément « dépotoir » et « Arche de Noé » selon Leo Steinberg et dont toute l'histoire est celle d'une amplification de l'inachèvement et du repentir ; mais aussi *Les Bourgeois de Calais*, dont il faut moins imaginer les six figures comme posées une fois pour toutes que comme issues d'un lent brouillon chorégraphique dont elles auraient pu tout aussi bien sortir isolées (et cela on le voit en bien des exemples, chaque œuvre se décomposant en un archipel de fragments, d'essais et de variantes) ou formant une procession plus longue et plus égrenée partant presque au ras du sol.

La tentation est grande d'opposer l'un à l'autre deux versants de Rodin, dont l'un se tiendrait, en partie caché encore, sur les hauteurs de la villa des Brillants et dont l'autre au contraire rayonnerait à l'hôtel Biron, en plein Paris, mais dans l'un des quartiers de la capitale les plus éloignés de toute forme de vie populaire. Sans doute serait-ce faux envers la genèse même des aires de travail du sculpteur, puisqu'il faudrait absolument ajouter encore l'atelier de la rue de l'Université, le plus ancien, mais que Rodin conserva jusqu'à la fin. Et ce serait faux surtout dans le principe, en tout cas quant à l'œuvre, puisque si c'est bien au musée de la rue de Varenne que sont exposés les grands bronzes, c'est aux Brillants que sont conservés leurs moules. Mais même s'il est vrai qu'il y a une sorte d'échange permanent (obligatoire et naturel si l'on y pense) de l'un à l'autre site – tel objet de grandes ou petites dimensions pouvant se retrouver dans l'un ou dans l'autre et le musée parisien proposant d'ailleurs un aperçu non négligeable de l'aspect *work in progress*, y compris quelques abattis –, il reste que la perception que l'on a de l'œuvre est très différente selon que l'on ne se rend qu'au musée de la rue de Varenne ou que l'on accepte aussi d'aller à la villa des Brillants. Si celle-ci n'est pas difficile à rejoindre, elle est tout de même assez excentrée, en tout cas par rapport aux mœurs touristiques courantes. Et c'est ce qui fait, malgré tout, que s'il n'y a pas un Rodin de banlieue que l'on pourrait opposer à un Rodin parisien (lui-même n'aurait absolument pas compris cela), il y a, à Meudon, avec Meudon, un redoublement secret de l'œuvre : d'une part avec ce que l'on y peut voir, et d'autre part avec ce qui s'y tient caché, dans les réserves immenses qui se succèdent en un ordre assez labyrinthique dans les sous-sols de la villa.

À l'époque où Rodin faisait quotidiennement le voyage entre la villa de Meudon et l'hôtel ou l'atelier parisiens, l'écart était sans doute beaucoup moins grand que de nos jours, le rapport étant même inversé en ce qui concerne les jardins qui, sur le site parisien, étaient quasi une friche : dans le film tourné par Sacha Guitry en 1914 (j'y reviendrai) on voit Rodin faire quelques pas sur le perron de l'hôtel Biron en haut de marches largement gagnées par des buissonnements sauvages. Entre cette extrémité oubliée du faubourg Saint-Germain et les abords de la villa qui n'étaient certes pas encore entourés de la multitude de pavillons qui la cerne désormais (Rilke parle même d'une « maison champêtre » et quasi d'une campagne, il évoque aussi, près de Versailles, c'est-à-dire tout près de Meudon, un attelage à quatre bœufs dont Rodin suit la manœuvre avec une admirative attention), la pensée devait glisser plus facilement qu'elle ne le fait aujourd'hui. Paradoxalement, j'en suis sûr, le voyage, pour elle, est maintenant plus long, car lorsque l'on parvient à la petite station du RER C de Meudon-Val-Fleury d'où il faut marcher ensuite un bon kilomètre pour atteindre la villa des Brillants, c'est après avoir traversé en train tout le nouveau quartier d'affaires d'Issy-les-Moulineaux, et cette succession d'immeubles de verre plutôt banals et de pavillons dans l'ensemble médiocres (seule, sur le chemin, une villa des Chimères, toute de meulière caverneuse et suspendant quelques monstres à ses corniches, a un peu d'allure) finit par donner l'illusion d'un petit voyage rendant donc plus secrets encore les secrets qu'en effet l'on vient voir.

Toujours il faut cet effort de se reporter aux conditions d'époque, et dans ce cas ce sont des voitures à chevaux – tombereaux et charrettes aussi bien que fiacres et tilburys – gravissant la route des Gardes en direction de Chaville et de Versailles, mais aussi un train de banlieue qui longeait la Seine en l'ornant d'une traînée de vapeur (sur une carte postale 1900 où le panache de fumée se découpe devant la tour Eiffel, on voit, un peu en aval du pont de Grenelle, un vaste bateau-lavoir relié au quai par de longues passerelles), c'était un autre monde, de vitesses encore lentes et de présences matérielles plus directes, la vapeur, la ferraille, les planches, le crottin et sans doute, aperçu par un vieil homme barbu qui regardait rêveusement la Seine, le mouvement de hanche d'une lingère portant son panier, sœur un peu plus tardive ou fille de celles que Daumier représenta si bien : cela pour dire que le terreau d'expériences accompagnant les œuvres et leur venue lente et tumultueuse, nous l'idéalisons toujours, alors qu'il faudrait à une pensée allant en direction de Michel-Ange et de l'Idée mêler le vol d'une abeille dans la poussière lumineuse du matin, le bruit d'une scie dans le fond de l'atelier et une sensation de faim nouant le ventre du sculpteur. À propos de chevaux j'y pense, il est presque difficile d'imaginer Rodin au bois de Boulogne sur les traces de Mme Swann et de Proust, certes il eût pu lui aussi trouver ravissante la cocotte épanouie remontant l'allée des Acacias dans sa voiture, mais ce n'est pas seulement que ce n'est pas son monde, c'est qu'autour des œuvres les plus contemporaines le réseau des noms et le milieu qui les porte peuvent n'avoir aucun rapport de l'une à l'autre et tel est bien le cas de Proust à Rodin : il ne se passe rien entre eux.

Malgré la rue de l'Université, l'hôtel Biron et même la marquise de Choiseul lui passant des chants grégoriens mais aussi des valses sur un phonographe dont il avait fait l'acquisition (c'est Rilke, encore, qui raconte cela dans une lettre), et bien qu'il y soit né lui-même, les relations de Rodin avec Paris, et pas seulement sans doute du fait que s'y incarnait le monde officiel qui tour à tour le refusa et le courtisa, sont loin d'être simples ou cordiales. À plusieurs reprises, dans *Les Cathédrales de France*, au sein de l'éloge continu que Rodin fait de leur lien organique et même charnel au pays qui les porte, Paris est évoqué, en passant, comme un monstre corrupteur assigné à la mode et aux effets et, comme tel, incapable de se tenir dans le droit-fil de cette probité qu'il voit, ou imagine, florissante et frémie, réunissant les jeunes filles, les temples et les campagnes dans son orbe. « Il y a encore la province, me suis-je dit bien souvent pour me consoler… », va-t-il jusqu'à écrire, avec un peu de mauvaise foi sans doute puisque, à la fin c'est tout de même à Paris, via l'hôtel Biron, qu'il confiera son œuvre. Mais, rentrant pratiquement chaque soir à Meudon, du moins pouvait-il non seulement se sentir un peu éloigné de la capitale et du réseau d'engagements qu'elle signifiait pour lui, mais surtout lui était-il possible, en observant quelque ligne de brouillard remonter sur Bellevue ou en jouant avec ses chiens dans le parc, de se sentir, sinon en province ou franchement à la campagne, mais tout de même dans un rapport continu, géographique, terrien, respiré, avec un territoire qu'il éprouvait comme sien et qui est celui-là même dont il a connu presque tactilement les chemins, ainsi qu'il le raconte, parfois magnifiquement, lorsqu'il n'est plus question pour lui que de « crayonner son bonheur » – je crois que l'on est en droit de reprendre ici cette expression de Nietzsche, nous demandant d'ailleurs au passage quelle aurait pu être la destinée d'un rapport entre eux : entre la relation de Nietzsche à Wagner et celle de Rilke à Rodin, il y a en effet la place pour une interrogation fructueuse, même si elle ne peut être que virtuelle. Une adhésion, puis peut-être une rupture, « le cas Rodin » succédant au *Cas Wagner* (Wagner qui habita lui aussi un temps à Meudon où il acheva *Le Vaisseau fantôme*), on imagine aisément ce que l'on a perdu.

Mais voici ce coup de crayon de Rodin, il est question ici des forêts du Nord, dans le chapitre sur Amiens : « Paysage puissant et mélancolique ! Ces bigarrures de lumière… ces nervures, ces colonnettes… Ces carrefours de cathédrale défoncés dans cette solitude… La boue nous cache les feuilles mortes, n'en laisse découvertes que quelques-unes pour faire avec elles un vif contraste. Petites plaques de soleil ; fûts d'arbres tranchés, dans leur plan, par un rayon qui glisse. »

La continuité qui lie le paysage (et donc le pays) à l'expression, Rodin l'aura vécue à travers les cathédrales comme une évidence plastique et morale. Rien, je pense, malgré l'étendue de sa grande faculté d'admirer, ne l'aura enchanté et séduit, retourné et hanté comme les cathédrales, et s'il a pu dire que « la sculpture n'est qu'une espèce dans le genre immense de l'architecture », c'est bien parce que les cathédrales, telles qu'il les aura vues bouger et vivre dans la lumière changeante de leurs cieux la plupart du temps brouillés, y compris dans la nuit (« oui, c'est la nuit, écrit-il, […] que les architectures reviennent »), sont elles-mêmes sinon des sculptures mais ce qui pour lui aura su porter la sculpture à l'intensité de son idée, et cela aussi bien en termes de rendement plastique que de fonction sociale. Ne nous le cachons pas, le tour que peut prendre cette identification de la sculpture magnifiée à une terre qui l'enfante et la veut est, chez Rodin, violemment apparié à un sentiment national : la cathédrale est pour lui « la synthèse du pays » et c'est comme telle que, gothique, elle inscrit « l'inépuisable richesse des modelés de l'ombre » qui est sa force et son tourment comme la signature d'une appartenance et d'un lien, comme ce qui vient en quelque sorte parapher la « grandeur doucement monotone » des horizons du paysage français, que ce soit vers Reims, Chartres, Amiens ou sur les bords de Loire.

Lisant cela un siècle plus tard, et même en étant fascinés par la puissance de conviction et par la pesanteur doucement étreignante des propos de Rodin, nous ne pouvons résister à la torsion inverse d'un sentiment d'éloignement : sans se draper et en restant avant tout attentive à la vérité lumineuse des ciels et des eaux, de la pierre qui s'y découpe ou s'y reflète, sans se mêler non plus de tenter des comparaisons avec d'autres contrées, la ferveur de Rodin est pourtant celle d'un âge où l'idée de nation n'était pas discutée et où les adhérences des peuples aux formes que cette idée prenait sous leurs yeux l'emportaient largement sur les doutes, les fatigues ou les rêveries de surpassement : la guerre de 1914-1918, fruit de cette exaltation nationale portée à son comble, allait en même temps en ruiner la validité, mais Rodin, à qui l'État passera la commande d'un monument à la mémoire des soldats de Verdun, mourra avant de pouvoir y donner suite, et sans doute est-il préférable que son œuvre n'ait pas trouvé à s'accomplir dans ce registre. Il est possible au demeurant d'imaginer que, sur ce versant le plus officiel de son art, et dans l'espace même d'une commande étroitement surveillée, il eût pu renâcler et surprendre les militaires et les politiques comme il avait surpris et choqué les hommes de lettres patentés avec son *Balzac*, mais il reste qu'il est tout de même celui à qui cette commande fut passée.

Au commencement de la guerre, Sacha Guitry avait eu l'idée, pour répondre à un manifeste d'intellectuels allemands, de filmer « ceux qui, dans toutes les branches de l'art, [lui] avaient semblé incarner le génie français », Rodin figurant naturellement parmi eux, avec Monet, Degas, Mirbeau, Renoir, Sarah Bernhardt, Anatole France et encore quelques autres, dont le très médiocre Saint-Saëns (lequel n'avait pas hésité, en compagnie de Vincent d'Indy, autre héros français de la musique symphonique de square, à initier une « Ligue nationale pour la défense de la musique française » qui proposait d'interdire l'exécution d'œuvres musicales allemandes ou austro-hongroises – Ravel, qui refusa d'y adhérer, écrivit une très belle lettre où il défend Schoenberg et Bartók). Mais ce qu'il faut dire, c'est que par un singulier renversement, ce film, de pure propagande dans son principe et dont le titre déplorable *(Ceux de chez nous)* est caractéristique d'un ton qui allait d'ailleurs perdurer bien au-delà de ces années, s'est en fait transformé en une extraordinaire série de documents, le geste de Sacha Guitry se révélant étonnamment précurseur : enregistrer ainsi l'image mobile d'un être en le filmant pour ce qu'il représente mais dans l'épaisseur de son apparence, on ne l'avait pratiquement jamais fait. La séquence Rodin qui dure 2'14'' est sans doute la plus saisissante. Elle enchaîne un plan où l'on voit le sculpteur, coiffé de son grand béret, faire quelques pas sur le perron de l'hôtel Biron avec un autre, plus long, où on le voit à l'œuvre, massette et ciseau à la main, s'interrompant parfois pour parler. Il sourit, il y a en lui, comme on s'y attend, de la bonhomie et de la rudesse, mais aussi quelque chose, dans le regard, de fauve, d'humide et de blessé, des fragments de pierre ont sauté dans sa barbe, on n'écoute plus la voix nasillarde de Sacha Guitry disant le commentaire mixé bien plus tard (en 1939 puis en 1952, pour l'ultime version réalisée avec Frédéric Rossif), on regarde simplement, assez émerveillé de nous retrouver devant cet homme, un peu comme si une brèche avait été ouverte et que l'on ait accès par elle, imprévisiblement, à une région du temps très éloignée.

De ces images en noir et blanc qui donnent l'impression d'avoir exceptionnellement échappé à l'invisibilité et par conséquent d'être sauves, toute référence nationale est absente : le « chez nous » du titre du film est laminé par le « chez lui » de l'homme que l'on voit habiter et mouvoir la séquence. Le crépitement indiciel de l'image, dans ce très lointain cinéma, efface le discours sur les valeurs qu'il est censé promouvoir, et c'est la modernité spontanée du matériau photographique qui entre en force ou, plutôt, en douceur. Or ce renversement du fond hymnique qui vient avec la nature documentaire de l'image, Rodin, qui aura aussi été le sculpteur le plus symphonique, le plus mahlérien, n'en est pourtant pas éloigné : d'une part le schème national, si organique qu'il soit dans son attitude, n'a rien chez lui d'exalté. D'autre part, cette référence au pays est comme lovée, à la manière d'un filon singulier, au sein d'une vaste mine parcourue par une multitude de filons distincts qui n'ont de sens, pour Rodin, qu'à s'entrecroiser et à former une sorte de fête universelle dont il accepte et revendique d'être le témoin ébloui.

Tout au long du livre sur les cathédrales revient, associé à l'image que Rodin se fait de la France, le leitmotiv de la douceur : il parle d'un « peuple très doux » ou de la « douce obstination du génie paysan de notre race », ou encore de la « modestie du tempérament français » et, chaque fois ou presque, ce sont des figures de jeunes filles ou de femmes qui introduisent ce motif pour nous très étrange et daté (« notre race »), voire presque incompréhensible (la modestie !). Et s'il faut savoir gré à Rodin de ne pas reprendre aussi le plus éculé des poncifs touchant à la France – celui de la prétendue mesure dont elle serait l'instrument et la preuve –, du moins est-il là pour nous, c'est-à-dire pour l'usage que nous pouvons faire de sa pensée, au plus loin. Et à tel point que nous devons tout de même nous demander ce qu'il a bien pu vouloir dire : par-delà les tournures d'époque, on sent qu'autre chose entre en jeu, de moins convenu, de plus ductile : il me semble que c'est justement d'un toucher qu'il est question, et que ce que Rodin envisage, entrevoit, c'est quelque chose de fluide et de plein, qui s'insinue entre la ligne et la masse, et que sa main peut sentir – sur un bord charnel, tout à fait, mais aussi sur un bord qui lui échappe et qui serait une perfection évanouie de la forme, une sorte d'effectivité de la transition, du passage, un apaisement transi du devenir, sans doute ce dont il donne la formule, à la fin de son livre sur les cathédrales, lorsqu'il écrit que « doucine est bien le nom de la moulure française », phrase qui cesse d'être hermétique si l'on se renseigne sur ce qu'est la doucine, cette moulure formée d'une double courbure joignant deux arcs de cercle qui se fondent l'un dans l'autre en un S aplati qui, au sommet des colonnes, sous l'entablement, ou à leur pied, inscrit dans l'architecture un geste qui est comme la caresse ferme d'une main ou le tracé d'une onde : par conséquent un adoucissement encore, une tentative réussie de se dégager de la raideur.

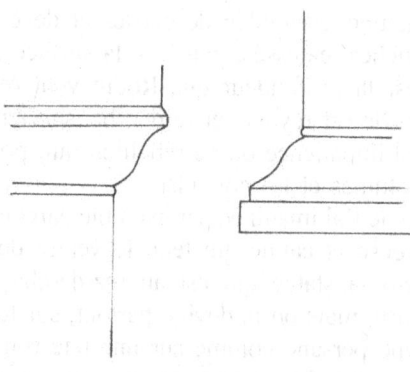

La France de Rodin est donc une sorte de havre ou de répit mais telle qu'il la décrit elle n'est véritablement en phase qu'avec ce qui pourrait sembler « doucine » dans son œuvre, par exemple les plus abrasés et les plus fondus de ses marbres. Elle est comme un pays qui, en arrière des œuvres, les reçoit et les stimule, mais les œuvres, et celles de Rodin en premier lieu, lui échappent, soulevées par un tumulte où la douceur, si elle n'est pas exclue, ne se reconnaît pas ou n'est pas l'évidence.

Ce qu'il faut imaginer, en fait, avec cette étrange insistance sur les moulures, c'est la dimension véritablement tactile de l'approche (et de l'art) de Rodin : ce qu'il a sous les yeux, sa main le touche ou désire le toucher. Ces yeux ardents qui effrayèrent tant, paraît-il, les filles Hoschedé lorsque Rodin vint dîner chez Monet à Giverny, il ne faut pas se les représenter se fermant

– leur attention ne se relâche pas – mais conduisant la main dans son contact irremplaçable avec la fermeté des volumes et la surface fuyante des masses et des plans : la collection d'antiques de Rodin, c'est d'abord, on le sent, une assemblée de choses et de corps qui ont été touchés, caressés, palpés – la surface de cette émotion est la profondeur que Rodin veut rejoindre, et comme elle est fuyante et se dérobe, survient en lui une sorte d'impatience ou de rébellion qui, pour finir, tord les volumes et les convulse.

Sa main, je l'ai imaginée par exemple parcourir cette onde nerveuse et calme qui tend le ventre de Nectanébo Ier sur la statue qui est au rez-de-chaussée de l'hôtel Biron, mais on la devine partout, sur les flancs d'une coupe persane comme sur une tête romaine ou – mais les tenant alors dans son creux comme une main de géant – sur ces objets minuscules qu'il aimait fixer sur de petits socles d'onyx en forme de tronc de cône – socles à peine plus gros qu'un dé à coudre, qu'il faisait fabriquer et qui lui permettaient d'objectiver des figures qui, autrement, n'eussent été que grenaille.

Rome et la Grèce, l'Égypte, on le voit, c'est tout le fonds antique qui est sondé et qui vient sous la main de Rodin, fidèlement à cette propension qu'il avait à filer de très longs et imprécis fondus enchaînés historiques. Propres à faire frémir les historiens d'art, ces raccourcis transversaux portés par l'intuition ramassaient en un seul geste continu la succession des styles, de l'Égypte au roman et de lui au gothique, puis de lui à la Renaissance ou à Rembrandt. Mais c'est bien au-delà d'une telle continuité qu'il se laisse emporter, et l'on sait l'impact qu'auront eu sur lui les danseuses cambodgiennes de la suite du roi Sisowath, qu'il a vues à Paris et suivies à Marseille. Choc dont il rassemble et relève l'effet par ses nombreux dessins mais aussi en s'exclamant, à propos de l'Ange au cadran de la cathédrale de Chartres : « *Cet Ange est une figure cambodgienne !* » Formule où l'italique comme le point d'exclamation sont de Rodin lui-même qui explique, un peu plus loin, en quoi consiste ce que l'on pourrait considérer comme une théorie du court-circuit émotif : « Comme j'avais reconnu la beauté antique dans les danses du Cambodge, peu de temps après mon séjour à Marseille, je reconnus la beauté cambodgienne à Chartres. » Cet enthousiasme a quelque chose de rapide, peut-être même de désinvolte. Un peu comme lorsque à propos des cloches de la cathédrale de Soissons sonnant l'angélus, Rodin pense aux « vibrations profondes du gong », l'instrument de ceux qu'alors il appelle « nos frères chinois ». Il n'empêche : par-delà le côté déclamatoire et sentimental de cet universalisme proclamé, quelque chose de vrai est touché, dont les dessins sont le signe ébloui. L'émotion qui le gagne est physique, immédiate, généreuse, elle s'en va, elle ne se distingue pas en son fond de celle qui l'étreint devant les cathédrales ou le corpus antique, elle la prolonge : rien d'exotique, dans cet espace de gestes nouveaux qui s'ouvre plutôt comme la suite d'un apprentissage ou comme une nouvelle pièce qui se serait miraculeusement ouverte dans la grande maison ou le grand atelier.

Or ce n'est justement pas du côté des monuments et des œuvres que l'on peut sentir s'exercer avec le plus de force l'action de cette émotion. Loin de tout « chez nous » national mais loin aussi de ce « chez soi » qu'il risque toujours d'y avoir dans les œuvres rassises, le flux continu n'est pas dans le registre de la grandeur mais dans celui de l'immensité : c'est son abandon à l'immensité (« nous avons donc, tous, l'immensité pour propriété », écrit-il) qui sauve Rodin du piège de la grandeur qui s'est ouvert tant de fois devant lui (et où, je dois le dire, j'ai cru pendant longtemps qu'il était tout entier tombé). L'immensité est à la fois un commencement et un horizon, elle est sondée par des gestes qui les relient – « une femme qui se peigne remplit de son geste le ciel », écrit encore, et magnifiquement, Rodin. Mais ce qui vient dans l'au-delà ou le profil de ce geste, c'est peut-être moins ce que Rodin a réussi et dressé que ce qu'il a cherché et voulu : sous son œuvre effective, c'est comme s'il y en avait une autre, encore en gestation – œuvre à venir qui serait (au sens direct, hégélien) la relève de l'autre. Le contraste herméneutique que Walter Benjamin avait discerné pour les époques de la culture entre ce qu'elles ont réalisé et ce à quoi elles ont rêvé, nous pouvons l'appliquer à l'univers d'une œuvre aussi étendue que celle de Rodin : entre ce que l'on voit et ce que l'on pressent, entre ce qui est installé et ce qui semble en partance, les tensions écrivent un double chemin qui tantôt se sépare et tantôt se rassemble, et c'est comme s'il y avait sous l'œuvre un continent perdu fait de toutes les tentatives qui voulurent rejoindre l'immense et s'y perdre, que ce soit par la violence d'un élan, l'intensité d'une douceur ou le vertige de la quantité : ces élans, cette douceur, ce vertige, c'est exactement ce que l'on voit lorsque s'ouvrent les tiroirs où, sagement rangés, les abattis ont l'air d'attendre la possibilité de s'ébattre, cumulant dans leur être la caractéristique du vestige et celle du présage. C'est pourquoi, dans les sous-sols de Meudon où ils reposent, l'on éprouve si fortement la sensation d'être devant un rêve de l'œuvre qui dépasserait l'œuvre elle-même – utopie contenue latente dans ce qui est venu mais qui, distincte aussi, et fuyante, s'en échappe.

Du coup, les objets antiques, rangés là eux aussi, adoptent ce mouvement qui les tourne vers l'avenir où, sans cesser d'être des traces, ils se suspendent dans la possibilité d'un retour. Sans doute est-ce là, dans de tels mouvements et de tels écarts, que le passé se recharge, non seulement à lui-même, mais aussi à un courant d'air qui semble venir d'ailleurs, comme si pouvait exister un vecteur perpendiculaire à celui du temps versé. Et ce que souffle à l'esprit, jusque dans ses aspects de brocante sublime, l'Atlantide de Meudon, le continent enfoui des fragments de Rodin, c'est la possibilité qu'à tout ce qui existe ou a existé vienne s'ajouter, discrètement mais pour toujours, en filigrane en quelque sorte, la trame effacée mais sans fin renaissante de ce qui aurait pu être.

(Le pays, ce qu'on appelle un pays, qui est ce qu'au fond j'ai essayé d'attraper à travers un artiste supposé l'incarner, en être, en venir, s'en réclamer, peut-être est-ce d'abord dans ces trames secrètes et leurs retours latents qu'il se rend présent et s'entrouvre : non comme une masse ou une citadelle d'identités et d'acquis, mais comme une formation inachevée, une esquisse – le contraire (mais là je rêve, bien sûr) de tout repli, de toute académie, de tout « patrimoine ».)

11

Bassin des carpes, cour des adieux

D'où vient-elle cette image, je ne le sais plus, il me semble qu'elle est composée, qu'il y a en elle quelque chose qui vient de l'enfance, du plus loin de l'enfance, mais que cette origine est comme recouverte par d'autres images qui viennent en surimpression – en tout cas ce sont des carpes, un affolement de carpes qui se battent dans l'eau pour se saisir de ce qu'on leur jette, et cela fait un extraordinaire ballet de violence brassée, avec des couleurs qui sont celles du sang et du corail, de la vase et de la nacre, dans un tourbillon d'eau vert sombre d'où partent en éclats des théories de bulles rapides, le tout finissant par former une sorte de matière autonome, où la nature purement liquide de l'eau douce semble se charger d'une composante à la fois énervée et visqueuse.

Cette scène, il me semble qu'au cinéma aussi je l'ai vue et que peut-être cela jette un trouble, un voile – tout comme le souvenir, dans la pénombre, de ces bassins où, sur les toits des grands magasins de Tokyo, évoluent, pour que les amateurs les achètent, des carpes de toutes tailles allant jusqu'à des prix faramineux –, mais ce dont je suis sûr, par contre, c'est de ce qui affilie cette image, l'image de ce tumulte, à l'idée la plus ancienne que j'aie pu me forger de l'Histoire. Image à peine détachée de l'imagerie ou de la vignette (« François Ier jouant avec les carpes du bassin de Fontainebleau »), mais qui ne tient que par sa violence : il y a là, et presque dans l'inconscient, comme un film à la bande-son coupée où le son reviendrait brusquement, faisant un grand battage d'eau et d'éclaboussures – mais d'un seul coup c'est du sang, ce sont des armures, je ne le vois ni ne l'entends mais tel est le choc induit –, l'idée qui survient, de l'enfance, sur le lit de feuilles de la forêt proche du château : Fontainebleau donc, c'est-à-dire, selon la couronne déjà un peu lointaine qu'ils forment autour de Paris, l'un de ces châteaux où la royauté (et dans ce cas également l'Empire) a tellement imprimé sa marque que c'est comme si l'air en retentissait encore et que l'on ne peut respirer tout à fait librement dans leurs parages ou en tout cas faire comme si rien là n'avait eu lieu et ne s'était épaissi au point d'imprégner toute l'atmosphère. Les villes portant le même nom que leur royal château n'ayant pas, dès lors, de véritable autonomie et étant encore comme sous hypnose, sensation qui, à Versailles, se complique du très lourd héritage politique que comporte et comme allant de soi l'épithète « versaillais »,

tandis que « bellifontain », ainsi qu'on doit dire pour ce qui vient de Fontainebleau, n'emporte pas d'autre ombre que celle d'un vague accent Ancien Régime et frivole doublé du narcissisme de classe de ceux qui savent qu'on doit dire comme ça – l'épithète se détachant tout seul et partant comme un fiacre ou une bicyclette dans le jour tamisé de la forêt, encadré par une fenêtre en avant de laquelle une femme âgée a reposé sa tasse de thé sur une table ronde recouverte d'une nappe : il y a des reflets aussi, et des odeurs de repas qu'on prépare, j'entends clairement les noms – tour Denecourt, Bois-le-Roi, mare aux Fées, vol-au-vent –, ils se propagent comme des ondes à partir d'un caillou jeté dans l'enfance : en certains points du territoire, comme c'est fatal si on en vient, la machine s'emballe et ne peut même plus permettre aux pensées de se suivre, tout vient trop vite et tout seul – mais pourtant ce n'est pas ce lièvre trop agile que j'ai voulu lever en retournant à Fontainebleau, c'est un autre, plus lourd, plus mystérieux aussi, c'est le lièvre « royal » de l'imprégnation historique, soit aussi cette matière violente que j'ai voulu accrocher avec cette image de bassin et de carpes. Mais malgré tout, et malgré la joie et la mélancolie inhérentes à ces toboggans d'images précipitées, il faut ralentir ou recommencer autrement : par exemple, il me semble que dans les années cinquante et peut-être encore un peu plus tard, les rois, ou tout au moins certains d'entre eux ainsi que Napoléon bien sûr, faisaient intégralement partie des bagages de l'enfance et que cela aujourd'hui est en train de s'effacer : certes pas parce que l'époque serait devenue plus républicaine – ce serait même plutôt le contraire –, mais parce que l'Histoire dans son ensemble, en tant que masse de récits et de légendes, s'éloigne ou s'évapore. Des parcelles d'imagerie subsistent, souvent reconverties, transposées, des collages nouveaux ont été inventés (par exemple entre le Moyen Âge et la science-fiction), mais il me semble que l'Histoire est devenue comme une sorte de magasin étrange ou comme un entrepôt d'effets et de signes surgissant sans ordre, liberté étant laissée à chacun d'aller y voir de plus près, mais aucune véritable communauté d'énonciation et d'écoute n'existant plus autour d'elle. Tout ce que cette communauté, tant qu'elle exista, devait à la relative proximité des guerres et, donc, à une idéologie patriotique sous-jacente, j'en suis conscient, je le vois, et je n'ai nulle envie d'entonner – d'autres s'en chargent, et comme c'est lourd ! – le chant d'une prétendue unité perdue. Mais voilà, ce qui est vrai, c'est que le long de ces promenades dominicales dont je me souviens qu'elles n'étaient pas que le fait de ma famille, nous avancions dans un espace jalonné où tel haut fait prenait sa place à côté de tel nom, dans une chronologie certes flottante et lacunaire mais où étaient tout de même fixés un certain nombre de repères destinés, malgré tout, à faire passer en nous l'esquisse d'un sentiment d'appartenance. Un peu, comme si à côté des noms communs de la langue natale, une autre langue, formée celle-là de noms propres, et qui avait pour charge de nous accompagner, s'était infiltrée, assez efficacement je dois dire, pour donner consistance à cet ensemble de mots de passe à quoi se reconnaît une communauté de filiation.

Sans doute cette efficacité provenait-elle du caractère plutôt spontané de cette énonciation des noms et des choses – et les lieux où c'était l'Histoire « pour de vrai », comme disent les enfants, qui était là avec ses fantômes, jouaient le premier rôle. Ce qui est étrange, c'est qu'à propos de Fontainebleau l'image des carpes du bassin ait fait écran, éclipsant presque tout le reste et même l'escalier de la cour dite des Adieux. Aussi, y retournant, avec peu de souvenirs et n'ayant donc à l'esprit qu'une image plutôt sombre mais très floue englobant les époques en une sorte de magma incertain, ai-je été surpris de voir l'espace se feuilleter en toute une série de lieux distincts et d'épisodes séparés parfois par des siècles, le château et son parc établissant leur cohérence par cette dispersion même, au long d'un parcours qui comporte à la fin quelque chose d'halluciné.

(un matin d'hiver en semaine, peu de monde, quelques étrangers dont un couple d'homosexuels italiens avidement photographes et un groupe de « troisième âge » plutôt bourgeois d'extraction – ciel couvert mais s'éclaircissant)

un bus conduit directement de la gare au château, celui-ci ouvert en U au-delà de la grille que voulut Napoléon, qui aurait aimé aussi qu'il puisse y avoir en avant du château, à l'extérieur, sur la place, une géométrie parfaite de rues rayonnantes. Mais il n'y a qu'un assortiment de bâtiments divers qui ont l'air de camper autour des ruines de l'hôtel de Ferrare construit par Serlio et dont ne reste qu'un pauvre pan de mur encadrant une porte servant d'écran à un gigantesque parking – il n'y a guère sur cette place que l'Hôtel de Londres, trois étoiles, qui ait un peu d'allure mais peut-être qu'après tout le Club du Château fitness center est une bonne maison

toujours est-il que de ce côté rien n'impressionne et qu'il vaut mieux entrer tout de suite et faire face à l'événement d'architecture, retardant toutefois pour plus tard le contact avec l'escalier d'Androuet Du Cerceau, tournant par conséquent tout de suite à droite pour aller par une arche à la grotte des Pins et, au-delà, faire quelques pas et se retourner pour voir partir le jardin anglais, un pâle soleil venant faire vibrer la façade de l'aile Louis XV qui donne de ce côté, assez belle dans sa régularité massive mais qui pour exister a dû détruire l'aile même où avait été déployée sous François Ier la fresque de l'histoire d'Ulysse, probable chef-d'œuvre de gigantomachie mélancolique, comme le laisse imaginer ce que l'on peut voir ailleurs dans le château

entrer ensuite et aller dans les salles (odeurs de cire et parquets qui craquent, gardiennes avec talkies-walkies, extincteurs posés sur le sol et recouverts de housses marron portant le dessin stylisé de l'objet qu'elles renferment), parfois passant vite devant la lourdeur des ors ou s'effarant de ce qui a pu être voulu ici comme dans tant d'autres maisons royales, la galerie des Assiettes, du règne de Louis-Philippe, valant pour explication claire de ce que fut sans doute, comme homme, celui qu'on appela le « roi bourgeois »

puis basculer dans l'évidence et la surprise avec les peintures du Rosso et leur invraisemblable encadrement de stucs : anges de meringue un peu pourrie s'affairant autour de l'éléphant supposé incarner l'État mais qui évoque d'abord une puissance somnambule, une procession romaine sortant des limbes ; *Vénus frustrée* au corps à la fois large et fuselé ouvrant grands les bras dans un geste incompréhensible, comme dansant solitairement avec de l'eau jusqu'aux genoux mais pour quel roi voyeur, ou quel programme étrange ? La galerie François Ier donc ainsi qu'on l'appelle, autrement dit, sur la ligne même de son pliage, le rapport fasciné d'un roi, moins à un pays – l'Italie – qu'à ce dont ce pays était pour lui la ressource, un trésor qu'il lui sembla si simple et si nécessaire de traduire et d'importer, de relancer et d'enrichir avec de nouveaux couloirs et de nouvelles fenêtres, celles-ci donnant sur une tout autre lumière : que ce soit celle du Val-de-Loire ou celle de la forêt de Fontainebleau, dans tous les cas la leçon des nymphes et de Diane ne pouvait, au contact de la langue qu'Amyot était en train de mettre au point, que subir une inflexion nouvelle, à la fois savante, voluptueuse, peut-être exténuée : dans la pâleur des figures de Fontainebleau (celles de Rosso, de Primatice), la fameuse ligne serpentine de la *maniera* trouve de nouveaux accomplissements, de nouveaux évanouissements, mais en semblant devenir tout ensemble plus avide et plus frêle, comme si était côtoyée continûment la possibilité que le rêve arcadien tourne au cauchemar.

En tout cas à Fontainebleau comme à Chambord passe un frisson qu'on ne retrouve en aucune autre époque de l'histoire des rois de France : il ne s'agit pas encore de ce qu'on appellera le pouvoir absolu – celui-ci, on le sait, viendra plus tard –, mais le rêve est peut-être encore plus puissant, qui attache le fondement de la royauté « de droit divin » à une sorte d'innocence rêveuse ou hantée, les derniers soubresauts de la légende chevaleresque venant orner jusqu'au délire les demeures d'un roi vaincu. De ce mélange d'effroi et de jouissance, de fraîcheur et de corruption émane quelque chose d'unique dont les carpes furent pour moi, dans l'enfance, les messagères ou plutôt les oracles puisque, bien sûr, je ne pouvais rien savoir de tout cela, mais ce qu'il faudrait pouvoir sonder, c'est ce sentiment confus que l'on a, tout petit, de l'Histoire, et la façon dont jouent là-dedans les époques.

Celle de François Ier, encore, un peu plus loin dans le château, dans la salle de bal, quels souvenirs ? Aucun sinon désormais celui de ce jour-là, de février, avec la lumière pénétrant par les deux côtés de la salle, l'un donnant sur la cour Ovale et l'autre sur le bassin aux Carpes, et éclairant les peintures et l'incroyable cheminée encadrée par deux très hauts satyres, les nuages courant dans le ciel au-delà des baies rejouant le drame : c'est étonnant comme certains lieux ont pouvoir de donner au ciel une accentuation grave et soudaine, peut-être l'émotion venait-elle aussi des musiques diffusées, pour l'essentiel évidemment des airs de danse de l'époque. Même si en règle générale je trouve que la sonorisation des lieux publics, surtout si elle se veut évocatoire, est pénible, là, dans la lumière d'hiver et sur ce monde éteint, les musiques choisies avaient une réelle force insinuante, non qu'elles fussent belles, au contraire, c'étaient ces genres d'airs de danse joués sur des instruments à vent un peu grêles mêlés à des tambourins et produisant l'image de ces sautillements têtus qu'on voit au cinéma dans des films en costume

(sur un cartel figurent les noms des musiciens dont on entend les airs, ils s'appellent Jacques Moderne, Claude Gervaise, Pierre Attaingnant ou Pierre Phalèse et ce sont vraiment des noms de ce temps où la langue, encore non fixée, s'orthographiait différente, portant des lettres en trop comme une vigne non taillée laisse croître autour d'elle un excès de pampres)

puis la chapelle Saint-Saturnin, compacte et aérienne, avec ses deux absides à cinq pans, puis la galerie de Diane transformée en bibliothèque sous Napoléon III – puis la partie Empire, où c'est comme si l'on basculait dans un autre monde, soudain plus proche, avec beaucoup, beaucoup trop d'or encore, un étrange velours chiné qui semble presque Art déco dans la chambre de l'Empereur, celle d'apparat car il en utilisait une autre, plus petite et plus sobre, seulement tendue de soie verte et tournée du côté de l'homme à la redingote grise comme la grande l'est du côté de l'homme du sacre, de loin le plus pénible mais qui n'est pas celui qui domine à Fontainebleau où tout semble se souvenir d'abord de l'abdication et des adieux : grâce à une pendule qui marche toujours (il s'agit bien sûr d'un effet), grâce à un petit bureau, on imagine d'ailleurs assez facilement le théâtre de ces derniers instants avant le départ pour l'île d'Elbe : non la légende glorieuse et pleurnicharde des braves ôtant leurs bonnets, mais ces quelques instants de vertige où Napoléon, seul, a dû laisser son regard se poser sans lui sur ces objets mêmes qu'aujourd'hui on voit encore et qui ont donc été les témoins de ce silence bien plus émouvant que tout triomphe, celui de ces moments de l'Histoire où le héros déchu doit réintégrer le rang ou tout au moins obtempérer, autrement dit faire ce qu'il n'a plus fait depuis des années et ce que peut-être il ne sait plus faire. Et l'on peut rêver qu'à ce moment un éclair de lucidité ait traversé son esprit, lui laissant entrevoir tout ce qu'il avait dû perdre pour atteindre à cette gloire d'où maintenant il se retirait, par exemple n'être qu'un voyageur anonyme prenant une voiture un matin devant un perron et laissant derrière lui, comme dans n'importe quelle maison bourgeoise, les horloges battre la mesure d'un temps désormais vide.

Comme lui en tout cas l'on se retrouve dehors et donc sous cet escalier très beau qui a comme de la souplesse, ayant pensé à tout cela, ayant révisé tout cela jusqu'à la lassitude : si à Fontainebleau les images dominantes sont en effet celles de François Ier et de Napoléon, on pourrait aussi en convoquer d'autres, et toute une liste d'événements vient l'établir : non seulement des événements mondains comme la naissance de Louis XIII ou le mariage de Louis XV mais aussi l'une des plus funestes dates de toute l'histoire de France, à savoir la révocation de l'édit de Nantes, qui fut en effet signée ici le 18 octobre 1685.

(Dans le soleil revenu, des paons avaient fait leur apparition et traînaient dans la cour, devant l'entrée du Jeu de paume, et dans celui-ci des jeunes gens s'entraînaient à réussir des services, car la salle est toujours en activité, bien que ce sport ne soit plus pratiqué que par quelques poignées d'amateurs, en Angleterre surtout paraît-il : j'ai lu les panneaux explicatifs accrochés dans la galerie qui longe le court, j'ai vu que comme au squash ou à la pelote basque on se servait des murs et aussi que la balle, pleine, rebondit bien moins haut qu'une balle de tennis, j'ai essayé de comprendre les règles complexes qui divisent le camp de chaque adversaire en toute une série de bandes correspondant à des valeurs distinctes pour les points marqués, j'ai respiré cette odeur de caoutchouc éteint qui est celle des gymnases, puisque la salle, bien loin de toute volonté de reconstitution historique, quoique apposée directement au château, a les allures, assez étrangement, d'un espace sportif actuel.

Un peu plus tard, en repartant à pied vers la gare qui est assez loin, le temps étant redevenu gris, je me suis arrêté au carrefour de la rue Aristide-Briand et de la rue du Statuaire-Adam-Salomon, il y a là deux commerces, Speed Auto, qui répare les pots d'échappement, et Royaume Canin, qui vend des produits pour chiens et chats, et j'ai trouvé ces lieux d'une insondable tristesse. Non parce qu'ils feraient contraste avec toutes les grandeurs du château visité (qu'ils le fassent, c'est l'évidence), mais parce qu'ils m'ont semblé être sous le vent de la même Histoire comme un faubourg totalement et définitivement enfoncé dans l'oubli, perdu, et pas même à sauver.)

12

Varennes ou Buzancy

L'Histoire de France, encore elle, toujours elle, avec son grand H mais fondu, filé dans des recoins, des trous, des villages plus ou moins perdus qui, brusquement, se sont retrouvés sur le passage de l'événement. Noms tantôt voués à retomber dans l'oubli ou à faire des apparitions dans les brochures des érudits locaux, tantôt figurant dans les dictionnaires ou les livres d'histoire et que tout le monde connaît, ce qui est le cas de Varennes, qui doit vraiment sa célébrité à un concours de circonstances. Peu d'épisodes de l'histoire de France autant que l'arrestation de Louis XVI et de sa famille le 21 juin 1791 dans cette petite ville de la frange occidentale de la Lorraine auront occasionné, et à juste titre, réflexions, méditations et spéculations sur le rôle du hasard dans la formation des événements. Légers retards finissant par s'accumuler, malentendus surgissant d'un relais prévu à un autre endroit, rapports de force chancelants, initiatives tardives ou maladroites, tout concourt à libérer autour de l'échec de la tentative du roi le climat d'un « et si ? » généralisé. De l'événement, à dire vrai, l'affaire de Varennes n'a presque aucun trait et, à en lire les comptes rendus, on est surpris et même peut-être aussi fasciné par ce mélange d'improvisation et de médiocrité qui semble imprégner tout ce qui a trait à la fuite du roi. Le départ du Louvre, de nuit, est bien un peu aventureux (et Alexandre Dumas, le racontant/l'imaginant, s'y retrouve chez lui), mais ni la suite de faits anodins jalonnant la route suivie par les deux voitures, ni l'arrestation elle-même, ni le retour sur Paris dans la haute chaleur et la poussière (seule l'entrée dans la capitale le soir du 25 juin, devant une foule silencieuse, s'extrait de cette liste calamiteuse) ne semblent avoir été favorisés par les muses de l'épopée et c'est jusqu'aux noms propres qui viennent affaisser toute tentative d'héroïsation. On se souvient que Durand est le pseudonyme que s'était choisi Louis XVI, tandis que Marie-Antoinette était Mme Rochet, l'un se faisant passer pour l'intendant et l'autre pour la gouvernante de la fausse baronne de Korff, rôle tenu quant à lui par la vraie marquise de Tourzel – un nom par contre, qui semble échappé de Laclos – hiérarchiquement promue par le camouflage alors qu'elle était en vérité la gouvernante des enfants du couple royal. Mais c'est sans doute avec le nom du procureur-syndic de Varennes, le timoré Sauce, Jean-Baptiste Sauce, épicier et marchand de chandelles, que la déroute patronymique est complète.

C'est au premier étage de la maison de Sauce que Louis XVI et sa famille passèrent la nuit, et cet homme compatissant, emprunté, qui sembla tout au long de l'affaire tiraillé entre un devoir républicain qui devait être assez vacillant chez lui et une volonté compassionnelle toutefois dénuée d'énergie, eut un destin où l'absence de dimensions semble être une constante : destitué après avoir touché du roi une récompense pour son attitude pendant la fameuse nuit, il perdit sa femme qui tomba dans un puits en fuyant les Prussiens en 1792 et il termina ses jours comme greffier en chef du tribunal de Saint-Mihiel, petite ville située sur la Meuse à 35 kilomètres en amont de Verdun qui contient deux merveilles n'ayant rien à voir avec Sauce, le sépulcre de Ligier Richier dans l'église Saint-Étienne et la bibliothèque de l'abbaye bénédictine.

Plus haut en couleur est le destin de Jean-Baptiste Drouet, le maître de poste de Sainte-Ménehould qui est à l'origine de l'arrestation du roi, même s'il n'en prit pas tout de suite l'initiative : si cela avait été le cas, c'est sur Sainte-Ménehould en effet que serait retombée la gloire qui est celle de Varennes. En vérité, il fallut une course un peu hasardeuse en forêt pour rattraper les voitures, et un concours de circonstances assez rare pour qu'elles n'aillent pas plus loin. Qu'il ait été ou non héroïque, Drouet porta devant le monde la responsabilité de l'événement. Pour son bien : on dit que Napoléon, le voyant parmi les représentants du département de la Marne, lui aurait dit : « Monsieur Drouet, vous avez changé la face du monde. » Mais pour son malheur aussi, car le fait d'avoir été montagnard et, député, d'avoir voté la mort du roi, le fit condamner à l'exil sous la Restauration, mesure à laquelle il ne se plia pas, prenant un faux nom et ouvrant une boutique de pâtissier à Mâcon, où il mourut en 1824, à l'âge de soixante et un ans, un an avant Sauce, le greffier de Saint-Mihiel.

Commissaire des armées du Nord, Drouet fut fait prisonnier par les Autrichiens à Maubeuge et ne put rentrer en France qu'à la suite de l'échange auquel on procéda, fin 1795, entre un groupe de révolutionnaires dont il faisait partie et Madame Royale, fille de Louis XVI et de Marie-Antoinette et unique membre de la famille royale à avoir survécu à la tourmente révolutionnaire. Une femme dont Napoléon, plus tard, admirera le caractère lorsqu'elle lui résista au moment des Cent-Jours mais que Drouet, lui, avait déjà croisée si l'on peut dire puisque, âgée de seulement treize ans, elle était dans l'une des deux voitures arrêtées à Varennes. Accusé en 1796 d'avoir participé à la conspiration de Babeuf, acquitté alors qu'il s'était évadé et avait rejoint les îles Canaries, Drouet, on le voit, eut une vie plus remplie et plus mouvementée que celle de Sauce, mais il reste cela, entre eux, que passé l'événement qui les a promus, un peu plus tard pour Drouet sans doute, tout retombe : non dans d'infernaux abîmes mais dans des vies qu'on imagine rongées par un insidieux sentiment d'éviction. Les périodes où, échappant à tout contrôle, les événements s'accumulent et se succèdent à une vitesse que l'on peine à suivre – et la Révolution française est le modèle même de ce type d'accélération – produisent fatalement de tels pics destinaux, et de telles retombées, pour autant du moins que l'issue tragique ait pu être évitée, ce qui aura été le cas de Drouet comme de Sauce qui, à cet égard, eurent l'un et l'autre de la chance. De telle sorte qu'aux roulements de tambour, aux effets de nuit et au sang versé, il faut ajouter une donnée plus triviale que l'on aurait tort, pourtant, de reléguer aussitôt aux oubliettes. Disant cela, c'est comme si j'entendais grincer la plume du greffier de Saint-Mihiel, comme si je le voyais longer là-bas les murs de l'abbaye bénédictine un jour de printemps, dans une tristesse résignée et peut-être sereine. Mais c'est aussi comme si je me figurais Drouet dans son arrière-boutique de Mâcon pétrissant de la pâte ou ornant un gâteau, sans doute quelque peu songeur et ressassant sans fin les événements qui avaient fait de lui, pour un temps assez bref en somme, le héros de toute une nation.

Cette vision de l'Histoire, qui est celle de son éloignement (quand l'événement ne retentit plus que lointainement dans une conscience solitaire et fatiguée), c'est comme si elle imprégnait de part en part l'affaire de Varennes, avec ce roi étrange et comme endormi qui donne l'impression d'être absent à lui-même et au Temps, et qui au fond de son âme et en contradiction avec ce que son éducation lui dictait, trouvant du plaisir à manger des tranches de veau froid dans une voiture lancée sur les routes de l'Est, a peut-être vraiment rêvé d'être le citoyen Durand, et plus rien d'autre. Sans doute son but s'inscrivait-il dans un registre plus sérieux – se contenter de rejoindre Bouillé à Montmédy comme il le prétendit, ou retrouver le gros des exilés à Coblence comme c'est plus probable, quoique non avéré, mais en lisant témoignages et chroniques, on a tout du long l'impression qu'il n'est pas entièrement concerné par ce qui lui arrive et qu'il aurait aimé vivre sous l'unique lueur, faible et intermittente, d'un « on verra » sans fin reconductible.

Mais pourquoi tout cela ici, dans ce livre qui se donne pour but d'attraper à mains nues, sur les routes, quelque chose de la France d'aujourd'hui ou de ce qu'elle est en train de devenir ? Et pourquoi, juste avant, un chapitre sur Fontainebleau et les spectres de François Ier et de Napoléon, alors qu'en plus, à travers le transparent de Carmontelle, c'était déjà *stricto sensu* l'époque de Louis XVI qui avait fait une première apparition ? À ces questions je pourrais répondre simplement – cyniquement – en évoquant la mémoire ou, pire encore, la valeur patrimoniale, mais ce n'est pas de cela qu'il s'agit, il me semble que le passé, ou ce que l'on appelle ainsi, n'existe qu'à travers des résurgences et que les récits eux-mêmes, en leur abondance et avec tous leurs appels romanesques, configurent moins la véridicité de ce qui a eu lieu qu'ils ne déterminent, pour la pensée qu'ils affolent, l'infinité d'un régime de traces dont certaines sont encore à venir. En d'autres termes, si sur le plan des faits l'affaire de Varennes, comme toute autre affaire, est forclose, elle continue toutefois d'exister sur un autre mode qui n'est qu'en partie imaginaire et dont le paysage, c'est-à-dire le lieu effectif des traces et des passages, constitue le plan d'immanence : immanence et résurgence sont ensemble à l'œuvre dans le cœur du présent où s'inscrit la résonance du passé.

À Varennes, Varennes-en-Argonne, c'était pour autre chose que j'étais venu, c'était pour, disons, l'Argonne, c'est-à-dire la forêt qui est là, tout autour, avec ses cimetières cachés et les cicatrices de la Première Guerre mondiale, mais voilà, c'est comme dans les rêves, les époques se télescopent et cohabitent dans le même paysage. Ainsi, c'est de l'autre côté de la rue où se tient l'unique et modeste vestige de l'époque de l'arrestation de Louis XVI – une tour surmontée d'une horloge – qu'a été construit, un peu plus loin et formant une terrasse surplombant la vallée de l'Aire, le gigantesque et terrible monument financé par l'État de Pennsylvanie en 1927 : une esplanade gazonnée encadrée par deux doubles rangées de tilleuls taillés en tête de chat (et l'on sait combien les noirs moignons résultant de cette taille mal nommée peuvent être tristes en hiver) conduit au monument lui-même, fait de deux portiques géants encadrant, eux, une grande vasque de bronze montée sur un socle et qui semble dressée dans le vide. IN HONOR OF HER TROOPS WHO SERVED THE GREAT WAR AMONG WHOM WERE THE LIBERATORS OF VARENNES 1918 AND IN GRATEFUL APPRECIATION OF THEIR SERVICE THIS MEMORIAL IS ERECTED BY THE STATE OF PENNSYLVANIA 1927, dit la plaque.

À quelques kilomètres, dans la forêt, se visite, si on le veut – il est libre d'accès et seules de petites pancartes y conduisent –, l'abri du Kronprinz : c'est un bunker formant comme un tertre couvert de mousse et de feuilles mortes et ce qui est étrange, c'est que l'onde de silence que veut produire le monument érigé n'est pas plus puissante que celle donnée par la ruine involontaire : à Douaumont, à Verdun en pleine ville, ou sur la butte de Montsec au-dessus du lac de Madine, les grands gestes monumentaux du souvenir sont tous aussi sinistres que le monument de Varennes : s'ils créent une onde de choc (et ils le font, ils s'en sont donné les moyens), celle-ci reste sentencieuse et impuissante – ce qui stagne sur le paysage, ce n'est pas le souvenir, c'est le volontarisme du « se souvenir » patriotique, c'est la mise en scène de la rhétorique des champs d'honneur, et ce qui s'impose alors, et révulse, ce n'est pas seulement la mort elle-même, si nombreuse et si effarante, c'est aussi l'incapacité des responsables militaires et politiques à s'effacer devant elle. Il est d'autres lieux – je reviendrai sur tout cela dans un autre chapitre – où la donne est tout autre et où la solitude n'est pas niée.

Mais pour lors il ne serait question que de descendre la pente assez raide qui conduit au pont sur l'Aire, soit celui-là même que Drouet et ses comparses, une nuit d'été, obstruèrent avec quelques charrettes. Toutefois la plus grande partie de la petite ville ayant été détruite pendant la Première Guerre mondiale (occupée par les Allemands, elle fut pilonnée par l'artillerie française), il ne reste pratiquement rien, sauf une tour, du décor de l'équipée de l'été 1791. Seule la rivière peut être considérée comme identique à ce qu'elle fut à l'époque de l'arrestation du roi, ce qui revient à dire aussi qu'il faut un effort d'imagination pour la juger infranchissable – on dit d'ailleurs que Louis XVI refusa l'idée, qu'on lui suggéra, de s'enfuir en franchissant un gué un peu en amont. Toujours est-il que c'est elle, l'Aire, qui court là, sous le pont, en direction du nord-ouest où elle s'en va rejoindre l'Aisne, et l'on ne peut s'empêcher, en la contemplant à travers les vitres du Louis XVI, modeste établissement où l'on est allé boire un café, de se laisser aller à une méditation un peu convenue, où la rivière que l'on voudrait doter de mémoire s'en va innocente et indifférente, conformément à l'amnésie que lui vaut, comme à toute eau courante, son renouvellement perpétuel. Ainsi le motif héraclitéen du « jamais deux fois » et du change incessant se doublet-il d'un indicatif de pérennité, tandis que ce qui se donne des airs de solidité, comme les bâtisses, s'avère n'être qu'un leurre : si la maison de Sauce n'existe plus (une plaque rappelle son emplacement), par contre de l'autre côté de l'Aire, l'Hôtel du Grand Monarque qui joua un rôle important dans l'affaire, existe toujours, mais ce n'est bien sûr plus du tout le même, le souffle de la guerre de 1914-1918 ayant presque tout emporté. Construit dans le style de la reconstruction des années vingt, l'hôtel donne d'un côté sur la rivière et de l'autre sur la place où se dresse l'église. J'ai fait le tour de cette place où se trouvent aussi l'école, la poste – toute la déclinaison des services d'un chef-lieu de canton qui a l'air d'être en congé de l'Histoire où pourtant son nom a autrefois et même plusieurs fois retenti.

... les clameurs d'une foule rameutée par le tocsin, le frémissement des chevaux, la lueur des torches éclairant des faux et des fourches – comme il est facile d'imaginer tout cela, mais comme il est difficile, simultanément, de se le figurer là, sur cette place, alors que ce qu'on y voit de plus marquant, hormis un panneau explicatif installé par la mairie, c'est un atelier de menuiserie qui a l'air d'avoir glissé hors du temps et où des machines immobiles et des planches empilées accueillent avec une patience infinie un composé de sciure et de poussière : nouvelle image du temps, différente encore de celles stimulées par l'Histoire ou par la rivière, et peut-être la plus mélancolique, parce que en elle le révolu ne se teinte d'aucune gloire et le continu d'aucune félicité – une activité qui a cessé, simplement, et qui renvoie, mais faiblement, un cortège d'images en noir et blanc allant de pair avec elle et elles aussi disparues : enfants de l'école toute proche (bérets, tabliers, encriers, tableaux noirs, vélos) s'arrêtant un instant pour voir voler les copeaux ou tourner une roue, mais là le destin de Varennes est tout sauf exceptionnel, ce qui le rejoint, c'est le profond état d'hébétude des campagnes françaises, presque partout condamnées à se survivre, l'immense et presque achevé processus de reconversion qu'elles ont eu à vivre les ayant pratiquement vidées de leur sang.

À une trentaine de kilomètres au nord de Varennes se trouve Buzancy, et la route qui y mène longe les flancs très boisés de la vallée de l'Aire pendant un bon moment. Buzancy est déjà dans le département des Ardennes et c'est une petite ville, elle, plutôt bien conservée, qui exerce un charme et où il y a même un hôtel, charmant lui aussi, l'Hôtel du Saumon, tenu par des Hollandais – mais il faut ici préciser les choses : de même qu'il serait faux de dénier tout charme à Varennes, il serait vain de vouloir faire sortir Buzancy de cette impression de torpeur presque envoûtée régnant sur les campagnes. Il se peut aussi que ce que j'appelle de façon imprécise le charme ne soit pas sans lien avec cette torpeur sur laquelle vient se poser de surcroît, dans ces régions de l'Est où pas moins de trois guerres, sans compter toutes celles qui les ont précédées, ont passé en un siècle, le sentiment presque palpable, longtemps après, d'une sorte de convalescence engourdie et presque fuyante, comme si les ondulations du paysage (et elles sont dans cette partie de la Lorraine souvent assez amples et très belles) prenaient elles-mêmes le sens de grands éteignoirs où l'oubli, comme une brume traînante, ne parvient pas, malgré tout, à tout effacer. Buzancy par exemple, qui semble si paisible, aura été le théâtre d'une violente bataille entre Français et Prussiens en août 1870, mettant aux prises les deux cavaleries : on est déjà là au pays de Rimbaud et il ne faut pas beaucoup d'efforts pour imaginer, couché dans ces parages, « la nuque baignant dans le frais cresson bleu », le dormeur de ce « petit val qui mousse de rayons » devenu le soldat inconnu le plus célèbre, par la grâce d'un poème qui est comme un tombeau de brindilles – le contraire, faut-il le souligner, de toute la pompe patriotique.

(C'est en travaillant sur Rimbaud, et plus précisément sur les environs de la maison de sa mère, à Roche, que j'étais venu une première fois à Buzancy qui n'en est pas très loin. Ce texte, écrit pour accompagner de sobres et intimantes photographies en noir et blanc de Jacqueline Salmon, j'avais d'abord pensé le reproduire en annexe dans ce livre, dont il a été l'un des déclencheurs – mais finalement je préfère l'incorporer comme un simple chapitre, et ce sera donc ici le prochain, puisqu'il s'agit encore avec lui, à travers le souvenir du passage de Rimbaud, des mêmes terres, des mêmes parages, du même trauma.)

1870, 1914-1918 et 1939-1945 donc. Ces trois guerres mais surtout celle de 14 auront ici, dans ce Nord-Est, tout façonné, tout bouleversé. Mais qu'il y ait des soldats et des morts, des chevaux éventrés, le bruit de la canonnade et d'effrayants silences, ce n'était même pas là une nouveauté et il suffit de remonter aux temps qui suivirent de très peu Varennes pour s'en apercevoir, le meilleur guide alors étant Goethe qui, dans sa *Campagne de France*, écrite trente ans après 1792 à partir de notes prises sur le vif au dos des cartes d'un atlas, évoque longuement tout ce qu'il vit en allant sur Valmy ou en en refluant après la défaite, avec les troupes du duc de Weimar. Or justement, Buzancy revient là, et au premier plan, mais pour un fait qui n'est pas guerrier, dans l'un des plus vivants tableaux du livre.

C'est le repli. Tandis que le roi de Prusse passe la

nuit du 4 octobre au château de Buzancy, invité par son propriétaire Jacques Mathieu Augeard, ancien secrétaire des commandements de Marie-Antoinette (je ne sais pas exactement ce que recouvre cette fonction, mais Augeard avait du poids, il raconte dans ses *Mémoires secrets* qu'il tenta de convaincre la reine de fuir Paris avec ses enfants mais sans le roi, dès l'automne 89, en passant, naturellement, par Buzancy), Goethe, lui, campe tout près de là, et très exactement à Sivry-lès-Buzancy, qui existe toujours et qui, au creux d'un vallon pas très encaissé, à trois kilomètres et demi du bourg, n'est guère plus qu'un hameau – quelques fermes avec de vastes hangars peu rutilants autour d'une petite église de forme allongée posée sur un léger tertre envahi de taupinières. Champs profondément retournés exhibant la terre sombre et collante des labours pénétrants, silos à grain situés sur une rue où maisons et bâtiments sont en retrait, selon le modèle des villages lorrains tout proches, vaches passant la tête hors des barrières métalliques de leur stabulation pour accéder aux grains qui traînent à l'extérieur, citernes abandonnées dans les prés, chiens qui aboient si l'on s'approche, tracteurs et voitures dont les couleurs vives ne parviennent pas à faire diversion dans cette ocre grisaille, autrement dit la campagne dans ce qu'elle peut avoir de moins attirant (même si tout près, très vite, avec la présence de l'eau, les creux et les boisements qu'elle suscite, revient quelque chose de plus bucolique – par Imécourt, Landres, Sommerance puis Fléville on rejoint d'ailleurs la vallée de l'Aire qui décidément comporte une douceur assombrie).

Mais voilà ce que dit Goethe, qui fait presque sursauter : « Comme on avait résolu de se reposer le

5 [octobre 1792] dans le pays, nous prîmes nos quartiers à Sivry. Après tant de souffrances, nous trouvâmes délicieuse la vie domestique, et nous pûmes encore observer, pour nous amuser et nous distraire – c'est moi qui souligne –, *l'idylle homérique qui régnait dans les maisons campagnardes de France.* » De quoi il s'agit exactement, le lecteur l'apprendra peu après, ce n'est rien d'autre au fond qu'un tableau de genre qui pourrait n'être qu'édifiant (le côté Greuze n'est pas chez Goethe le plus intéressant, il semble d'ailleurs parfois s'en méfier lui-même) si quelque chose de véridique ne venait pas l'installer plus profondément, avec un élément qui, pour le lecteur français, prête à sourire – la découverte étant celle de la préparation du pot-au-feu, gastronomie simple dont l'auteur de *Wilhelm Meister* fait l'éloge, aidé comme il a pu l'être par ce qui le séduit plus que tout, plus que le goût du plat lui-même, et qui est l'ordonnance même de ces lieux rustiques : « Tous les ustensiles étaient brillants de propreté et rangés en bon ordre », note-t-il, et l'on sent à quel point cela le réjouit, à quel point cela a pu compter pour ce qu'il nomme une idylle. Mais ce qui sidère au fond, ce n'est même pas cette distance dans laquelle nous nous trouvons spontanément par rapport au climat de cette scène (où est, où serait aujourd'hui l'« idylle homérique » dans les maisons campagnardes de France ?), c'est autre chose, c'est une autre distance : même si Goethe fait état des tensions, des conflits, des souffrances, et s'il est conscient d'appartenir à une armée étrangère qui ne se prive ni de piller ni de détruire – même si la guerre où il a été contraint d'accompagner son maître, le duc de Weimar, est une guerre véritable comportant comme telle ses épreuves et ses

horreurs –, un fossé béant sépare toutefois les faits et gestes qu'évoque la *Campagne de France* et ceux des guerres pour nous plus récentes, le différentiel étant bien sûr dans les quantités de haine et d'effroi qui se sont déchaînées, et c'est pourquoi la scène du pot-au-feu malgré tout partagé entre les paysans et la troupe semble appartenir à un autre monde.

Se peut-il que Goethe embellisse les choses ? Peut-être, et nous devons nous souvenir que les *Désastres de la guerre* de Goya, qui ne sont pas éloignés dans le temps, et qui ne sont pas une construction imaginaire, décrivent aussi les guerres de cette époque : aucune idylle, aucun bon vieux temps là non plus. Sauf ceci peut-être, mais qui échappe à la guerre et fait tout pivoter : l'édition française des *Écrits autobiographiques* comporte la reproduction en noir et blanc d'une aquarelle exécutée par Goethe sur la frontière au bord de la Moselle et où l'on voit, dressé en avant d'un paysage de collines, un mât surmonté d'un bonnet phrygien et d'un ruban tricolore portant sur une pancarte l'inscription suivante, magnifique dans sa sobriété : PASSANT CETTE TERRE EST LIBRE. Là, c'est autre chose encore, et l'attitude pour le moins réservée de Goethe envers les élans républicains donne à cette image, qui pourrait avoir les traits de l'imagerie de propagande telle qu'elle déferla sur les gravures ou les assiettes peintes, un statut objectif. Dans le texte de la *Campagne*, nulle mention n'est faite de ce mât, ou du moment passé à en fixer l'image dans une aquarelle, mais voilà, l'image, justement, est fixée, comme le mât qu'elle figure, et ce qui vient se dire avec elle, dans la fierté et la tranquillité d'une certitude acquise, c'est l'hypothèse révolutionnaire elle-même, dans sa plus grande audace. « Cette terre est libre », c'est comme s'il suffisait de le dire, de l'écrire sur un panneau, pour que la terre change : en une seule phrase le descriptif et le votif sont réunis, et peut-être aussi à cause du paysage tel qu'il est représenté, un peu idéalisé, l'on pense à Rousseau et à ses idées, l'on pense au programme qu'aucune révolution jamais n'aura pu mener à bien mais que la Révolution française aura su, malgré tout ce qu'elle comporte aussi de terrible, fixer comme une sorte d'absolu, l'idée d'une terre libre portant et nourrissant une société affranchie.

Faire de Goethe comme de tout lecteur un passant, tel est aussi le sens de l'inscription, et elle prend peut-être un sens plus lourd si l'on songe à tous ceux qui, *passant* par ces contrées, ne le firent que parce qu'ils refusaient cette assignation à résider dans l'égalité d'une seule condition : le roi, la reine, les émigrés et... le roi de Prusse. Tous, pour un temps au moins, vaincus – ce n'est vraiment pas si mal. Impartial témoin par moments, malgré sa culture politique, son milieu, Goethe, dans la première édition de la *Campagne de France*, parue en 1822, avait inscrit en épigraphe *Auch ich in der Champagne* (« Moi aussi je fus en Champagne »), ce qui faisait directement écho à l'*Auch ich in Arkadien* détourné de l'*Et in Arcadia ego* poussinien qui figurait, lui, en tête de la première édition du *Voyage en Italie*. Sans doute le voyage guerrier dans la France du Nord-Est n'a-t-il qu'assez peu à voir avec le tourisme élargi, émerveillé, mondain, du voyage et du séjour italiens, mais pourtant, à ce « Moi aussi je fus en Champagne » s'attache, je crois, autre chose qu'un simple trait d'esprit teinté d'ironie. Pas seulement parce que, selon sa formule célèbre définissant Valmy, c'est le commencement d'« une nouvelle époque de l'histoire du monde » que le livre raconte, mais aussi parce que dans la masse d'anecdotes qu'il charrie il y a place aussi pour ce qui s'entrevoit, parfois, d'arcadien dans le paysage – à l'instar de l'« idylle homérique » de la ferme de Buzancy ce sont de brèves trouées, des échappées, des fenêtres. Il y a de la boue, beaucoup de boue, et même de boue sanglante au long de la *Campagne de France*, mais il y a aussi, parfois, des éclaircies, et qui dépassent de beaucoup le penchant apollinien de Goethe.

Un peu plus de deux siècles plus tard, après trois guerres qui auraient vraiment pu faire dire à des panneaux de frontière sans fin déplacés PASSANT CETTE TERRE EST MAUDITE, que reste-t-il, et la possibilité qu'il y ait des éclaircies a-t-elle disparu, ou est-elle revenue ? Entre Varennes et Buzancy, le long de la petite rivière qui repoussa le passant Louis XVI, ou tout au long de la Meuse, de Saint-Mihiel à Verdun, puis de Verdun à Stenay, dans ces pays de trop d'Histoire et qui semblent presque toujours désertés et plongés dans une lourde rêverie, on cède facilement à un étrange sentiment post-apocalyptique où tout ce que l'on voit, du coup, même ce qui a l'air sombre, semble participer d'un état de convalescence généralisée. C'est loin de toute Arcadie sans doute, mais je m'interroge sur l'attrait qu'à deux reprises, à Buzancy même, face à l'un des deux bâtiments en fer à cheval qui sont tout ce qui reste du château Augeard et qui sert aujourd'hui de haras pour les traits ardennais, un jardin exerça sur moi. Un petit jardin pas extraordinaire du tout dont, je crois, une vieille dame s'occupe (nous avions un peu parlé quand j'étais venu « pour Rimbaud » ; la deuxième fois par contre, en hiver, il était vide).

Comment expliquer cela et qu'y a-t-il donc en ce potager, avec son allée, ses mauvaises herbes, les hampes vert bronze de ses poireaux et de petites fleurs blanches un peu répandues, qui m'ait autant ému, et la deuxième fois autant que la première – ce qui est toujours un signe, car il arrive aussi, et même souvent, que tout l'élan d'une première impression s'évapore ? Ma réponse semblera bien peut-être un peu spéculative, mais c'est celle qui me vient, et elle commence par le chemin en apparence détourné, à nouveau, d'une citation d'Adorno, qui dit, dans *Quasi una fantasia*, que « faire des grands contenus, directement, les thèmes de l'œuvre d'art signifie aujourd'hui concevoir leur trace ». Or ce qui est réclamé par Adorno, au titre de la modernité, il me semble que ce jardin sans gloire ni renommée de Buzancy savait le dire et le faire, comme beaucoup d'autres lieux de ces contrées plusieurs fois ravagées et si étrangement sauves : proches des « grands contenus » (et des grands récits, et de l'Histoire en tant qu'elle les amasse et les ramasse), ils ont la discrétion et l'intelligence que n'ont pas la plupart des monuments du kitsch impérial, ils se souviennent et sont eux-mêmes des traces, des souvenirs, mêlant dans leurs pensées, sous un vent qui les fait frémir, un composé subtil et las de teneur dramatique et d'Arcadie pulvérisée.

13

Rimbaud parti

Bien qu'elle soit exagérément soulignée et fasse désormais partie du dispositif touristique, la pelote de liens attachant, par exemple, Cézanne à la Provence des environs immédiats d'Aix n'est guère contestable, et la Sainte-Victoire en est chaque matin l'attestation : preuve opaque qui se retire en elle-même et stagne dans toute l'étrangeté de sa pesanteur suspendue. Mais quel qu'il soit, y compris lorsqu'il n'a été que furtif, le lien d'un artiste ou d'un écrivain à une terre ou à une ville se maintient de façon mystérieuse : alors même que souvent, et c'est particulièrement net pour les écrivains, le lien n'a été que l'effet du hasard et davantage subi que choisi, quelque chose demeure, qui s'est coulé dans l'air, et qui ne dépend pas que du volontarisme des syndicats d'initiative. Rimbaud pourrait ici s'imposer comme le contraire de l'exemple cézannien : un homme sans vieillesse au lieu d'un vieil homme, une vitesse au lieu d'une lenteur, une constante tension vers le départ et le lointain, l'ailleurs, au lieu d'une relation obstinée au même seuil du monde. On le sait : pour Rimbaud il n'y eut pas de seuil, ou alors il fut glissant et mobile, et rayé par l'impatience. Mais, pourtant, le double lien de Rimbaud à Charleville et à la campagne des environs de Roche ne se réduit pas à la reproduction de sa silhouette sur les dépliants et les cartes postales, quelque chose échappe à l'échappée même, quelque chose rattrape sans fin Rimbaud dans ces parages. Il ne s'agira pas de dire par là, à nouveaux frais, que nul n'échappe à sa naissance, ni de montrer, même si c'est vrai, et même frappant, que Rimbaud est sans fin, et jusqu'à la fin, revenu à ce pays qui est donc malgré tout le sien.

Ce dont il est question, c'est d'une énigme : bien que rien ou presque rien du paysage qui l'entourait, en tout cas comme tel, ne soit résolu dans les mots qu'écrivit Rimbaud, il reste que ce paysage, nous ne pouvons le retirer ou le mettre de côté comme un simple décor à la tristesse interchangeable. Ce qui veut dire aussi que ce que nous voyons aujourd'hui, malgré les changements intervenus en plus d'un siècle – qui sont considérables, y compris et peut-être avant tout dans le monde rural –, porte encore en avant le chant cassé. Et c'est cette manière de porter le chant, non comme un souvenir et certainement pas non plus comme une promesse, qu'avec les moyens du bord – mots ou images – on cherche à capter : de quelle façon l'immense masse d'oubli de la campagne se souvient, et comment il est possible, dans cette espèce de ritournelle enfoncée à même les mares et les ronces des sous-bois, d'apercevoir, peut-être, ce fond de vérité et même de vérisme qui trame l'espace de la voyance et de l'oracle.

Le but étant aussi dès lors, et nécessairement, de revenir en deçà de la légende, et d'emboîter le pas de celui qui n'en voulut pas. Dans le square qui est devant la gare de Charleville, où le kiosque de *À la musique* est toujours là, intact, se dresse, comme pour n'importe quelle gloire de province, un buste de Rimbaud (À RIMBAUD, SES ADMIRATEURS, L'ÉTAT, peut-on lire sur le socle !) où le poète ressemble à une sorte de Tintin un peu mûri, et ce qu'il faut imaginer, c'est l'autre Rimbaud, celui de la photo de Carjat, passant devant sans même le voir. Pourtant quelle que soit la force avec laquelle cette image extraordinaire parvient à se soustraire encore à sa surexploitation iconique, il n'y a pas, il n'y aura jamais de « vrai » Rimbaud. Tout se distrait ou se surimpose – un implacable soleil africain comme une moisissure d'hiver ardennais, un monde sans phrases et vidé comme celui d'un sens exubérant. Du côté de Roche, du moins, Rimbaud se tient sans images – c'est-à-dire qu'il ne se tient pas, qu'il est en partance, enfui, enfoui dans cette terre qui l'a vu passer.

La ferme de la famille Cuif, à Roche, les Allemands l'ont fait exploser en 1918 et il ne reste d'elle qu'un simple pan de mur. Il n'est ni petit ni jaune, mais gris et massif, et la végétation le déborde de tous les côtés. Le jour où je l'ai vu, on avait tout juste fauché l'herbe devant lui, et seulement devant lui, ce qui le dégageait malgré tout un peu comme un monument, qui serait toutefois resté muet. La ferme était située au point où la route qui vient de Rilly-sur-Aisne rencontre celle, plus importante, qui va d'Attigny à Vouziers et qui est là dans une grande courbe. Comme pour le confirmer, un panneau Stop est fiché aujourd'hui devant le mur. On s'arrête donc, et plutôt deux fois qu'une : c'est là, en effet, dans cette ferme, dont ne reste que ce pan de mur, que Rimbaud écrivit la plus grande partie d'*Une saison en enfer*, et peut-être que c'est mieux ainsi, avec le silence de ce fragment qui ne fait même pas ruine, sans rien : en lieu et place du cortège qu'on imagine, une pure butée, à peine un dépôt. Pas de souvenirs à vendre ou de cordon tendu devant une chambre de campagne reconstituée, ni parquet grinçant ni pavage repoli, ni âtre ni vitrine, mais un grand et long silence et puis les camions et les voitures qui passent de temps en temps sur la route.

Il y a bien, à quelques pas de là, un lavoir et sa mare où Rimbaud, dit un panneau, « aurait » médité, mais le conditionnel se greffe de lui-même sur l'absence de toute certitude : aussi bien ne s'agit-il pas d'aller chercher des traces objectives ou des preuves – il n'existe pas d'archéologie de ce qui fut pensé ou écrit, ou rêvé. La violence du désir qui tortura Rimbaud dans ce qu'il appela un « triste trou » demeure pour ainsi dire sans prise sur le paysage qui boit tout comme une éponge, mais il suffit pourtant de ce très frêle savoir – ce *c'est là* qu'on ne peut que se répéter dans un étonnement déçu – pour que le lieu se mette à vibrer, c'est-à-dire à exister autrement que n'importe quel autre lieu : le poème invisible et retiré agit comme un nom qu'on lit sur une tombe.

La fin du XIXe siècle marque sans doute pour les campagnes, en France, une sorte d'apogée : même si la révolution industrielle, plus qu'entamée, avait déjà produit des effets considérables, c'était encore sur le monde rural qu'on réglait le temps, et c'est à son échelle, c'est-à-dire avec tous ces hameaux, ces fermes innombrables, ces quantités d'habitants et d'ouvriers agricoles dont nous n'avons plus idée, que se mesuraient villages, villes de province et même métropoles : si de l'intérieur d'une ville comme Londres ou Paris, la campagne n'était plus qu'une référence lointaine ou un objet de nostalgie, partout ailleurs, et même dans les bassins industriels, elle était là, entourant de son silence la rumeur urbaine et les énormes fumées. Quand Rimbaud se plaignait dans une lettre à son ami Delahaye de devoir « faire deux lieues et plus pour boire un peu », encore le faisait-il depuis le creux d'un hameau de plus d'une centaine d'âmes, et du fond d'une campagne malgré tout saturée de présences animales ou humaines. Les chiffres que donne Jean-Jacques Lefrère dans sa biographie, qui est, entre autres, un formidable gisement documentaire, sont, pour Roche, de 162 habitants à l'époque de Rimbaud et de 24 habitants en 2000. Une telle déprise, qui n'a rien d'exceptionnel, conditionne toute la perception que l'on peut avoir de cette campagne. Ce sera non seulement le désert, cette sensation partout ressentie d'une épaisseur vide, d'un monde mat et sans retentissement, mais ce sera d'abord la forme même des choses, la forme du paysage, avec ces grands champs aux faibles ondulations qui sont comme un récitatif sans fin repris et tiré vers l'horizon.

Car d'un côté le pays, ce pays de l'Argonne ardennaise, s'en va tout entier en vastes champs ouverts où le vent quand il souffle semble avoir devant lui tout l'espace : du blé bien sûr, du maïs et aujourd'hui, plus souvent qu'à son tour, du colza – grandes masses jaunes aux franges nettes tranchant sur le vert ou le brun, soit ce damier irrégulier de couleurs que l'on regarde distraitement par le hublot des avions et qui, en bas, est à peine moins abstrait, avec, dans la terre même, quelque chose d'une boue compactée, un peu granuleuse, correspondant si peu à tout ce qui dans notre mémoire se souvient du limon – beautés par conséquent de pures lignes d'une nature (s'il en reste encore) non buissonnante parcourue seulement par d'énormes tracteurs et où les édifices verticaux (l'église de Chuffilly-Roche mais aussi bien tel silo) prennent des dimensions fantomales.

Mais Roche lui-même se trouve pour ainsi dire à la pliure de ce paysage d'openfields et d'un tout autre monde, celui de la haute vallée de l'Aisne, qui malgré la répétition sans doute plutôt récente de rideaux de peupliers rythmant l'étendue de façon incertaine ressemble probablement davantage à la campagne cloisonnée d'autrefois, avec ses sous-bois de toutes formes et de toutes tailles, ses chemins creusés d'ornières profondes, ses étangs, ses prairies venant au ras des jardins et des vergers sur les lisières des villages. Ici quelque chose de bleu travaille le sol et les hautes herbes, la rivière elle-même (qu'on ne s'attendait pas à rencontrer de ce côté, si à l'est) est déjà assez puissante entre ses rives sableuses et il y a en allant sur Voncq ou Semuy, sur l'autre rive, tout un espace entre deux eaux, avec des prairies inondables, une ponctuation de bosquets et toute une reptation de fumerolles et de brumes lentes à se dégager le matin. L'effet de vallée est renforcé encore par le passage, parallèlement aux méandres un peu enfoncés de l'Aisne, d'un canal qui va rejoindre celui des Ardennes et où l'on peut avoir encore la surprise de voir glisser, comme venant d'un autre monde, un bateau de plaisance.

C'est le long du tracé de ce canal que se trouve la voie de chemin de fer qui, venant de nulle part (c'est-à-dire des villages en amont de Vouziers), allait un peu vers l'ouest jusqu'à Amagne, d'où l'on pouvait rejoindre le grand réseau : puisque passait et passe toujours là la ligne qui, joignant Reims à Charleville, conduit aussi bien à Paris, à Marseille, à Londres, au monde entier. Par quelles fines entrées et par quelles petites lignes discrètes le chemin de fer pénétrait les campagnes, on peut ici s'en rendre compte encore, la ligne elle-même avec ses rails étant toujours là, passant entre des quais en friche ou traversant mystérieusement de petits bois. Par le chemin de fer, le « triste trou » de Roche communiquait donc du moins avec le reste du monde, et de tous les quais que connut Rimbaud, ceux de la gare de Voncq, où il embarqua si souvent, y compris la dernière fois, lorsqu'il retourna à Marseille avec sa sœur Isabelle dans d'horribles souffrances, ne sont pas les moins émouvants. Là non plus rien ne subsiste tel quel – toutes les gares de cette petite ligne ont dû être reconstruites après la Première Guerre mondiale qui les avait ruinées et, désaffectées, elles servent aujourd'hui de résidences – mais du moins y a-t-il toujours, partant entre les arbres, l'injonction si nette des rails, l'indication si prononcée, avec cette écriture droite et parallèle, d'une possibilité de départ tendue, tout cela plus ou moins ravagé d'herbes folles : quoique à ma grande surprise, un peu plus bas, j'aie vu passer à petite vitesse une motrice qui avait même fait entendre son sifflet : avec des hommes dessus, appuyés debout au garde-corps, se découpant sur un fond de roseaux et de hangars, elle avait quelque chose de la draisine de *Stalker* : nulle « zone » ici pourtant, même si dans ces campagnes de l'Est où la guerre est passée et repassée plane toujours l'impression insidieuse et parfois extrêmement prégnante que l'on est dans un au-delà du temps qui s'allonge par-delà les catastrophes.

Au creux de la campagne la plus retirée, le train dépose (déposait) la possibilité, le mirage de la grande ville. Rien, dans la petite gare, n'a besoin d'entonner un quelconque chant du départ, c'est, sur les voies ou l'unique voie, comme à Voncq, dans le tremblement poisseux de la brume de chaleur ou dans le silence aggravé du givre comme un chantonnement continu, comme l'ouverture d'un intervalle dans un mur opaque. Cet en-aller que le train lui raconte de façon insistante, la campagne l'a pourtant toujours contenu : par la moindre route, par le vent soufflant les nuages, par la tension de l'horizon, mais ce qui est peut-être le plus étrange, c'est la façon dont elle se tient, ou se retient sous cet appel : on dirait qu'elle est sourde, qu'elle ne l'entend pas, qu'elle ne doit pas l'entendre pour continuer d'exister, et c'est pourquoi, alors même qu'elle est pure exposition au-dehors, celui qui n'en vient pas peut s'y sentir enfermé.

Les semelles de vent et j'en passe, à tous les points du monde que Rimbaud a traversés, il faudrait retourner le gant de l'étreinte magique et voir qu'il n'y eut pas d'étreinte, même de la « réalité rugueuse » : tout se dérobe et forme un film fait de rushes syncopés, de chutes plus ou moins longues : il est à Stuttgart, à Milan, à Marseille, à Stockholm (et peut-être là vendant des billets dans un cirque), il est à Java, déserteur de l'armée hollandaise marchant vers Semarang (on *voit* les maisons de palmes, l'humidité vert sombre, les dents extrêmement blanches des femmes, les bananeraies), ou à Chypre, et deux fois, et plus loin encore, comme on sait (mais bien qu'on sache, on ne *sait* rien), à Aden, au Harar, la procession des noms lointains récite d'elle-même le poème dont Rimbaud ne veut pas entendre parler – or c'est tout cela, ce sont toutes ces destinations qui à la fois crépitent et s'éteignent au-dessus ou peut-être même plutôt au-dedans de cette campagne et ce qu'il faut imaginer, entre départs et retours, entre impatiences et effondrements, avec tout à côté de lui la *mother* et les autres, les paysans, et les chevaux capables de tirer une charrette jusqu'à la gare, c'est une extraordinaire volonté d'oubli, une puissance d'effacement semblable à celle que connaissent ceux qui ont basculé. Mais là, il n'y a pas eu basculement et tout est là, toujours, et ce toujours-là est justement la forme de la campagne, et ce qui la rend à la fois impossible et nécessaire, parfois insupportable : quelles pensées, quelles pensées et quels souvenirs sur les épisodes les plus égarés sont venus s'échouer là, nous ne pouvons pas le savoir, mais ce que nous pouvons mesurer c'est à quel point cette campagne, selon sa forme et sa tenue, malgré toutes ses transformations, entoure tout cela de silence, et combien ce silence semble empreint de cela même qu'il tait.

Parfois, ce silence s'accroche sous les noms – « Peine perdue » est celui d'une terre juste au-dessus de Fontenille, ferme dont on doit couper les abords pour aller de Roche à Voncq, et ce serait, ce pourrait être comme un titre détaché de la *Saison*. Certes, on ne marche pas là-dedans, les brindilles ne sont pas faites de bois précieux ou lointains, et les *flaches*, comme Rimbaud disait pour les flaques, selon l'usage local, ne reflètent rien d'autre que ce qui est là et qui croît ou pourrit en silence, mais on marche dans une configuration du monde qui n'est qu'un faible point du monde, cette terre, ces pentes légères, ces rideaux d'arbres, en ayant à l'esprit, il le faut, que ce coin, ce « trou » est versé au monde en même temps que tout le reste, et que cet écartèlement entre un rester et un partir, dont l'œuvre d'un poète de dix-sept ans fit une plaie, rien ici ne le referme, tout s'y tenant dans une élongation presque infinie, d'où aucun copeau de temps ou d'expérience, semble-t-il, ne peut s'isoler.

C'est-à-dire que le chemin commence dès la porte, qu'il s'ouvre, qu'il est toujours béant : « fidèle comme le chemin sous le pas du voyageur », ainsi que l'a écrit si fortement, si finement, Karl Philipp Moritz dans *Anton Reiser* : oui, il y a ce renversement et, dans le mouvement même de la marche, ce qui fait glisser la terre hors du terroir, ce qui délivre celui qui la foule de l'appartenance à la famille, à la fratrie, à la nation : non seulement par le fait d'un lointain dont l'appel s'entendrait, mais dans le battement de la plus exacte proximité : à même les herbes, la terre, avec l'eau claire, la boue, la mousse de rayons, les mûres éclatées dans les ronces. Parcourir, c'est cela : aucun pèlerinage, aucune entrée, mais toujours, si l'on en prend la mesure, une sortie. La fugue, c'était d'abord la conséquence logique de cette immensité emboutie, une pure glissade, « la grande route par tous les temps » – mais cela c'était l'enfance, et le mouvement de l'invention qui allait avec, et qui alla jusqu'au bout, en effet : de telle sorte que ce qui nous reste, à nous lecteurs, à nous pèlerins – ce paysage, et l'œuvre –, incarne à la fois ce mouvement perdu, y compris avec les fées, les « chars chargés d'animaux de bois doré »,

« les grandes juments bleues et noires », et son anéantissement, l'anéantissement de tout mouvement, de toute possibilité, de toute évasion, la chute dans ce qui est comme cette « nappe, sans reflets, sans source, grise » dont il est question dans *Mémoire*, dès *Mémoire*, autrement dit avant le retournement de la *Saison*, avant l'annulation qu'elle annonce.

Vraiment le plus étrange destin, où tout est si serré, en si peu de temps : le programme de l'art moderne (qui y puisa jusqu'à satiété, transformant en mots d'ordre des oracles désespérés) et celui, inscrit en son fond, de l'absence d'œuvre, d'un désœuvrement mat, muet, définitif. D'un côté des cavales comme celles, à venir, du *Cavalier bleu* (on dirait qu'elles sont déjà là), et de l'autre – mais c'est d'une seule pliure – pire que la nappe sans reflets ou la flache, rien, pas même rien, pire, la beauté détruite, rayée, impossible, impensable, détestée.

La maison disparue de Roche est le centre invisible et invisitable de ce drame, et si autour d'elle les chemins qui partent, qui partent encore et déjà, s'étoilent en réseau, leur histoire n'est pas celle d'une gamme de possibles dont ils seraient les premiers ou les ultimes échantillons. Ils n'échantillonnent ni n'exemplifient rien, ils sont déposés hors de toute allégorie et c'est comme ça qu'ils s'en vont : le « c'est là » se disperse en lui-même dans l'infinie dissémination de ses grains – un théâtre de nature qui n'a rien à vendre, qui est comme sa propre coulisse – le lieu de l'action pour celui qui ne la voulut pas restreinte, et qui est parti.

Par conséquent ce qu'on voit, d'énormes séquences de ciel au-dessus de la fêlure, et la terre comme rabotée s'étirant en silence, l'horizon comme unique événement vers le sud ou vers l'ouest, un peu d'eau retenue dans les chemins, aucune ou presque fréquentation de bête et, sur ce qui ressemble à une crête, par-delà le blé qui pousse, des camions qui ont l'air de passer au ralenti. Puis de l'autre côté, là où la terre monte et descend puis ondule, un regroupement de chevaux autour d'une citerne : on imagine que sur ces fonds crayeux l'eau doit manquer en été, puis des bois plus nombreux, bosquets brouillons, arbres dévorés par le gui et le lierre, buissonnements au printemps soulevant des grappes de blancheur éteinte, prés à vaches aussi et celles-là venues d'ailleurs et variées, brunes ou blanches, plus nombreuses dans les zones basses près de l'Aisne, là où répétitivement des lignes de peupliers forment des limites pour les yeux : dans ces parages rien qui fasse véritablement forêt ou colline, et il faut monter à Voncq, qui est en net surplomb au-dessus de la vallée de l'Aisne, pour avoir quelque idée du relief et du cadastre et deviner comment cela s'en va et se gomme en allant du côté du couchant : mais qu'elle est loin d'ici, malgré le ciel qui en vient toujours, la plage armoricaine ! C'est incroyable comme ces terres sont tapies loin de l'océan, comme elles se tiennent, prises dans une autre force, continentale, aplatie, où seule l'eau douce inonde.

Une très petite source, par exemple, dont on regarde la naissance, dans ce qui n'est guère qu'un fossé au bord des champs, entre Roche et Méry, au lieu-dit Les Quatre Fauchées : étrangeté de l'eau apparaissant sur la terre, lit de petits cailloux, plantules que le courant naissant fait frémir, brindilles sèches encadrant des rapides de quarante centimètres : rien ne surgit, rien ne fait signe vers le bain de Diane ou le grand paysage, ce sont des vues à hauteur de museau de vache ou d'une pelletée d'enfant, c'est le fond, le fin fond de la campagne, de la fabrique vivante. Ériger cela comme une valeur d'humilité serait déjà une forme d'emphase et de trahison, simplement ce que l'on ressent c'est que le deuil, comme le fut Dieu selon ses dires pour le peintre Caspar David Friedrich, est étendu à tous les détails, que rien ne lui échappe, que tout est scellé : « nous ne sommes pas au monde », mais là c'est comme si le monde lui-même n'était pas au monde, comme s'il s'absentait ou s'enfonçait dans un sommeil, chaque détail et chaque coin étant pris dans la même tristesse, le même étau desserré : être, ce serait cela, d'abord, cet abandon, cette suite sans fin d'abandons contre laquelle se serait insurgé en vain le projet de l'évasion – poème ou bateau (ivre).

Ne pas être. S'en évader, se rayer de l'être, ou en rayer la pesanteur – ou au contraire abolir en soi et autour de soi toute légèreté, perdre son absence pour la reverser tout entière à l'absence du monde, sombrer, l'action ou l'amnésie maquillant le naufrage.

Est-ce un « fils du soleil » qui meurt à l'hôpital de la Conception ?

Comment répondre, comment ne pas usurper ici un droit de réponse ?

Ce que l'on sait et que l'on peut dire, c'est que Rimbaud aura seul en son temps et à une incroyable vitesse envisagé le poème en dehors de la pose, voulu que le poème puisse traverser le monde en excluant la pose et que cela a fait sauter, explorer le poème : non seulement le genre, mais le mode, la possibilité même du poème. Une liquidation. Et précisément là, dans ces lieux, ces parages. À Londres, à Bruxelles, à Paris aussi bien, sans même parler de tout ce qui vient après, sans doute, mais c'est comme si là, autour de Roche, on pouvait entendre encore le bruit du film rentrant dans le boîtier, l'engloutissement de l'image – non dans la nuit ou dans une figure du néant, mais dans une aube d'été sans phrase, une mort lente, un *blanc* définitif et surexposé.

Aller voir le pays d'où c'est parti, essayer d'en toucher la forme, comme d'une main aveugle, ce n'est pas seulement tenter de remonter en deçà de la légende, vouloir se tenir, un instant au moins, au ras du sens, d'un sens pas encore venu, et encore moins revenu ou récité, c'est aussi, et même si on ne l'a aucunement cherché, être précipité dans son propre temps, et se demander comment le film pourrait être visionné aujourd'hui, cent trente années après. Il y a une puissance fantomale, une vie qui traverse le change des formes (et c'est ce que capte si bien la photographie si on la laisse faire, si on lui accorde toute l'étendue de son champ réceptif), mais il y a aussi un mouvement de survie décalé, qui est comme une exigence de traduction en quelque sorte : passage à un autre temps, à un autre air du temps – objets, signes, chansons contre lesquels viendrait aujourd'hui pareillement buter un destin, à Charleville et dans ces campagnes.

Passage de *deux* guerres mondiales, et ici vraiment l'une et l'autre chez elles ; effets et contrecoups de la mécanisation de l'agriculture, tous les effets du Progrès tels que décrits préventivement dans *L'Éclair* (« Rien n'est vanité ; à la science, et en avant ! crie l'Ecclésiaste moderne, c'est-à-dire *Tout le monde* ») et leurs retombées, formant sur la campagne une sorte de vaste éteignoir.

Pesée abandonnée de Voncq, avec sa guérite en ruine, volets rouillés des maisons de briques et d'ardoises, odeur d'herbe tondue dans la descente vers l'Aisne, petits pavillons, portes entrouvertes des hangars remplis de machines, jeeps de l'armée sur la place d'Attigny, les soldats et les officiers portant tous des Ray-Ban, comme dans les films, bien que le temps soit gris, maison brûlée devant l'église fortifiée du village de Grivy-Loisy posé à plat sur l'horizon – à coté de la cour de l'auberge dans ce même village un jardin où le vent soulève une tente d'Indien, les enfants bruyants rentrés camper devant le téléviseur, la lueur gris-bleu universelle, puis très au-dessus mais venant écrire sa partition jusqu'au sol un ciel un peu incendié, ou encore, à Vouziers, là où Rimbaud était allé voir les « Prussmans », comme il le dit dans la lettre du « triste trou », haut inscrite telle une veilleuse l'étoile de néon verte surmontant la façade Art déco du Stella, « le plus grand dancing des Ardennes », où l'on annonce pour bientôt une soirée mousse, et ainsi de suite la suite sans doute sans gloire des séquences, la nuit transformée en attraction un peu plus loin à peine, du côté de Grandpré, dans les bois, au parc Nocturnia où l'on vend des chauves-souris en peluche, toute cette neige des écrans mis en veille, toutes ces algues dansant sur les écrans... c'est à travers cela aussi qu'on aperçoit ou qu'on entend, qu'on se récite l'Histoire, qui revient par bribes, claquant faiblement dans la nuit descendue.

Non pas ce qu'un jeune homme équivalent aurait à franchir aujourd'hui, mais ce à travers quoi, malgré tout, cet autre nous parvient, pour autant qu'on cherche à sonder l'étendue de pays où il jeta en s'absentant ce regard qu'on dit si bleu et si froid. « J'y suis, j'y suis toujours » : il y a ce que l'on savait par cœur, ce que l'on avait retenu ou appris de l'oracle – et d'ailleurs transmis par des sortes de prêtres – mais maintenant, et ce serait le sens d'être venu, le sens de cette visite : qu'il n'y ait plus rien qu'on sache ou croie savoir de la sorte, rien qui puisse annuler le silence de cette campagne enlisée, couchée sous le ciel et sous le vent comme n'importe quelle autre, mais qui est celle-là, non pas certes le « pays » ou la « terre » de Rimbaud – une telle réassignation à résidence serait une erreur de jugement – mais le pays de Rimbaud en allé, de Rimbaud parti.

Ce serait aussi comme un film en noir et blanc : fondu enchaîné débité en tronçons, chaque plan comme une feuille détachée, sans qu'au commencement soit le verbe. Rien, juste une chute ou une glissade, très vite, on récapitulerait : les herbes couchées sous le ciel, les arbres en avant des nuages, la ligne d'un chemin qui se perd ou s'interrompt, les trous d'eau sans nom, le gommage et les repentirs continus des masses d'air – torsades, franges, courants, tourbillons, lisières – l'histoire entière et sans fin recommencée de ce qui sépare l'eau claire de la boue et conduit de l'une à l'autre : quelqu'un, presque un enfant encore, là-bas derrière une lampe, et peut-être qu'il lit, ou écrit, il n'y a en lui et autour de lui aucun bruit, il fait tomber des pierres dans son silence, il est à lui-même son propre puits, il se déchire tout entier, il n'est plus là, il ne reste, impénétrablement, que sa mémoire.

14

All gone into the world of light

Dans ses *Fragments autobiographiques* (qui forment un petit livre merveilleux), l'historienne Frances A. Yates évoque une promenade qu'elle fit dans la campagne anglaise (près d'Ingleton dans le Yorkshire) en compagnie de son frère, peu avant la Première Guerre mondiale au cours de laquelle celui-ci devait trouver la mort. Printemps 1912 donc, deux très jeunes gens, anglais, sur un terrain de golf improvisé « où l'on avait grossièrement disposé dix-huit trous, avec une cabane en guise de *club-house* ». Ils flottent, ils sont dans cette forme de courbe si particulière que la jeunesse dispose comme un balcon entre le présent et l'avenir.

« De temps à autre, nous contemplions la nature solitaire [...] Je me souviens d'une primevère tout juste éclose, d'une pâleur et d'une grâce exquises. « Regarde », me dit mon frère, et nous contemplâmes la primevère. Jimmy était un poète, même si son œuvre publiée se résume à un mince volume de *Poèmes de guerre* que personne n'a lu. J'aurai vécu cette expérience : contempler une primevère en compagnie d'un poète dans un monde que rien n'avait corrompu. Cette primevère me revient toujours à la mémoire avec le vers de Vaughan [Henry Vaughan est un poète anglais du

XVIIe siècle], *They are all gone into the world of light* (« Tous, ils sont partis dans le monde de la lumière »).

« Je ne voudrais certes pas projeter dans ces très anciens souvenirs la prescience de ce qui allait arriver, mais je ne crois pas mentir en disant que flottaient alors certains pressentiments, comme une sourde menace, une ombre que l'on sentait confusément quand on regardait Jimmy sur un *putting green* dans le crépuscule. »

Outre le fait qu'il a presque l'air, venant de l'histoire personnelle de Frances A. Yates, d'une allégorie de ses travaux sur la mémoire, je cite ce souvenir parce qu'il est comme le segment inversé dans le temps d'une ligne de mélancolie que l'on éprouve aujourd'hui encore : le paysage actuel des champs de bataille, avec ses arbres et ses *putting greens* cabossés répond aux pressentiments de la jeune fille anglaise en les répercutant – la « sourde menace » étant devenue muette pesanteur et tout cela dans l'en-allé, dans la lumière de Vaughan répandue. À quel point certaines parties de ces régions (davantage encore que sur d'autres champs de bataille, ceux de la Somme par exemple) semblent toujours, quels que soient le temps ou la saison, hantées par un vertige traumatique, on ne le mesure qu'en y circulant au hasard des petites routes. C'est comme si à côté du cours du temps et de tout ce qu'il apporte, à commencer par les reconstructions humaines et la végétation qui repousse, une onde stationnaire s'était installée, maintenant sur les champs, les forêts et surtout les villages une chape de tristesse lente et résignée qui serait comme l'essence même du deuil, d'un deuil générique, éternel. Souvent dans ce livre je parle de l'atmosphère désertée des campagnes, mais là, c'est encore autre chose, ou la même chose, mais un ou deux tons en dessous, plus bas, plus bas encore. Non comme si s'entendait un hymne ou un requiem, non il n'y a rien comme cela et pas même une ritournelle, c'est un silence désolé, qui serre le cœur et qui étonne.

Le village d'Avocourt, par exemple, avec sa centaine d'habitants, et qui est situé sous la Cote 304 et le Mort-Homme, sur la route qui va de Verdun à Varennes. Bien sûr, on pourra dire que je l'ai visité après avoir vu ces sites fameux de la Grande Guerre et donc encore sous l'emprise des sentiments pour le moins méditatifs qu'ils déclenchent. Mais non, ce n'est pas cela, car, là-haut, dans les bois, c'était presque plus animé, avec un groupe d'hommes de l'Office national des forêts parlant de quotas de cerfs et de chevreuils à abattre (comme si au travail de deuil de la nature les hommes se devaient d'apporter leur compétence d'assassins, ici pourtant déjà prouvée à chaque chemin, à chaque lieu-dit). Et, surtout, il y a une grande différence entre des lieux officiellement marqués (par une solennelle allée de sapins conduisant à un obélisque trapu à la Cote 304, par un monument avec un corps décharné au Mort-Homme) et un village qui n'a rien d'autre à offrir que lui-même, c'est-à-dire comme partout en France une église, une mairie et quelques maisons qui, malgré leur regroupement, gardent quelque chose de disséminé, avec une route qui s'en va, en montant un peu, vide, tellement vide qu'elle semble s'ouvrir, par-delà l'horizon, sur une élongation de l'adieu, comme en Russie. Or je suis sûr qu'à la limite, sous un certain angle et par beau temps, on pourrait tirer d'Avocourt une image de carte postale française, semblable à celle qu'avaient utilisée les publicitaires pour la campagne (victorieuse) de François Mitterrand en 1981 et qui avait pour légende « La force tranquille », sauf que ce que l'on éprouve dans de tels villages, c'est plutôt l'intranquillité même, une vibration inquiète que le silence n'apaise pas mais propage.

Je me souviens d'avoir fait halte à Avocourt vers quatre heures de l'après-midi, c'était au début du mois de mars et donc dans une lumière certes un peu affaiblie mais non pas encore déclinante, et le seul être humain que j'aie aperçu était un homme qui fermait déjà ses volets, geste qui, lorsqu'il fait encore jour, m'a toujours paru la négation de la vie. Mais à cette image vient s'accoler, comme pour Frances A. Yates, la primevère au vers de Vaughan *(« They are all gone into the world of light »)* que je capte ici comme refrain, une autre fenêtre, en face à peu près de celles dont l'homme fermait les volets. S'y tenait, assez étrangement malgré le fait que l'on rencontre cette fleur couramment aujourd'hui, la courbe blanche d'une orchidée, très belle derrière sa vitre, et c'était moins là une réponse luxueuse aux volets clos qu'une affirmation, discrète mais sûre d'elle-même, d'un autre versant de la convalescence et le signe aussi que, bien sûr, dans ces villages, dans ces terres, on peut vivre malgré tout. Et ce que je suggère, au fond, car je serais bien peiné si un jour un habitant de ces parages, lisant ces lignes (cela se trouvera peut-être, sait-on jamais ?) s'en sentait offensé, c'est qu'il y a à l'intérieur de cette désolation et de cette inquiétude qui stagnent sur des villages comme Avocourt, non seulement une dignité, mais aussi une beauté particulières, et c'est ce que la main qui avait placé là cette branche d'orchidée avait su honorer. Ce n'est pas que j'aime particulièrement cette fleur, mais là où elle était, à l'intérieur d'un deuil étale partout objectivé, elle prenait une dimension de candeur et d'oubli qui faisait d'elle le répondant, dans un avenir sans contenu, de ce qu'avait été dans le passé la primevère du Yorkshire.

Discrétion, ou beauté, ou dignité, ou pudeur – ce ne sont certes pas là les mots qui pourraient convenir s'il fallait caractériser Douaumont. Dès lors qu'on rôde autour de Verdun, l'ossuaire a pourtant quelque chose d'inévitable, on s'en voudrait de ne l'avoir pas vu. Douaumont c'est d'abord une ouverture, une étendue, une immense esplanade en surplomb – et peut-être ne serait-ce qu'un cimetière militaire parmi tant d'autres, un peu plus grand et plus solennel, avec ses pelouses rases et ses ifs bien taillés si ne s'élevait pas là cet effrayant monument inauguré en 1927 dont la forme si particulière, je me suis rendu compte que peu de gens le savaient, provient de l'idée directrice qui était de lui faire figurer une épée enfoncée jusqu'à la garde dans le sol de France : je n'ai pas été chercher la biographie des architectes de l'ossuaire (ils s'appelaient Léon Azéma, Max Edrei et Jacques Hardy) mais il se trouve en tout cas que l'idée séduisit, que la chose fut construite et qu'il y a donc cela, une poignée d'épée qui est une tour de 46 mètres de haut et une garde qui est un cénotaphe de 137 mètres de long où 46 tombeaux valent allégoriquement pour les corps de 130 000 soldats inconnus. Or cette idée, il faut le dire, relève d'une esthétique intégralement fasciste et c'est cela, d'abord, dont on éprouve le poids, sans trop savoir identifier au début le malaise que l'on ressent en pénétrant dans ce qui fonctionne avant tout comme un champ d'ondes mortifères. Et « fasciste », je tiens à le souligner, n'est pas ici un mot lâché à la légère, comme c'est parfois le cas lorsqu'il sert d'insulte – non, il y a dans la rhétorique médiévale de l'épée et dans la référence au sol une authentique préfiguration du national-esthétisme à la française, style que Vichy, faute de moyens, n'aura pas l'occasion de faire fructifier, mais dont il serait passionnant de relever les traces ou les signes avant-coureurs ; un périple qui pourrait commencer, à deux pas de Douaumont, par la ville de Verdun elle-même où la Victoire est figurée par un terrible chevalier géant qui fend littéralement en deux la rive droite de la Meuse. Heiner Müller, qui visita ces lieux peu avant sa mort, déclara à leur sujet les choses les plus justes, parlant de kitsch et disant de ces monuments guerriers qu'ils étaient des ersatz et des mensonges. Rapportés dans un article de *L'Est républicain*, ces propos émurent à l'époque (1995) un nommé Arsène Lux, maire de Verdun, qui tenta de censurer le spectacle mis en scène par Michel Simonot, un spectacle qu'au demeurant Heiner Müller, emporté par la maladie, ne put ni vraiment accompagner ni même voir.

(Lieu de pèlerinage et lieu touristique, l'ossuaire dispose, naturellement, d'une boutique. Celle-ci, relativement petite et placée en sous-sol, a une allure de souk qui contraste avec l'atmosphère du cénotaphe. Sur les tourniquets de cartes postales les vues de l'ossuaire, du cimetière et du fort de Douaumont voisinent avec le portrait de Pétain et la recette de la quiche lorraine, on trouve par ailleurs tout le lot habituel de cendriers, tasses, mugs, soucoupes, crayons, stylos, mais aussi quelques objets plus incertains, comme des presse-papiers en pierre en forme de casque donnant le choix entre les diverses armées, ou des magnets en forme de borne de la Voie sacrée ou de branche de mirabellier. Et j'imagine cela, un intérieur où ces diverses choses se retrouveraient, le petit casque presse-papiers sur une pile de factures et, sur la porte du frigo, la silhouette magnétisée de l'ossuaire, avant la bière ou le lait demi-écrémé.)

La bataille de Verdun condense à elle seule, non en un point, mais sur un secteur entier, toute l'absurdité de la Première Guerre mondiale. Elle dura trois cents jours, de février à décembre 1916, et fit à peu près, toutes armées confondues – et encore s'agit-il là d'une estimation plutôt basse –, 300 000 victimes, ce qui indique un régime moyen de 1 000 morts par jour, chiffres d'autant plus sidérant si l'on se souvient qu'ailleurs aussi, vers l'ouest ou au sud-est, on se battait et on mourait, à pleines fournées. Aucunement de cela je ne veux faire la chronique ou sonner le rappel, il me semble qu'un passage du *Boqueteau 125* de Jünger – livre beaucoup moins idéologique que ne le sont les *Orages d'acier* – résume parfaitement la singularité des combats de cette guerre de position dont Verdun est le paradigme : « La lourdeur croissante qui pèse sur le conflit se manifeste déjà par le simple fait que, durant des années, dans les communiqués de l'armée reviennent constamment les noms des mêmes localités, des mêmes arpents de forêt, des mêmes cours d'eau, signe évident que pour *toutes* les parties en présence les gains s'amoindrissent dans la proportion exacte où les pertes deviennent plus sévères. La lourdeur d'un espace écrasé sous le feu devient si importante que les ultimes efforts de grands empires s'épuisent dans la conquête de lambeaux de territoire, d'arpents de forêt déchiquetée et de villages anéantis. » Jünger, même s'il a aussi combattu aux Éparges, parle plutôt de la Somme, mais c'est exactement, d'un bout à l'autre d'une ligne de front au fond très peu mobile, le même épouvantable surplace, le même épouvantable gâchis, et ce qui nous est légué, par-delà les récits familiaux (ceux-ci, aujourd'hui estompés, auront été le grand récitatif des enfants du siècle dernier) et le nom des morts sur les places, c'est d'abord le paysage lui-même, autrement dit ces « lambeaux de territoire » et ces « villages anéantis » qui, près d'un siècle plus tard, ne sont toujours pas guéris. Parfois, pour les villages, et c'est le cas le plus extrême, il ne reste comme à Fleury (juste derrière Douaumont) que le récif vestigiaire du nom, mais la situation la plus fréquente, qui a été celle de la reconstruction, n'a jamais pu, comme j'ai tenté de le rendre en parlant de Varennes ou d'Avocourt, effacer la dimension spectrale d'un cataclysme ayant eu lieu.

La plupart du temps la forêt a recouvert les espaces où, à travers champs, crêtes, bois et boqueteaux de plus en plus défigurés, zigzaguaient les lignes des tranchées. Mais le sol de ces forêts aux arbres souvent déjà devenus bien hauts et de belle apparence présente l'anomalie d'un bosselage constant, avec des trous et des cratères plus ou moins grands, plus ou moins réguliers, avec aussi, parfois, des fragments de tranchées recouverts de mousse et d'éboulis où l'on peine à reconnaître ce que les photographies et le cinéma d'actualité (qui fit là ses débuts) nous ont montré à satiété, à savoir ces rainures boueuses où les vivants ont tous l'air de morts futurs et ces mares stagnant au fond d'un cratère d'où émergent deux ou trois corps renversés. Mais tandis que cette archive qu'on peut consulter facilement ou revoir sur place, par exemple au mémorial de Verdun (bâtiment assez terrible lui aussi – le jour où je l'ai visité, un groupe d'adolescents allemands le faisait également, certains en chahutant, ce qui laissait songeur – mais aurait-il été plaisant de les voir noués par le respect, je ne sais pas), tandis que cette archive se maintient, comme c'est sa nature, dans l'ordre documentaire, tout change aussitôt qu'au document se substitue ou s'ajoute le vestige, et je songe moins à tout ce qui traîne ici ou là, venant des Poilus ou des collectionneurs de village, qu'à l'inscription du vestige et de la ruine dans le paysage. Là il y a un lieu qui impressionne plus que tous les autres : c'est le site des Éparges et son fameux point X d'où l'on pouvait contrôler toute la plaine de la Woëvre, c'est-à-dire tout le sud de Verdun. Sur ces hauteurs avoisinant les 400 mètres, on se battit pendant toute la durée de la guerre, sans que les positions soient durablement modifiées, plus intensément au début, dans les années 1914-1915, celles où mourut Alain-Fournier dont on a retrouvé le corps tout près, à la tranchée de Calonne, et des dizaines de milliers de morts reposent, comme on dit, sur ces quelques hectares qui ont aujourd'hui l'air de grands bois, au-dessus du Longeau, petit torrent puis rivière jolie, en un pays qui est celui de sous la côte, le pays des mirabelliers, plus que beau.

La route serpente dans les bois, croise un cimetière puis monte encore et, passé le monument au Génie, commence à longer pendant plusieurs centaines de mètres ces énormes cratères que sont les entonnoirs. Elle finit sur un parking d'où part, encadrée par deux obus peints en rouge, une allée de sapins très ombreuse conduisant à un monument dédié au

52ᵉ R.I., qui paya en ces lieux un tribut particulièrement lourd, ainsi qu'on l'apprend. Je suis venu là à deux reprises, une fois au mois de novembre (2007) et l'autre fois au mois de mars (2009), la première fois il y avait juste sur le parking une voiture immatriculée en Allemagne, la seconde il n'y avait personne. Car il faut le dire, c'est assez retiré, assez profondément enclavé et même enfoui. Par chance les entonnoirs, qui sont le contraire du monumental factice, qui sont de la cicatrice nue, n'ont pas l'air de faire partie des grands tours. Là encore, pour comprendre, on peut consulter les livres ou les sites, tout est documenté. Et l'on apprend, donc, que les entonnoirs des Éparges doivent leur taille au fait qu'ils proviennent de l'explosion de mines ou de charges d'explosifs extrêmement lourdes, dont le but était d'anéantir le système de défense du point X. Sans doute partout ailleurs sur les lignes de front la terre a été soulevée, cabossée, et cela se voit encore autant qu'on veut, mais rien ne ressemble à ce qu'on voit aux Éparges où l'on dirait, à proportion, qu'une monstrueuse gigantomachie s'est déroulée. Ce qui veut dire que la dimension, forcément, est celle du mythe et qu'il y a là un tel ravage, une telle puissance de silence retombé que l'on ne parcourt ces espaces que dans la perplexité la plus grande, la tristesse ne venant que peu à peu puis devenant si énorme qu'on finit par repartir presque en s'enfuyant. On longe les bords des cratères dénudés, les plus grands d'entre eux formant d'extravagantes clairières, on en voit les bosselages et les formes amples, ce pourrait être un parc où un jardinier fou aurait eu le génie et les moyens de culbuter des milliers de mètres cubes pour obtenir ces formes arrondies, couvertes de mousse et de feuilles mortes, et dont le déploiement produit une vibration si sombre qu'en comparaison les dernières notes expirantes du *Chant de la Terre* ressemblent presque à une comptine (que Mahler me pardonne, si son nom vient là, c'est aussi, malgré tout, un hommage).

Écrivant cela je m'étonne. Plus jeune, et là encore c'est l'onde de choc de Mai 68 qui se propage, je n'aurais sans doute pas eu l'idée d'aller là-bas et encore moins celle d'écrire ces lignes. Le mouvement spontané était le refus, le refus même de voir et de compatir, et il était sain : c'étaient d'autres années, je me souviens par exemple qu'au 11 Novembre, à Paris, vers 1964 ou 1965, on nous faisait défiler, classe par classe, devant le monument aux morts qui était dans la cour du lycée et c'était spontanément vers l'autre guerre, et vers les guerres coloniales aussi, toutes récentes, qu'allait le mouvement d'examen de la jeunesse. La guerre de 14, si elle était très présente encore, via les défilés, les récits des Poilus, les monuments aux morts, était à tort ou à raison reversée au passé, dans un « plus jamais ça » qui rejetait tout en bloc, tandis qu'à l'opposé la surenchère et la redondance patriotique en « pétainisaient » continûment l'image. Or il me semble qu'aujourd'hui il est possible de voir les choses tout autrement et de mesurer, par exemple à l'aune d'une cicatrice aussi indélébile que celle des Éparges, la profondeur et la durée de l'imprégnation de cette guerre sur le paysage européen, avec pour la France ce supplément territorial, puisque les noms mêmes de la guerre ou de son front Ouest tout au moins sont, pour l'essentiel, ceux de la toponymie ancestrale des campagnes du Nord et du Nord-Est. C'est en tout cas la durée de cette imprégnation que j'ai perçue, et qui m'a surpris : s'il était somme toute normal et facile d'avoir ce mouvement de réexamen, jamais je ne me serais attendu à ce que le paysage, au sens le plus concret du mot, soit encore à ce point comme sous le coup d'un cataclysme.

Un peu plus bas que Les Éparges en suivant la route qui passe sous la côte, là où dans les pentes qui font de douces jonctions entre la côte elle-même et la plaine se tendent les vergers de mirabelliers, les villages peuvent prendre une allure plus légère, plus aimable en tout cas que ceux d'en bas, ceux de la plaine de la Woëvre qui s'en va vers l'est par d'énormes champs ouverts, et l'on peut y acheter, chez de petits producteurs, cet alcool raffiné dont le goût de fruit s'allume si délicieusement sous le palais. Mais, pourtant, même là, comme une rumeur imprécise ou comme le vague revers d'un pressentiment, au Tillot, à Saint-Maurice, à Viéville, relancé par un petit cimetière ou par des panneaux de signalisation en annonçant d'autres, ou par des stèles, à tout bout de champ, flotte, dans l'air, une impalpable couche de tristesse, qui peut s'épaissir à tout moment. La phase méditative, souvent brève, que l'on s'accorde en lisant, dans n'importe quel village, la liste des noms inscrits sur le monument aux morts (quantités affolantes d'individus voire de fratries entières décimées), c'est un peu, sous la côte, à Verdun, en Argonne et dans toutes ces terres du Nord-Est, comme si elle se prolongeait d'elle-même, installant une sorte de basse continue au sein de la masse aléatoire de tout ce que l'on peut remarquer en traversant un pays. À tel point que l'on est presque surpris, dans ce pays de tant de cimetières, de voir que chaque village a lui aussi, comme n'importe quel village d'une autre région, *son* monument aux morts, mais la différence est grande entre ce que l'on éprouve devant ces bornes villageoises du souvenir – souvent gommées aussitôt qu'apparues – et ce qui vient, par la répétition, le nombre et les noms, dans les cimetières installés sur les lieux mêmes des combats, à proximité des endroits où les corps qui y sont enterrés ont, un jour, cessé de vivre.

Il n'était certes pas question pour moi de les voir tous, encore moins de les recenser ou d'en étudier les implantations, les formes, avec cette répartition initiale (décidée par qui, et quand ?) attribuant aux morts français et à leurs alliés des croix blanches et aux Allemands des croix noires. Un travail d'historien, à faire ou peut-être déjà fait, du côté des « lieux de mémoire », mais je ne suis pas historien. Pourtant, à un retraité d'allure un peu marginale qui m'avait demandé ce que je faisais dans le coin (ma voiture de location étant immatriculée dans le Haut-Rhin), l'histoire, comme métier, est le motif que je donnais à ma présence : sans que ma propre enquête soit inavouable, elle eût été trop longue à expliquer à cet homme qui allait, lui, retirer de l'argent à la poste de Varennes et que j'avais pris en stop à quelques kilomètres de là, à la sortie d'Apremont-sur-Aire, commune limitrophe des départements de la Meuse et des Ardennes, sur le territoire de laquelle, dans les bois, se trouve un cimetière militaire allemand que je venais, sans plan préconçu et juste pour voir, de visiter. Or ce cimetière, où reposent 1 111 soldats – je ne crois pas qu'il y ait la moindre intention derrière ce chiffre singulier –, m'a surpris, ou m'a pris, me mettant, je le dirais comme ça, la main sur l'épaule : ouvert telle une clairière dans les bois, silencieux sous le balancement des grands arbres et presque intégralement recouvert de mousse, il répartit ses croix noires autour d'une modeste stèle de pierre dédiée à un régiment d'infanterie. Les croix régulièrement espacées déterminent autant d'allées qu'il y a de rangs et, sans que l'espace soit immense, donnent une sensation d'infini. Il est évident, lorsqu'on y pénètre, librement car rien ne l'enclôt, qu'il n'est pas souvent visité, il est évident aussi qu'il le sera de moins en moins, si bien qu'il est comme en route, lentement mais sûrement, vers un devenir-forêt inéluctable, dont le tapis de mousse est le garant ou le signe avant-coureur : il s'ensuit bien sûr quelque chose de profondément germanique dans l'expression de la solitude, et cela émeut, parce que, au lieu de résulter d'une intention patriotique, c'est plutôt comme une imprégnation, un lent retour, qui dirait quelque chose aussi, peut-être, d'une chance qui reviendrait aux vaincus.

Là, j'ai regardé les noms, la valse patronymique des provinces allemandes, et j'en ai relevé quelques-uns, au hasard :
Willi Georg Soldat 8-10-16
Johann Koslowski Musketier 18-3-17
Adolf Endres Infanterist 8-9-16
Wilhelm Overbeck Gefreiter 27-3-17
Karl Locke Jäger 6-6-16
Walter Biertümpfel Gefreiter 5-5-16
Johann Kaleja Wehrmann 30-9-15
Johann Jablinski Grenadier 27-5-17
Heinrich Sindlinger Leutnant 19-3-18

et ainsi de suite, non pas sans fin mais dans une sorte de défilement qui ne prendrait sa mesure qu'au sein d'une voix, dit par une voix, avec la bonne prononciation, dans la langue de Goethe, de Goethe qui passa par là, près de l'Aire, parmi les aïeux de ces hommes tombés,

mais aussi ou encore sur une petite stèle, hors alignement, ces mots :

« Hier ruht in Gott Kurt von Boden »

fragment d'un distique pour un nom qui préfigurait la destinée du gisant, laissant entendre aussi l'écho d'une Allemagne plus menaçante : Kurt von Boden, c'est si parfait, on croirait tout voir, le col officier, la jeune fille au piano, les allées sombres et aussi, hélas, s'il lui avait été donné de vivre, un avenir pavoisé de banderoles nazies,

mais aussi ou encore, ne se voyant que lorsqu'on en est assez près, en lieu et place d'une croix une mince stèle de pierre avec une étoile de David (✡) et ce nom :

Karl Jakobsberg Füsilier 5-6-17

la stèle ayant été placée, c'est indiqué discrètement, en 1982, ce qui veut dire qu'il y a autour de la tombe de Karl Jakobsberg toute une histoire, une longévité du souvenir venant d'une autre Allemagne encore, différente à coup sûr de celle de Kurt von Boden quoique au fond elle ait pu être la même, ce que l'Allemagne, justement, oublia honteusement et que la mort ici, faucheuse et niveleuse, lui rappelle.

La même opération – le remplacement d'une croix par une stèle –, je l'ai vue non loin de là, dans le cimetière français de Lachalade, sur la route de la Haute Chevauchée en pleine forêt d'Argonne mais dans une zone dégagée, sans arbres, où sont enterrés 2 005 soldats. Et là c'est

Paul David ✡ Sergent 81ᵉ R.I. 20-6-15

qui répond à Karl Jakobsberg, et lui aussi parmi une foule d'autres noms, dans ce cimetière situé sur un chemin qui est aussi celui qu'emprunta Drouet quand, à la nuit tombante, il cavalcada de Sainte-Ménehould pour rejoindre Varennes, et l'on voit comment l'Histoire, follement, superpose ses couches, indifférente au fond à ce qu'elle dépose, laissant seulement des morts partout, comme à Lachalade où, dans le soleil, des cantonniers, même si on ne dit plus comme ça, arrachaient des plants d'hortensias – devenus trop grands, me dirent-ils – risquant de masquer, outre celui de Paul David, les noms de

Marie-Joseph Roujon Caporal 20-7-17
Louis Le Gal 72e R.I. 12-5-16
Gustave-Alphonse Malandain 46e R.I. 21-7-15
Joseph Corday 72e R.I. 20-6-16
Eugène Parant Sergent 17-3-17
Maurice Leenhardt Capitaine 3-2-15
Léon-Alphonse Damamme 4e R.I. 6-3-16

et tant d'autres, écrits sur de simples croix de béton clair (autant le geste des familles David ou Jakobsberg est compréhensible, autant la violence unificatrice des croix, dans tous ces cimetières, annule presque leur origine chrétienne pour prendre la signification neutre et terrible d'une simple case cochée – la faucheuse ayant perdu ses attributs gothiques pour devenir un triste douanier tamponnant le passage – chaque tombe, dans l'herbe rase, étant ce coup de tampon).

Je me souviens aussi que ce jour-là, roulant à petite vitesse sur la route de crête qu'est la Haute Chevauchée, alors que j'étais justement entre le cimetière allemand et le cimetière français, que je n'avais ni l'un ni l'autre prévu de voir, j'ai un instant allumé la radio, dans l'idée d'écouter les nouvelles et que j'ai dû pratiquement l'éteindre aussitôt. Ce n'est pas que la station sur laquelle je tombais fût particulièrement débile, comme cela peut arriver, c'est simplement que le ton n'allait pas et que rien, en fait, ne pouvait convenir car malgré tout, dans ces forêts, ces clairières étranges et devant tous ces noms lus sur des tombes, la condition première, pour que l'émotion reste intacte, c'est la solitude : rien d'exhibé et de romantique, juste un protocole d'expérience, mais fragile et qui doit se défendre et savoir couper les ponts. Par le téléphone portable, la radio et toutes sortes d'instruments, les moyens d'échapper à la tessiture de l'instant sont multiples, mais là j'ai senti à la seconde, en allumant l'autoradio, que ce n'était pas seulement une perte qui risquait de se consommer mais, même si le mot semble fort, une trahison.

Le soir, je ne sais pas pourquoi je l'indique, mais je dînais à la Perle d'Asie, un restaurant chinois d'un faubourg de Pont-à-Mousson, ville qui à mi-chemin entre Metz et Nancy possède elle aussi une belle place, la place Duroc, en forme de triangle et bordée d'arcades sur ses trois côtés. Le long de la Moselle, dans un bâtiment moderne jouxtant le marché couvert, l'Harmonie mussipontaine répétait.

15
Qu'elle est petite, la Seille !

Dans *Qu'est-ce qu'une nation ?* dont on n'a souvent retenu que la formule célèbre, aux accents hugoliens (« Une nation est une âme, un principe spirituel »), Renan, conduit par sa volonté de fonder les limites à l'intérieur desquelles peut se déployer correctement selon lui le concept de nation, élimine l'alibi géographique. Il écrit qu'aucune montagne ou aucune rivière ne saurait avoir « cette sorte de faculté limitante a priori » que souvent on leur a prêtée. Et pourtant combien de fois, à son époque comme avant ou après, rivières ou montagnes ont été utilisées comme des limites dessinant naturellement des frontières ! Ce qui ne semble pas si arbitraire peut-être devant le Rhin ou les Pyrénées le devient totalement lorsqu'on observe le parcours de la ligne de frontière entre la France et le Reich après la guerre de 1870 – frontière qui fut effective, donc, jusqu'en 1918 pour reprendre du service entre 1940 et 1944, le département de la Moselle ayant été à nouveau annexé. Or cette ligne (qui détermine aujourd'hui encore la forme atypique du département de Meurthe-et-Moselle – héritière du tracé qui séparait une Lorraine allemande d'une Lorraine restée française dont Metz et Nancy étaient les capitales respectives) épouse pendant un bon nombre de kilomètres le cours d'une petite rivière qui s'appelle la Seille. Il existe une autre Seille, plus connue, plus jolie, qui prend sa source dans le Jura près de la reculée de Baume-les-Messieurs, traverse la Bresse puis se jette dans la Saône un peu au sud de Tournus, mais la Seille lorraine, elle, prend sa source à l'étang de Lindre, près de la ville de Dieuze pour aller se jeter, à l'issue d'un cours assez sinueux long d'une centaine de kilomètres et orienté vers le nord-ouest, à Metz, où elle disparaît dans la Moselle mais où on peut la voir s'engouffrer d'abord, assez vive, sous les ponts-levis et les tours de la porte des Allemands.

La première fois que je l'ai vue, c'était en accompagnant une étudiante en paysage de l'École de Blois sur le site de son sujet de diplôme, à Jeandelaincourt, village situé à quelques kilomètres et dont je parlerai plus loin. Et je me souviens de ma surprise – que le fait de revenir sur les lieux deux ou trois ans plus tard n'a pas diminuée – devant cette frontière non seulement si mince mais en quelque façon si douce. Large d'une dizaine de mètres, parfois un peu plus, parfois un peu moins, la Seille fait glisser une eau abondante et claire dans un lit qui sépare deux « pays » qui se ressemblent et qui sont aussi plats l'un que l'autre. Un enfant pourrait sans difficulté jeter une pierre sur l'autre rive – or d'un côté c'était l'Allemagne et de l'autre la France. De petits ponts franchissent cela aujourd'hui aisément, reliant entre eux les villages, mais l'endroit où l'innocence de la Seille m'a le plus frappé, c'est dans la boucle qu'elle forme sur la commune d'Arraye-et-Han. Là, en effet, elle forme un méandre très prononcé qui ménage, du côté « français », une avancée de deux kilomètres. C'est au bout de cette quasi-presqu'île que se trouve le minuscule hameau de Han, et comme il n'y a pas de pont et que des friches marécageuses l'entourent, la Seille semble là à la fois comme chez elle et telle qu'elle a sans doute été autrefois, à l'époque où elle servit de frontière. En contempler le cours à ce point précis, et voir comment il semble hésiter entre la fuite et l'indolence, produisant de petites accélérations immédiatement traduites sur le plan sonore, c'est forcément s'ouvrir à une méditation sur le tressage entre ce temps fluide et le temps historique, un peu comme à Varennes au-dessus de l'Aire, sauf que là on se retrouve complètement délié de toute assise urbaine et qu'on est au fin fond d'une campagne étourdie, d'ailleurs dans une enclave, l'intérieur du méandre formant presque un petit monde retiré.

Un panneau avertit les promeneurs qu'ils se trouvent sur un site protégé où se rencontrent quelques espèces rares ou en voie de le devenir et, comme à chaque fois, la simple lecture des noms produit son effet de paradis lexical perdu : courlis cendré, bruant des roseaux, pie-grièche, bécassine des marais, bergeronnette printanière, tarier des prés, rousserolle effarvatte – cela pour les oiseaux –, euphorbe des marais, guimauve officinale et butome en ombelle – cela pour les plantes. Mais ce petit hameau, isolé au bout de son méandre, n'a pas d'étrange que son nom, un nom qui doit être connu dans les quartiers les plus pauvres de Nancy ou de Lunéville, il héberge en effet, et c'est sa seule activité visible, une maison d'éducation surveillée, mais celle-ci, à deux pas de la rivière, au lieu de diffuser une onde sinistre, semble rayonner d'une vie propre et sa cour est d'ailleurs ouverte à tous vents. Le jour où j'y entrai, c'était un samedi et sous un soleil d'hiver, deux jeunes garçons y jouaient au ballon, l'un beur et l'autre noir, je les interrogeai et ils m'expliquèrent qu'une quinzaine seulement d'entre eux restaient là le week-end (l'effectif complet, m'apprit-on plus tard, est de quarante-deux enfants ou adolescents de moins de seize ans) – ceux pour lesquels cette solution valait mieux que le retour dans les familles. Ils étaient divisés, me dirent-ils, en quatre groupes : les Trappeurs, les Arapahos les Papillons et les Lucky Luke. Les éducateurs qu'ensuite je croisai dans la cour – je compris que c'était l'heure de la relève – se montrèrent un peu méfiants mais ne m'ôtèrent pas l'impression initialement ressentie, celle du contraire d'un bagne d'enfants et sans doute pas le paradis mais du moins, et comme lové dans ce méandre, un lieu protecteur, un lieu où les enfants, s'ils n'étaient pas sauvés, étaient saufs.

Cette impression, peut-être est-elle due aussi au contraste qu'offrait cette maison avec tout ce que j'avais vu les jours précédents sur les vestiges des champs de bataille ? Une brusque et simple bouffée de vie et de présent tournée vers l'enfance. Quoi qu'il en soit, ce livre n'est pas une enquête, j'essaie seulement de rester au plus près de ce que j'ai vu, reparcourant mes carnets, mes souvenirs, et là je vois cela, la joie de ce détour par une boucle de la rivière qui était mon but, mon chemin et que j'ai donc suivie, vers l'amont, traversant des villages – Lanfroicourt, Bey-sur-Seille, Bioncourt, Brin-sur-Seille – qui, situés tantôt sur la rive gauche tantôt sur la rive droite de la Seille, furent donc, pendant des années, coupés les uns des autres. Mais jusqu'à quel point ? Et avec quelles histoires, entre rancœurs et exils, cousinages et ruptures, entre

Allemands et Français, entre optants (ainsi appelait-on ceux des habitants des provinces conquises par l'Allemagne qui optaient pour la France) et convertis ? Toute une matière en effet de feuilleton ou de saga familiale dont le site idéal, je pense, serait Vic, petite ville coupée en deux par la Seille mais intégralement annexée sous le nom de Wich au Bezirke Lothringen et qui se trouve de surcroît être celle où naquit Georges de La Tour, ce dont un petit musée se souvient, conservant au demeurant peu de choses de l'enfant du pays. Bien que cela n'ait aucun rapport, on fait pourtant le lien, par l'image, et le film peut commencer avec une scène d'intérieur – jeune fille à la lampe lisant un courrier, soir qui tombe, ou nuit noire, les chiens aboient, ces chiens que, dit-on, le peintre des anges protecteurs de chandelles lâchait sur ses paysans.

Sachant qu'ici, dans le Saulnois, c'est plutôt la Seconde Guerre mondiale qui a laissé traces et cicatrices, notamment au cours des batailles de l'automne 1944, quand les Allemands résistèrent, et très âprement, à l'avancée des troupes américaines. Un village comme Moyenvic par exemple, à l'est de Vic-sur-Seille a été complètement rasé. Reconstruit dans un style lourd, hanté, maladroit, il a l'air de se terrer encore, sous une église moderne de béton assez effrayante, moins toutefois que celle de Dieuze, ville plus grande, et très triste, plus à l'est encore et cette fois bien près des sources de la Seille, lesquelles se trouvent à l'étang de Lindre, d'une assez grande étendue et qui est une réserve piscicole bordée, au niveau de Lindre-Basse, par un bois truffé de cigognes (on les entend avant de les voir, elles ont ce claquement de bec si caractéristique). La région et le département sont en train de construire là un vaste centre piscicole destiné à faire connaître les richesses de ces eaux douces retenues et donc entretenues depuis le Moyen Âge. Pour l'instant, depuis une sorte de promontoire, trace d'une installation plus ancienne, on peut les contempler et ce qui vient avec l'eau immobile des lacs et des étangs est, comme on sait, bien différent de ce qui vient avec les rivières, il y a là comme un repos, un temps de pose : au lieu d'être dans sa figure classique de fuite et de coulée, le temps semble une onde stationnaire dont le résultat est justement ce que l'on voit, cette étendue que presque rien ne trouble et qui ouvre à la mélancolie une sorte d'infinité. Mais si cette dominante impose chaque fois sa marque, quelle que soit la région, chaque lac ou étang vient jouer dessus, en sourdine, son propre thème : pour savoir chanter celui de l'étang de Lindre il aurait sans doute fallu y pêcher ou y faire de la barque, mais il m'a semblé que sur ses centaines d'hectares cet étang encore assez préservé avait, entre ses rives basses glissant sur le plateau lorrain, une qualité d'élongation qui lui donnait un surcroît d'horizontalité et donc, presque à la dérobée, quelque chose de lointain et de russe. En me renseignant j'ai appris que Charles III, duc de Lorraine, avait, en 1605, envoyé au roi de France soixante carpes provenant de l'étang de Lindre pour peupler le bassin de Fontainebleau, ce qui fait aussi dans ce livre un écho que je répercute, tout en songeant au voyage de ces carpes sur les routes d'alors, dans des aquariums ou des viviers tirés par des chevaux.

Jeandelaincourt, qui n'est pas sur la Seille, mais à proximité, sur le plateau lorrain à mi-chemin entre

Pont-à-Mousson et Château-Salins, c'est une autre histoire. Aurélie Dewitte, l'étudiante que j'y accompagnais, avait choisi pour sujet de son diplôme l'énorme site de retraitement et d'enfouissement de déchets qui se trouve sur cette commune et son parti, radical, avait été de dire que cette activité que les responsables de la commune ou de la société d'exploitation tentent de cacher le plus possible, il convenait au contraire de la rendre explicite et même, en un sens, d'en tirer les axes d'une reconversion paysagère volontaire plutôt que subie. Dont acte, cette jeune femme s'en sortit très bien, mais sans avoir bénéficié sur place des aides sur lesquelles elle aurait normalement dû pouvoir compter. Pour se développer, cette activité pour une part assez inquiétante a mis à profit les qualités d'un sous-sol argileux particulièrement imperméable, exploité jusqu'au début des années quatre-vingt par une grande tuilerie, propriété de la famille Adt. Les tuiles provenant de cette usine, produites dans les années trente au rythme de 60 000 par jour, eurent une grande renommée, tout au moins au plan régional. Dans une image publicitaire de l'époque, on peut voir un individu rubicond bondir avec de gros godillots sur une de ces tuiles mécaniques capables de résister à un poids de 370 kilos. Et tout le village, disposé sur une faible pente, se ressentait dans sa forme et son être des effets du capitalisme à teinture paternaliste de la famille Adt, avec des maisons ouvrières alignées et des maisons pour cadres, un peu plus grandes évidemment, toutes disposant d'ornements en terre cuite fabriqués sur le site.

Qu'une telle usine ait fini par disparaître, emportée par le reflux général des activités industrielles en Lorraine, où des exemples beaucoup plus spectaculaires existent en nombre, il n'y a à cela rien de bien étonnant. Mais ce qui surprend et déroute, c'est la violence (et la vitesse) de la rupture entre ce monde ouvrier ancien, avec ses codes, ses maisons, ses patrons, ses luttes, et le nouveau type d'activité mis en place qui, au lieu de se faire connaître et reconnaître et de se déployer alentour, se rétracte comme une forteresse, quitte à faire surgir autour de lui le soupçon. La première fois, alors que nous rôdions autour du site, une femme s'approcha de nous, méfiante, en roulant au pas dans sa voiture et nous demanda ce que nous venions faire. La réponse contenant les mots « École nationale supérieure du paysage » eut l'effet escompté et la femme non seulement se radoucit mais se confia, dénonçant tout un trafic nocturne de camions venant de l'étranger décharger leurs poisons. Que cela soit vrai ou faux, il reste que le climat est celui du non-dit et du secret, et que tout semble fait pour nier l'évidence, à savoir qu'un tiers ou presque du territoire de la commune est occupé par le Centre de traitement biologique des sols pollués, propriété de la Sita FD (France Déchets), une filiale de Suez.

Mais pourquoi être revenu, et pourquoi en parler ? Il me semble qu'avec cette grande installation camouflée c'est un peu la guerre d'aujourd'hui qui se livre – guerre qui ne se traduit pas en nombre de morts mais qui agit ou est présente comme un effet collatéral géant étendu à l'ensemble du paysage. Tout oppose l'ancienne activité, qui était une production, à la nouvelle, qui est de l'ordre du retraitement et du stockage : en lieu et place des bâtiments d'usine et de leurs hautes cheminées, au-delà de la pesée où doivent s'arrêter les camions (de lourds semi-remorques), se découpent d'énormes bâches tendues qu'on appelle, ai-je appris, des batibulles. Les terres polluées par les métaux et les hydrocarbures apportées par les camions sont traitées dans ces biotertres bâchés où elles subissent une aération forcée continue. Le processus de dépollution est évidemment assez long et complexe et comporte aussi divers filtrages et des apports d'engrais. Mais toutes les terres ne sont pas souillées au même titre, et il y a donc aussi, en bout de chaîne, des déchets qui subsistent comme tels, dangereux et non éliminables. Ces déchets dits ultimes sont purement et simplement enterrés sur le site à une profondeur de six mètres, sous des tertres à l'air libre, dont la forme se modifiera jusqu'à abandon du site. Ces quelques aperçus techniques, très incomplets, suffisent, je pense, à planter le décor ou du moins à le rendre explicable, car ce que l'on voit, ou aperçoit, et qui est clôturé de toutes parts, est assez mystérieux et hostile. Il ne s'agit en effet ni d'une installation militaire, ni d'une extension agricole, sorte de stabulation démesurée, ni à proprement parler d'une décharge, mais cela tient de tout cela à la fois, avec quelque chose qui évoque le camp tout court, mot que je n'utilise pas de façon allégorique, comme on le fait à mon avis beaucoup trop, mais par simple effet de ma volonté de décrire.

Les abords immédiats du centre, entre la grille d'entrée et les lotissements les plus décatis du village, sont occupés par un terrain vague où des restes de l'ancienne usine démolie coexistent avec des déchets, ce qui fait à la dépollution un seuil assez étrange. Au-delà de ce qui est comme une espèce d'esplanade informe, à un carrefour qui fait jonction entre les lotissements nouveaux et la rue ouvrière d'autrefois remontant vers le cœur du village (mais tout cela disséminé, sans dessin, sans forces, avec même une tentative de petits immeubles locatifs à deux étages ravalés en bleu et rose) se trouve le Café des Sports, où j'entrai, et où un grand four à pizza, qui, était-il écrit, ne fonctionne que le soir, fait dériver l'espace dans une direction un peu différente de celle que l'on attendait, mais qui est présente aussi, avec cette espèce de propreté sale – je ne trouve pas mieux que cet oxymore – qui caractérise en France tant de débits de boissons des campagnes ou des faubourgs. Sur un écran placé dans un coin passait un clip de Sinead O'Connor qu'on entendait à peine, mais voir sa belle tête rasée avait en ces lieux quelque chose de troublant, elle s'établissait ainsi comme d'elle-même sur ce fond de paysages industriels ruinés qui est celui, aussi, pour une bonne part, de la musique pop. L'exactitude du son anglais, on peut la vérifier partout, mais dans ces régions plus qu'ailleurs. À Pont-à-Mousson (la veille de ce jour de Jeandelaincourt, au pub Tiers), à Mulhouse aussi bien (dans un café en forme de proue, et là c'était la rengaine d'Amy Macdonald qui passait) ou à Valenciennes (plus tard, en juin, sous la pluie), il fait intégralement partie du paysage, non seulement comme bande-son efficace et récurrente, mais aussi comme pourvoyeur de mode, lançant par les rues des filles aux reins tatoués de faux dragons chinois et leurs compagnons, qui se donnent des airs.

16

Le cimetière de Toul,
la synagogue de Delme

Même si vers la fin elle ne s'arrêtait plus guère qu'à Nancy, l'ancienne ligne Paris-Strasbourg traversait encore toute une série de villes avec leurs gares et leurs entrepôts. Peut-être deux cents mètres après la gare de Toul, sur le côté gauche de la voie, le voyageur qui allait en direction de Strasbourg remarquait un cimetière ancien à l'air abandonné d'où se dégageait, fugitivement bien sûr, une grande et mélancolique beauté. Habitué de cette ligne, j'en guettais toujours la venue, comme je guette aujourd'hui, près de la gare d'Étampes, les restes de l'ancien cimetière Notre-Dame où des tombes assez espacées les unes des autres donnent un air presque irlandais à la pente qu'elles ponctuent. Rien comme cela à Toul où, au contraire, les tombes sont assez serrées et placées sur un terrain qui est plutôt plat. En tout cas je m'étais dit qu'un jour je viendrais voir ce qu'il en était, et que je m'approcherais de ces stèles pour comprendre le sens de la note brève et grave qu'elles faisaient résonner au passage du train. Il est étrange que je n'y aie pas pensé plus tôt, et que je ne l'aie compris qu'en me rendant sur place : ce cimetière, bien sûr, était juif ou du moins était la partie juive du cimetière de Toul. Parler de partie est toutefois difficile : en effet la voie ferrée sépare absolument le cimetière juif du cimetière principal, que les plans de ville indiquent comme cimetière catholique. Aucun passage de l'un à l'autre : de telle sorte que le cimetière juif est, aujourd'hui en tout cas, entièrement relégué. Alors que le cimetière catholique se rejoint assez facilement depuis la ville (il suffit de traverser le parc installé dans les douves des fortifications), il faut, pour atteindre le cimetière juif de la rue de Briffoux, emprunter une avenue qui enjambe les voies de chemin de fer et conduit à des pavillons égrenés sur les flancs du mont Saint-Michel, un poste avancé des côtes de Meuse, et prendre sur la droite une petite rue dont le prolongement s'appelle tout de même rue de la Judée. Du moins est-ce depuis le pont enjambant le chemin de fer que l'on a la meilleure vue d'ensemble sur l'enclos où sont alignées les tombes du XIXe siècle, celles-là mêmes qui alertaient les passagers du train filant vers Strasbourg.

La grille était fermée les deux fois où je suis venu, à trois ans d'intervalle. Mais le mur d'enceinte n'étant pas trop haut, surtout du côté où il borde le chemin parallèle à la voie ferrée, et le cimetière n'étant pas très vaste, il reste très possible de se pénétrer de sa teneur simplement en le longeant. Au-dessus de lui, un petit immeuble ouvrier en bon état, avec du linge qui sèche. Au-delà, des maisons avec des potagers, de petits jardins. Pas d'aire de parking et, malgré le bruit des voitures et des camions franchissant le pont sur les voies, une impression de silence. Le jour de ma deuxième visite, il faisait grand vent et l'on entendait aussi le bruit régulier de la corde venant heurter la hampe du pavillon national flottant de l'autre côté des voies, dans la partie militaire du cimetière catholique, un bruit qui, je ne sais pourquoi, même dans les ports de plaisance où il est répercuté tant de fois, a une allonge mélancolique.

Il y a peut-être une centaine de tombes dans la partie la plus ancienne du cimetière. La plupart sont formées de stèles verticales arrondies, parfois précédées d'un petit enclos fermé par des grilles. Sur la face de la stèle une inscription en hébreu ; souvent, mais pas toujours, une inscription en français au verso. Quelques tombes présentent un caractère un peu différent : colonne brisée, colonne contre laquelle sont appuyées les Tables de la Loi ou encore pilier surmonté de motifs à palmettes. Aucune de ces tombes n'est entretenue et de nombreuses stèles penchent, quelques-unes même sont tombées. Cette impression de pierres dressées un peu dans tous les sens est propre aux cimetières ashkénazes, celui de Prague en tête, et elle est directement liée à leur vibration secrète, mais à Toul elle ne se sépare pas d'un effet d'abandon, comme si les pierres elles-mêmes étaient désemparées. On lit les noms, quelques noms, Fanchette Hayem, Samuel Cahen, Abraham Bloch, Joseph Cerf, Fanny Lévy... Et leur pouvoir est tel que sans donner corps à des êtres ils les égrènent pourtant dans l'espace. Alors à partir d'eux une fiction commence, que l'on se raconte à part soi, avec des images floues remontant à cette période somme toute heureuse de l'histoire des Juifs de France, celle qui conduit de leur émancipation, en 1791, sous l'impulsion de l'abbé Grégoire (qui était lorrain), jusqu'à l'affaire Dreyfus.

Mais ce qui domine, sans vraiment prendre figure, c'est l'image, insistante, d'une disparition, d'un engloutissement. De ces communautés assez importantes qui émaillaient les villes de Lorraine, il ne reste plus grand-chose, et lorsque, souvent un peu par chance, les monuments ont survécu, les communautés qui les rendirent vivantes ne sont plus là (en Meurthe-et-Moselle par exemple, seules deux synagogues sont encore en activité – à Nancy et à Lunéville). À Toul même, la synagogue existe toujours et peut s'apercevoir au fond d'un jardin sans doute entretenu par la maison voisine : construite vers 1812 et revue dans un style mauresque sous le Second Empire, elle a donc échappé à la destruction, mais elle est fermée et ne fonctionne plus. La tristesse qui se dégage de son entour est l'écho de celle du cimetière. Que s'est-il passé ? On le sait bien, mais il faut le dire, c'est malgré tout comme si le nazisme avait triomphé : on pourra invoquer des exodes et des départs vers des villes de plus grande importance (Nancy, ou Metz, ou Paris) ou vers Israël, mais la raison majeure de cet effet de désert, c'est l'application scrupuleuse, par les nazis et leurs affidés français, des attendus de la solution finale. Un cataclysme. Tout un monde balayé. Qui a été, et qui n'est plus. Telle est l'impression que l'on ressent, et qui stagne, sans que rien en ces lieux le dise ou le souligne, à l'exception d'une plaque de marbre apposée contre un mur dans la partie moderne du cimetière, qui célèbre la mémoire d'un couple de parents originaires de Commercy et de Senones et morts en déportation, le hasard, sans doute, faisant que tout près d'elle se trouve l'emplacement où l'on doit brûler, je le suppose, les herbes enfrichant le cimetière, un grand tas de cendres surmonté de quelques débris végétaux s'y étant formé.

Sans doute dans cette autre partie du cimetière peut-on voir quelques tombes récentes. Une dizaine tout au plus.

En marbre ou granit lisse et brillant, elles seraient semblables à celles que l'on voit dans n'importe quel cimetière si elles ne portaient pas, accompagnant le nom des morts, l'étoile de David en gravure dorée – un symbole qui est quasi absent des tombes anciennes. Ce qui induit la remarque suivante : à la banalisation du type architectural des tombes correspond une manifestation identitaire simplifiée – presque un logo. Et ce qui apparaît en arrière-plan, via les tombes du XIXe siècle (comme via les témoignages sur la vie des communautés juives de cette époque en Lorraine, en Alsace ou ailleurs), c'est la simultanéité d'une plus grande et profonde intégration et d'une originalité culturelle plus dense, l'une ne jouant pas forcément contre l'autre, contrairement à ce que laisserait croire une approche opposant de façon sommaire république (laïque) et observance. Ce que le nazisme a visé avec le plus de haine, et d'abord en Allemagne même, c'est sans doute cette possibilité d'accord, au sens musical, entre une affiliation religieuse intériorisée provenant d'un lointain et une résidence déployée dans l'effectivité d'une nation. Or après le passage ravageur de la Seconde Guerre mondiale, même là où il semble qu'un tel accord soit encore possible, les signes sont nombreux qui non seulement le rendent inquiet mais l'affectent et le faussent. Et c'est comme si ce docte mélange d'oubli et de ferveur, d'intégration et de différence qui semblait pouvoir régler la vie juive en France était continûment menacé d'éclatement, chaque incident venant rappeler à chacun, juif ou non juif, qu'en vérité le programme voulu par l'abbé Grégoire, celui d'une insertion non réductrice, n'a jamais pu totalement s'accomplir.

Ce qui est garanti par cette idée et par les pratiques

qu'elle induit, c'est non seulement la tolérance, la coexistence et l'égalité devant la loi, c'est aussi pour chaque individu la possibilité, à l'intérieur de sa communauté d'origine, de se démarquer de ce que l'on pourrait appeler la contrainte d'appartenance. L'expérience des camps, pourtant tout entière orientée par l'assignation à résider dans cette appartenance et par le fait impensable de devoir être exterminé à cause d'elle, aura eu, dans l'extrémité atteinte de la douleur, l'effet de transporter cette appartenance au plan d'une exposition de l'humanité comme telle, de l'humanité du dénuement. Mais avec cette exposition, qui ne désignait que l'espace d'une mise à mort, on ne peut pas vivre. Vivre au-delà de cette exposition, c'était retrouver le complexe entrelacement de la mémoire et de l'oubli, de la contiguïté et de l'écart, mais, de quelque manière qu'aient pu recommencer les travaux et les jours, l'inoubliable se sera maintenu comme trace et comme cicatrice, l'extraordinaire ayant bien été que la vie reprenne : mais pas comme avant, mais avec derrière elle et sous elle cette béance qui est au fond ce qui se voit en premier devant des lieux tels que le cimetière de Toul, et peut-être parce que justement ils n'ont pas été aménagés pour le dire.

Au sein de la vie revenue il était fatal qu'une déclosion se produise et qu'à l'obligation de porter, pour toute l'humanité, le deuil, autre chose se substitue pour les Juifs, Israël *ayant été* (je souligne le fait que c'est aujourd'hui quelque chose du passé) la formulation la plus directe de cette volonté. Hors d'elle et donc dans l'espace de la Diaspora, dans celui des formulations indirectes, la charge d'avoir à négocier l'émotion de sa provenance dans un monde malgré tout indifférent revint davantage aux individus. Ici s'ouvre, comme au sein de toute communauté, mais de façon serrée, la gamme d'expressions qui va de la noyade pure et simple de l'individu dans le bain communautaire jusqu'à l'évasion sans retour. C'est à l'intérieur de cette gamme que Benjamin avait pu reconnaître en son temps (dans *Sens unique*, qui parut en 1928) « le plus européen de tous les biens », qu'il définissait ainsi : comme l'« ironie plus ou moins nette avec laquelle la vie de l'individu prétend se dérouler sur un autre plan que l'existence de la communauté, quelle qu'elle soit, dans laquelle elle se trouve jetée ». Ce bien, Benjamin disait que les Allemands d'alors l'avaient tout à fait perdu et il ne savait pas même encore à quel point l'Histoire allait lui donner raison. Mais là où je veux en venir, c'est là où la réduction des cultures à des signalétiques ou à des panoplies et où la capture de la provenance par l'appartenance nous conduisent – c'est au fait alarmant que dans la France de 2010 la marge de manœuvre de cette ironie, c'est-à-dire de cette liberté dont parlait Benjamin, tend à se réduire. Telles sont les réflexions qui me sont venues au contact des tombes anciennes et nouvelles du petit cimetière juif de Toul, le long des voies de chemin de fer de l'ancienne ligne Paris-Nancy-Strasbourg. Petit périmètre auquel j'espère qu'on ne touchera pas : ni pour en faire un « lieu de mémoire » dûment répertorié et fléché, ni pour le détruire en remplaçant ses tombes et en leur appliquant ce qui est la règle de l'autre côté des voies, dans le cimetière municipal où, sur de nombreuses tombes anciennes un petit panneau a été placé, précisant qu'elles relevaient d'une « procédure de reprise des concessions perpétuelles à l'état d'abandon ». Cimetière où, donc, je suis allé aussi et où, dans le régime normal des alignements, ont lieu quelques sursauts : un petit enclos de tombes allemandes anciennes, qui ne sont pas des tombes de soldats ; plusieurs rangs de simples croix de bois, pour des tombes récentes ; le carré militaire autour du mât portant le pavillon national claquant au vent et où sont enterrés des soldats de la guerre de 39-40 mais aussi des déportés polonais et des résistants dont plusieurs n'ont pas de nom ; et surtout, peut-être, très distinctes à cause de leur exubérance colorée, des tombes de familles romanichelles, « gens du voyage » arrêtés là et reposant sous des amoncellements de plaques et de bibelots funéraires d'un kitsch évanoui, parfois même protégés par des abris transparents formés de vitres multicolores. Tombes qui relancent à leur manière toute la question et la précisent, le droit au repos s'imposant ici comme un droit au sol particulier, allégorisant dans l'au-delà ces aires – de repos, elles aussi, mais vivantes – que, dans la France de l'été 2010, la police, honteusement, refusera aux nomades.

La relativement longue série lorraine de ce livre s'achève, c'est ainsi que c'est venu, mais il y a encore un lieu dont il me semble qu'il faut parler, et spécialement dans ce chapitre. C'est la synagogue de Delme.

À mi-chemin entre Metz et Nancy, la synagogue de Delme, en pays saulnois, se trouve déjà dans le département de la Moselle et, par conséquent, dans ce qui fut entre 1871 et 1918 le Bezirke Lothringen. Elle fut construite vers 1880 sur le modèle de la grande synagogue de l'Oranienburgerstraße à Berlin. Peut-être encore plus orientalisante que son modèle, avec sa coupole en forme de bulbe recouverte de tôle brillante encadrée par deux demi-coupoles, elle avait véritablement de l'allure et était plutôt très grande pour une ville de la taille de Delme. Or son destin est aussi exceptionnel que son allure. Construite sous l'autorité des Allemands, c'est par eux aussi qu'elle fut partiellement détruite pendant la Seconde Guerre mondiale et la seconde annexion de cette partie de la Lorraine au Reich : seuls les murs extérieurs avaient subsisté, ce qui permit tout de même de la reconstruire après la guerre – la grande et spectaculaire coupole et les demi-coupoles étant toutefois remplacées par un simple dôme. Telle qu'elle est aujourd'hui et se voit, dans la rue principale d'un village plutôt triste, atypique et très blanche, elle a conservé dans son ordonnance, spécialement avec l'organisation rythmée de ses ouvertures, à commencer par son péristyle tripartite à colonnettes, quelque chose de très écrit et de très équilibré entre une sorte de rigueur et un ton orientalisant.

Mais si on peut si bien la voir et si elle est si bien entretenue, c'est parce que son histoire récente l'a fait glisser de sa fonction originaire vers une autre : fermée au culte en 1981, faute d'une communauté suffisante pour le soutenir, inscrite à l'inventaire des monuments historiques en 1984, elle a fait l'objet dix ans plus tard d'un bail emphytéotique de quatre-vingt-dix-neuf ans entre le consistoire et la municipalité et est devenue, dans ce cadre, un centre d'art contemporain dont la programmation, souvent remarquable, échappe à l'arbitraire du goût en s'efforçant de faire travailler les artistes en résonance avec l'atmosphère impalpablement chargée du lieu. L'installation que j'y ai vue, d'Élise Florenty, en mars 2009, était un ensemble complexe et raffiné tournant autour de Kafka, avec des vidéos pâles, des sources sonores secrètes et des mots cachés, et je vois qu'en octobre 2010 figurait dans la programmation le nom de Javier Téllez, ce qui me réjouit, la vidéo de lui que j'ai vue, dont le titre traduisait Diderot *(Letter on the Blind for the Use of Those Who See)* et où l'on voyait des aveugles s'approcher d'un éléphant vivant et le toucher dans une piscine désaffectée de New York, étant proprement inoubliable, et ce n'est pas un mot que je peux employer ici, dans ce chapitre, à la légère.

Si peu réceptif que l'on soit à la vulgate populiste selon laquelle de telles manifestations, dans de tels lieux, seraient nécessairement élitistes, il arrive parfois que l'on soit ébranlé par ce qu'elles peuvent avoir d'arbitraire, tombant du ciel des bonnes intentions culturelles sur des campagnes démunies. Or à Delme ce flottement de doute n'intervient pas, d'abord parce que l'histoire même du lieu empêche qu'on y fasse n'importe quoi, et il est significatif à cet égard que l'intitulé du centre d'art soit bien *Synagogue* de Delme : non qu'on prétende de la sorte y maintenir une relation au culte, mais parce que l'effacement du nom aurait été une perte de sens, y compris pour ce que l'on montre. Dans le complexe et lent travail d'éloignement qui s'opère entre le cultuel et le culturel, le jeu n'est pas seulement celui de l'ajout, en français, d'une seule petite lettre, il concerne en vérité le destin entier de l'œuvre d'art : il ne s'agit pas là du maintien d'un lien plus ou moins vague à une dimension sacrée, mais de la possibilité que l'art, ayant basculé – pour son bonheur – dans une sorte de déshérence métaphysique, ne devienne pas en chemin purement gratuit. Or, à l'intérieur même de ce devenir séculier, l'utilisation d'anciens temples en tant qu'espaces de performance artistique peut parfois fonctionner comme un garant : il ne s'agit pas de prolonger, par l'art, la leçon du dogme, et encore moins de replacer l'art sous une quelconque tutelle métaphysique, il est simplement question, au sein d'un lieu donné, d'être attentif à sa résonance, à la qualité de l'écho lointain qu'il relance.

Des familles de marchands de chevaux chantant la liturgie juive ou amenant au temple branches de saule et de palmier dattier, myrte et cédrats, soit les quatre espèces de la fête de Soukkot, la fête des Cabanes, cela, à Delme, ne se verra plus – mais quelles que soient les distances que l'on puisse observer (c'est aussi une forme d'observance) envers toutes les formes de culte, il reste que les raisons de la disparition, à Delme, de la forme juive sont si lourdes qu'on ne peut les assimiler à une simple désaffection. Le centre d'art porte aussi ce point de deuil dans son nom, et si cela ne vaut pas comme contrainte pour les artistes (il serait absurde et même pénible de les assigner à se livrer là à un « devoir de mémoire »), cela, à mon sens, lui procure une sorte de sauf-conduit éthique.

17

Frontières, encore

En voyant devant lui les flots de l'Arpatchaï, une rivière du Caucase qui marquait la limite entre les terres dominées par les Russes et celles dominées par les Turcs, Pouchkine, dans son *Voyage à Arzroum*, raconte qu'il se précipita vers eux : « L'Arpatchaï ! Notre frontière ! [...] Je galopai vers la rivière avec un sentiment inexplicable. Jamais encore je n'avais vu de terre étrangère. La frontière était empreinte pour moi d'un certain mystère. Depuis mon enfance, les voyages avaient été mon rêve le plus cher. » Mais il raconte aussi sa déception, car en fait l'autre côté venait d'être conquis, de telle sorte que l'Arpatchaï, pourtant absolument identique à elle-même en tous ses remous, ne séparait plus rien. Ce petit récit romantique et exalté, chacun en comprend pourtant la ressource, ce dont il est question à travers lui, c'est de la joie de la limite opérant à l'état pur, et cette joie fait naturellement partie des souvenirs d'enfance, si l'on pense à l'excitation qui naissait à l'idée de franchir une frontière, fût-elle faiblement marquée, voire insoupçonnable. Ce qui est étrange ou paradoxal, c'est la vitesse à laquelle cette joie peut se flétrir pour se retourner en son contraire : non parce que la frontière s'efface (dans ce cas il n'y a, comme pour Pouchkine sur l'Arpatchaï, que déception) mais parce qu'elle devient infranchissable.

Immatérielle en son principe, la frontière cherche à se matérialiser, soit en empruntant les lignes de fracture de la géographie (par exemple ces rivières qu'on force, comme la Seille, à être des lignes de séparation), soit en édifiant des murailles ou des grillages qui viennent en pleine ville ou en pleine lande ou désert décréter d'un en deçà et d'un au-delà, là où pourtant tout se ressemble. Dans tous les cas où la frontière devient mur et même dans ceux où elle représente simplement un interdit soutenu par une violence d'État, il va de soi que la joie de la limite s'efface et qu'il serait même inconvenant d'en parler. Ce dont je voudrais rendre compte, c'est d'une constitution non tragique de la limite, c'est d'un paysage de seuils et de transitions, ce sont de lignes devenues aujourd'hui toutes franchissables, mais à l'intérieur desquelles l'existence, malgré un énorme brassage dissolvant, continue de se dérouler selon une inflexion singulière dont les marqueurs sont subtils et nombreux. Deux types de limites doivent être pris en compte ici, ceux qui concernent des lignes de fracture interne au paysage français (par exemple ce qui répondrait à la question « où commence la Bretagne ? ») et ceux qui, malgré des forces centrifuges qui ne sont pas toutes désactivées, maintiennent qu'il y ait un « intérieur » et qu'il ait, en principe au moins, une relative unité. Intérieur, on le note aussitôt dans un sursaut, c'est le nom en France du ministère qui s'occupe de police et d'administration des territoires, qui régule et fixe les droits d'entrée, de séjour et de sortie. Ministère de l'Intérieur : à lui seul le nom décide qu'il y ait ce « dedans » dont il s'occupe, face à un « dehors » qui ne le concerne officiellement pas, bien qu'il en soit, entre tous les ministères, particulièrement obsédé.

Mais l'intérieur, c'est aussi le nom donné par les Alsaciens, qui vivent sur un bord – et sur celui qui aura été longtemps le plus exposé –, à tout ce qui se trouve au-delà ou, plutôt, en deçà de l'Alsace, à l'ouest du col de Saverne. Une force centrifuge stabilisée qui, en tant que telle, sert l'unité nationale, c'est ainsi que l'on pourrait caractériser le patriotisme alsacien, qui est à la fois provincial (nous ne sommes pas de l'intérieur) et national (nous nous revendiquons comme français). Or cette différence interne, qui a en Alsace un exposant géographique extrêmement clair, on peut dire qu'elle est celle de tous les autres bords, du moins aussitôt que la langue s'en mêle, ce qui est le cas du bord océanique avec la Bretagne ou des bords méridionaux avec les aires occitane, basque et catalane – où le tirage centrifuge est plus prononcé, les choses n'étant pas stabilisées ni même régulées comme elles le sont en Alsace. Par contre, les zones bordant les frontières du Nord ou de l'Est (Jura et Alpes) sont très peu centrifuges, même si en elles la différence de l'effet de bord (vers la Suisse ou le Piémont) est bien marquée. Si pour le ministère du même nom, l'« intérieur » est tout ce qui se trouve à l'intérieur des limites officiellement marquées du territoire français, on voit aussitôt que la notion est plus complexe ou plus lourde de sens et, surtout, qu'elle varie continûment dès lors qu'on se déplace d'un point à un autre de cet intérieur ou dedans.

Il y a, incontestablement, une force d'inertie de ce dedans (et il se pourrait bien que l'essentiel des problèmes de définition politique, en France, vienne de la prégnance de cette inertie). Mais, tout aussi incontestablement, il y a, à l'œuvre, des forces de désapparentement, que celles-ci soient liées à des phénomènes relativement récents, comme l'immigration, ou à des schèmes coutumiers ou récurrents liés à la structure géographique du pays. C'est de ceux-ci que je voudrais parler tout d'abord, car on n'est pas, c'est l'évidence, « dedans » ou « à l'intérieur » de la même façon selon qu'on est proche d'un bord ou d'un autre (par exemple Brest et Strasbourg), voire éloigné de tout bord (comme par exemple Bourges). En chaque point du territoire, l'« intériorité » implique un percept et un affect différents, et il faut se méfier ici de toute généralisation. Chaque ville ou village et même chaque parcelle de terrain est disposé de manière différente envers cet intérieur dont il est censé faire partie et dont la consistance réside, en fait, dans la somme de toutes ces dispositions, y compris les plus divergentes.

Ne pas écrire un essai – je me souviens de cette injonction ou tout au moins de ce vœu, au début de ce livre –, mais malgré tout peut-être faut-il que certains schèmes récurrents, diffusés et diffus, ne demeurent pas en arrière et soient développés ? Et qu'aussi, parallèlement aux incursions en divers points du territoire, des bases géographiques soient revues, revisitées ? De façon un peu brusque, sans doute, en tout cas sans cette amplitude qui est celle du traité, en laquelle excellait celui qui est ici l'incontournable référence, Vidal de La Blache évidemment, le principal souvenir étant toutefois celui, proche mais plus ancien et même ancré tout au fond, de ces cartes de géographie de grand format que l'on suspendait dans les salles de classe par des œillets à des clous fixés au-dessus du tableau, cartes parmi lesquelles, outre le planisphère qui était sans aucun doute et de loin la plus prisée, dominait celle, simple, du relief et des principaux fleuves de l'Hexagone, verte, jaune et brune, avec la Corse ajoutée dans un cartouche en bas et à droite. Ces cartes provenaient en droite ligne de la pensée de Vidal de La Blache, et avaient partie liée à l'idéologie IIIe République qui perdurait sans grands dommages dans les années cinquante. Là encore, il faut éviter la nostalgie et tenter de voir non ce qu'il en était vraiment d'un apprentissage (ce n'est pas ici mon propos) mais ce qu'il serait possible de dire tout de même d'un certain nombre de données physiques du territoire tel qu'il s'est fixé en ne variant plus guère depuis 1918.

Ce qui s'impose immédiatement, et je ne me souviens pas qu'on nous l'ait enseigné, du moins de cette façon, c'est que la France, à l'extrémité occidentale du vieux continent, fonctionne comme une clef de péninsules, une sorte de tenon placé à l'intersection de lignes partant pour former l'Italie et la péninsule Ibérique au sud-est et au sud-ouest, seule l'avancée vers l'ouest – la Bretagne – faisant partie du territoire, l'Angleterre au nord-ouest étant, elle, comme une péninsule qui se serait détachée. Cette position, qui a pour corollaire une double exposition maritime avec une façade atlantique et un littoral méditerranéen (« c'est la contrée sise au rapprochement des deux mers », dit de la France Vidal de La Blache au tout début de son *Tableau*), a pour conséquence de dilater autant que possible les lignes de tension cardinales et donc les polarités est-ouest et nord-sud, tout en proposant à la réflexion l'idée d'une intériorité tendue entre ces pôles – la forme du territoire telle qu'il a fini par se fixer, comparée comme on sait à un hexagone pouvant évoquer aussi, de façon moins idéale, une peau de bête écartelée suspendue par ses quatre pattes –, un parchemin.

Et l'autre donnée de fond, après cette situation intermédiaire déterminant des logiques de passage, c'est qu'aucune des lignes majeures du réseau hydrographique n'est orientée vers l'est. En effet, à l'exception de petits cours d'eau rapides et souvent violents descendant du Massif central vers le Rhône (comme l'Ardèche) ou des Pyrénées vers la Méditerranée (comme le Tech ou l'Aude), la grande majorité des fleuves et des rivières de France s'oriente soit vers l'ouest – c'est la destination océanique –, soit vers le sud (comme le Rhône et la Saône), soit encore vers le nord (comme la Meuse, la Moselle ou le Rhin). Et si quant à l'est il y a provenance, il n'y a pas destination. Il ne s'agit pas d'un refus, mais d'une donnée, dont la portée, il me semble, est lourde. Il va de soi que l'Histoire n'est pas purement et simplement indexée sur les données géographiques et que ces remarques que faisait déjà Renan sur le danger qu'il y a à en tenir pour des facteurs a priori limitants doivent être présentes à l'esprit. Il reste qu'à la différence de l'Allemagne, qui a le Danube, ou de l'Italie qui, avec le Pô, regarde vers le levant ou même de l'Angleterre avec la Tamise, les bassins versants des rivières tournent le dos à l'est : il y a bien un court moment pendant lequel la Moselle, du côté de Toul, prend cette direction – et je me souviens qu'on en était frappé quand on la longeait, en train, après le moment du cimetière – mais c'est pour bifurquer assez vite en plein vers le nord.

Ce qui est touché à travers cela, c'est, venant des rivières, ce que l'on pourrait opposer à leur pouvoir séparant : vivante image de la ligne, rarement droite et souvent très sinueuse, la rivière en effet relie bien plus qu'elle ne sépare, et justement l'échelle appropriée pour considérer le rôle des rivières n'est pas leur unique cours mais l'ensemble de toutes les capillarités qu'il accueille, soit ce qu'en termes de géographie ou de paysage on appelle un bassin versant. Il en est d'immenses, puisqu'il y a autant de bassins versants qu'il y a de cours d'eau, de l'Amazone aux modestes ruisselets d'un jour, mais l'on voit bien comment cette notion, avec ce qu'elle implique aussi de dynamique ayant trait à la formation du paysage, va au-devant de la réalité sensible de l'eau et de ses pentes, c'est-à-dire au-devant de la forme et de l'orientation des *pays* – ce dernier mot étant pris ici au sens qu'il a à l'échelle locale de petits ensembles relativement homogènes. Les méditations auxquelles on se laisse volontiers aller, dans l'enfance, sur le destin des gouttes de pluie tombant dans les cours d'eau ou sur celui des objets flottants qu'on y dépose ne sont pas ici de mauvais conseil. Il n'est pas indifférent en effet que, par l'intermédiaire de la ligne de descente qu'elle s'est choisie, une rivière (j'ai en tête, forcément, l'*Histoire d'un ruisseau* d'Élisée Reclus) relie telle vallée de haute montagne à telle grande ville et à tel bord marin. C'est une aventure différente que d'aller vers Bâle et la mer du Nord ou vers Genève, Lyon, Arles et la Méditerranée, et je cite cette double polarité puisque Rhin et Rhône sont, comme on sait, quasi contigus à leur source.

Ce que je dis sera peut-être mieux illustré encore par le département que le hasard des résidences a rendu pour moi le plus familier, la Saône-et-Loire qui, dans la Bourgogne du Sud, paie à son origine de pur découpage administratif le tribut d'une sorte de torsion interne : partant vers l'ouest (vers l'océan !) par la Loire, ce département terrien et même déjà continental se détermine plus largement, via la Saône, par une destination méridionale qui agit comme une attraction. Cette grande bipolarité venant s'écrire en chaque vallée ou vallon par une écriture différente, qui se déploie à tous les points de contact entre l'homme et le paysage – par exemple au niveau des toitures, la tuile romaine remontant largement la vallée de la Saône alors que du côté de la Loire (ou du Morvan) elle est quasi absente, dans les habitats traditionnels tout au moins. Il va sans dire que ce qui compte, à travers cette orientation des bassins versants, c'est, chaque fois – comme pour les saumons qui passent au Bazacle à Toulouse –, une certaine pesanteur destinale, et je pense qu'il n'est pas insensé de croire que l'« intérieur », au sens des Alsaciens, se comprend mieux si l'on se souvient qu'en lui rien n'est franchement tourné vers l'est, même si c'est de ce côté-là que la limite a été le plus souvent et le plus tragiquement travaillée et même si, en tant que zone de frottement, l'Alsace-Lorraine raconte évidemment, tantôt de façon inquiète, tantôt de façon libre, et très différemment d'une ville à l'autre, un certain glissement vers la Mitteleuropa. Mais dans ce glissement, ni le Rhin qui fait efficacement frontière ni même la Moselle qui va le rejoindre à Coblence ne sont de francs soutiens, en tout cas pas suffisamment pour que, depuis l'arrière, tout un pays suive et s'oriente lui aussi, en actes et en pensées, vers l'est.

Ces considérations n'ont de sens qu'à être schématiques et à dresser, non des tableaux, mais des conditions générales d'obtention des tableaux. Celui-ci, par exemple, qui serait le tableau d'une zone de frottement apaisée, et de la façon dont avec ou sans rivières, sur les bords, ça s'en va. C'était à Metz en plein hiver, un dimanche soir de janvier assez froid pour que la Moselle soit gelée sur la plus grande partie de son cours, sauf au niveau du Moyen Pont où une étendue d'eau libre demeurait, les cygnes s'étant donné rendez-vous là, certains nageant dans cette sorte de bassin, les autres les regardant depuis la glace. Et c'était vraiment l'unique attroupement, les rues et les places que je redécouvrais (de cette ville je n'avais que des souvenirs confus et alcoolisés) n'étant parcourues, vite, que par quelques passants. J'étais, je m'en souviens avec une grande précision, à l'intérieur d'une de ces promenades, qui ne sont pas si nombreuses, où l'on se sent entièrement happé et conduit. Par ses ordonnances, ses ruptures, son silence, ses places, la ville me plaisait, me surprenait, et entre le côté ostensiblement germanique et même prussien – le quartier de la gare appelé quartier impérial – et les côtés français, avec en premier lieu l'ensemble monumental formé par la place de la Comédie et l'Hôtel du département, d'un classicisme XVIIIe siècle élégant et sans emphase, c'était à tout autre chose qu'à des oppositions frontales ou biaisées que je me sentais confronté : ensemble, les différentes parties de Metz chantonnaient quelque chose qui partait vers l'est, cette nuit-là, avec une lenteur et une efficacité de traîneau. « Si par une nuit d'hiver un voyageur... » bien sûr, il y avait de cela dans cette nuit, mais pas au point que mes visites ultérieures en effacent l'impression. Et si j'ajoute que dans le restaurant où j'échouai, dans les îles, du côté du pont Saint-Marcel il n'y avait personne, à l'exception d'une famille russe – un petit garçon et une petite fille et leurs parents – qui ne correspondait à aucune image prévisible et donnait l'impression, extrêmement agréable, d'une étonnante intelligence régissant les rapports entre ses membres, on croira, peut-être, que j'ai été victime d'une illusion et qu'un concours de circonstances m'avait aveuglé.

Racontant cela, cette glissade, je n'oublie rien de la norme de cette ville française et de son éventuel ton de caserne, pas plus que je n'oublie mon point de départ, qui était le fait que rien n'allait franchement vers l'est dans le réseau hydrographique français – et voilà que je me retrouve avec une Moselle de conte russe ! Mais ce dont il est véritablement question ici, plus que des rivières auxquelles je reviendrai encore souvent dans ce livre, c'est de cet imperceptible mouvement de départ qui est la partition des choses immobiles aussitôt qu'on est assez éloigné de l'intérieur pour « sentir » la frontière. Et ce qui vaut pour ce bord allemand j'aurais pu le saisir, du côté de Dunkerque sur un bord flamand comme du côté de Nice sur un bord italien ou de Toulouse ou Bayonne sur un bord espagnol, et ainsi de suite. Mais pour en rester encore à l'exemple messin (et je vois clairement que je n'en finis pas, ne veux pas en finir avec la Lorraine), je voudrais ajouter que ce glissement prononcé vers l'est qui était venu à ma rencontre au cours de cette promenade hivernale non seulement n'est pas un fantasme (même s'il y avait en lui quelque chose d'hoffmannien) mais correspond à l'épaisseur même des diverses couches historiques déposées sur le sol messin depuis les temps néolithiques. Sans même remonter à la ville romaine de première importance que fut Divodurum Mediomatricorum et sans non plus descendre jusqu'aux récentes périodes d'occupation allemande, il faudrait se demander ce qu'a bien pu être cet étrange royaume d'Austrasie dont Metz fut la capitale et Brunehaut la souveraine, puis glisser vers l'Empire carolingien et, au-delà, vers le Saint Empire et, surtout, peut-être, méditer sur le fait que de nombreux huguenots messins, chassés par la révocation de l'édit de Nantes (l'acte politique le plus stupide d'un règne qui en compta beaucoup), contribuèrent de façon significative à la création et au développement de Berlin. Bien sûr, rien de tout cela n'est directement écrit sur les murs, mais il n'est pas besoin non plus de compulser tous les livres ou fascicules d'histoire locale pour deviner et sentir à quel point les effets de germanité sont à Metz réels et profonds.

De Thionville et d'autres villes lorraines à l'Alsace tout entière puis à Belfort ou Montbéliard – et là avec une inflexion suisse –, cette imprégnation se vérifie, et parfois de façon surprenante : soit qu'un bâtiment (ou des quartiers entiers, comme à Strasbourg) se distingue en répercutant un écho souvent plus prussien que rhénan, soit que l'histoire locale, enchâssée dans ces bâtiments – s'ils ont survécu – l'illustre au-delà même de l'attendu en conduisant encore plus à l'est. Ainsi, à Montbéliard où à la donnée allemande très présente, via les ducs de Wurtemberg qui en furent les maîtres jusqu'à la Révolution mais aussi via une forte imprégnation luthérienne, vient s'ajouter, par une alliance créant une sorte d'élongation, la Russie : sans doute le fait que celle qui devint sous le nom de Maria Feodorovna impératrice de Russie en épousant le fils de la

Grande Catherine, lui-même devenu tsar sous le nom de Paul Ier, ait passé les dix-sept premières années de sa vie à Montbéliard où elle était née, sans doute cette donnée d'histoire locale n'a-t-elle en soi aucune sorte de visibilité, mais pourtant, aussitôt qu'on l'apprend en visitant le musée situé dans le château haut perché des ducs de Wurtemberg – si rhénan, lui, dans ses entournures –, quelque chose se détache des souvenirs de la petite Sophie-Dorothée de Wurtemberg et vient octroyer à la ville une sorte de visa.

Un tour de France des imprégnations, circulant dans les franges où le pays vient à l'étranger, s'étrangeant lui-même peu à peu, continuerait par le Jura et le côtoiement franco-suisse riche de tout son passé littéraire, d'ailleurs étonnamment circonscrit dans le temps (Voltaire à Ferney, Rousseau sans propriété mais un peu partout sur la ligne, Mme de Staël à Coppet). Pour caractériser correctement cette frange il faudrait la détailler car du Rhin au Léman elle n'est pas tout à fait la même. Pourtant ce sont les traits récurrents qui l'emportent : via la forme des hautes et lourdes maisons francs-comtoises, via les traditions horlogères et fromagères et une abondance de cascades et de prés pentus, c'est tout de même une cohérence qui se dégage – dans laquelle, pour être juste, même en ne faisant que passer, il faudrait intégrer, traversant une certaine beauté austère de l'architecture civile, un ton républicain plus prononcé qu'ailleurs, empruntant à la Saline d'Arc-et-Senans pour les conduire, via Rousseau, jusqu'à Fourier : cela est un rêve, mais un rêve qui a été fait là, sur cette frange ; nous y reviendrons.

La suite se décline, du Léman à la mer, selon un mode exclusivement montagnard, le chinage avec l'Italie se faisant de façon subtile en progressant vers le sud : tandis qu'au niveau du val d'Aoste c'est plutôt le côté français qui déborde, il y a, vers le Piémont, une sorte de répartition calme et équilibrée, tandis qu'en approchant de Nice on pourrait dire qu'on entre dans une sphère encore proprement génoise. De Vintimille à Port-Bou, la côte méditerranéenne et son arrière-pays font le lien entre une prégnance italienne qui se délite peu à peu et une annonce de l'Espagne qui demeure imprécise, sauf autour de quelques arènes et dans l'espace catalan – la grande régulation étant ici beaucoup plus ancienne, c'est-à-dire romaine : je me souviens par exemple qu'autour de Grignan le cadastre actuel conserve les traits principaux d'une grille qui a près de deux mille ans. Sans doute reviendrons-nous, plus tard, dans ces parages et tels qu'ils ont été bouleversés par le tourisme et la résidence, mais pour le fil que je suis en train de suivre il convient de rappeler que l'appel maritime, de ce côté, s'il va un peu – très peu – vers le levant, reste avant tout à résonance africaine et, plus précisément encore, maghrébine, Marseille étant ici le répondant direct d'Alger, d'Oran et de Tunis.

Tourner à cette vitesse autour du pays n'a de sens qu'au sein d'un travail de récapitulation : d'ailleurs il s'agit presque ici d'un jeu (où donc est l'intérieur ?). Par contre, en le faisant lentement, comme l'a fait avec beaucoup de tact Wolfgang Büscher pour l'Allemagne dans son livre *Allemagne, un voyage*, ce serait une aventure, un projet, mais rival, il me semble, de celui que j'ai entrepris : souvent, en fait, depuis que j'ai commencé la rédaction de ce livre, je me suis demandé si je n'aurais pas mieux fait de suivre un plan préétabli en me basant sur une randonnée géographique organisée ou tout au moins reconnaissable, mais les dés sont jetés et, comme chaque fois que vient ce doute, je réponds par une réaffirmation du caprice et du désordre, pensant qu'à terme, ainsi secouée à travers quelques esquisses, à peine, de regroupements régionaux, l'image que je cherche à prendre finira peut-être par venir d'elle-même. Pour l'instant je reprends donc mon tour accéléré, par les Pyrénées, c'est-à-dire par la frange espagnole. Là, malgré l'étanchéité d'une barrière montagneuse qui, ainsi qu'on l'apprend très tôt à l'école, est beaucoup moins facilement traversable que celle des Alpes, existe tout de même une porosité à laquelle l'histoire de l'Espagne au XXe siècle a conféré un caractère clandestin. Mais mon souvenir le plus ancien, il remonte à 1956, est celui d'une violence de la différence, et même s'il reste peu du Pampelune et du Saint-Sébastien de l'époque franquiste qui, aperçus ainsi par un enfant venu de France, relevaient presque de la fantasmagorie, il me semble que l'écart malgré tout reste grand et qu'aujourd'hui encore le référent Espagne (nationalismes basque et catalan inclus), s'il s'annonce, le fait plutôt par à-coups qu'en une sorte de lent chinage.

Pas le temps de monter avec les bergers sur les hauteurs, pas le temps de revoir le cirque de Gavarnie et la brèche de Roland ou les grottes d'Isturitz et d'Oxocelhaya – mais nous nous attarderons d'ici peu du côté de Biarritz et de la Bidassoa –, il faut remonter le long de cette côte rectiligne qui est en avant de la forêt landaise puis continuer au-delà des estuaires de la Garonne et de la Loire et, de là, voir la façade atlantique se muer en promontoire, aller jusqu'au bout de ce promontoire de plus en plus dénudé et farouche puis en revenir, par la Manche où, à une exposition générique à l'Atlantique, aux îles, aux lointains, se substitue, dès Roscoff, un rapport de plus en plus serré à l'Angleterre, rapport qui en Normandie puis au-delà, jusqu'à Calais, se scande par des ports et d'innombrables histoires de traversées ou rêves de conquête jusqu'à ce que tout là-haut advienne aussi un devenir flamand, celui-ci s'estompant pour devenir plus simplement et plus amplement un rapport à la Belgique, et l'on est presque revenu, par les Ardennes, à la Meuse et à la Moselle qui furent notre point de départ.

Au long de ce parcours express fait dans le sens des aiguilles d'une montre, outre les parlers germaniques ont été croisés l'italien, l'arabe, le kabyle, le catalan, le castillan et le basque, puis le breton, l'anglais et le flamand. Or ce petit fragment de Babel, comme on le voit, est loin de correspondre à la quantité de langues que l'on peut entendre aujourd'hui à l'intérieur, sans même parler de Paris – cela pour dire qu'à la diversité des bords ou des franges s'ajoute, bien entendu, celle, distincte, des émigrations, que celles-ci soient anciennes ou récentes. Mais le propos, pour l'instant, je le rappelle, n'est pas celui d'un recensement. Il ne s'est agi, avec ce lasso passé au pourtour des frontières et des côtes, que d'une tentative presque provocatrice pour exciter ou réveiller l'« intérieur » et lui demander, à partir du moment où il se perd sur ses bords, s'il est bien ce qui reste et ce qui, à distance de ces bords, aurait le sens d'une réserve ou d'un retrait : on sait, par exemple, que la Touraine a la réputation – je n'ai jamais pu le vérifier – d'être l'espace même de l'appropriation de la langue française à elle-même. Et pourquoi pas ? Ce serait plutôt bien, hors de tout discours sur les valeurs, si une telle contre-dialectisation existait et si elle avait, en effet, une aire de propagation un tant soit peu vérifiable. Or il n'en est rien, ou plus rien, je crois, et l'on se rend compte que l'intérieur, loin de pouvoir être pensé comme une réserve inépuisable d'identité *sui generis* est peut-être aussi à envisager comme ce qui, vivant sur ses rentes patrimoniales, serait au contraire en manque d'identité, émettant ce chant grêle, exténué et presque sans paroles que l'on entend parfois en s'arrêtant dans certaines villes situées ici et là, et dont je ne tenterai pas de dresser la liste : non parce qu'elle serait trop longue ou parce que je ne veux offenser personne, mais parce que la marge d'erreur est trop grande. Par exemple c'est sans hésiter que j'y aurais fait figurer Châteauroux, pour m'y être rendu il y a peu et avoir été saisi, si je peux dire, par l'absence de tenue ou d'allant de tout ce que j'apercevais, à commencer peut-être par cet équipement culturel surdimensionné dont la ville a cru bon de se doter et qui, sur l'un de ses flancs, a l'air d'une prothèse inutile. Mais il se trouve qu'à Nantes des Castelroussins rencontrés à l'école des Beaux-Arts m'ont parlé d'une sorte de vie secrète dont leur ville serait le territoire d'élection et, sans que je puisse la croire sur parole, cette bonne nouvelle a trouvé suffisamment d'écho pour que mon jugement soit suspendu.

Sans doute en irait-il ainsi avec à peu près toute ville ou région jugée tiède, malingre ou timorée au premier abord – il suffit en général d'avoir à rester un peu sur place avec quelque chose de précis à faire pour que les premières impressions s'effacent au profit de nouvelles où entre une part de surprise, ce qui laisse entendre qu'il ne peut y avoir là rien d'objectif et que ce sont les histoires personnelles, avec leurs errements, leurs embardées, leurs retours et leurs fuites qui décident de la forme de la relation, celle-ci passée la plupart du temps au filtre des familles – soit ce dont s'occupe une bonne part de la littérature romanesque en France (je pourrais presque dire : celle que je ne lis pas, tant il me semble que les départs de fiction dont est capable n'importe quel faubourg ou n'importe quelle villa aux volets clos sont plus riches que ce qui s'efforce de leur procurer, via des personnages, une existence littéraire). Il reste qu'en deçà de cette correction perpétuelle grâce à laquelle le chantier des visites et des séductions reste ouvert, nombreux sont les lieux qui semblent résister à la possibilité ou même au désir d'y figurer un jour, préférant rester ou simplement restant dans un anonymat sans contours. Ni l'intérieur comme tel, s'il existe vraiment, ni les périphéries ne sont avares de tels lieux, mais je constate que c'est l'évocation de cet intérieur problématique qui m'a conduit vers eux. Cela dit, et c'est un abîme, ils ont aussi, dans leur discrétion ou leur faiblesse, quelque chose de fascinant. En tout cas la pire des choses serait ici de se conformer à une répartition – et que celle-ci soit programmée ou capricieuse revient au même – entre prétendus « hauts lieux » et « non-lieux ». Le non-lieu (je sais que je m'en suis déjà pris à lui) est un faux concept inutilement disqualifiant, et le haut lieu, surtout si y souffle l'esprit, se confond avec une logique de classe, plus petite-bourgeoise qu'autre chose, éventée et convenue.

18

Vérité en deçà, erreur au-delà…

De la célèbre citation de Pascal sur la relativité des régimes de vérité, on ne retient généralement que l'énoncé raccourci, qui a pris la forme et l'allure d'un proverbe : « Vérité en deçà des Pyrénées, erreur au-delà. » Mais si l'on restitue à cette pensée son mouvement, ce n'est pas seulement la chaîne de montagnes quasi continue qui sépare la France de l'Espagne qui est désignée par Pascal, c'est aussi une rivière : « On ne voit rien de juste ou d'injuste qui ne change de qualité en changeant de climat. Trois degrés d'élévation du pôle renversent toute la jurisprudence ; un méridien décide de la vérité ; en peu d'années de possession, les lois fondamentales changent : le droit a ses époques ; l'entrée de Saturne au Lion nous marque l'origine d'un tel crime. Plaisante justice qu'une rivière borne ! Vérité en deçà des Pyrénées, erreur au-delà. » Tel est donc le mouvement réel de la phrase, avec son économie si particulière, avec cette efficacité oratoire si caractéristique du style de Pascal. Il se peut que la rivière qu'il évoque soit purement générique, mais il y a contamination entre elle et le déterminatif pyrénéen, de telle sorte que l'on pense forcément à la rivière qui, en effet, fût-ce sur une très courte distance, sépare sur le front pyrénéen atlantique la France et l'Espagne : soit la Bidassoa (fleuve côtier et non pas rivière si l'on tient à se situer sur un plan strictement hydrographique) qui, avec un cours total de 76 kilomètres dont seulement une dizaine sont frontaliers, joua pourtant dans l'Histoire pleinement ce rôle, ce qui explique qu'il y ait à Paris une rue portant son nom, non loin de la place Gambetta.

Mais plus encore que la rivière elle-même, c'est une île surgissant sur son cours, à la hauteur du village de Béhobie, très légèrement en amont d'Hendaye, l'île des Faisans, souvent appelée aussi île de la Conférence, qui aura incarné la fonction d'interface entre la France et l'Espagne, au point d'ailleurs d'être encore placée aujourd'hui sous un régime politique exceptionnel – celui du condominium : tous les six mois en effet l'île change de tutelle, un vice-roi espagnol ou français en prenant la charge (Pierre Loti fut l'un de ces vice-rois et c'est à cette occasion qu'il se familiarisa avec les alentours). On dit que c'est le plus petit condominium du monde et c'est bien possible, en tout cas la charge de vice-roi doit être bien légère, l'île n'ayant aucun habitant et ne portant qu'un modeste monument. Simple dépôt alluvial, elle aurait normalement dû être depuis longtemps effacée par les eaux, mais le statut que lui ont valu les événements qui s'y sont déroulés aura eu pour effet qu'on la pérennise en l'empierrant. Fixée et consolidée, enrichie en 1861 d'un monument assez discret, plantée d'essences diverses et entretenue un peu comme un parc, elle a fonctionné telle une sorte de borne frontière, territoire vide ou parenthèse éternisée, figure d'un no man's land célébrant la signature d'un traité de paix. Et c'est ainsi qu'elle est encore aujourd'hui, bien visible depuis chacune des deux rives, une route de fort passage dominée par des immeubles et même quelques barres du côté d'Irún, une route longeant des résidences plutôt modestes du côté de Béhobie, ou encore depuis le pont qui, en amont, franchit la rivière. Mais personne, semble-t-il, ne s'intéresse à elle, aucune aire n'est aménagée pour qu'on la voie, aucun panneau ne la signale à l'attention, et c'est aussi bien ainsi.

Immense en tout cas est le décalage entre cet arpent, à peine, de terre alluviale et l'importance des événements, la somptuosité parfois, dont il fut le théâtre. Si c'est seulement sur une barque que furent échangés en 1526 François Ier, prisonnier de Charles-Quint, et ses deux fils cédés en otages, c'est déjà sur l'île qu'en 1615 eut lieu l'échange de fiancées royales, parfaitement symétrique, qui vit Élisabeth, fille d'Henri IV, promise à Philippe IV d'Espagne, croiser Anne d'Autriche, sœur de Philippe IV promise à Louis XIII, qui était le frère d'Élisabeth (comme l'on se perd vite dans ces relations de parenté!). Mais ce sont les deux grands événements de 1659 et 1660 qui confèrent définitivement à la petite île son statut singulier. Au cours de l'année 1659, c'est là en effet que se déroulent les vingt-quatre rencontres entre la délégation française conduite par le cardinal Mazarin et la délégation espagnole conduite par don Luis de Haro, qui aboutissent au traité des Pyrénées, signé le 7 novembre. Conçu comme une sorte de confirmation ou de signature incarnée de ce traité, le mariage de Louis XIV et de sa cousine, l'infante d'Espagne Marie-Thérèse, fille de Philippe IV, s'il eut lieu à l'église Saint-Jean-Baptiste de Saint-Jean-de-Luz, utilisa l'île pour toute une série de cérémonies et de préparatifs dont la rencontre entre Louis XIV et son beau-père, le 5 juin. On sait que c'est Vélasquez lui-même (visible juste derrière l'Infante sur le tableau représentant la rencontre) qui avait assuré la décoration des pavillons et des ponts-bateaux du côté espagnol (ayant assisté aux cérémonies, il tomba malade sur le chemin du retour et mourut peu après).

Ce qui se dégage là, quant au règne de Louis XIV, c'est un côté festif mais encore immature, une forme royale, certes, mais comme encore protégée de ce décorum et de ces régimes de grandeur dans lesquels celui qu'on allait appeler le Roi-Soleil jugea bon de la transporter. L'île des Faisans, tout comme son site – une vallée que l'embouchure même du petit fleuve rend indécise –, n'a rien de grandiose, et les jolies maisons de Saint-Jean-de-Luz où dormirent avant leur mariage, et donc séparément, les futurs époux – celle de l'Infante, avec ses galeries donnant sur le port, et la Lohobiaguenea, où dormit le roi, avec ses tourelles – ne sont ni l'une ni l'autre de grands et somptueux palais, on les croirait plutôt sorties d'un roman picaresque dont elles auraient été le cadre. Quant à l'église Saint-Jean-Baptiste où eut lieu le mariage, elle n'a rien dans sa beauté (qui est réelle et profonde) qui corresponde, même de loin, à l'idée que l'on peut se faire de fastes royaux tels ceux que Versailles allait incarner, et à cela vient s'ajouter le fait qu'au moment du mariage elle était encore en chantier : par exemple le grand retable qui occupe tout le fond de l'abside, et qui est ce que cette église contient de plus luxueux, ne fut mis en place qu'en 1669, soit neuf ans après les noces. On pourrait dès lors rêver, sur la base des images qui viennent ici d'elles-mêmes et dans lesquelles la solennité le dispute à quelque chose d'improvisé et de presque paysan, à un tout autre accomplissement que celui qui s'imposa avec le règne effectif de Louis XIV. Mais cet autre règne, on ne peut que l'imaginer, rêvant qu'il n'eût pas fait de la « grandeur » le moule le plus contraignant et le plus débile de l'histoire de France et qu'au-delà de ce qui aurait été retiré à la vanité et à la vulgarité somptuaires, de très étranges, de très heureux effets auraient pu être produits, qui auraient intégralement modifié le devenir de l'Ancien Régime.

De cette rêverie, l'église Saint-Jean-Baptiste, bien involontairement, est la pierre de touche – et peut-être justement parce que ce qu'elle a de plus beau se soustrait entièrement à la dorure et à la pompe, je pense à ces trois étages de galeries de bois qui encadrent la nef en lui procurant l'accompagnement rythmique d'une géométrie à la fois souple et austère qui, d'ailleurs, vient tempérer ou contenir, en le rendant plus lointain et plus secret, l'effet d'orfèvrerie du retable baroque. Mais l'écriture ici est celle de la tradition basque où, à l'instar de ce qui se faisait dans les synagogues, hommes et femmes étaient séparés dans le temple catholique : les hommes se plaçant dans les galeries en étage, tandis qu'aux femmes revenait le sol, la puissance de l'appui chtonien. Ainsi, cette église, monument historique national classé depuis longtemps et forte d'un souvenir royal, est-elle simultanément en porte-à-faux avec ce qui s'associe à ce souvenir, par le simple fait qu'elle incarne, autant que d'autres églises plus reculées, la singularité basque avec tout ce qu'elle peut avoir de sobre et de têtu dans l'expression. Et c'est bien à cause de cette torsion que j'ai voulu revoir, entre Bayonne et Hendaye, ce pays plus résistant qu'aucun autre à l'assimilation pure et simple, mais pourtant perçu depuis longtemps, et dans sa singularité même, comme faisant partie du territoire de définition de la France.

Sous la nef de Saint-Jean-Baptiste est suspendu, comme c'est fréquemment le cas au bord de la mer, la maquette d'un bateau, celui-ci, un voilier avec de petites roues à aubes, présentant dans son aspect composite une sorte de condensé de la navigation, vert et rouge, aux couleurs du Pays basque, naturellement. En le voyant flotter immobile dans l'espace de la nef, j'ai aussitôt pensé que c'est ce qu'enfant j'aurais d'abord retenu de ces lieux si mes parents m'y avaient amené – j'en tiens pour preuve ces bateaux ex-voto que l'on voit par exemple dans la plus marine de toutes les chapelles de Bretagne, la petite chapelle Saint-They à la pointe du Van, qui m'avait tant frappé à une époque où les lieux étaient encore presque sauvages. Or cet appel océanique ici relayé par un souvenir breton pourrait être soutenu à Saint-Jean-Baptiste rien que par la nef elle-même, dont le très beau plafond, dû à des charpentiers de marine, a l'exact profil d'une carène renversée. Le Pays basque, lui aussi, renferme cette opposition solidaire entre une assise profondément terrienne et paysanne et un destin maritime, qui est si caractéristique des pays exposés à l'océan Atlantique, de l'Irlande et de la Bretagne au Portugal et à la Galice. Par l'exil (la diaspora basque est, à proportion, presque aussi nombreuse que l'irlandaise), cette opposition a pu prendre le tour tragique de départs sans retour, mais c'est d'abord par la pêche, y compris celle à la baleine, qu'elle s'est installée dans le corps de ce pays de collines, de montagnes et de bergers, le grand ourlet d'écume qui le longe ou le frappe étant avant tout aujourd'hui prétexte à des réunions de surfeurs. J'ai vu le spot de Parlementia et sa vague, entre Bidart et Guéthary, mais comme c'était encore tôt le matin il était plutôt désert. De loin, lorsqu'ils sont en nombre, les surfeurs barbotant dans leurs combinaisons de caoutchouc ressemblent assez à de maladroits cormorans, sauf quand en effet ils prennent la vague et glissent, réussissant alors parfois une sorte de longue faena avec le rouleau qui les porte.

Mais bien avant cette importation du surf, l'invention balnéaire avait intégralement modifié le rapport du pays à sa façade maritime : ce n'est pas seulement Biarritz mais aussi, dans sa foulée, pratiquement toute la côte basque qui étaient devenues des têtes d'affiche dès le début de la vogue des bains de mer et ce qu'il faut dire, c'est qu'entre un style architectural vernaculaire plus ou moins adapté et les tentatives des divers styles internationaux qui se sont succédé, du Second Empire à la Belle Époque et de celle-ci au style Art déco ou au mouvement moderne, un équilibre a été trouvé, plein d'écarts et de singularités, mais composite en son fond, la dominante basque n'étant par ailleurs jamais effacée : le voyageur qui débarquerait à la petite gare de Guéthary en serait étonné, passant d'un archipel de maisons basques à pans de bois apparents à un complexe un peu enchevêtré de résidences Art déco dominant la mer, un type d'opposition que l'on rencontre à peu près partout mais qui, au lieu de jurer, semble se fondre dans une sorte d'entente cordiale, de climat plutôt détendu. Toutefois, c'est dans l'arrière-pays, bien sûr, que la tonalité basque est tenue de façon plus âpre et plus fondamentale, quand la pression touristique n'est pas trop forte comme c'est le cas, malgré tout, à Sare, le village même où Pierre Loti, qui l'a rebaptisé Etchézar dans son livre, plaça l'action de *Ramuntcho*, livre créateur de clichés sans doute, mais qui n'est pourtant pas si mal et cela dans la mesure même où, par-delà l'échec de l'idylle, ce qu'il met en scène, c'est aussi la possibilité que les puissances de la tradition et ce qu'on appellera plus tard les racines soient des pièges ou des prisons. Toujours est-il qu'à Sare l'ensemble un peu tassé et dénué d'indolence créé par l'église Saint-Martin et les maisons qui encadrent la place principale, avec les pentes arides de la Rhune en arrière-plan et, à l'opposé, le très beau fronton en pierre de l'aire de pelote et les simples gradins inégaux qui la bordent sur un côté, entraîne la pensée assez loin, comme si quelque chose de presque andin était venu déposer là son accent, sur un mode austère et venteux que l'on retrouve aussi en d'autres points du monde, dans les villages reculés de l'Alentejo par exemple, mais non pas en d'autres points du territoire. À cela s'ajoute encore le fait que l'église, avec son clocher qui est un donjon et, surtout, l'intensité du silence de sa nef encadrée elle aussi de trois sombres et probes étages de galeries, augmente d'un cran le ton d'irrédentisme du paysage.

On n'est, à Sare, qu'à quelques kilomètres de l'Espagne, mais si la carte le dit, la route, elle, qui descend du col de Lizuniaga, ne le dit aucunement, et tel est bien le paradoxe de cette frontière : censée être la marque de la différence absolue (vérité en deçà…), elle circule, abstraite en vérité, au sein de pays tout semblables, et cela en Catalogne, du côté méditerranéen, comme au Pays basque, du côté atlantique : de telle sorte que la différence, si vive en effet, entre la donnée française (même occitane) et la donnée espagnole transite par une chaîne de contiguïtés et d'échos qui se répartit sur les deux versants de façon à peu près égale, en une sorte de fondu enchaîné où les typologies nationales (françaises ou espagnoles), jamais complètement effacées, ne réapparaissent que peu à peu dans leur forme plénière, lorsque inversement la donnée basque ou catalane s'estompe. Ce qui est fixé, dès lors, d'Hendaye à Port-Bou, le long des 623 kilomètres d'une frontière marquée tout de même par plus de 600 bornes de pierre, c'est exactement la forme d'un pli : il y a ceux du pli et les autres, et même si ceux du pli habitent en effet de part et d'autre d'une frontière profondément inscrite dans l'Histoire, ce qui les rapproche est tout aussi puissant que ce qui les sépare : ce qui revient aussi à dire que leur singularité est comme enfantée dialectiquement par les ensembles mêmes dont ils se voudraient indépendants. Un *double bind* qui peut être sans doute l'occasion d'un bonheur, mais où la moindre crispation peut libérer l'atmosphère d'un déchirement latent. (Je parle d'aujourd'hui et non de l'époque, pas si lointaine, où la frontière, du fait du franquisme, fut un trait réel, un tiret abstrait qui pouvait devenir mortel.)

De cette solidarité entre les deux versants du pli, nombreux sont les témoignages et ce sont sans doute ceux apparentés au droit coutumier qui sont les plus parlants. L'atmosphère est ici celle de conflits frontaliers résolus et transposés en échanges rituels, ainsi cette Junte de Roncal, cérémonie annuelle où les habitants de la vallée du Barétous (côté français) paient un tribut de trois génisses à ceux de la vallée de Roncal (côté espagnol), en rétribution d'un droit de pacage et d'accès aux points d'eau pendant les mois d'estive. Une telle forme d'échange n'est exceptionnelle que par sa tournure rituelle, mais ce qu'elle désigne, c'est tout un régime de porosité dont peuvent témoigner aussi le statut particulier d'Andorre ou la survivance de l'enclave espagnole de Llivia, en Cerdagne : ce qui d'un certain point de vue peut être interprété comme une suite de ratés mal négociés au traité des Pyrénées apparaît de l'autre comme le gage d'une incertitude de la limite. Or c'est sans conteste du côté basque que cette incertitude est la plus forte et, hors de toute propagande nationaliste, la plus naturelle. La langue est bien entendu ici ce qui vient en premier au soutien de cet effet, et ce n'est pas seulement parce qu'elle est si étrange que l'on est plus intéressé que dans d'autres régions par le dédoublement linguistique des panneaux de signalisation. À la longue, et surtout si l'on prête aussi attention aux nombreuses inscriptions figurant sur les façades ou courant sur les linteaux des maisons anciennes, ou encore aux noms que l'on peut lire dans les cimetières ou sur les monuments aux morts, on finit par être impressionné par la persistance ou le souvenir d'un chant linguistique non seulement ancien mais aussi et surtout extraordinairement atypique. Apprendre qu'*Iparralde* est le nom propre de la partie française du Pays basque ou noter en passant que *Donibane Lohizune* est Saint-Jean-de-Luz et que *hondartza* veut dire « plage » n'est rien, sans doute, mais à force, et en reliant cela aux grands leitmotive de l'habitat, à commencer par le rouge-brun des pans de bois rythmant la blancheur de la plupart des façades – certaines ayant essayé un vert ou un bleu assombris –, l'on finit par sentir qu'entre le pays et la langue, si la langue ne s'est pas perdue, un secret a été scellé qui, forcément, nous échappe.

C'est, semble-t-il, autour de l'*etxe (etche)*, de la maison, que tourne ce secret : plus qu'ailleurs en effet la maison est une forme sociale, le signe de l'intégration du groupe familial dans la communauté villageoise, et ce qui assure et installe le lien entre les hommes ou les femmes basques et leur pays. Très souvent les patronymes retiennent dans leur forme l'importance de ce lien, qui a généré aussi des formes de droit originales mais privilégiant les lignées et donnant au droit d'aînesse une suprématie sans doute quelque peu étouffante, d'autant plus que sa traduction politique – des assemblées composées de maîtres de maison – portait naturellement vers une accentuation de cette force d'inertie constatée dans toutes les sociétés paysannes traditionnelles. Il faudrait en dire et en savoir plus, tirer les fils de la pelote emmêlée des droits, des traditions et des oublis, pouvoir pénétrer les mécanismes et les ruses de la *mètis* paysanne, évaluer ce qui ressortit aux puissances locales engouffrées et ce qui provient d'une poussée centrale, en un mot faire de l'anthropologie. Mais si le désir s'en présente, c'est parce que telle qu'on la voit encore, non pas forcément toute parée pour la montre (comme à Espelette où elle l'est, à l'excès, de cordes de piments), mais massive et allégée par ses balcons, ses retraits, la dissymétrie, souvent, de ses toitures, isolée ou mitoyenne, la maison basque, en tout cas celle du Labourd (qui est la partie la plus occidentale du Pays basque français), en impose, et avant tout peut-être parce que tout en étant le vecteur de la lignée familiale, elle n'existe qu'en installant un langage formel de proportions et de matériaux intégralement et activement relié à tout ce qui l'entoure, aussi bien les autres maisons que la forme-village et l'inscription de celle-ci dans le paysage. Cette forme concertante est celle de l'architecture de tous les villages traditionnels sans doute, quelle que soit la région, mais elle a au Pays basque un raffinement particulier, et je le dis d'autant plus volontiers que mon goût le plus profond, envers les formes vernaculaires du bâti, me porterait plutôt vers d'autres contrées.

C'est en tout cas à cette aune que se mesure l'imbécillité d'Edmond Rostand, qui se fit construire à Cambo-les-Bains une villa qui est une maison labourdine surdimensionnée, une maison basque, sans doute, mais qui le proclame tellement qu'elle ne l'est plus du tout. Entre forme et dimensions existe un accord interne et intimant, qui ne permet pas qu'on étende ou amplifie sans limites les bâtiments ou telle de leur composante (porte, fenêtre, corniche, etc.) : il y a un seuil de tolérance de la forme, et ce qui est fascinant dans la réduction qu'est la maquette devient débile si l'on produit le mouvement inverse, où la forme et la masse, multipliées homothétiquement par trois ou quatre par rapport à l'échelle habituelle, deviennent ineptes. Un château n'est pas une grande maison, c'est autre chose, c'est une autre forme. Et en multipliant par trois les dimensions d'une maison basque traditionnelle, Joseph-Albert Tournaire, l'architecte de la villa Arnaga, n'a su faire ni une maison ni un château. C'est avec le vaste jardin à la française précédant la villa que l'erreur monumentale s'accomplit et se révèle entièrement. Accompagner une maison basque, même fausse, d'un tel parterre avec de tels bassins, c'était là témoigner d'abord d'une vulgarité de parvenu. L'intérieur de la villa, luxueux sans doute, ne révèle aucun raffinement particulier, aucune folie. De nombreuses photos de l'époque où la villa fut active montrent un mixte attendu de vie parisienne exportée et d'élégances de préfecture, le visage du maître des lieux, appelé partout, sur tous les cartels, « le poète », exprimant lui, avec ses moustaches en pointe, l'essence même de la fatuité.

Sans doute est-ce le rôle que joua Biarritz, à compter du moment où sous l'influence directe de Napoléon III et de sa femme Eugénie elle devint la station balnéaire la plus lancée d'Europe, qui a contribué à doter le Pays basque, en partie malgré lui, d'une réputation de terre d'opérette, à l'exotisme facile. Pour le meilleur, cela donne un côté *Brigadoon* (l'action de ce merveilleux conte de fées hollywoodien pourrait être transposée sans difficulté de l'Écosse aux Pyrénées), mais pour le pire cela donne la villa Arnaga et aussi, dans la veine patriotique et revancharde initiée par l'auteur de *L'Aiglon* et de *Chantecler*, André Dassary entonnant *Maréchal nous voilà* au moment même où son compatriote Jean Borotra, le « Basque bondissant », l'un des Mousquetaires, avait laissé le tennis pour devenir commissaire général à l'Éducation et aux Sports du gouvernement de Vichy (cela jusqu'en avril 42). Non qu'il y ait un lien obligatoire entre tennis (ou golf, d'ailleurs), opérette et extrême droite, mais disons qu'enroulés ensemble dans une vague mielleuse, ils ne détonnent pas vraiment. En laissant toutefois de côté ce parallèle peut-être seulement intuitif, il reste que le lien à l'opérette, lui, est particulièrement net : il était assez fort en tout cas dans les années trente à cinquante pour que Lambros Worloou, un jeune Grec d'Alexandrie, prenne le pseudonyme de Georges Guétary, et qu'ayant ainsi emprunté son nom à celui d'une plage basque il puisse rejoindre une pléiade où l'on retrouve les noms de Luis Mariano, de Francis Lopez ou du déjà nommé et très gommeux André Dassary, vrais Basques quant à eux.

C'est étrange, mais en laissant tomber cette fois toute allusion à l'extrême droite et en ne conservant que la référence à un certain style de vêtements masculins, c'est-à-dire à des plis de pantalon impeccables ou à des pulls blancs au col en V souligné de bleu, il semble, et peu importe si je choque en avançant cela, que d'autres gloires liées à la région, plus importantes ou du moins se situant sur un tout autre plan – je pense à Maurice Ravel, natif de Ciboure, et à Roland Barthes, enterré à Urt où il avait sa maison –, ne sont pas entièrement exemptes de ce côté peigné, appliqué et frivole à la fois, le brillant sémanticien comme l'auteur du *Boléro*, modernes sans doute l'un et l'autre, se souvenant peut-être aussi, sur un versant assagi plus que désinvolte, d'une certaine façon de repasser, d'empeser et de vernir.

Assis le matin devant la baie vitrée de chez Miremont donnant sur la mer, seul un couple d'Anglais profitant lui aussi de la vue, les vagues s'enroulant sous un brouillard qui se lève, entre les murs de miroirs du salon de thé fondé en 1872 et tenu intact depuis, gâteaux et tartelettes semblant eux aussi d'époque, et sachant que de tels lieux ne sont pas forcément de mon goût, je lis ce qui est écrit sur le petit carton que j'ai pris devant la caisse, celui imprimé en langue anglaise, par mégarde, mais je suppose que c'est encore plus « Biarritz » : il dit qu'autrefois on rencontrait dans cet établissement, assez petit pourtant, moins de gâteaux et de babas au rhum que de reines et de grands-ducs ; au recto pour le prouver est reproduite une photo montrant le roi d'Espagne Alphonse XIII et sa jeune épouse en train de bavarder sous le store. De villa Eugénie en avenue de l'Impératrice ou de la Reine Nathalie et d'avenue Beau-Rivage en avenue de la Milady, ainsi est donc ou désire être Biarritz, mais heureusement, de même qu'il y a des rues et des avenues aux noms moins princiers (comme partout, les gloires républicaines et locales, et des noms de lieux-dits et de fleurs), il y a aussi, à côté ou par-delà le côté tournée des grands-ducs, un aspect plus enclin à incarner le rêve balnéaire d'une façon compréhensible sinon accessible par tous, le plaisir ici étant non d'échapper aux cartes postales mais de marcher dedans, du rocher de la Vierge à la pointe Saint-Martin en passant par le port des Pêcheurs, la Grande Plage et la plage Miramar, soit le décor même, semblable à une toile peinte qui serait animée, que Raymond Roussel a fait semblant d'avoir vu capté tout entier dans un porte-plume photophore qu'il n'aurait plus eu qu'à décrire – la ressource de *La Vue* étant bien sûr la vision directe que Roussel pouvait avoir de ces plages depuis la villa construite par sa mère, que l'armateur qui la racheta en 1917 rebaptisa assez malencontreusement villa Bégonia et dans laquelle, à ce qu'il paraît, un chemin de fer miniature reliait les cuisines au passe-plat de la salle à manger.

Lorsqu'on monte au phare, le plaisir est grand de rester sous les tamaris, qui sont vraiment les arbres de Biarritz, l'ombre qui règne sous leurs ramures plumeuses a une douceur particulière qui accompagne comme de petits coups d'archet joués à intervalles réguliers la succession composite des villas et des résidences. Mais hormis la vue, évidemment intéressante comme sur presque tout promontoire, on tombe là-haut sur une très belle sculpture : l'hélice du *Franz Hals*, brise-glace de Mourmansk (merveille, soit dit en passant, qu'un brise-glace soviétique ait porté le nom du peintre de génie mort à Haarlem), qui, alors qu'on le remorquait vers Bilbao où il devait être démonté et mis à la ferraille, se détacha pour s'échouer sur la plage de Miramar en 1996. Les images montrant la tempête, l'échouage et le renflouage du bateau sont formidables, surtout celles où on le voit, rompu de rouille et de fatigue, reposer sur le sable avec une gîte étrangement faible en avant du front des palais biarrots.

Biarrot, le décalage est complet entre le gentilé, qui a une résonance de diminutif populaire, et ce qu'il devrait désigner pour beaucoup : ce qui passe très bien s'il s'agit par exemple de nommer les joueurs du Biarritz Olympique lancés dans un match de rugby devient étrange s'il est question des hôtels ou du casino, mais qu'il y ait un peuple dans cette ville ne fait pas de doute, il faut juste s'éloigner un peu et s'enfoncer dans le dédale des rues et avenues d'Anglet, en direction de l'estuaire de l'Adour et de Bayonne, pour en avoir la certitude : de fait, les trois communes (Biarritz, Anglet et Bayonne) forment un ensemble où la variété sociale se retrouve et rétablit ses droits, et c'est d'abord la très longue voie qu'on appelle boulevard du BAB qui établit le lien, un peu à la façon dont le font, aux États-Unis, les axes joignant la *downtown* à tel ou tel quartier, sauf qu'ici il faudrait démêler si c'est Biarritz à un bout ou Bayonne à l'autre qui pourrait faire office de centre, cela d'ailleurs en l'absence de la moindre tour pouvant ressembler de près ou de loin à l'esquisse d'une *skyline* : même les constructions récentes du bord de mer, à une exception près peut-être, ne tentent pas de rivaliser, malgré le surf, avec Hawaï ou Miami. Le boulevard du BAB, c'est avant tout le domaine des zones commerciales et des restaurants qui vont avec, ici dans une version un peu clinquante, long cordon derrière lequel partent des avenues desservant des quartiers de résidence de standings très variés, grandes demeures aux architectures parfois raffinées ponctuant des pinèdes un peu tristes et secrètes ou, au contraire, quartiers de maisons basses accolées ou situées sur de petites parcelles entre lesquelles se glissent des hangars et des ateliers aux fonctions incertaines, dont le nombre augmente si l'on se rapproche de l'Adour, l'autre côté de l'estuaire, à la limite du département des Landes, offrant, lui, le spectacle d'un port industriel, avec ses silos, ses grues, ses cargos et même une noire aciérie dont les capitaux sont espagnols. On peut voir aussi, empilées sur les quais, de très nombreuses grumes provenant des pins abattus par la tempête qui, en janvier 2009, bouleversa la forêt landaise.

En amont de l'estuaire, au confluent de l'Adour et de la Nive, Bayonne se déploie, et je n'en ferai pas le portrait, d'une part parce que je la connais trop mal et d'autre part parce que dans la mesure du possible j'évite que ce livre consiste en une succession de portraits de villes, ce qui le déporterait hors de lui – juste le temps de dire tout de même que peu de villes françaises, m'a-t-il semblé, ont autant que Bayonne d'élégance dans la conviction d'être elles-mêmes : sous les arcades qui bordent la Nive, dans les rues autour de la cathédrale Sainte-Marie (qu'accompagne un cloître aussi civil et ouvert à la cité que celui de la cathédrale de Barcelone) ou, en face, dans celles du Petit Bayonne, et même de l'autre côté de l'Adour autour de la gare, ce qui se voit tout de suite, sans aucunement se déclarer de façon ostentatoire, c'est la puissance d'un accord architectonique secret, c'est l'efficacité d'une tonalité locale non dogmatique, où les maisons à pans de bois d'inspiration basque, parfois très étroitement serrées les unes contre les autres, s'allient à des édifices de pierre qui n'ont pas non plus l'air d'avoir été imposés : mon souvenir, celui d'une tombée de la nuit extrêmement douce et ample sur une cité vouée aux fêtes mais ce soir-là très calme, presque déserte (c'était un lundi), est rayé par une sorte de coup de fouet : le trait d'argent que fit dans l'air une anguille qui venait d'être attrapée par des hommes pêchant sur le dernier pont sur la Nive, juste avant le point de confluence, à la hauteur du Réduit, dont ne reste qu'une échauguette.

Venu dans cet extrême Sud-Ouest où la France finit (ou commence) pour y éprouver sur place une tension centrifuge qu'on dit ou croit plutôt forte, je ne l'ai ressentie, je dois le dire, que modérément – ce qui n'empêche ni le Pays basque de demeurer singulier sans sombrer dans le folklore, ni sa différence de former avec des contrées situées aux antipodes du pays des contrastes saisissants. Peu de temps avant le voyage vers la Bidassoa j'ai longé à l'autre bout de la France, entre Thionville et Givet, la frontière qui la sépare du Luxembourg et de la Belgique. Ce sont de plutôt sombres pays. L'on y passe de ce qui reste de la sidérurgie lorraine, c'est-à-dire du pays des... anges (Hagondange, Uckange, Hayange, Nilvange, Knutange...), aux confins retirés des Ardennes. D'abord ces vallées semblables à celles de la Ruhr où des tôles peintes essaient de faire oublier le ton de rouille qui imprègne tout – sur ces terres où l'on peut croire aux fées, il le faut pour y vivre (et c'est pourquoi du pays ravagé, du pays tel qu'il est, s'élève une ritournelle étrange qui m'a dit d'abord qu'il faudrait que je revienne). Puis un égrènement de forêts, de champs ondulants et de gros bourgs semblant plus ou moins désertés, d'une tristesse confinant à l'absolu dès lors que la lumière du jour se montre faible et prise, comme je l'ai ressenti en gare de Longuyon (étrangement, un âne et un lama broutaient ensemble dans un sombre petit pré situé le long des voies, deux femmes montèrent dans le train, en traînant une troisième qui, une fois assise, se mit à gémir bruyamment comme seul le désarroi de la démence l'autorise) et aussi en approchant de Montmédy et de sa noire forteresse. Montmédy, que nous avons déjà croisée, puisque c'est le point où Louis XVI prétendit qu'il se rendait lorsqu'il fut arrêté à Varennes, mais Montmédy aussi qui faisait partie du lot des places fortes regagnées au traité des Pyrénées, ce qui veut dire qu'à cette époque lointaine son nom aura été prononcé et discuté sur l'île des Faisans et que donc il exista à Hendaye : la distance est telle encore aujourd'hui que l'on se demande si alors elle était plus grande, et ce n'est pas forcément le cas : je ne parle pas de la distance géographique ou du temps qu'il aurait fallu pour aller de Montmédy à Béhobie en 1659, mais d'une élongation d'un autre genre, entre ce qui malgré tout s'étire au soleil et ce qui se replie et s'agenouille dans une pénombre envahie de lierre.

Je ne cherche pas à dire que dans le Nord et encore plus dans le Nord-Est tout serait triste, gris et misérable – cette vulgate, lorsque je l'entends, car elle est fréquente, m'agacerait plutôt –, je cherche simplement à comprendre par quels réflexes et par quels cheminements l'on peut rassembler sous le même toit nominal – la France – des ensembles aux tonalités aussi extraordinairement divergentes que celles touchées ici. Une idée me vient : c'est que « France » nommerait autant l'ensemble tremblé des aires géographiques et des espaces historiques ou humains où cette question se pose que celui des aires et des espaces où elle ne se pose pas.

En montant encore un peu (pour aller aussi loin qu'Hendaye dans l'autre sens) on atteint Givet qui, au point extrême et profondément creusé où la Meuse passe en Belgique, est plutôt une agréable cité. Le cas de figure, en ce qui concerne la rivière, étant ici l'inverse de celui de la Bidassoa : d'une part, le cours entier de la Meuse (950 kilomètres) est presque l'équivalent de celui de la Loire, d'autre part, au lieu de former une frontière elle passe purement et simplement d'un pays dans l'autre, la limite entre les deux lui étant perpendiculaire et indifférente : mais tandis que l'eau continue d'aller et de suivre son cours sinueux et puissant entre des parois parfois très abruptes (à Laifour, encore en France, sous Revin, puis bien plus loin à Dinant, elles sont vraiment très impressionnantes), la différence entre la France et la Belgique se remarque, à peine plus nette que celle qu'il y a entre la Lorraine et l'Alsace, par une inscription plus soignée et plus

« jolie » des maisons dans le paysage, l'aura frontalière, sur ces terres traversées par les guerres franco-allemandes, étant aujourd'hui plutôt aimable, les mairies des petits bourgs wallons arborant trois drapeaux, ceux de la Belgique, de l'Europe et de la France.

Il se trouve que Givet est la ville natale d'Étienne-Nicolas Méhul, c'est-à-dire de l'auteur de la musique du *Chant du départ*, comme on l'apprend par sa statue dressée sur une grande place portant son nom, ou encore en longeant la chapelle du couvent des Récollets où une plaque indique que c'est là que « se révéla son génie ». En lieu et place du filon royal sondé à Montmédy comme à Hendaye, nous aurions ici l'indication d'un filon républicain ou, tout au moins, celui d'une histoire commune : la *nation* s'est creusée, on le sait, dans cet effort de pensée, d'un bout à l'autre du territoire, selon ce qu'en indiquaient les paroles de Marie-Joseph Chénier puisque c'est « du Nord au Midi » que la victoire en chantant ouvrait la barrière et que la trompette guerrière sonnait l'heure des combats. Pourtant, quelles que soient l'importance et la vérité de ce déterminatif républicain qui a, en France, un sens qu'il n'a nulle part ailleurs, il est loin d'être resté assez fort aujourd'hui pour former ce qui pourrait ressembler à une levée, peut-être pas en masse mais du moins active et convaincue. Ce qu'il semble possible de suggérer, là où tout serait plutôt dans l'ordre de la retombée et de la dispersion, c'est qu'au fond la France serait d'abord une habitude prise par ceux que l'on appelle les Français : un corps de comportements, un corpus de références et de schèmes récurrents inscrits dans une langue qui les énonce et les renouvelle, mais rien de plus, rien qui serait comme une essence configurant un destin. Et que cela suffirait, et même amplement, pour qu'entre les bords de la Meuse et ceux de l'Adour il y ait autre chose qu'un lien de hasard ou qu'une simple transfiguration du hasard par l'Histoire.

Je tente de dire cela, et je tente de le penser non comme un amenuisement mais comme une ouverture, comme l'ouverture même dont le national pourrait être le seuil, en France et partout ailleurs. Des chœurs de qualité n'entonnant pas d'hymnes.

Sur le socle de la statue de Méhul sont inscrits les titres qui, outre *Le Chant du départ*, ont fait sa réputation. On les lit – et les cite – avec plaisir : le *Chant du 25 Messidor*, *Ariodant*, *Le Jeune Henri*, *Stratonice*, *Joseph* et, enfin, *Euphrosine et Coradin*, qui, sur le plan patronymique, contient tout le programme d'une époque révolue.

19

Entrer dans l'océan

La Bretagne, bien qu'elle soit à tous points de vue une presqu'île ou une péninsule, est rarement envisagée comme telle. Considérée quasi unanimement – à l'exception de quelques groupes autonomistes aujourd'hui plus nostalgiques qu'agissants – comme faisant partie de l'espace national, elle est simplement « la Bretagne », et sa singularité est reconnue, véhiculée par des clichés qui ont la vie dure, malgré un complet renversement de la situation économique qui a fait de ces pays jadis misérables voire arriérés une des régions françaises les moins fragilisées – c'est tout au moins ce qu'on dit car bien souvent, là-bas, on éprouve que cette antique pauvreté, plutôt qu'éradiquée, a juste été mise en veilleuse. Mais ce qui est sûr, c'est que s'il y a sur le territoire français une région qui incarne la rêverie qui s'emporte avec la mer, les embruns, les rochers et le vent, c'est la Bretagne. Quoique écrite à Granville, la remarque de Stendhal selon laquelle « le voisinage de la mer détruit la petitesse » s'applique pleinement à tout ce qui accompagne l'avancée téméraire de la côte bretonne dans l'océan. Je me souviens que, dans les exemples qu'il donne d'objets fractals, Benoît Mandelbrot cite tout naturellement cette côte si festonnée et tourmentée, bruyante et tragique quand le temps est fort, inconcevablement lumineuse quand il fait beau, ce qui arrive malgré une réputation tenace, mais « fractal », ce pourrait être, par sa sonorité, l'adjectif qui convient le mieux aux résultats visibles et changeants de cet affrontement inlassable entre deux états de matière, qui voit la roche, comme si elle avait derrière elle la poussée de toute la masse continentale, se déchiqueter en formant, comme en Trégor, d'infinies ponctuations d'îles et d'îlots affleurants que la marée découvre ou, comme aux pointes les plus occidentales, face à Ouessant ou à Sein, face à rien, plus rien, des promontoires brisés qui s'enfoncent dans les flots, les plus beaux à mes yeux étant ceux de la pointe du Van et de la pointe de Penhir...

Mais je me rends compte, en écrivant cela, que la difficulté est grande, à propos de la mer et des paysages côtiers grandioses ou sublimes, de ne pas verser dans une forme d'exaltation frisant (d'assez loin tout de même, je l'espère) le style pompier, ce qui est bien gênant car ce que l'on éprouve, en marchant sur les chemins de douaniers qui ne cessent de monter et de descendre (oh, le rocher aux oiseaux à la sortie de l'estuaire du Trieux !) ou sur les grèves (oh, la longueur de la plage pour arriver à l'île Tudy !), ce n'est pas du tout de cet ordre, mais tout à fait simple, avec d'irrépressibles bouffées d'enfance qui remontent dès lors que l'on a eu la chance de venir là étant petit, avec aussi l'émotion continue d'une beauté native et sans apprêts, radicale. « Ce qui passe infiniment l'homme », cette formulation de Pascal qui m'est devenue familière à force de l'entendre dite par un ami qui en avait fait un motif philosophique complet (à travers lequel devait aussi s'entrevoir la possibilité d'outrepasser les limites de la philosophie comme de l'art), cette formulation, donc, c'est elle qui s'impose s'il s'agit de caractériser la venue de cette beauté, et il me semble qu'envers la Bretagne, comme le racontent les souvenirs d'enfants ayant cherché des crevettes transparentes dans des mares où de petits crabes s'enfuyaient, cette sensation d'être devant plus grand que soi et que l'espèce, d'être devant l'immensité pure et simple (comme avec la nuit) a une dimension populaire, et qu'elle est absolument dénuée de toute prétention. Il s'ensuit un légendaire touristique avéré, mais dont le fond est, me semble-t-il, plus affectif que partout ailleurs : des anciennes affiches des sociétés de chemins de fer montrant, dans les tonalités du couchant, des processions de femmes en coiffe redescendant d'une chapelle ou de thoniers toutes voiles tendues vers l'horizon aux utilisations plus récentes, comme images de calendrier ou d'agences de voyages de la minuscule maison isolée de la petite île de Saint-Cado, au sud, dans la ria d'Étel, et de la maison entre les rochers de la pointe du Château, au nord, sur la commune de Plougrescant, sans même parler du chapelet de phares célèbres dispensant leurs faisceaux au pourtour, interminable serait la liste des relais d'imagerie entretenant l'idée d'une terre singulière et violente à qui serait revenue la charge d'assumer, pour tout un arrière-pays et même pour un continent, le contact avec l'océan, et sur un mode direct et frontal, sans concession, qui agit comme un droit.

La Bretagne n'est pas le point le plus occidental de l'Europe, il s'en faut de beaucoup : mais la Cornouaille, qui est la pointe que l'Angleterre avance vers l'océan, ainsi que naturellement l'Irlande sont prises dans leur logique insulaire, et la Galice ou le Portugal, qui sont les terres les plus avancées en direction de l'ouest, malgré leur singularité n'ont pas, intégrés comme ils le sont au trapèze ibérique, l'autonomie formelle d'une péninsule entrant dans la mer. Or c'est pleinement le cas de la Bretagne, mais au lieu qu'avec elle le pays qui l'a annexée en 1532 se soit senti heureux de cette poussée vers l'ouest qui le faisait entrer si bravement dans l'océan, tout s'est passé, en tout cas jusqu'au XXe siècle, comme si cet effet péninsulaire avait plutôt joué en faveur de l'isolement et même du délaissement. Si l'on voit bien, à Belle-Île, à Camaret, à Brest, le travail de Vauban, on ne voit pas qu'il ait été accompagné, à l'époque ou plus tard, par une volonté politique susceptible de sortir la Bretagne de ses ancrages féodaux ou de sa soumission à des forces tirant ses traditions vers le repli et ses croyances vers la superstition. Il s'est ensuivi un décalage sensible entre la Bretagne et le reste du pays (d'autres régions, notamment dans le Massif central, pouvant être « bretonnes » de ce point de vue) qui s'il a eu l'effet, jusqu'à la seconde moitié du XXe siècle, de maintenir vivant un étonnant folklore a en même temps servi de trame à une longue lignée de malentendus. Ici la malheureuse Bécassine (créature née d'une idéologie quasi coloniale) se promène sur un chemin enfoncé où elle croise d'obscurs curés de campagne à peine démarqués de la chouannerie, ici encore la République des écoles laïques et des défilés du 14 Juillet peine à entamer la carapace de religiosité traditionnelle qui enrobe les mœurs. Mais c'est aussi, bien entendu, la résistance contrariée de la langue bretonne qui entre ici en jeu, d'un tournoiement de robes brodées à un commentaire laconique sur le crachin, là où elle était chez elle – sa force étant restée très grande dans la toponymie effective, passé Vannes ou Saint-Brieuc et parfois même avant, quand on en guette, venant de l'est, les premiers signes, tel ce Trémeheuc qui est proche de Combourg ou encore, plus sûrement, Tréhorenteuc qui, en forêt de Paimpont, juste à côté du Val sans Retour avertirait, s'il en était besoin, que l'on est bien arrivé en Bretagne.

Il faudrait analyser longuement les raisons – et les variations au fil du temps – de cet écart avec la France (les Bretons, eux, ne disent pas l'« intérieur ») qui a pu parfois virer au déchirement mais qui a pu aussi susciter de grandes joies, quand il pouvait être perçu comme une émanation à peu près pure de la différence (ainsi Gauguin à Pont-Aven). Ce qui frappe tout de même, par-delà les éclats de cette différence aujourd'hui largement exploitée par le tourisme, c'est qu'elle s'installe sur une terre ancienne, dont l'extrême antiquité se voit : parmi les quelques notions de géologie que l'on apprenait au lycée, outre les anticlinaux et les synclinaux des plis du Jura qui nous montraient les couches de l'écorce terrestre se gondoler comme les feuilles d'une matière intégralement plastique, émerge, doté de toute sa puissance archaïque, le socle hercynien, et l'on retenait donc que les très faibles altitudes du Massif armoricain étaient les reliquats de surrections datant de l'ère primaire, d'autres vestiges de ce socle primitif émaillant le territoire en divers points. Mais l'image de ce très vieux socle ravagé et raboté entrant dans la mer l'emportait en vérité sur les autres, peut-être parce qu'elle comporte quelque chose de facile, qui vient spontanément se lier dans l'esprit à toutes les connotations du couchant, peut-être aussi parce qu'elle est relayée sur place par des traces saisissantes.

S'il est sans doute difficile de penser à un tel éloignement temporel quand on se retrouve en pleine campagne, dans les labours et les odeurs de lisier, ou en longeant tel lotissement de petites maisons blanches à toits d'ardoises, où des touffes d'hortensias bleus et des linteaux en granit cherchent en vain à rejoindre une expression vernaculaire qui n'est plus, par contre, en certains points, l'ancienneté géologique se mue en une quasi-sensation. C'est le cas aussitôt que les traces de l'activité mégalithique, et en premier lieu les alignements, sont effectives et imposantes : bien que l'ancienneté de ces agencements de pierres dressées n'ait aucun rapport avec l'échelle des temps géologiques, pour laquelle ils seraient tout récents, il se trouve qu'à notre échelle de perception leur ancienneté est très grande et qu'elle vient pour ainsi dire se superposer à celle du socle, en une sorte de merveilleux redoublement contrapuntique. Mais c'est encore le cas, et de façon plus nette encore, là où les monts d'Arrée, tels qu'ils affleurent près de la mer au Ménez-Hom, pourtant seulement à 384 mètres d'altitude, ont l'air d'avoir déchiré la couche superficielle des herbes rases de la lande pour venir apposer la signature ancienne et fatiguée de leur si lointaine provenance.

Un souvenir de 1975, celui d'une panne à la tombée de la nuit, et justement sur la route qui descend du Ménez-Hom (nous rentrions de la pointe de Dinan sur la presqu'île de Crozon en nous dirigeant vers Quimper et au-delà), c'est à la fois très loin et très net, trois petites silhouettes humaines dans le crépuscule dont une s'affairant autour du moteur, c'était le mois de juin, tandis que mon ami Alexis décidait de tenter de réparer ce qui s'avérait être une fuite avec les moyens du bord, je descendis avec notre amie en direction du premier village afin d'y trouver un téléphone (c'était une autre ère, avant les portables, et les cabines ou les cafés formaient alors le seul réseau accessible – je regarde la carte : était-ce Saint-Nic, ou Sainte-Marie-du-Ménez-Hom, qui sont de tout petits points, je ne me souviens plus) – toujours est-il qu'à un moment donné, il me semble que c'était à l'entrée d'un hameau et que la nuit était déjà complètement tombée, nous vîmes des lumières dans un hangar où s'entendait un bruit de machine : c'était une petite usine qui, tournant en 3 × 8, autrement dit vingt-quatre heures sur vingt-quatre, fabriquait ces caisses blanches de polystyrène expansé qui servent à emballer les poissons après la criée – la lumière, renforcée par la blancheur des caisses, était extrêmement violente, et les quelques ouvriers qui se tenaient là, dans la nuit, assez stupéfaits par notre apparition (la femme avec qui j'étais entré était d'une beauté rare, immédiate, épanouie), étaient eux-mêmes, pour nous, comme une apparition : bizarrement, dans mon souvenir, cette image qui est pourtant une image de travail et d'exploitation, non sans rapports avec l'angoissante usine à papier décrite par Melville dans *Le Tartare des jeunes filles*, prend les aspects d'une sorte de crèche ou de grotte lumineuse isolée dans la nuit, et si j'évoque cette image, et sa persistance, c'est parce qu'elle vient s'associer d'elle-même à la sauvagerie de la lande, comme s'il s'agissait aussi, grâce à elle, de corriger l'image de la Bretagne où elle vient s'insérer en lui ajoutant un contrepoint de labeur et de présence humaine traversant la nuit. Soit ce que l'on ressent autour de tout ce qui a trait à la pêche (souvenir aussi, mais de pur divertissement, d'une ligne de fond posée face aux roches d'Argenton, des torches électriques éclairant le travail braconnier), soit aussi ce dont on est toujours ému et qui est lié au travail de l'écriture : le cône de lumière d'une lampe éclairant un bureau où quelqu'un, aujourd'hui devant l'écran bleu pâle d'un ordinateur, hier devant le chariot bruyant d'une machine à écrire, avant-hier taillant ses plumes d'oie, cherche ses mots – et ici ce que je vois en premier c'est, encastré dans la nuit au fond d'une tanière de pêcheur au-dessus de Paimpol, mon ami Olivier Rolin pester, émerveillé, contre la falaise du lexique.

Autrefois, le service des Phares et Balises disposait à Paris, le long des jardins du Trocadéro, d'un bâtiment un peu sorti de Jules Verne ou d'une gravure du temps, qui a hélas été démoli et qui, en pleine capitale, procurait à qui passait par là l'écho assourdi d'un appel qui n'est ranimé aujourd'hui que par le cri des mouettes – il arrive en effet qu'on soit surpris de l'entendre en plein Paris, même si c'est pour que s'ensuive aussitôt une déception : tout ce qu'on en attend ne les a pas suivies et est resté *là-bas* – un là-bas qui malgré la plus grande proximité des côtes normandes et malgré leur beauté aussi, surtout entre Fécamp et Le Tréport là où elles forment une longue et haute et blanche falaise continue, se situe toujours pour moi du côté de la Bretagne, c'est-à-dire de ce qui en définitive est configuré comme un bout du monde.

20

À Lorient,
le bout du monde est une rue

« Mais au-delà du tout, il n'est rien qui le termine... »
Cette phrase de Lucrèce renferme, pour peu que l'on s'y attarde, une formidable condensation aporétique de la question de la limite. Elle renvoie l'hypothèse (enfantine, romanesque, philosophique) d'un bout du monde à sa dimension géographique terrestre : si le monde n'a pas de fin, s'il a déjà pu être ressenti dès l'Antiquité, via les poussières en suspens d'un rayon de soleil, comme une totalité non fermée et peut-être même, déjà, comme une propagation, il reste que la Terre elle-même, la planète, est *finie* – et qu'elle peut même faire figure, comme le montrent à l'envi les photographies prises à partir des satellites, d'une sorte d'absolu de la finitude : forme formée une fois pour toutes et tournant autour de son astre dans l'invariance vertigineuse de ses révolutions, petite boule dont toute la surface est la terminaison : de telle sorte que le bout du monde, pensé à cette échelle, est en vérité répandu à même la Terre sur la totalité de sa surface : mais comme pour nous l'expression se dore d'un fonds mythique inépuisable où chaque cliché renforce le suivant, le bout du monde, au lieu d'être envisagé comme un continuum, n'est guère aperçu que selon des ponctualités.

Dresser la carte de ces points qui font ou qui ont fait bout du monde ne serait possible qu'en acceptant d'abandonner toute posture objective : du « trou » enfoncé dans la campagne profonde au cap le plus lointainement avancé d'une côte désertique, le bout du monde ou ce qu'il faudrait appeler l'effet bout du monde apparaît comme une suite discontinue d'instants et comme tel il est relié à des parcours ou à des séjours, en tout cas à des vies – d'où aussi sa nature profondément et même décisivement romanesque, que celle-ci comporte ou non un parfum d'aventure : le bout du monde, c'est l'acmé du lointain, mais c'est un lointain qui stagne, où l'on est arrivé et d'où peut-être on ne repartira plus. L'effet bout du monde comporte cet accent de non-retour, entre bout du monde et fin du monde un lien se tisse, qui reste vague, qui ne peut pas se tendre, mais cet effilochement même est dans le climax de cet état de choses qu'est le bout du monde – un envoi, mais qui n'a plus de forces, un écho, mais qui aurait perdu sa source. À nouveau : le Val sans Retour.

On pense à tout cela, on allonge un peu le pas, on se souvient : de rivages désolés (ils sont nombreux et toujours efficaces), de gares incertaines, de fortins presque effacés au sein de montagnes pelées et monotones, et l'on sait que l'on côtoie une imagerie dont le cinéma, facilement ou magnifiquement, a su faire usage. On se dit donc que le bout du monde c'est ou ce serait d'abord un film au montage halluciné, fait d'embardées lentes, une sorte de condensation panoramique de l'abandon. On dresse des listes, on fait la carte de ces points, ceux que l'on a connus, ceux auxquels on aurait aimé se rendre, et justement parce qu'ils sont dans cette rumeur, en commençant ou en finissant, très loin, par la Bahia Inútil, cette quasi-illumination toponymique qui se trouve en Terre de Feu, soit dans le territoire qui figure peut-être avec le plus d'aisance et d'immédiateté l'effet terminal du bout du monde, justement.

Avec tout cela, équipé en rêverie, et se disant que chacun de ces points est bel et bien un point, une spécification, avec une localisation précise que l'on peut transcrire en données de latitude et de longitude, et par conséquent quelque chose, malgré tout, d'unique, d'inéchangeable – donc tout sauf un « nulle part » et encore moins un « quelque part », ce terrible quelque part qui, avec le « on va dire », a envahi la langue communicationnelle, octroyant à l'imprécision et à la paresse lexicale une sorte de sauf-conduit –, avec tout cela donc on débarque (mais seulement d'un train !) à Lorient, que l'on ne connaît pas ou presque pas, et, y dépliant le plan de ville que l'on s'est procuré tout de suite à l'hôtel (c'est le geste même, le signe de l'arrivée), on y tombe presque aussitôt sur la rue du Bout-du-Monde, et elle est située du côté où, naturellement, l'on serait allé, c'est-à-dire celui du port.

Lorient, on le sait, a été très massivement détruite par les bombardements de la Seconde Guerre mondiale et c'est donc une ville qui a les traits de l'époque de la reconstruction, un style de bâti que l'on retrouve en d'assez nombreux points de la côte et même à l'intérieur de la partie Nord du territoire, près des ponts ou d'endroits jugés stratégiques par les Alliés. Assez modeste en général (sauf au Havre où Auguste Perret a pu s'offrir un grand dessein), ce style a pour première caractéristique celle de donner aux rues et aux maisons, qui suivent les lignes du plan existant avant les destructions, une allure de maquettes agrandies et aujourd'hui déjà quelque peu patinées et vieillies : on a l'impression de circuler dans les dessins d'architectes et d'urbanistes consciencieux, désireux de s'effacer derrière une idée de ville qui était à la fois un héritage et un condensé, une sorte de digest se souvenant du passé mais faiblement tourné vers l'avenir. Dans ce style convalescent il n'y avait pas place pour l'utopie proprement dite, mais pourtant flotte sur les lieux qu'il a engendrés un air de provisoire qui a duré et s'est installé. Les villes de la reconstruction sont de vastes « comme si » et Lorient en est un bon exemple, avec son centre-ville si peu monumental qu'on pourrait presque passer à côté sans le voir.

Pour rejoindre la rue du Bout-du-Monde, il y avait deux chemins possibles, d'après le plan : l'un passant par le cœur de la Nouvelle Ville (c'est là le nom d'un quartier et non une caractérisation valant pour l'ensemble reconstruit de Lorient) et l'autre longeant la mer par le port de commerce. C'est ce dernier que j'ai choisi de prendre et pour me rendre compte aussitôt que l'effet de contamination du toponyme – donc ici l'effet « bout du monde » – jouait à plein sitôt quittées les ultimes maisons : après le rond-point des Asturies, pour être précis. On longe d'abord de très grandes citernes d'un bleu pâle attaqué par la rouille. (Au sommet de deux d'entre elles, très haut, on pouvait voir la silhouette solitaire et étrange d'ouvriers occupés à en nettoyer les toits bombés avec des sortes de très puissants Kärcher, faisant couler un jus sombre et épais le long des parois. Ces hommes se déplaçaient lentement, alourdis par une combinaison tirant sur le scaphandre et semblable, de loin, à ces accoutrements que l'on représentait dans la science-fiction des années cinquante.) De l'autre côté de la rue (rue Le Bourhis), des entrepôts avec surtout du bois, tantôt déjà débité en planches, tantôt encore sous forme de grumes, dont quelques-unes énormes et très odorantes, venant d'Afrique d'après ce qui était inscrit sur la section du tronc – arbres semble-t-il encore vivants, leur odeur flottant autour d'eux comme leur âme envolée et volée.

Puis les quais du port de commerce (quai de Coromandel, quai de Kergroise), séparés du boulevard Jacques-Cartier qui les longe par un grillage, encore intermittent, mais qui risque à terme de se renforcer, fidèlement aux idéologies sécuritaires et séparatrices qui ont gagné aujourd'hui la plupart des installations portuaires. Un seul cargo, déjà assez imposant, le *Rena*, de Nassau, était à quai, deux des très grandes grues puisant du maïs de ses flancs pour le verser dans des trémies reliées à des tapis roulants. Presque personne, une faible odeur de céréale éteinte, des grains jonchant un peu partout le sol et, plus loin, sur le boulevard, les bureaux et la citerne de la société France-Mélasses : les bureaux, je ne suis pas allé les voir mais c'est incroyable comme le bureau (avec aussi la guérite ou le hangar) appartient au registre du bout du monde, qui est aussi une affaire de dossiers empilés sur des meubles métalliques, avec des portemanteaux, des calendriers et un écran d'ordinateur mis en veille sur lequel, comme pour l'éternité, se dilatent des bouquets d'algues multicolores.

Le boulevard Jacques-Cartier se prolonge par celui de l'Abbé-Le-Cam. Il y a là une aire un peu informe avec des bancs et des tamaris où l'on peut attendre, à quelque distance, soit la navette de Port-Louis qui accoste au bout d'une passerelle, soit le bus qui rejoint le centre-ville par l'avenue de la Perrière et la Nouvelle Ville. Au fond se dresse la grande masse de béton des entrepôts frigorifiques reconstruits après la guerre juste en arrière du port de pêche et qui semblent n'avoir jamais été ravalés depuis. Et c'est là, précisément, alors que d'autres rues, déjà partaient perpendiculairement à la mer en trouant les entrepôts (avenue Amiral-Melchior, avenue de Kergroise, rue Marcesche, rue du Comte-Bernadotte, rue de Seignelay, rue Floriant-Laporte), c'est là que s'en va la rue du Bout-du-Monde. Assez courte par rapport aux autres, elle rejoint l'avenue de la Perrière, qui est la desserte principale du port de pêche, et le lieu où se trouvent les restaurants ouvriers et les bars. Il y a à l'entrée de la rue du Bout-du-Monde une lourde guérite carrée, en bois, fermée, dont l'usage ne se laisse pas deviner. La rue proprement dite, ce sont pour l'essentiel des bureaux et des entrepôts, découpant sur une centaine de mètres les dents de scie évasées de leurs frontons, avec beaucoup de fatigue, de rouille et, parfois, l'éclat d'une façade fraîchement ravalée dans une couleur vive (un jaune, un bleu), le tout évidemment lié à la mer, sauf un bâtiment dont j'apprendrai qu'il est plus ou moins un squat ou atelier d'artistes, au demeurant toléré. À la fin de la rue commence le bâtiment des douanes et il est notable qu'avec ce nom pourtant la rue ne conduise pas à la mer de façon franche ou spectaculaire, elle a plutôt l'air de quelque chose d'échoué, mais comme elle est située juste dans les accès immédiats du port de pêche, elle est tout entière imprégnée de son odeur de gasoil et de poisson et, à sa manière, elle tient fermement le cap de son nom.

C'est tout. Mais faut-il justement que le bout du monde soit davantage que cela et se mette à jouer des cymbales dans le paysage ? Rien ne distingue peut-être cette rue d'une autre rue d'un port situé à... l'autre bout du monde, mais dès lors cette conformité à un type est ce qui la signe et l'assied dans sa tenue, avec un effet d'horizontalité qui fait que l'on pense à une unique note, un peu grêle peut-être, jouée dans l'étendue : le proche et le lointain semblent ici confondus et comme au repos, dans une attente qui n'a ni espoir ni désespoir, et c'est un petit infini de choses qui est tramé là par le temps, dans ces parages de hangars et de ruines.

Un peu après, à l'intérieur du port de pêche étonnamment vétuste, je me suis souvenu de l'avoir vu flambant neuf un été de mon enfance – l'unique chose qu'à dire vrai je revois, c'est de la glace tombant dru d'un conduit sur des caisses de poissons qui étaient en bois à l'époque.

(Les souvenirs sont en nous ce qui empêche le monde de finir et lorsque l'on voit qu'il continue aussi hors d'eux, indifférent et mobile, coulant sans avidité sur ce qui fut et sera, un vertige se produit, qui a l'éclat de notre propre disparition.)

Là où sous les entrepôts frigorifiques en partie ruinés se regroupent quelques pêcheurs à la ligne avait été remisée une sorte de grosse citerne montée sur roues et, sur ses flancs, avec une huile très noire, des traces de mains posées à plat (probablement entourées de ces gants spéciaux pour pétroliers qui les font si grandes) avaient été imprimées. Exactement comme le sont les mains positives dans les grottes de la préhistoire, en guise de signature.

Le bout du monde, autour de la rue de Lorient qui en porte le nom avec simplicité, comme on porte une blouse, le bout du monde, dépouillé de toute sa légende, ce serait donc cela aussi, une surface où l'on n'a plus rien d'autre à faire que d'imprimer sa main, dans une odeur d'huile de vidange, avant d'aller boire un verre, revenu de tout voyage, et si possible dans ce bar de l'avenue, à peine plus loin, qui s'appelle L'Incognito. J'y suis allé et je puis dire qu'il ne vaut pas le détour. Les toilettes sont dans la cour, qui est en mâchefer avec des détritus. Un homme, au comptoir, faisait le fanfaron et ennuyait les autres.

(Comme je l'appris après ma promenade, ce bord extrême de Lorient est aussi, et c'est une chance pour elle, le lieu de l'école des Beaux-Arts de la ville. Située à l'entrée de l'avenue de la Perrière, l'école ne donne pas directement sur la mer, mais elle en reçoit la lumière. Nombreuses (trop, disent ceux pour qui il ne devrait plus guère y avoir que des écoles de gestion) et diverses sont les écoles d'art de province. Il en est de petites et de grandes, de paresseuses et de prétentieuses, elles sont parfois situées en pleine ville (comme celle de Rouen dans les magnifiques bâtiments de l'aître Saint-Maclou, avec sa cour-cloître ornée d'ossements entrecroisés), parfois au contraire excentrées (comme celle de Marseille-Luminy, isolée au-dessus des calanques dans des bâtiments modernes déjà vieillis – je me souviens que le toit de l'un des ateliers fuyait et que j'avais d'abord pris les seaux placés sur le sol pour une installation) –, certaines laissent flotter un climat d'utopie ou tout au moins d'effective jeunesse, d'autres ont tendance à se donner des allures et à s'y croire, les travaux qu'on y voit ont souvent de la peine à atteindre à une existence plénière, mais peu importe : dans l'ensemble, malgré des niveaux de culture artistique parfois étonnamment faibles, on peut y prendre acte d'une endurance – celle de conduites déviées et attentives, désireuses malgré tout d'invention critique. Sans doute est-ce bien trop timide et la période qui a mis au pinacle des œuvres, elles, profondément asservies (comme celle de Jeff Koons) n'est pas de nature à favoriser un quelconque élan. Mais voilà, et c'est ce que j'éprouvais en tout cas à Lorient, on ressent que quelque chose malgré tout se souvient de la modernité ou de l'exigence moderne, quelque chose que l'on pourrait comparer à un acquis (au sens où l'on parle des acquis de la classe ouvrière), quelque chose qui existe encore et s'est assez diffusé pour que les formations académiques qui étaient encore de règle avant Mai 68 soient devenues impensables. La généalogie de ces lieux étant de toute façon fort longue – c'est un peu comme si les ultimes échos du Vhutemas ou du Bauhaus, en infusant dans la province française, s'y mêlaient à toute une tradition « beaux-arts » jamais complètement oubliée.

Dessins à la craie sur le sol, marelle incertaine, constructions en fil de fer, vidéo montrant une ombre qui s'efface – le souvenir de ce que j'ai vu à Lorient n'est pas net et a tendance à se diluer avec d'autres travaux vus dans d'autres écoles, mais ce qui filtrait aussi à travers eux, c'était une image de la vie de ces étudiants. J'avais vu la ville où ils passent quatre ou cinq années, je m'étais promené longuement dans les parages de l'école et je me demandais : quelle est, quelle peut bien être la nature de cette implantation, ou campement ? Certes, il ne s'agit pas d'en attendre des aquarelles représentant la rade ou des sculptures qui reprendraient la tenue formelle des balises (encore que cette tenue soit très grande, je me souviens de tout un échantillonnage répandu sur un quai, il est vrai que c'était à Brest…), mais il faut bien qu'en des points secrets et par-delà les théories, les axiomes et même les pratiques l'esprit des lieux s'infiltre : non seulement à travers un enseignement, un compagnonnage ou du fait de la fréquentation de tel café ou de telle plage, de telle boutique ou de telle rue – la rue du Bout-du-Monde par exemple où, je l'ai dit, existent justement des ateliers sauvages –, mais d'abord à cause de l'air, de la couleur ou de la vivacité de l'air, et là, selon cette pensée, ce qui vient c'est le vent ou un accord entre le vent et la lumière, un certain effet de nature dont cette ville, décidée autrefois par le très peu rêveur Colbert, est le réceptacle. Ce que sait chaque particule de poussière volant sur le port ou même chaque fleur de genêt de rond-point, comment à la fin n'en serait-on pas imprégné ? La question peut se déplacer – elle est partout la même, c'est celle de la résistance de la tonalité locale, et le fait qu'on y tienne tout en sachant qu'elle ne tient à presque rien.)

(Un peu plus tard je suis revenu à Lorient, et j'aurais pu m'y sentir heureux du début de familiarité que j'y avais contracté si le temps l'avait permis, mais une pluie forte et ininterrompue (rien à voir avec un léger crachin) m'en empêcha. Écourtant un séjour déjà conçu pour être bref, je fis tout de même un petit tour en ville le dimanche matin, la pluie ayant faibli. Partout des femmes vêtues d'une tunique rose et portant dossard se préparaient à une course de six kilomètres à travers les rues du centre. À cette course sans enjeu sportif mais dédiée à la lutte contre le cancer du sein, 2 600 femmes s'étaient inscrites, on l'apprenait par des animateurs dont les annonces, entrecoupées de musique, étaient diffusées sur tout le réseau de haut-parleurs de la ville, à partir d'un camion stationnant derrière le Palais des congrès, un équipement des années soixante malencontreusement placé au milieu de l'esplanade qui débouche sur le port. La course n'avait pas encore démarré. Les femmes, de plusieurs âges, réunies par groupes, allaient et venaient ou bien s'abritaient sous des auvents, certaines s'échauffaient : je me trouvais donc devant une communauté provisoire et débonnaire, formée à partir d'une cause ressentie comme unanime mais ne correspondant pourtant à aucune urgence particulière, et prenant part à la constitution non d'un événement, mais d'une manifestation appelée à se répéter (ce n'était que la deuxième édition de cette course) et donc à instaurer une tradition.

Se situant en un point pas vraiment fixé entre la manifestation sportive et la manifestation tout court, et le faisant, c'est ce qui m'a plu, avec un très grand calme, ce rassemblement prenait, à l'échelle historique de la ville reconstruite et aussi à la mesure de sa marque féminine, la dimension supplémentaire d'une simple manifestation vivante, d'une forme sociale fluide, ni spectaculaire ni marchandée, peut-être même candide. En termes politiques, un rousseauisme diffus, presque évaporé, dans lequel la fête de village, ayant cessé de tourner autour d'un arbre de la liberté mal arrosé, se serait décomposée en une infinité de simples pots de départ pris dans des cafétérias d'entreprises. Or des rassemblements semblables à cette course ou à ces pots, quelles que soient par ailleurs leur dimension ou leur raison d'être, sont sans doute, et dans leur discrétion même, parmi les plus puissants opérateurs du lien social. Que les hommes politiques, réduits la plupart du temps à la posture de pêcheurs de voix, s'en souviennent ou non, cela ne change pas la donne, qui est celle d'une certaine automaticité du lien, et aussi, cela va de pair, d'une certaine atomisation de ces formes liées, mais non reliées. Entre des rassemblements nombreux mais relativement exceptionnels comme celui de cette « Lorientaise » (c'est le nom donné à la course) et le tissu permanent ou épisodique de la vie associative (le nombre d'associations tourne en France autour du million), existe donc une sorte de fédération informelle des modes d'assemblage social, et je suis sûr de ne pas trop m'avancer en disant que c'est là une partie non négligeable (mais souvent négligée) de ce qui tient le pays, de ce qui fait qu'il tient – et cela alors même que les forces entraînées par les rassemblements peuvent sembler ou même se décréter centrifuges.

L'un des effets aussi, de cette machine liante, c'est, paradoxalement, d'éloigner lorsqu'elle fonctionne ceux qui ne sont pas dans ses rouages, et tel était bien mon cas, sujet masculin et simple visiteur, devant ces femmes de Lorient. Le mieux que l'on puisse faire alors, plutôt que de se muer en badaud ou en sympathisant, c'est, sans hostilité aucune, de s'éclipser. Ce que je fis, et pour constater une nouvelle fois combien la gare, à Lorient, manque de conviction.)

21

Beaugency, Vendôme,
Vendôme...

Beaugency. Pendant des années, presque chaque semaine, j'ai regardé cette ville, telle qu'on la voit depuis le train, sans jamais descendre de celui-ci, allant un peu plus loin, à Blois, pour mon travail : de telle sorte qu'elle restait pour moi inconnue, plus inconnue, je dirais, qu'une ville que je n'aurais traversée ainsi qu'une seule fois ou deux, mais en étant en même temps nimbée d'une petite aura de familiarité, strictement limitée aux bords de la vue que l'on a depuis le train – vue assez ample et belle au demeurant, puisque la voie est en surplomb et domine, côté Loire, un enchevêtrement progressif de toits et de murs où la tonalité sombre de l'ardoise l'emporte au fur et à mesure que les maisons se resserrent, tandis que plus près des voies et de l'autre côté elle ne forme plus qu'un semis de plans noirs se détachant sur un fond de jardins et d'enclos, particulièrement beaux en hiver sous le givre.

Et pendant toutes ces années aussi j'ai pensé qu'il faudrait qu'un jour je m'arrête et aille voir cette ville de plus près – non seulement à cause de ce que j'en voyais à chaque passage mais aussi du fait de son nom, qui habite la légende. C'est la chanson, la chanson fameuse reprise par les carillons, que presque tous les enfants connaissaient autrefois et qui, remontée de la guerre de Cent Ans, résonne comme un refrain obsédant et aussi comme un pur poème sonore animé par les seuls noms de lieux qu'il égrène :

Orléans, Beaugency, Notre-Dame de Cléry, Vendôme, Vendôme !

Poème ou chanson d'allure joyeuse où, pourtant, la répétition finale *Vendôme, Vendôme* laisse passer un drôle de vent qui est comme l'annonce d'une rime qui ne vient pas (fantôme, fantôme) et où se profile quelque chose de très assombri. Mon idée fut donc, pour ce livre, de suivre la piste indiquée par ces noms, aussi vrai qu'ils produisent un écho très lointain dont la résonance la plus profonde, pourtant, est tout entière liée à quelque chose d'absolument central ou d'absolument intérieur, là, entre Beauce et Sologne, non loin des chasses et des brumes de *La Règle du jeu*, autrement dit dans l'intimité même selon ce que j'en ai dit, de la provenance. Des paroles de cette chanson ou comptine il ne reste qu'un couplet, mais il suffit à éclairer le sens de la liste de noms qu'il envoie et qui seule semble avoir survécu dans les mémoires. Voici ce qu'il en était :

> *Mes amis,*
> *Que reste-t-il*
> *À ce dauphin si gentil ?*
> *Orléans, Beaugency,*
> *Notre-Dame de Cléry,*
> *Vendôme, Vendôme !*

Ce qui est rimé ou chanté là, dans une exactitude sonore si troublante, c'est en fait l'un des moments les plus dramatiques de la guerre de Cent Ans : celui où Charles VII, s'insurgeant contre le traité de Troyes signé par son père devenu dément – traité aux termes duquel le royaume de France devait échoir à Henri VI d'Angleterre –, s'était autoproclamé régent et où, surnommé le « petit roi de Bourges », il ne contrôlait qu'un territoire très limité. Et s'il l'était toutefois moins que dans la chanson, puisqu'il comprenait non seulement Bourges mais aussi une partie de la France méridionale, il reste qu'un royaume aussi excentré, dont Paris lui-même ne faisait plus partie, était bien étrange. Or c'est du sein même de cette étrangeté que remonte la ressource légendaire des noms sur lesquels la reconquête s'appuie, et il est frappant que du côté de Jeanne d'Arc aussi, qui va venir, et qui est là très proche, la résonance toponymique soit tout autant présente – je pense d'abord ici au nom de Vaucouleurs.

Jeanne d'Arc est bien sûr là, à Beaugency, en statue sur une place au pied du clocher de Saint-Firmin – celui-là même où trois fois par jour retentit le « carillon de Vendôme ». Des paroles historiques de la chanson existe une variante que je trouve très réussie, qui intercale, entre la liste des noms répétée deux fois, les paroles suivantes :

> *Quel chagrin, quel ennui*
> *De compter toutes les heures*
> *Quel chagrin quel ennui,*
> *De compter jusqu'à minuit.*

Paroles qu'on dirait inventées par un collégien et pourquoi pas un pensionnaire de l'école Maîtrise-Notre-Dame – c'est là son nom – sise juste à côté de Saint-

Firmin, entre les vestiges médiévaux de Beaugency, avant que par une porte on ne rejoigne ce qui reste de la ville basse et n'accède aux quais et au pont.

Il y a, à Beaugency, et notamment aux alentours du pont, qu'on le contemple ou qu'on le franchisse, beaucoup de beautés, mais ce qui l'emporte pour le visiteur, à moins qu'il ne soit obsédé de tourisme, c'est une impression, non de tristesse, mais de mélancolie profonde, c'est la sensation – si fréquente et en fait si caractéristique de la plupart des bourgades du centre de la France – qu'au lieu d'être arrivé ou d'être parvenu à un terme ou à un but on a simplement échoué quelque part et que ce quelque part est justement ce qu'on a devant les yeux, installé dans une pérennité apparente et sans aucun doute illusoire mais qui impressionne pourtant comme quelque chose à quoi le manque même d'énergie procurerait de la force – une force qui doit d'ailleurs pouvoir être terrible, comme on le ressent en passant devant les établissements d'enseignement, qu'ils soient privés comme l'école-collège Maîtrise-Notre-Dame de Beaugency ou publics, comme le si sévère lycée militaire d'Autun, situé en plein cœur de la petite ville morvandelle, un peu loin de la Loire il est vrai, et dans une tout autre version de ce qu'est le Centre.

Je le répète, ce n'est pas que cela manque de beauté ou d'allure (la même chose pourrait être dite de bien des endroits, Autun comprise), c'est qu'il y a une sorte de prostration ou quelque chose de résigné qui a accepté la retraite et qui, malgré les proclamations des chambres de commerce et d'industrie vantant les mérites des « pôles d'excellence » que seraient au fond toutes ces petites villes, semble être condamné à une sorte d'automne perpétuel de la vitalité : non comme le contrecoup d'une crise ou d'une ponction violente comme on l'éprouve dans les anciens bassins industriels, mais du fait d'une fatigue qui aurait elle-même quelque chose de modéré et par là même de pesant. Cette pesanteur ou ce modérantisme, à quoi les attribuer ? Certainement pas à la Loire puisqu'on peut les éprouver aussi bien et même mieux hors de son aire immédiate, en fait partout à peu près où l'effet « intérieur » a produit une sorte de tassement – le désenclavement des pays, pour réel qu'il soit, ayant été compensé par une perte de singularité et d'autonomie, en un mouvement qui s'étire le long de l'Histoire, d'une posture de repli au moment des guerres à une sensation diffuse de désespérance et de vide, relancée aujourd'hui par le nombre affolant, dans les bourgs, des pharmacies et des compagnies d'assurances.

À ce tableau, autant de compensations qu'on veut, dès lors peut-être que l'on prend le temps de les laisser venir – je renvoie à ce que j'ai pu rapporter plus haut de ce que l'on m'a dit de Châteauroux. Sans doute suffit-il d'errer un peu plus longtemps, ou d'avoir quelque chose de précis à faire (une démarche, une course, une visite) pour que l'épaisseur de l'indifférencié se défasse et qu'apparaisse un trait saillant, une surface brillante, un reflet changeant ou pour que ce que l'on jugeait totalement replié s'entrouvre. Malgré le climat patrimonial et marchand qui les enrobe, les sites et les monuments sont bien sûr encore capables de tels recels – je vais même y venir à propos du pont de Beaugency que l'on n'a fait encore qu'apercevoir –, mais la plupart du temps c'est une origine bien plus simple qui décide qu'au creux même de l'ennui un signe se libère et s'évade. Par exemple une fenêtre au rez-de-chaussée laissant voir, du côté opposé à la rue, une cour ou un jardin dont on ne saura rien d'autre que l'effleurement mais qui, par une tonnelle, une table et quelques chaises, ou moins encore, donne consistance à une rêverie qui ne dure pas mais qui s'anime comme un infime départ vers une autre existence – petite fiction sans personnages et sans cause dont on est le narrateur passager et qui est l'un des plus grands charmes de la province, sorte d'« ici j'aurais pu vivre » qui est comme un peut-être perpétué et flottant.

Mais dans cette petite ville, l'événement, c'est la Loire, et il ne faut pas dix minutes pour la rejoindre en venant de la gare d'où, pourtant, on ne la voit pas. Dans la rue qui descend vers le pont se trouve la maison Pons : motoculture, pêche et chapellerie (quoique n'étant pas pêcheur, j'y ai acheté une plume d'un très beau vert brillant). Juste en face, à l'angle du quai, un restaurant chinois, puis c'est un grand accord de très vieux platanes qui forme un écran frémissant et terne derrière lequel passe la Loire et, comme elle sait le faire, dans un mixte de nonchalance et de vivacité, tout cela d'ailleurs réparti en une gamme selon les arches du pont qui, inégales et souvent rafistolées, sont au nombre de vingt-trois. La singularité de ce pont, c'est son horizontalité : beaucoup plus ancien que le pont Gabriel-de-Blois, il n'a pas, comme lui, cet élan très beau et cintré et il s'en va, tout droit, raide, robuste, médiéval, vers la rive Sud qui, à part une maison d'angle, n'est pas bâtie. Et cette simplicité de forme, plutôt rare sur une telle longueur – on la retrouve à Moulins, sur l'Allier –, lui donne un peu l'air d'un barrage ou d'une digue ajourée. De la Loire, Stendhal – que je citerais volontiers à chaque chapitre, même si c'est, comme ici, pour être en désaccord avec lui – disait, toujours dans ses *Mémoires d'un touriste*, et dès le début, qu'elle était « ridicule à force d'îles » puisqu'« une île, ajoutait-il, doit être une exception chez un fleuve bien appris ».

C'est au niveau de Cosne et donc beaucoup plus haut en amont qu'il fit cette remarque, mais la Loire, plus qu'aucun autre cours d'eau français, a un style, une signature qu'elle propage tout au long de son tracé et c'est donc toujours un fleuve « malappris » qui passe à Beaugency, à travers un semis d'îles plus ou moins allongées, couvertes, comme souvent aussi les rives, d'une végétation argentée et tremblante. Au milieu du pont, un photographe, muni d'un gros téléobjectif, visait une sterne qui semblait avoir pris la pose ; plus bas, sur une de ces grèves caillouteuses que l'eau recouvre à peine, se tenaient, immobiles et comme ayant passé l'uniforme, douze ou quinze cormorans tandis que des canards remontaient le courant et qu'une aigrette, toute blanche, divaguait parmi eux. N'étaient les voitures passant sur le pont, qu'on oublie d'ailleurs assez facilement, et que l'on regarde vers la ville ou vers l'autre rive, en amont ou en aval, et l'on pourrait se croire, sur le pont de Beaugency, à quelque distance de l'époque : à moins que le temps ne soit extrêmement clair et dégagé, il faudrait en effet un œil exercé pour deviner, vers l'ouest, la silhouette et les nuages de vapeur de la centrale nucléaire de Saint-Laurent-des-Eaux, qui est pourtant dans la région la véritable puissance et l'EDF, tout aspect moyenâgeux ayant été évacué, la vraie, l'unique seigneurie. Comme en témoigneraient aussi les grandes éoliennes blanches qui, nombreuses, ponctuent la plaine du côté d'Orléans. Au

« dernier fleuve sauvage d'Europe », comme le dit la propagande, l'existence de la centrale faillit coûter son classement de site exceptionnel et protégé, les Australiens notamment, si je me souviens bien, se montrant intraitables sur le sujet de l'atome.

Tel est aujourd'hui le diable, mais c'est un autre, bien plus aimable, qui fait, en partie grâce au relais de James Joyce, la gloire de Beaugency. En août 1936, un petit périple conduisit l'écrivain des bords de la Loire vers la Normandie et c'est de Villers-sur-Mer qu'il écrivit pour son petit-fils Stephen alors âgé de quatre ans *Le Chat et le Diable*, récit où il reprend en la transformant à peine la légende du pont de Beaugency qu'il venait sans doute d'entendre en passant par là. Dans cette charmante histoire médiévale, le maire, qui avait promis au diable, en échange de la construction du pont, de lui livrer la première personne qui le franchirait, se montre plus rusé que le Malin, puisqu'il contraint un chat à être ce premier passant : le diable, furieux, s'en va avec le chat (mais dans la version de Joyce il lui fait finalement bon accueil) et les habitants de Beaugency, les Balgentiens, gardent le surnom de « chats ». À la maison de la presse je n'ai rien pu trouver – elle est d'ailleurs assez sinistre –, mais dans une petite librairie située sur la même place la plaquette de Joyce était là, dans la version qui a l'air la plus courante et qui est malheureusement accompagnée de dessins plutôt très laids, bien peu en phase avec la fantaisie légère du récit envoyé par « Nonno » à son petit-fils Stevie.

Il reste que par-delà son climat enjoué l'histoire du chat et du diable reprend, en l'allégeant, un très vieux fonds dans lequel le diable ne faisait pas sourire et où la traversée d'un pont pouvait avoir le sens d'une épreuve. Et ce très vieux fonds, Beaugency le recueille : par des signes inscrits dans son corps, tour dite du Diable posée sur les quais, tour César dont la lourde masse devient vite écrasante si on l'extrait d'un contexte « Riches Heures » où elle paraît naturellement s'inscrire, abbatiale assez sombre, et ainsi de suite. Mais c'est le fleuve lui-même qui réveille avec le plus d'efficacité ce vieux fonds – non sous une forme authentiquement médiévale (il serait absurde d'aller dater un fleuve) mais sous celle d'une survivance effilochée. La Loire, et c'est par là qu'elle est vraiment elle-même, est en effet un fleuve propice aux fantômes et aux effrois, elle a dans sa couleur quelque chose qui emporte le vert au-delà de lui-même, dans une épaisseur huileuse et noire qui, pourtant, s'entrelace à un discours tumultueux de bulles et de tourbillons. Et il suffit qu'au-dessus de cette eau parfois profonde et rapide, parfois sourdement stagnante, le long des îles ou des rives ainsi que dans quantité de zones marécageuses, vestiges d'un cours majeur irrégulier, des traînées de brouillard le matin ou la nuit s'éternisent, pour que quelque chose de fantomal se mette à exister – un peu comme si le fleuve, au lieu de ne faire que passer, s'attardait en rôdeur à la lisière des villes qui le bordent. Le souffle froid de la nature (il n'y a pas à hésiter sur cette formulation) ayant plus d'expression et de volume lorsque, comme c'est le cas à Beaugency, la ville n'occupe qu'une seule de ses rives, mais à Blois voire à Tours, plus en aval, où le fleuve est davantage encadré et les éléments bâtis beaucoup plus nombreux, ce souffle passe encore. Cela tient au caractère discontinu de son allure, mais davantage encore à cet accompagnement végétal dont il ne se prive jamais, sur ses rives ou aux abords des piles des ponts où des esquisses de roselières et de petites arborescences croissent librement sur les fonds sableux.

(Ainsi à Tours, sur des dépôts alluviaux formant des sortes de bandes sableuses en avant des piles du pont Wilson : la municipalité a cru bon d'en orner une avec des flamants roses en plastique ou en bois. Venus jusque-là dans une barque à fond plat qu'ils ne manœuvrent qu'avec peine, deux ouvriers s'occupent à enlever ces faux oiseaux, rendant peu à peu la petite île à sa vérité sauvage : les peupliers et les saules poussant en cépées brillent sous la lumière qui est très forte, l'appel de l'Ouest, vers où le fleuve se dépêche, a été entendu. De l'autre côté, Saint-Cyr-sur-Loire avec les grands arbres de ses parcs et la rue très droite et montante qui fait face au pont le relance, mais vers le nord – voir les faux flamants debout redescendre en barque vers la rive était toutefois amusant, d'autres que moi contemplaient ce spectacle, dont une petite bande de punks couturés et tatoués buvant du rosé sans relâche, attablés à la Guinguette de Tours-sur-Loire (c'est là en effet le nom faussement candide que porte ce café-terrasse où, à l'ombre d'énormes saules, la jeunesse aime à se retrouver, calmement dans la journée et bruyamment le soir). D'un seul coup, il y avait quelque chose de berlinois, et jamais je n'aurais pensé à cet écho possible de la Spree sur la Loire. Des jeunes gens, Tours, qui est une ville étudiante, en est remplie, et c'est, au début tout au moins, un plaisir – surtout si l'on arrive d'une ville comme Beaugency où il semble, pour rester dans la teneur médiévale, qu'un joueur de flûte les a tous entraînés au loin.)

Beaugency est sur la Loire, mais Vendôme est sur le Loir, et c'est là plus qu'une simple inflexion. Pourtant c'est la même région, ce sont les mêmes toits d'ardoises, les mêmes imprégnations médiévales et le même fond de légendes : là, une nuit de l'an 1032, c'est Geoffroy Martel, comte de Vendôme, et sa femme Agnès qui, depuis les hauteurs de leur château, voient trois étoiles tomber dans une prairie, signe que l'évêque de Chartres interprète comme étant celui de la Trinité et origine, donc, de l'abbaye du même nom, qui aujourd'hui encore, alors que le château n'est plus que ruines, occupe une grande partie de la ville et comme il le faut, c'est-à-dire en étant traversable et pénétrable, utile : avec une nef claire et nerveuse où l'on peut entrer sans être assailli de signes secondaires, religieux ou touristiques, et un cloître devenu jardin sur lequel donne un bref musée, toutes ces parties annexes de l'abbaye ayant eu, au-delà de leur destination initiale, une histoire mouvementée : abritant tout d'abord la sous-préfecture, un tribunal et une prison – c'est là, j'y reviendrai, qu'en 1797 la Haute Cour de justice fut transportée pour juger Babeuf et les autres membres de la conjuration des Égaux –, elles furent ensuite et jusqu'à la Première Guerre mondiale, non sans dommages d'ailleurs, le siège d'un quartier de cavalerie, dit quartier Rochambeau (du nom du maréchal, héros de l'Indépendance américaine et enfant du pays) : on peut voir sur d'anciennes photos des cavaliers passer dans des allées, des hommes à moustache et à képi prendre la pose, tout est dès lors facile à imaginer : les tilleuls de la cour alignés et taillés pour l'hiver (toujours cette taille dite en tête de chat qui, en France, dans les avenues et les casernes, est comme le rythme même de la tristesse et de l'ennui – voir Varennes), les odeurs de paille et de crottin, toute cette campagne qui colle aux basques de la cavalerie, malgré les désirs de quelques officiers vaguement aptes à boire du thé ou du champagne à la sous-préfecture (toujours et sans fin ces mêmes visages, sur les images pâlies des albums ou des dessus de cheminée – dans la grisaille, de petits yeux chavirés depuis longtemps dans la mort tentent encore de survivre).

Vendôme, c'est d'abord pour son nom et pour la résonance inquiète qu'il instille dans la chanson du petit roi de Bourges que je voulais la voir, et comme toujours ou presque, parmi les impressions, quelque chose ou quelqu'un s'interpose et survient. Cette « personne », c'est le Loir, et là encore, avec le nom, c'est toute une intonation qui vient. Petit, le Loir l'est, même s'il parcourt tout de même 316 kilomètres avant d'aller se jeter dans la Sarthe juste au-dessus d'Angers. Prenant sa source dans le Perche à seulement 200 mètres d'altitude, il semble vouloir d'abord illustrer une parenté avec son homonyme, le petit animal charmant dont le nom scientifique, inattendu, est *glis glis*, et qui est connu d'abord pour la longueur de ses sommeils, laquelle contraste avec l'activité plutôt fébrile dont il fait montre lorsqu'il est éveillé. Or, en comparaison avec la Loire qui serait là plutôt comme une loutre, l'échelle du Loir est bien celle du loir, et d'autant plus qu'à Vendôme où il est divisé en plusieurs bras il semble paresser à travers la ville, sauf à la porte d'eau, arche en amont de laquelle il forme une cascade bruyante et fraîche entourée de jardins et de maisons dotées de terrasses, le tout festonné, un peu fatigué et en même temps élégant, quoiqu'un peu trop tenu (les jardiniers municipaux de Vendôme, dont les mérites sont paraît-il reconnus, en font tout de même un peu trop). Et si l'on songe que, plus en amont et pas loin de Chartres, le Loir arrose Illiers, c'est-à-dire le Combray de Proust, tandis qu'en aval il traverse un pays connu comme étant celui de Ronsard, on devine combien cette rivière, l'air de rien, mais c'est son air, est chargée de souvenirs – à Vendôme même, pour ce qui est de la littérature, c'est Balzac qui l'a côtoyée, et pendant six longues années, alors qu'il était interne au collège des Oratoriens, où il eut d'abord à souffrir, ainsi qu'il l'évoquera plus tard dans *Louis Lambert*.

Une si petite rivière et de tels noms ! Mais par-delà le panorama littéraire il faut aller chercher la matière même du contact où se racontent et se rejoignent non pas les anecdotes mais « les hautes et fines enclaves du passé », pour citer celui-là même qui, à Illiers devenu Combray, fit du Loir la Vivonne. Car là encore ce n'est pas l'effet patrimonial qui compte, mais une très lente infusion ou ce qu'il faudrait peut-être rapprocher d'un inconscient du paysage : un peu comme si « ces carafes que les gamins mettaient dans la Vivonne pour prendre les petits poissons et qui, remplies par la rivière où elles [étaient] à leur tour encloses », avaient dérivé mystérieusement de l'amont jusqu'à Vendôme et au-delà, et du passé jusqu'à nous. Est-il besoin de dire à quel point la phrase de la *Recherche* parvient à imiter, fût-ce dans la description d'un nénufar (Proust orthographiait ainsi) sans fin livré par le courant à une sorte de mouvement perpétuel, l'allure à la fois nonchalante et vive de la rivière ? En la laissant descendre plus bas, en aval de Vendôme où, bien sûr, elle finit par prendre de l'ampleur, et en croisant, donc, la poésie de Ronsard, le risque devient grand de convertir autant de lenteur envoûtée en rhétorique un peu mièvre (Ronsard, tant pis pour lui, n'est pas Du Bellay), mais de cela, à dire vrai, la rivière se moque, emportant avec elle, sur de petits radeaux impalpables, des vers trop célébrés peut-être et d'autres qui sont beaux (je me souviens de « Forêt, haute maison des oiseaux bocagers » dans le poème contre les bûcherons de la forêt de Gastine que l'on étudiait encore de mon temps au lycée). À quel point en tout cas nous sommes là dans la teneur de la provenance et dans la survivance d'une danse « à la française », je n'en voudrais pour preuve que la liste des affluents du Loir que donc je recopie :

Venant sur la rive droite : l'Ozanne, la Yerre, l'Egvonne, le Boulon, la Braye, l'Anille, le Tusson, la Veuve, le Dinan, l'Aune et le Casseau.

Venant sur la rive gauche : la Thironne, l'Aigre, la Conie, la Cendrine, le Couetron, l'Etangsort, la Dême, l'Escotais, la Maulne, la Marconne et enfin la Brisse.

On aimerait en rester à ce festin toponymique, mais cette douceur qui n'est pas trompeuse, il faut pourtant la corriger car c'est naturellement aussi qu'à la suavité de la vallée du Loir vient s'apposer, avec l'histoire du procès des Égaux, la tragédie à l'état pur. L'histoire entière je ne vais pas la raconter, il y faudrait des pages et des pages et ces travaux existent, quoiqu'ils soient au fond assez peu répandus : ni Gracchus Babeuf ni les origines de l'idée communiste ne semblent aujourd'hui faire recette. Or il est fondamental qu'il y ait là aussi une naissance, c'est-à-dire des fonts baptismaux, une terre d'accueil et une autre de refus, mais c'est en vérité la même. J'ai dit « tragédie à l'état pur », et ce n'est pas une formule : au-delà des drames eux-mêmes et de leurs aspects sanglants, tout ce qui est lié à la Révolution française ou du moins à son cœur pensant porte le sceau de la tragédie, qui est celui d'une incandescence de l'événement portée jusqu'à l'irréversible et acculant les êtres les plus proches à brusquement, absurdement peut-être, s'affronter.

À Vendôme tout est dit – c'est là que l'histoire de Babeuf prend fin, là qu'il est jugé et condamné. Le jeune arpenteur-géomètre originaire de Saint-Quentin, établi à son compte entre Noyon et Roye et qui apprenait sur pièces les rouages du système de propriété qu'il voulut plus tard abolir tout en essayant de nourrir une famille assez nombreuse, l'éditorialiste du *Correspondant picard* puis du *Journal de la Liberté de la Presse* et du *Tribun du Peuple*, l'opposant à la Terreur et le théoricien et propagateur de l'égalité réelle et de l'« État de communauté », l'animateur du Directoire secret et l'inspirateur des Égaux, ce sont toutes les facettes de cet homme qui vont être rassemblées en une seule figure qu'au terme d'un procès long et houleux le Directoire tentera d'effacer. On avait choisi Vendôme car l'on redoutait les suites d'un procès se déroulant à Paris, trop près de ceux qu'un peu plus tard on allait appeler les « classes dangereuses » et parmi lesquels il n'est pas exagéré de dire que les braises de la révolte étaient loin d'être éteintes, mais il paraît que même dans cette petite ville de province les choses n'allèrent pas sans heurts. Il faut dire que la violence de la répression exercée par les directeurs, Carnot en tête, fut extrême – par exemple c'est dans des cages de fer grillagées que furent amenés les accusés. De tout cela, et du drame final – Babeuf et Darthé, seuls condamnés à mort à l'issue du procès, avaient tenté l'un et l'autre de mettre fin à leurs jours à l'aide d'armes blanches de fortune et c'est ensanglantés et à demi conscients que, comme Robespierre trois ans plus tôt, ils furent portés à l'échafaud –, de tout cela, donc, il ne reste rien, sur place, que des murs intacts et une plaque apposée sur l'un d'entre eux, juste à droite du porche de l'abbatiale, dans un renfoncement où, pourtant, elle attire le regard et qui, vu son libellé nettement républicain, a dû faire l'objet de luttes et de transactions. En l'état, elle surprend. Voici ce qu'elle dit :

Français !
Le 8 Prairial an V 27 mai 1797 Gracchus Babeuf et Augustin Darthé
    martyrs de la liberté et de l'égalité, sortirent de ces lieux pour aller à
l'échafaud, victimes de leur idéal
(plaque inaugurée le 8 juin 1947, refaite en mai 2003)

Au musée on peut aussi voir une grande table circulaire autour de laquelle se réunirent les jurés du procès, et c'est tout, mais la plaque avec son texte suffit déjà à monter l'imagination, tout venant ici tout seul, en suivant le bruit d'un convoi roulant sur le pavé. Sans doute entre-t-il du hasard dans le fait que le choix du lieu du procès se soit porté sur Vendôme, d'autres villes de même taille et pareillement éloignées de Paris (ni trop près ni trop loin) auraient aussi bien fait l'affaire. Mais voilà, c'est là que c'est venu, que c'est tombé, là donc que l'initial communiste clairement exprimé, conçu comme un rousseauisme de guerre, transformant la formule du *Discours sur l'origine de l'inégalité*

– « la terre n'est à personne et les fruits sont à tous » – en une sorte de sésame de l'action révolutionnaire, a été condamné. *Vendôme, Vendôme !* Je ne sais pas si Babeuf et ses compagnons connaissaient la chanson qu'aujourd'hui à chaque heure reprend le carillon de la tour Saint-Martin, mais si c'est le cas elle aura eu pour eux une résonance étonnamment lugubre.

22
Drac ou Tarasque ?

Énumérant les peuples et les contrées de la Gaule narbonnaise, Pline parle du pays des Volces Tectosages et du lieu où fut Rhoda des Rhodiens, d'où provient, dit-il, le nom du Rhône, « le plus riche fleuve de la Gaule ». Il est vrai que l'on dit toujours de nos jours « rhodanien » pour qualifier ce qui est lié au Rhône, mais une origine effectivement rhodienne du nom du fleuve n'est pas avérée. Pourtant, une ombre de légende, très lointaine et très obscure, vient ici, si l'on veut, jouer un petit air : en effet le Rhône a parfois été pris pour l'Éridan, qui est habituellement le Pô, et c'est au bord de l'Éridan que les Héliades, à force de pleurer la mort de leur frère Phaéton, furent transformées en peupliers. Or la propre mère de Phaéton, dans l'une des versions du mythe, s'appelait, semble-t-il, Rhodè ou Rhodos, de telle sorte que la piste s'anime un petit peu. Le Rhône à dire vrai n'a pas besoin de cela pour faire frissonner sur ses bords quelque chose d'antique, son caractère de fleuve issu de la haute montagne s'y convertissant très vite en un paysage latin, plus latin au demeurant que celui du Pô. Deuxième, après le Nil, des fleuves méditerranéens par la puissance de son débit et se précipitant du haut des Alpes suisses pour aller se jeter tout droit dans la mer, son orientation est indiscutable et le sillon qui l'ouvre est, en France, la grande voie vers le Sud – et donc aussi celle par laquelle le Sud a pu continuellement et facilement remonter, selon une gradation décroissante qui, empruntant la Saône, ne s'éteint véritablement qu'à Chalon : c'est dans cette ville d'ailleurs qu'à la descente tout du moins on passait de la route et des relais de poste à la navigation fluviale, avant l'apparition du chemin de fer.

À l'échelle européenne, la puissance du Rhône est grande et on peut l'éprouver assez haut en amont : dès Genève, là où le Léman finit et a l'air de vouloir se déverser, donnant aux quais des allures de pontons posés sur un lit de bulles fuyantes ; à Lyon, où la nature alpine du fleuve est encore vivace, et où une couleur de jade à peine épaissie contraste avec l'allure plus sombre, plus verte et plus alentie de la Saône (le Rhône, à Lyon, c'est-à-dire selon l'accent local, le fleuve avec le *eu* prononcé comme le pluriel *œufs*, on peut aujourd'hui l'admirer et le longer tout son saoul grâce au remarquable aménagement de ses quais, toutefois c'est encore depuis la passerelle du Collège, qui balance légèrement, qu'il est le plus impressionnant). Mais c'est bien sûr seulement après qu'il a reçu la Saône qu'il prend toute son ampleur et devient véritablement lui-même, dès Vienne par exemple, où on peut le voir de très près, comme au ras de son cours – la nuit, depuis les pontons où accostent les bateaux de voyageurs qui, à nouveau, le montent et le descendent, on se retrouve alors en aval et au-dessous du tablier de la passerelle conduisant à Sainte-Colombe dont les petites lumières, sur l'autre rive, semblent trembler très loin, éclairant des mystères de villas endormies tandis que le Rhône, rapide et ample, semble continûment affairé, avec quelque chose d'obstiné refusant la magie ou la douceur. C'est ainsi que je le connais le mieux, beaucoup plus loin sur son cours, à Arles, dans le grand virage dont j'ai parlé dans un autre chapitre mais, depuis, j'ai découvert que c'est au-dessus de Beaucaire, au niveau du barrage de Vallabrègues, qu'il donne l'impression d'être vraiment énorme, certes pas comme la Volga ou le Paraná, les plus grands fleuves que j'aie vus, mais certes plus non plus comme la Seine, la Saône ou même la Loire.

Là, juste en amont du barrage mis en service en 1970, une bande de terre plate sépare le cours très élargi du Rhône d'une autre étendue d'eau, assez vaste elle aussi mais beaucoup moins profonde, qui est en fait l'ultime segment du Gardon. Sur cette bande de terre où passe une route qui remonte vers Aramon et Avignon, on a planté quelques résineux épars, et de telle sorte que l'impression, soudain, est celle d'une lande vouée à l'horizontalité et cernée par les eaux, il y a là étrangement quelque chose d'ibérique dans la solitude, on pourrait penser à des histoires de transhumances égarées, ou à ce que l'on éprouve aussi dans de très hautes vallées dès lors qu'elles sont un peu planes, presque rien de provençal ne venant adoucir ou moduler cette sensation de terre rabotée qu'une énorme masse d'eau rongerait lentement. 1 700 mètres cubes à la seconde, tel est le débit moyen annuel du Rhône au niveau de Beaucaire, mais il a pu être évalué à 11 500 mètres cubes au plus fort de la grande crue de 2003. Or c'est à de telles quantités et à la puissance de débordement qu'elles impliquent et suspendent comme une menace récurrente que renvoient les deux histoires de monstres fluviaux qu'ont dû s'inventer sur chacune des deux rives ces deux villes qui se font face sans se regarder et qui l'une et l'autre survivent comme elles le peuvent à leur gloire passée, qui fut grande : Tarascon qui aura été la capitale réelle de ce royaume au fond imaginaire que fut celui du roi René, Beaucaire qui aura, elle, été aussi longtemps qu'aura duré sa foire la capitale festive de la Méditerranée occidentale.

Étrange situation que celle de ces deux villes qui semblent s'ignorer et vivre, de chaque côté d'un pont, des destins différents. Il est vrai qu'elles ne sont bien visibles l'une pour l'autre que si l'on gravit quelque promontoire, car non seulement elles semblent comme tapies le long du fleuve mais encore sont-elles séparées par un îlot allongé – que le pont de bateaux qui pendant longtemps assura le passage empruntait sur une certaine distance, formant ainsi avec ses deux tronçons décalés une structure en zigzag. D'un côté on est dans les Bouches-du-Rhône et en Provence, de l'autre dans le Gard et en Languedoc, et malgré la facilité de la traversée quelque chose de cette très ancienne différence semble opérer toujours, la plupart des voitures que l'on croise à Tarascon étant immatriculées 13 tandis qu'à Beaucaire, ce sont surtout des 30 que l'on voit. Rive gauche on est vers l'Italie, rive droite vers l'Espagne – c'est-à-dire aussi, au Moyen Âge, d'un autre côté de l'Histoire : sur la place qui monte vers l'entrée du château de Beaucaire un petit monument est dédié à Raymond VII et aux Beaucairois « vainqueurs [en août 1216] de Simon de Montfort et des Barons du Nord ».

Pour un visiteur pressé, il n'y aurait guère là, de part et d'autre, que le Midi – chacune des deux villes en répliquant avec talent le programme –, un labyrinthe de rues étroites séparant à peine les unes des autres des maisons couvertes de tuiles romaines que l'on n'imagine guère autrement que chauffées par le soleil, même au creux de l'hiver lorsque le teint blafard des platanes vient donner à leurs alignements une dimension spectrale. Les deux villes sont belles, mais Tarascon, malgré les destructions de la Seconde Guerre mondiale (les bombardements de juillet 1944 ravagèrent la partie de la ville située entre le pont et la gare), est nettement plus pimpante et, sans doute, plus riche. Ce n'est pas seulement que les arcades de la rue des Halles soient solides, irrégulières et noblement fatiguées ou que le château soit presque intact, c'est aussi que la ville, une fois qu'on y entre, se donne avec une sorte de générosité, tandis que de l'autre côté, à Beaucaire, à part le quai longeant le canal du Rhône à Sète qui, avec ses bateaux de plaisance, est un peu coloré et joyeux, tout semble vouloir se dérober : l'enchevêtrement des rues et des maisons contient des beautés d'alignement et des jeux de retrait qui n'ont pas leur équivalent sur l'autre rive, mais un ton de grisaille et de défaite ruine l'impression, ou en augmente le ton mélancolique. Il faut dire aussi que, du côté du fleuve, Beaucaire est bordée par une digue assez haute qui la compresse, et même si celle-ci a été aménagée en promenade, rien ne vient effacer une sensation de délaissement. La rue Danton, dont les maisons sont juste derrière la digue, est comme une sorte de sombre coulisse, un petit immeuble à pilastres corinthiens y voisine avec des balcons encombrés, de lourdes portes de fer, semblables au matériel des écluses, peuvent être fermées en cas de crue. Proche parfois de la ruine, comme son château, la ville semble extrêmement fatiguée, et c'est peut-être ce qui la rend si attachante – un cyprès rendez-vous d'oiseaux, des chats fuyant par des échancrures et, entre les atlantes d'un hôtel particulier et l'appareil rustique d'un autre, des bazars orientaux – un devenir médina qui, au lieu d'être enjoué, participe du ton général. J'y reviendrai.

Le drame de Beaucaire, en fait, est ancien : il remonte au milieu du XIXe siècle lorsque le développement du chemin de fer ruina le sens économique de la foire qui se tenait là depuis le Moyen Âge à la fin du mois de juillet et qui était devenue le rendez-vous obligé et festif, non seulement des marchands de l'Ouest méditerranéen, mais aussi de quiconque pensait pouvoir tirer profit de l'énorme afflux de peuple et de peuplades qu'elle occasionnait. Musiciens, bateleurs en tout genre et bien sûr « demoiselles » venaient en nombre, et il semble que sur le plan des mœurs, notamment conjugales, la plus grande licence ait régné. Une assiette éditée par la manufacture de Sèvres en 1825 montre de façon idéalisée ce que Stendhal – oui, encore lui – a si longuement décrit dans les *Mémoires d'un touriste* : au fond le Rhône et son pont de bateaux zigzaguant sous un ciel ample et un peu mauve, tandis que des groupes convergent vers la rive où est installée la foire dont on pressent la cohue. Mais la réalité devait être moins tranquille et Stendhal, qui a connu les derniers temps de la foire et peut-être son apogée, parle de « tapage incroyable » et s'attarde à décrire aussi bien « les cafés, les billards et les lieux où l'on danse » installés dans la Grand-Rue aujourd'hui si silencieuse que ceux placés parmi les échoppes de la ville de baraques et de tentes que l'on dressait sur le pré le long du Rhône.

Chaque pays, chaque ville même, avait son bal – ce qui donne chez Stendhal cette phrase étonnante : « Je suis allé tous les soirs au bal des Catalans. » Le galoubet provençal, dit-il encore, « ne vaut pas le cor des musiciens bohêmes qui embellissent les jardins de la foire de Leipzig, mais il est plus gai ; on songe moins à la musique et plus à la danse, et à jouir de la vie qui s'envole ». Les pages sur Beaucaire sont sans doute les plus bruissantes et les plus charmées des *Mémoires d'un touriste*, on y entend comme un écho, étendu à tout un peuple, des airs les plus toniques du *Don Juan* de Mozart, un *andiam* ou un *mille e tre* endiablés qui ne s'en iraient qu'avec l'aube.

Certes, la foire était d'abord un grand et vrai lieu d'échanges où se vendaient quantité de marchandises. (La grande rupture qu'amènera le train, ce n'est pas seulement la réduction des temps de parcours, c'est aussi la permanence du flux – et c'est cette permanence et la possibilité d'envoyer la marchandise partout et à tout moment qui porteront un coup fatal au mécanisme ancien de la foire, mis au point au Moyen Âge, pour lequel il s'agissait de tout amener et si possible de tout vendre en une seule fois : en 1833 par exemple, la ville de Nîmes envoya 324 500 châles à Beaucaire où plus des deux tiers furent vendus. Vingt ans plus tard, les châles étaient ou bien expédiés ou bien vendus à Nîmes où les grossistes venaient désormais par le train.)

Le restant de l'année, Beaucaire était plus tranquille, voire assoupie et en tout cas vide de toute cohue – c'est de là que vient l'expression « la foire n'est pas sur le pont » qui signifie que l'on a tout son temps. Stendhal ajoute même que cette ville qui ne vivait que dix jours par an, mais dans un tourbillon, était triste et oisive le reste du temps. Aujourd'hui, officiellement la foire de la Madeleine existe toujours, mais ce qui m'est apparu, c'est que toute la ville toute l'année porte le deuil de son passé, c'est qu'elle ne s'est pas remise de la perte de ce qui était devenu sa raison d'être et sa gloire et que « jouir de la vie qui s'envole » non seulement n'y a plus de sens mais semble avoir été banni, et ce ne sont pas les hautes et lourdes structures de la cimenterie, que l'on voit de partout, qui pourraient me démentir. Je ne pense pas que Beaucaire soit maudite, j'ai simplement eu l'impression que l'impossibilité de l'insouciance, qui est la marque des temps que nous traversons, y est plus ancrée qu'ailleurs et que cela lui confère aussi un genre d'authenticité, une forme de retrait, surtout en une région où les valeurs locales et de terroir sont souvent portées jusqu'à la vulgarité ou à l'absurde.

Mais il est temps de le dire : de ce retrait et de cette dignité fait intégralement partie la population arabe que l'on croise, et qui est très nombreuse dans les rues et les places du labyrinthe beaucairois, plus que dans les autres petites villes du Midi, m'a-t-il semblé. Disant cela, je ne cède à aucune pétition de principe, on aimerait simplement que les gens que l'on voit dans les rues, jeunes ou vieux, hommes ou femmes, soient plus heureux, moins méfiants, en un mot qu'ils puissent se dire et se sentir véritablement chez eux : or sur n'importe quel café où ils se réunissent – et c'est la même chose à Nîmes ou à Arles ou, bien sûr, à Marseille – flotte quelque chose de grisâtre et de menacé qui n'a pas changé depuis la guerre d'Algérie. J'ai écrit « arabe » bien consciemment, préférant ce terme à « musulman » : devrait-on dire « chrétien » en croisant un Lorrain ou un Breton ? En ce point tout se complique et devient nerveux, mais une option souriante est possible, qui n'est ni un slogan ni un vœu pieux mais une utopie – celle d'un écrivain qui, passant par Beaucaire, aurait pu dire « j'ai dansé tous les soirs au bal des Algériens ».

L'étrange est ici que la version beaucairoise du monstre rhodanien, la légende du Drac, chroniquée par l'Anglais d'Arles Gervais de Tilbury, comporte quelque chose de triste, peut-être de prémonitoire, qui tranche en tout cas avec ce qu'a de brillant l'histoire d'en face, celle de sainte Marthe et de la Tarasque, tout droit venue de la *Légende dorée*. Le Drac n'est pas tant une bête monstrueuse qu'un être polymorphe et insaisissable, une sorte d'elfe masculin. Vivant dans une grotte sous le Rhône, il s'éprend un jour d'une jeune lavandière qu'il attire sous les eaux et qu'au lieu de dévorer il adopte. Chargée d'élever son enfant, le Draconnet (d'autres versions attribuent au Drac plusieurs descendants), la lavandière s'en tire fort bien et, au bout de sept années, elle est rendue à la vie terrestre, mais alors que les autres hommes sont incapables, eux, de reconnaître et même de voir le Drac, elle a acquis sous les eaux ce pouvoir, et un beau jour, alors qu'elle est au marché, elle le voit. Or celui-ci, se sachant découvert, lui demande avec lequel de ses deux yeux elle l'a reconnu, et le lui crève. Mon propos n'est pas d'analyser cette légende, elle le mériterait et l'on pourrait sans aucun doute – car le Drac, un dérivé de dragon, est un nom générique –, sur les pas de Claude Lévi-Strauss, en faire pivoter et miroiter toutes les facettes. Ce qui me frappe, c'est sa brusquerie, son allure de match entre une puissance invisible et ce qui la découvre et la voit – et son côté à peine chrétien mais c'est surtout pour ce qu'elle dit de Beaucaire que je la retiens : en effet, face à l'être qui incarne malgré tout la puissance du fleuve, la ville (la jeune fille) ne sort pas victorieuse mais est au contraire aveuglée et vaincue.

Tout autre est l'histoire de la Tarasque, l'histoire de l'autre rive, qui est celle, intégralement chrétienne, d'une victoire pure et simple sur le démon, où une sainte, par sa seule présence, sans combat, anéantit le pouvoir néfaste du monstre, prouvant par là même aux païens incrédules la validité du message qu'elle prêche. Ce qui est étrange, c'est qu'au monstre apaisé par sainte Marthe les habitants de Tarascon ne pardonnent pas, c'est qu'ils le tuent alors même qu'il ne présente désormais aucun danger. La richesse de l'histoire est moins dans sa structure archi-classique que dans son imagerie (la sainte douce et menue tenant la Tarasque en laisse, ainsi qu'on le voit sur les miniatures), mais elle réside surtout dans ce que vient dire à la Provence la provenance de la sainte : puisque la Marthe provençale n'est nulle autre que la sœur de Marie Madeleine et de Lazare, celle de « Marthe et Marie », celle qui, en Béthanie, fut si accueillante au Christ qu'elle en est devenue, pour toujours, la sainte patronne des hôteliers et des cafetiers.

Même si elle n'est pas toujours perçue ainsi, la note orientale que l'exil de la famille de Béthanie fait passer sur la Provence a le même pouvoir que la présence des Rois mages sur la scène de la Nativité : au christianisme qui est devenu la grande religion de l'Occident, il aura fallu le supplément d'une origine orientale pour qu'il atteigne, à ses propres yeux, à la plénitude légendaire (c'est-à-dire, pour lui, à la vérité). Ainsi, en même temps qu'ils sont vénérés comme les évangélisateurs du sud de la France, Marthe, Marie Madeleine et Lazare apportent avec eux le frémissement originaire de l'Orient biblique, et si les destinées provençales de Lazare à Marseille et de Madeleine à la Sainte-Baume le disputent à d'autres traditions, celles-ci, respectivement à Chypre et à Éphèse, sont de toute façon orientales. Il n'est pas jusqu'à la Tarasque elle-même, telle qu'aujourd'hui encore elle est promenée dans la ville le jour de la Sainte-Marthe, qui ne soit porteuse, sur sa carapace hérissée d'épines et dans sa gueule ouverte, de traits orientaux. Ce qui est très frappant, c'est que la date à laquelle les saintes et leur frère sont censés avoir débarqué sur le rivage provençal est l'an 48 : en pleine période gallo-romaine donc, à peu près au moment où se construisait le pont du Gard. Or, on le voit, même si l'histoire de la Passion du Christ les noue l'une et l'autre, les deux temporalités – celle de Rome et de la Gaule romaine et celle de l'Évangile et de l'évangélisation, celle de la réalité historique et celle de la légende chrétienne – sont parfaitement déconnectées. La raison en est que bien sûr cette légende est, pour l'essentiel, médiévale ou du moins intégralement revisitée par le Moyen Âge.

Même si la grotte de la Sainte-Baume où l'on dit que s'était retirée Marie Madeleine était vénérée et visitée depuis les temps mérovingiens, c'est au XIIIe siècle que Charles II d'Anjou, comte de Provence, fit entreprendre les fouilles qui conduisirent à la découverte de ses reliques et décida de la construction d'une basilique. Et c'est son descendant, le roi René, qui, dans ce Moyen Âge finissant dont il incarnait tous les traits, créa les festivités de la Tarasque dont le but avoué était d'exorciser ce dont le monstre au fond était l'allégorie, à savoir la puissance d'un fleuve qui débordait si souvent.

Le roi René, on ne peut pas, passant par Tarascon, quand bien même on n'en aurait voulu qu'à l'histoire de Marthe, le laisser de côté. Il semble en effet qu'avec lui la savante alchimie de la fin du Moyen Âge ait réussi une sorte de parfaite synthèse entre la réalité du pouvoir et l'imaginaire chevaleresque, le tout se déposant dans une œuvre écrite dont il suffit d'énumérer les titres pour laisser monter le parfum de culture de toute une époque : en effet, entre le *Traité de la forme et Devis d'un tournoi*, *Le Livre du cœur d'amour épris* (son livre le plus célèbre) et le *Mortifiement de vaine plaisance*, ce sont toutes les transactions entre l'amour courtois et la ligne mystique d'un certain renoncement, toutes les tensions entre une volonté de savoir annonciatrice de la Renaissance et une sorte de fidélité gothique qui se donnent libre cours. On sait qu'à la *devotio moderna* venue des Pays-Bas et prônant une méditation non spéculative, annonciatrice à certains égards de la Réforme, le roi René fut sensible : à quel point un tel climat, si différent de ce qui à la même époque se tramait en Italie du Nord, qualifie quelque chose qui serait typiquement français, on peut le mesurer et le dire, à la fois avec prudence et fermeté : il n'y a là aucune nuance de valeur, rien que l'infusion, lente et sûre, d'une tonalité.

Visiter le château est d'ailleurs un plaisir, et monter sur la terrasse, qui domine le Rhône et la ville de très haut, c'est se donner la certitude d'une vue panoramique assez vertigineuse orientée aux quatre points cardinaux. Vers le sud, ce que l'on voit en premier, ce sont les panaches de fumée de l'énorme usine fabriquant du papier, qui est connue dans toute la région pour sa puanteur que le vent propage (elle a déjà été croisée ici dans le chapitre « Le voyage de la fève »). Cette usine, qui dépend du groupe canadien Tembec, est paraît-il en difficulté, le groupe cherche à la vendre. Elle est en tout cas le répondant de la cimenterie de l'autre rive, qui dépend, elle, du groupe italien Italcementi et qui est ce que l'on voit en premier vers l'ouest, juste derrière Beaucaire. Nous voilà loin d'un seul coup du roi René comme de Stendhal, mais c'est ainsi, et peut-être sont-ce au fond là les nouveaux monstres que ces deux villes subissent ?

C'est toutefois la vue que l'on a depuis la terrasse sur la cour intérieure qui surprend le plus : dans des hauteurs équivalentes à celles du palais des Papes d'Avignon, un puits sombre et gris où l'on ne pense qu'à la chute des corps et à des vols de choucas. Par ailleurs une dimension d'enfance, qui subsiste comme une heureuse protection contre le sérieux dès lors que je visite ce genre de lieux, m'a fait écrire ces lignes dans mon carnet : « j'ai vu aussi où chiait le roi, un trou bien rond au-dessus des douves côté Rhône, le froid de la pierre sur son fessier... », et ce sera tout pour Tarascon : pas davantage qu'à Beaucaire il n'aura été question de Bonaparte (« Je me trouvais à Beaucaire le dernier jour de la foire... », c'est ainsi que commence l'opuscule républicain connu sous le titre de *Souper de Beaucaire* que le jeune lieutenant écrivit dans l'été 1793), je n'aurai, à Tarascon, évoqué la gloire locale, c'est-à-dire Tartarin. Tant pis ou peut-être tant mieux, autant le Midi peut être encore beau malgré tout, autant ses écrivains officiels, Daudet et Mistral en tête, sont à fuir : ils auront été les fourriers de l'imitation du Midi par lui-même, les pères fondateurs de son exploitation (de Mistral j'ai lu le chant du *Poème du Rhône* où il évoque la foire de Beaucaire – ce n'est que pittoresque et plein de points d'exclamation).

Il devait surtout être question du Rhône, mais l'on voit quel slalom il faut faire et quelle est la richesse des lieux : deux petites villes se faisant face, l'une et l'autre un peu piégées par leur passé, et survivant, mais aussitôt ce sont des mondes enchâssés qui se superposent en s'effritant comme les couches d'un site archéologique. En fait j'ai voulu voir Tarascon de plus près parce que, comme à Beaugency, je n'ai fait pendant longtemps que la traverser sans m'arrêter, en car et non pas en train dans ce cas, et une fois la nuit tombée le plus souvent. Et à chaque passage la ville me semblait comme éteinte et discrète, plus que provinciale, petite, avec toujours très peu de passants et ceux-ci plutôt rapides, semblant s'infiltrer à la hâte dans un dédale qui me restait dérobé. Lumières rouges des phares arrière des voitures dans la nuit, formes spectrales des platanes du boulevard Victor-Hugo (l'un de ceux qui entourent la ville), petits groupes d'hommes à la terrasse des cafés éclairés par des néons blancs, gigantesques ombres projetées sur les murs d'une caserne – oui, c'est d'abord ce matériel de rien dérivant hors de l'Histoire que j'ai voulu voir de plus près, et si tout le reste est venu, avec le fleuve et ses monstres, c'est sans doute qu'il le fallait, et aussi parce qu'un fil rouge politique dont le lecteur, sans doute, aura repéré la trace parcourt tout cela. Je m'explique.

La dernière fois que j'ai pris le car pour aller de la gare d'Avignon TGV à Arles, soit le trajet même dont Tarascon est l'unique étape, le chauffeur, un jeune homme, s'arrêta un instant, comme c'est l'usage lorsque la vitesse est assez faible pour le permettre, afin d'échanger quelques mots par la vitre baissée avec le chauffeur de la même compagnie qui venait en face. « Salam aleikum ! – Aleikum salam ! », voilà comment s'engagea leur dialogue, qu'ils poursuivirent ensuite en français avec l'accent du Midi. D'habitude, le car était conduit soit par un chauffeur assez bavard, soit par une blonde un peu costaude, et c'est pourquoi je fus surpris. Quelle est la nature de cette surprise ? Vient-elle d'un qui ne voyage pas, qui n'a jamais vu la banlieue, les banlieues, les cités ? Non, mais voilà, je le confesse, j'ai été un instant étonné puis, très vite, porté par la vitesse du car traçant sa route dans la nuit, cet étonnement s'est converti en une suite de pensées dont la clef était comme une exclamation – le retentissement, en moi, d'un « pourquoi pas ? » que je développais sous cette forme : pourquoi, grands dieux, ne serait-ce pas ainsi, ainsi aussi et comme cela, avec ces voix, avec ce salut, pourquoi l'« identité » d'une nation, d'un pays, serait-elle quelque chose de si faible et de si renfrogné qu'elle ait à redouter de tels inserts ?

Je me disais cela, donc, enclenchant assez joyeusement toute une suite de pensées quand le car, dépassant le bourg de Rognonas, laissa sur la gauche une enseigne que j'eus le temps de lire et où était écrit tout simplement PRESSING « LA VIERGE » (j'eus le temps aussi d'apercevoir la statue de la Madone entre les arbres d'un petit square). Et je ne sais comment, mais ce fut comme un collage, un collage qui disait « Salam, la Vierge, Salam à toi, Marie ! », qui n'avait rien de pieux, certes, mais rien non plus d'iconoclaste, juste l'idée qu'il pourrait en aller ainsi, dans la ferveur d'une incroyance pleine de respect pour les croyances et de distance envers les dogmes. Plus loin encore – c'était en plein dans le moment où le gouvernement avait jugé bon de lancer un débat sur l'« identité nationale » – je laissai ma pensée prendre un tour plus politique et filer en direction de ce que l'on pourrait formuler ainsi : une rationalité nouvelle qui, fondée sur le multiple et redoutant les figures et les masques de l'Un qui, en politique justement, est toujours redoutable, saurait rééquilibrer le national à l'aune des arrivées et des désirs, et non à celle des nostalgies. Malgré les précautions que l'on prend (comme, par exemple, de dire « le multiple » au lieu d'actionner l'embrayeur « diversité » qui n'est plus aujourd'hui, comme « citoyenneté » et tant d'autres mots, qu'un point mort du discours), je me rends compte aussitôt, en parlant comme cela, du danger qui guette toutes ces formulations, et qui est celui du slogan ou du vœu pieux, alors que dans ce « pourquoi pas ? » que je tente de raconter il n'y avait rien qui fût de cet ordre, c'était plutôt comme la conversion intime d'une intuition en une certitude et aussi comme un mouvement joyeux.

Je sais qu'il faut se méfier de ce genre d'enthousiasme, mais ici je crois qu'il est convergent avec l'impression de tristesse ressentie dans les rues de Beaucaire, où justement ceux que je croisais – les frères et les sœurs, ainsi qu'ils le disent eux-mêmes, de mon chauffeur de car – étaient comme ployés sous ce qui l'interdit : pris entre l'assignation à résider dans une « identité nationale » subie et le forceps d'une identification plus uniforme encore, religieuse et dogmatique. Sur les bords du Rhône j'aurai donc fait le rêve que chacun ait le choix de sa rive et qu'entre Drac et Tarasque, par exemple, il n'y ait même pas à choisir mais seulement à passer, comme le fait le fleuve et comme le font les souvenirs.

Ayant loué une voiture pour revoir tout cela, je me suis arrêté au pressing de la Vierge. Elle est là dans un petit square triangulaire fermé à clef, elle porte une robe bleue et semble avoir été mise là à la fin de la guerre de 14-18. Deux inscriptions figurent sur son socle : « Gardez la cendre de nos pères » et « Conservez-nous la foi de nos aïeux ». Foi et cendre ont été dispersées, mais la nuit, au moment des fêtes, la Madone sourit et tend les bras au sein d'une sorte de cage faite de guirlandes électriques. Dans le vide, entourée de pavillons et de maisons sans bonheur, elle est comme en voyage : elle va vers l'Andalousie, la Sicile, l'Orient, et elle est chez elle en ce voyage, comme le sont les pensées.

23

Castellum aquae

Nemausensis poeta, c'est ainsi que Francis Ponge aimait à s'annoncer, et l'on voit bien la différence : poète nîmois, cela eût sonné terroir et province, signalant une volonté de rayonnement restreinte, mais *nemausensis poeta*, c'est une tout autre affaire, une affaire d'empire, et sûrement, par-delà le côté joueur, une fierté. Au provincialisme, Francis Ponge se laissa aller parfois, mais c'était en quelque sorte un provincialisme élargi à toute l'aire méditerranéenne, voici ce qu'il dit dans *Pour un Malherbe* : « Pour tous ceux qui sont nés non loin de la Méditerranée, pas de doute, la beauté existe. Et quelle joie d'habiter non loin d'elle ! Et quelle folie de s'en exiler ! » C'est sans doute un peu rapide : on ne voit pourquoi la beauté n'existerait pas ailleurs, « dispersée à travers la terre entière », ainsi que Novalis le disait du paradis. Et l'on ne peut s'empêcher de penser aussi, spontanément, à l'efficacité avec laquelle ces terres du Sud ont si souvent, par quantité de traîtrises, affadi ou détruit leur propre beauté. Mais il n'empêche, le consensus est énorme qui veut que pour les gens du Nord aussi, français ou étrangers, il y ait envers le Midi cette inclination et l'idée, donc, d'un accord immédiat, profond, sempiternel, à la beauté

– et non à une beauté générique, vague et solennelle mais à la beauté telle que Ponge la spécifie un peu plus loin dans le même passage et qui est « celle de la Fontaine de Nîmes, celle du moindre figuier, celle du moindre cabanon à outils, dans une vigne, non loin parfois d'un pin, d'un pin parfois parasol ».

Par conséquent quelque chose d'une tenue à la fois virgilienne et populaire, simple. Le contraire du clinquant, un en-allé de collines, la brume bronze pâle et presque grise des oliviers, mais aussi, et de façon discrète et tenace, une imprégnation romaine, une sorte d'élancement toujours vif en direction d'une gloire éteinte, pacifiée dans des ruines. Et là le *poeta nemausensis* en effet peut se réjouir, car Nîmes est, directement après Rome, la ville où cette provenance se voit et se connaît le mieux, s'y énonçant avec une tranquillité ou un naturel qu'on ne voit pas ailleurs, sauf peut-être à Arles, la nuit, entre les restes du théâtre et les arènes. Ce qu'il faudrait souligner ici, Nîmes en étant le prétexte et la capitale, c'est la force de cette imprégnation, non pas sans doute sur tout le territoire, mais en des points tout de même suffisamment variés pour que leur étoilement sur la carte reconstitue l'immensité de l'Empire au moment où la *pax romana* fut effective. Étonnante, toujours, est la quantité de signes récoltés dans les salles archéologiques des musées de province, la jonchée allant de la moindre pièce de monnaie à un chef-d'œuvre comme la stèle tauroctone de Mithra au musée de Metz. Étonnant aussi, surtout depuis le développement de la prospection aérienne, le nombre de sites ruraux répertoriés. Tout un univers donc, bien documenté, et qui a ses hauts lieux, mais qu'il s'agisse de la porte Saint-André à Autun, de la (sublime) porte Noire à Besançon ou du très émouvant et quasi intact temple d'Auguste et de Livie à Vienne, des restes impressionnants des théâtres, à Lyon ou ailleurs, ou de tout ce que l'on peut voir sur le site et dans le musée de Saint-Romain-en-Gal (juste en face de Vienne), nulle part, pas même à Arles, je l'ai dit, pas même à Vaison, on ne peut éprouver comme à Nîmes (ou au pont du Gard, mais c'est la même chose) d'être devant des traces qui sont chez elles et qui vibrent exactement au rythme de ce qui les entoure – le ciel, la végétation, les toits, la lumière –, les noces, toujours si détaillées, toujours si travaillées localement, de la lumière et de l'étendue.

Ce que Ponge cite en premier, pour la beauté, avant même le figuier et le cabanon, on l'a vu, c'est la fontaine de Nîmes. Il faut entendre par là les jardins de la Fontaine et, derrière la fontaine, la source autour de laquelle la ville s'est constituée, avant même la période romaine. Située au nord de la ville, cette source est une résurgence karstique alimentée par l'eau provenant de la garrigue mais, intégralement aménagée à l'époque romaine, elle est aujourd'hui dans l'état où le XVIIIe siècle l'a transformée, la végétation en plus. Des promenades et des parcs, il y en a autant qu'il y a de villes, mais l'ensemble des jardins de la Fontaine est unique : le trait d'union qu'il établit entre une nature de tonalité arcadienne (garrigue, bois, source) et l'invention géométrique de l'espace produit un effet de frange qui imprègne toute la ville, et cet effet est d'autant plus puissant qu'il est doux, cette douceur lui venant de la façon dont, sur un fond d'ingénierie romaine redécouvert, l'âge des Lumières a su venir poser ses arrangements.

Mais il faut ici reconstituer au moins schématiquement le feuilletage historique tout entier pour identifier l'air qu'on entend – ou qu'on respire, c'est tout un : donc le fonds païen traditionnel de la source, avec sa rumeur sacrée, d'où provient le nom Nemausus ; puis le travail des ingénieurs romains, organisant à partir de l'eau jaillissante tout un cheminement calmé, de grand style, avec des bassins successifs et surtout ce nymphée formant des galeries d'eau dont Jacques Philippe Mareschal, au XVIIIe siècle, conservera le principe ; puis l'oubli et l'enfouissement de ce qui fut probablement, autour de l'eau, un lieu de culte impérial – les bâtiments, comme souvent, servant de carrière ; puis le travail du XVIIIe siècle, parvenant à équilibrer le sens de la redécouverte archéologique et la mise en place d'un dessin élégant et maîtrisé où escaliers, balustres, dénivelés et bordures composent une symphonie à peu près parfaite ; puis le travail du temps, c'est-à-dire avant tout celui de la croissance végétale, avec de grands sujets mais surtout tout un couvert boisé montant jusqu'à la tour Magne et formant derrière les bassins et les miroirs d'eau un fond plus ou moins en arc de cercle, ni trop tenu ni parti en friche. Donc de la beauté, et à n'en plus finir, mais, il faut le préciser, sans rien de solennel ou d'excité, quelque chose aussi des usages du jardin de ville s'y maintiennent, canards glissant sur l'eau sombre entre les colonnes du nymphée, parcours à dos de poney pour les enfants, retraites d'amoureux et aussi, le jour où je suis monté à la tour Magne, un homme qui, dans une allée, jouait de la vielle, pour lui-même, et en expliquait ensuite le fonctionnement à un groupe de curieux qui s'était formé.

Ce qu'il faudrait ajouter, c'est qu'aucun aménagement exagéré, aucun fléchage absurde ne vient perturber ici le mouvement naturellement sans règles de la flânerie. Par exemple ce que l'on appelle (sans raisons valables, semble-t-il, mais cela lui va si bien) le temple de Diane, légèrement en retrait des bassins, on y pénètre comme on veut, se retrouvant dans ce qui reste de la grande *cella*, avec son plafond en forme de voûte qui n'est écroulé qu'en son centre, laissant partir une vaste échancrure de ciel entre des débuts d'arches d'un gris un peu doré (certains indices font penser qu'il s'agit là en fait des ruines d'une bibliothèque, en tout cas c'est une hypothèse qui fait rêver : les *volumen* déroulés à vingt pas d'un miroir d'eau profonde, et cela sans que le cabanon soit relégué bien loin, telle serait la vignette à produire).

Mais c'est l'eau qui tient l'espace, qui organise celui des Jardins, voire celui de la ville entière, pour laquelle elle a aussi le sens d'une menace : quand les résurgences se gonflent, quand les cadereaux (qui sont un peu comme de petits oueds descendant des garrigues) s'engorgent et débordent à la suite d'orages successifs – ainsi le 3 octobre 1988 où toute la ville, ayant de l'eau jusqu'aux épaules, subit d'importants dommages. C'est par l'eau aussi que la marque romaine sur ce territoire est la plus forte, la plus intelligente, et c'est le fil que je voudrais maintenant tirer. Pourquoi ? Peut-être d'abord pour corriger ce que la réflexion sur l'imprégnation romaine pourrait avoir d'égarant : tout un versant romain existe en effet qui donne, via le droit et surtout via les traditions militaires et l'idée même d'empire, sur l'ordre et ses trophées : légions défilant au pas, arcs de triomphe, serments bruyants, machisme rayonnant – puis du côté des bourgeoisies occidentales, citations d'auteurs classiques et statues d'empereurs à l'appui, tout un matériel de raideur dont les fascismes se sont nourris et même, en Italie, gavés.

Mais voilà : à ce caractère solide et hiérarchisé, brutal et fruste, Rome oppose d'autres traits, qui ne forment pas un « autre côté » clairement localisable mais qui irriguent le corps entier du monde romain, de son centre à ses plus lointaines colonies, de ses désirs à ses productions. Un jardin croît, toujours un peu sauvage, à côté du cadastre. Et à ce jardin il faut de l'eau, or c'est du côté de l'eau que peut-être s'équilibrent les grandes oppositions romaines : parce que indocile l'eau, qui est par elle-même *otium* ou furie, est en même temps l'indispensable alliée du travail de la terre, socle, en ce monde ancien, de toute richesse. Et aussi parce que, navigable ou transportée, elle permet de penser le monde romain – celui des campagnes et celui des villes – comme un réseau, une capillarité, une diffusion. À une civilisation du bâti et du droit, l'eau vient ajouter des segments de fraîcheur enclose et avec les aqueducs, quand bien même ils relèveraient eux aussi de l'art de bâtir et de la monumentalité, ce qui se propose, un peu secrètement, c'est une civilisation du *ductus*, c'est une stratégie fine des écoulements. En lisant *Les Aqueducs de la ville de Rome* de Frontin (livre écrit à la fin du Ier siècle de notre ère et dont le titre latin était, justement, *De aquae ductu*) on se rend compte du caractère extraordinairement développé de cette stratégie : Frontin ne décrit pas seulement les différentes conduites amenant l'eau au cœur de Rome, il en définit les formes (allant jusqu'à dénombrer vingt-cinq calibres de tuyaux) et les modes d'entretien. Mais c'est sans doute le système dont fait partie le pont du Gard qui est l'illustration la plus frappante de cet art des conduites : à la prouesse technique, qui est considérable, vient s'ajouter là une autre dimension, qui dilate le sens de l'ouvrage d'art bien au-delà de la seule portée de ses arches et de ses tunnels.

C'est pour alimenter Nîmes – le débit de la source de la Fontaine s'avérant insuffisant et trop irrégulier – que les Romains ouvrirent une autre voie, allant capter l'eau à une source éloignée mais plus régulière (non karstique), celle d'Eure, près d'Uzès. Entre cette source et le point où elle arrive dans Nîmes, l'eau parcourt un peu moins de 50 kilomètres (49 702 mètres exactement) sur un dénivelé incroyablement faible de 12,60 mètres – soit une pente de moins de 25 centimètres au kilomètre. Le débit moyen de cet aqueduc a pu être estimé à 40 000 mètres cubes par jour. Construit au milieu du Ier siècle après J.-C., il fonctionna jusqu'au début du VIe siècle. Le point où l'eau arrive dans la partie Nord de la ville, tout près d'ailleurs des jardins de la Fontaine – le *castellum aquae* ou *castellum divisorium* –, ne fut découvert, rue de la Lampèze, qu'en 1844 et ce qui en reste, qui est bien visible, suffit à en faire comprendre le principe – celui d'un bassin circulaire recueillant l'eau arrivant par l'aqueduc avant de la répartir grâce à dix gros tuyaux de plomb partant en éventail vers différentes parties de la ville. Mais ce qui est proprement stupéfiant, c'est que les ingénieurs romains, pour assurer ce cheminement régulier, et sachant que l'aqueduc devait, à peu près à mi-chemin, franchir la vallée aux flancs escarpés du Gardon, n'hésitèrent pas à construire l'extraordinaire ouvrage qu'est le pont du Gard : « Tout cela pour apporter l'eau de deux ou trois sources à une petite ville de province ! » s'exclame devant le pont Henry

James (dont le *Voyage en France*, soit dit en passant, est de bout en bout conformiste et médiocre – rempli de notations sur la qualité de confort des hôtels mais peinant à caractériser avec tant soit peu de richesse intuitive les lieux, les êtres ou les instants).

Le pont du Gard ! Dans ce livre on aura déjà traîné à Fontainebleau et croisé quelques hauts lieux (pas tant que cela, à vrai dire) mais cette fois c'est un monument historique à part entière qui est lâché, et l'un des plus visités de France : ce qui serait à interroger ici, c'est, bien sûr, la fonction des lieux emblématiques dans la constitution d'un imaginaire national, je pense par exemple à ces photos en noir et blanc dont les compartiments des trains s'ornèrent jusque vers les années soixante-dix, mais le pont du Gard, que je suis à peu près sûr d'avoir vu, en couleurs cette fois, sur les murs des salles de classe et aussi, bien sûr, sur des timbres-poste, dépasse de loin la nomenclature au fond assez déployée des sites remarquables, se situant à un niveau de célébrité qui n'est guère dépassé que par la tour Eiffel ou le Mont-Saint-Michel. Par conséquent un héros entre les monuments, mais ce qui a lieu avec lui, et que j'ai pu vérifier, c'est qu'il surprend encore ou, pour le dire un peu mieux, c'est que malgré sa réputation il libère en celui qui le voit une possibilité d'étonnement que rien, dans son entourage immédiat, ne vient décevoir. Les choses n'ayant sur ce plan guère changé depuis Rousseau, qui les raconte ainsi dans le livre VI des *Confessions* : « Après un déjeuner d'excellentes figues, je pris un guide, et j'allais voir le pont du Gard. C'était le premier ouvrage des Romains que j'eusse vu. Je m'attendais à voir un monument digne des mains qui l'avaient construit. Pour le coup, l'objet

passa mon attente, et ce fut la seule fois dans ma vie. »
Ici Rousseau ne cède pas à l'enflure superlative, il a
en effet signalé plus haut dans le livre avoir presque
toujours été déçu par ce qu'on lui avait annoncé de
grand et de remarquable (Paris et Versailles n'échappant pas à la règle).

Les aménagements récents qui permettent de réguler le flux des touristes venant voir le pont inquiètent d'abord un peu : immenses parkings, puis vaste zone de boutiques et de restaurants (mais très basse, située dans une déclivité et donc affleurant à peine la garrigue) et, enfin, large allée en stabilisé descendant vers le vallon. Or c'est là, à la sortie d'une courbe, que le pont surgit, accessible aux seuls piétons désormais. En aval quelques encaissements géométriques destinés à contenir le cours du Gardon forment des lignes abstraites dans le paysage, mais ce n'est pas gênant : en hiver tout au moins (je n'irais certes pas recommander la visite de ces lieux en été), la sensation de solitude retirée du site demeure effective et ce que tous les voyageurs d'autrefois avaient remarqué opère toujours. Rousseau, encore : « L'aspect de ce simple et noble ouvrage me frappa d'autant plus qu'il est au milieu d'un désert où le silence et la solitude rendent l'objet frappant et l'admiration plus vive », ou Stendhal : « De quelque côté que la vue s'étende, elle ne rencontre aucune trace d'habitation, aucune apparence de culture : le thym, la lavande sauvage, le genévrier, seules productions de ce désert, exhalent leurs parfums solitaires sous un ciel d'une sérénité éblouissante. »

L'écart entre une simple beauté officielle et le miracle tient sans doute à peu de chose, mais le fait qu'un monument de si vastes proportions réserve son apparition, ne se délivrant tout entier que lorsqu'on est déjà près de lui, sous lui, compte là sans doute pour beaucoup. Or s'il y a avec cela quelque chose d'une apparition, la sensation qui est venue ne se dément pas, au contraire elle s'intensifie si on longe le cours de la rivière vers l'amont ou si on se laisse glisser vers l'aval. On s'assied sur des rochers, on va tout au bord de l'eau (par la belle journée d'hiver où j'étais venu, elle était presque partout tranquille, formée en sombres miroirs) et on lève la tête en direction du pont et de ses trois étages d'arches superposées : les six grandes arches de la partie basse enjambant la rivière, les onze arches diminuées du deuxième niveau et enfin les trente-cinq petites arches (il y en avait quarante-sept à l'origine) posées presque comme un jouet sur leurs grandes sœurs et qui portaient l'étroit chenal où l'eau circulait à bonne hauteur et selon sa pente imperceptible. Un pont pour faire passer de l'eau sur de l'eau, en effet, mais ce qu'on voit, et qui réjouit, on le comprend, c'est un rythme, une prosodie en pierre : chaque arche répétant celle qui la précède en est la rime ou l'écho – c'est là la donnée rythmique du pont en général –, mais au pont du Gard elle est répétée trois fois selon un diminuendo parfaitement réglé dont la musique muette s'entend dans le soleil : car même si elle est extraordinairement ajourée, c'est d'abord une matière que l'on voit, une texture, et intégralement locale, puisque les carrières où on alla chercher les pierres n'étaient situées qu'à 700 mètres du chantier. Le résultat étant alors celui-ci : que la grâce architectonique du pont, tirant ce trait d'union à la fois massif et léger entre les deux rives, semble être une émanation du site lui-même, c'est-à-dire une métamorphose, et au sens le plus romain, le plus ovidien.

Le grincheux Tobias Smollett (c'est en grande partie contre lui et contre le ton si renfrogné de ses *Voyages à travers la France et l'Italie*, parus en 1766, que Sterne écrivit son *Voyage sentimental*) devant ce pont déposa les armes (« si je vivais à Nîmes ou à Avignon [...] en été je prendrais plaisir à venir ici en groupe pour dîner d'un repas froid sous une arche du Pont du Gard »), mais il se trompait quand il disait qu'il avait « l'air aussi neuf que le pont de Westminster », car ce n'est là qu'une manière expéditive de dire à quel point il est intact. Non, le pont, qui a donc près de deux mille ans aujourd'hui, a l'air vieux, et c'est justement parce qu'il fait son âge qu'il est si extraordinaire. Étonnante et horripilante manie qui consiste à croire qu'il ne faut pas que les œuvres ou les signes soient datés et que seuls ceux qui parviendraient à une sorte d'intemporalité seraient pleinement signifiants. Vieux, le pont l'est déjà depuis longtemps – il l'est sur le tableau de grand format d'Hubert Robert (1787), il l'est sur la photographie de Baldus (1850), il l'est sur les cartes postales d'aujourd'hui, dont celle que je préfère, un peu kitsch, où on le voit doré sur le fond d'un ciel assombri avec, en cartouche, toutes les données chiffrées du prodige.

Or cette vieillesse, à quoi renvoie-t-elle sinon à Rome, au signifiant « Rome » ? Avec son quotient d'admiration étonnée mais vague sur lequel glisse aussi, en France, un fond d'ironie ou de distance « gauloises ». Mais l'on doit voir ici comment tout se tend et se fausse aussitôt qu'entrent en scène de tels référents. Tragique et horrible, comme toute guerre, fut la conquête des Gaules, et le livre de Jules César ne le masque pas, même s'il prétend légitimer par la vengeance l'un de ses pires massacres, celui d'Avaricum (Bourges). Mais les volontés politiques modernes de résurgence celtique ou gauloise ont toujours été extrêmement troubles, de telle sorte que ce qui se maintient, de la naissance du mythe gaulois esquissé au temps de *L'Astrée* puis repris par le romantisme à la tentative d'ancrage pétainiste (par exemple une affiche des Chantiers de la jeunesse de Vichy montrait un fier guerrier gaulois veiller, en arrière-plan estompé, sur les destinées d'un jeune fasciste à béret dont la cape volait au vent), est encore bien plus fascinant que ce qui s'enchante d'une nostalgie romaine, la survivance de la croix celtique comme signature de l'extrême droite en atteste.

Mais il est vrai qu'ici ce ne sont jamais l'exactitude historique et le scepticisme mélancolique qu'elle entraîne qui ont le dessus, et tout est si confus dans ces invocations qu'au sein de la même mouvance on peut rencontrer aussi bien des élans « légionnaires » que des postures celtisantes – les aventures d'Alix écrites et dessinées par Jacques Martin, un ancien, justement, des Chantiers de la jeunesse, représentant assez bien cette idéologie dont les mythèmes, qui imprégnaient encore fortement l'enseignement primaire (temps gaulois) et secondaire (temps latin) avant 1968, sont toujours présents, au moins de façon flottante, dans la caractérisation spontanée de la formation du fait national. Mais si l'on s'éloigne – et il le faut – des clichés et des mécanismes d'adhésion qu'ils sont censés entraîner, ce que l'on voit apparaître est évidemment beaucoup plus complexe et plus intéressant qu'une opposition entretenue à grands coups de boutoir ou qu'une synthèse plus ou moins formatée en *happy end*. D'une part la situation variait considérablement d'une région à l'autre, d'une tribu à l'autre, et il est bien probable que la différence entre la Gaule narbonnaise, romanisée plus tôt et climatiquement proche des habitudes romaines, et la Gaule dite chevelue, ait été la forme première d'un écart encore sensible aujourd'hui. D'autre part, dans cette Gaule chevelue même, plus nordique et rugueuse, en tout cas plus longtemps extérieure à l'influence latine, il semble que bien des traits que l'on prêtait automatiquement à la colonisation romaine aient été en fait préparés de longue date, à commencer par le caractère urbain de certaines formes de groupement, mais j'y reviendrai dans le chapitre dont Bibracte sera le noyau.

En pleine Narbonnaise, Nîmes n'a d'ailleurs presque aucune résonance gauloise : même si l'implantation humaine autour de la source de la Fontaine est antérieure à la domination romaine, même si la tour Magne repose sur un socle lui aussi préromain, tout ce qui fait Nîmes est romain et plus complètement que partout ailleurs, nous l'avons vu, et ce que cela veut dire, c'est que c'est l'héritage romain comme tel, sans traduction, qui habite ces parages. Le temps a travaillé, mais tout se passe comme s'il avait creusé les traits initiaux : ce sont ces rides qui se voient au pont du Gard ou sur la peau grise des arènes. De celles-ci je n'ai pas parlé, ce serait un autre sujet, un autre départ : il faudrait notamment évoquer le temps très long où elles furent occupées par un village qui se servait de l'enceinte comme d'une muraille protectrice, et cela dès l'époque des grandes invasions : comme pour Rome d'ailleurs, ces temps déprimés, faits de friches et de ruines, de chemins peu sûrs traversant des déserts, et qui donnent l'impression d'une gigantesque dormance civilisationnelle, exercent un grand pouvoir sur l'imagination et il semble parfois que, en certains points – carrières ou fonds de vallées abandonnés, rivages solitaires, landes –, on en ressente encore la vibration magique et décolorée. Le sentiment que l'on éprouve devant le pont du Gard n'en est d'ailleurs pas si éloigné, et c'est justement au début du VIe siècle que le viaduc cessa de fonctionner.

Envers Nîmes, ce serait justice aussi de parler de l'affectation actuelle des arènes (qui remonte à 1863), autrement dit des taureaux, et de dire à quel point la corrida, comme à Arles, a été ici chez elle tout autant qu'en Espagne, c'est-à-dire avant tout populaire, quels que soient les aspects mondains de la feria. La statue de Nimeño 2, un peu maladroite et isolée sur l'esplanade qu'on a dégagée devant les arènes, en témoigne, modeste monument d'une légende à l'issue tragique qui pourrait rappeler utilement aux ennemis des courses de taureaux de quoi il était question avec elles : la phrase qui me revient ici, et que je me souviens d'avoir citée dans un autre contexte, c'est cette magnifique remarque de José Bergamín disant, dans *La Solitude sonore du toreo* (quel titre !), qu'à la corrida « le peuple, c'est le torero, pas le public ». Inutile de se figurer plus avant tel défilé de notables plus ou moins entouré d'artistes pour comprendre que ce qui était en jeu dans le rapport qui se décidait alors, dans un éloignement vertigineux, entre un homme et une bête, transcendait toute mondanité comme aussi, avec le sang pourtant, toute boucherie. Je dis cela sans être en rien aficionado.

Mais peuple est un mot qui va avec Nîmes et même si mon sujet était l'eau, les résurgences, le *castellum aquae* et le ton romain, je ne peux passer par cette ville sans dire un mot de ce qu'on y croise et qui semble n'avoir pas rompu avec une dimension populaire ouverte, vivante. Pour ceux qui se souviennent de la grande époque du Nîmes Olympique, je pourrais parler de Kader Firoud – ou citer cet adage lu dans un bar situé au nord du cours Gambetta, évoquant la dégénérescence du club : « Ici c'est comme au Nîmes Olympique/On encaisse toujours, on marque jamais », mais ce serait alors pour parcourir ces quartiers qui montent assez abruptement vers la garrigue et où, d'une crèche des années cinquante à un ancien lavoir (hélas transformé en « espace polyvalent pour l'accueil d'animations culturelles et récréatives ») et via quantité de petits immeubles puis, dès qu'on s'éloigne du centre, de maisons bricolées tirant sur le cabanon, plane une atmosphère parfois misérable mais dense, réelle, liée, bien différente en tout cas de ce qu'il peut y avoir de franchement délaissé en d'autres points de la périphérie, comme par exemple dans ce quartier où les deux bateaux parallèles du Nemausus de Jean Nouvel sont venus se poser. Beaux immeubles sans doute, reprenant avec force le langage industriel et celui des coursives, mais impuissants à modifier l'atmosphère d'un quartier de petite résidence engoncée et craintive, l'accentuant plutôt même, à la façon d'une utopie ratée, arbitrairement posée dans un faubourg qui la refuse. Toutes les villes ou presque ont leurs contrastes, leurs injustices, mais rarement autant qu'à Nîmes j'ai ressenti un écart aussi violent que celui qui sépare ce quartier, ou les zones auxquelles il conduit, du centre tel qu'il se dessine et se love sous la tour Magne et le mont Cavalier.

La vue que l'on a sur le côté jardin de Nîmes depuis un balcon placé à l'arrière du Carré d'art (pleine réussite d'architecture cette fois que cette structure si légère placée par Norman Foster en plein centre, devant la Maison carrée) ressemble, sinon au paradis, du moins à la beauté telle que l'évoquait Francis Ponge. Les abords des zones d'activité, le long d'immenses boulevards, l'été, dans une odeur de caoutchouc brûlé, ont l'air de sa négation pure et simple. Mais, disant cela, on ressent aussi qu'il y a, à dresser au-delà d'elles-mêmes des oppositions de ce type, quelque chose de convenu et surtout de sommaire. Non qu'il faille à tout prix aller faire nicher la beauté dans les plus banals des recoins, ce n'est pas la peine et c'est peut-être leur faire insulte – il faut seulement, mais c'est sans doute le plus difficile, notamment pour les architectes, se souvenir du cabanon et chercher à voir à quoi aujourd'hui il pourrait ressembler. Les utopies – et le Nemausus de Jean Nouvel est une utopie esthétique – ont toujours confiné au grand geste. Or ce que Fourier avait compris, c'est que l'utopie, pour devenir vraie, devait coïncider avec les minutes de l'existence, avec les minuties et les caprices des corps désirants. C'est ce régime d'attraction que condense l'idée (le fait) du cabanon, et peut-être que c'est l'ombre de cette justice qui passe sur les jardins ouvriers, en tout cas tels que je les ai vus fonctionner encore à Saint-Étienne et qui ne sont pas ici à penser comme une forme modulaire de logement, mais comme un certain exercice du temps. Cette utopie déprise de la grandeur que, par analogie avec l'*arte povera*, j'ai tenté un jour d'appeler *utopia povera*, il me semble qu'elle est à prendre au sérieux, en tant que ritournelle, c'est-à-dire aussi en tant que chant profond, lointain, lancinant. Ce chant, malgré Fourier, le phalanstère n'aura pas su l'entonner (à dire vrai il se chantonne) : pour ce qu'on en peut voir, l'imagerie du phalanstère, en effet, ne s'écarte pas de la logique du palais, et le palais social aura été, communisme « réel » inclus, la grande illusion. Est-ce déjà cette illusion, ou autre chose, que l'on rencontre avec la Saline de Ledoux à Arc-et-Senans ? C'est ce dont il sera question dans le chapitre suivant, grâce à la Loue, qui est la rivière dont cette fois je compte suivre le cours.

24

Résurgences de la Loue

C'est maintenant dans ce livre le temps des rivières. Je ne l'avais pas prévu, elles sont venues d'elles-mêmes, et je voudrais pouvoir toutes les suivre, comme je l'ai fait avec la Seille. Après les eaux nîmoises vient donc la Loue, puis ce sera la Vézère, tel est mon plan. J'envisage aussi l'Oise, nous verrons bien. Chaque fois la raison est précise : à Nîmes et au pont du Gard, on vient de le voir, c'était Rome, l'imprégnation romaine ; sur la Loue, c'est la succession, de l'amont vers l'aval, de deux contractions marquées par deux noms, celui de Courbet et celui de Ledoux. Sur la Vézère ce sont bien sûr les habitats de la préhistoire, c'est l'ancienneté la plus grande qui décide du voyage. Et sur l'Oise, le déclencheur est le livre de Stevenson racontant son périple en canoë dans le nord de la France. Donc chaque fois, par-delà le sentiment géographique, une histoire de regards riverains, peut-être parce qu'à l'Histoire la rivière apporte la contrepartie d'une temporalité plus longue et comme indifférente, avec cette étrangeté qui veut qu'en ayant tout façonné de ce qu'on voit autour d'elle, fabriquant donc le pays, la rivière ou le fleuve ne s'y arrête pas. Voyage filé, rapide ou lent selon les cas, et qui commence à la source, au « pur jailli » hölderlinien, ce qui tombe bien avec la Loue, sa source étant justement le point sombre où déjà tout se noue. Car il faut maintenant quitter toute approche générique : les rivières sont des êtres, des singularités, quasi des personnes, et le défaut, par exemple, du livre pourtant très beau, trop beau, d'Élisée Reclus, *Histoire d'un ruisseau*, c'est d'avoir voulu rendre compte, par des chapitres pointant chaque fois un motif particulier (la grotte, le gouffre, le ravin, le bain, la pêche, etc.), d'un cours d'eau théorique. Le livre commence magnifiquement : « L'histoire d'un ruisseau, même de celui qui naît et se perd dans la mousse, est l'histoire de l'infini. » Mais cet infini, chaque cours d'eau l'incarne, le dessine, le destine et s'y perd à sa façon, selon un style : il y a des écoles régionales (celle du Jura en est une), des modes (mineur ou majeur), des allures et des cadences, mais dans cette immense prose continûment versée chaque rivière produit son propre phrasé.

Donc la Loue, la Loue d'amont tout d'abord, celle de Gustave Courbet. À Ornans, qui est à une vingtaine de kilomètres en aval de la source, la Loue est déjà plutôt ample, miroir roulé où se reflètent les grandes maisons comtoises, souvent doublées de galeries de bois, qui donnent directement sur elle, sans le moindre quai. Depuis le pont de pierre à trois arches qui la franchit, la vue est pittoresque – un peu trop sans doute, Ornans semblant menacé, comme tant d'autres lieux en France, par l'inflation touristique. Mais sur la place encore débonnaire qui porte le nom du peintre, devant le Café des Pêcheurs, la statue du *Pêcheur de chavots*, offerte par Courbet à ses concitoyens, se contente d'être là, sans aucune mise en scène affectée. Avant d'aller à la source (je me souviens qu'éprouvant une sorte de trac j'en retardais le moment), j'ai voulu monter à Flagey, sur le plateau, c'est un nom qui revient souvent dans la correspondance de Courbet, car c'est là qu'était la ferme de ses parents. Transformée en musée (on annonce même la création de chambres d'hôtes, l'une des chambres étant celle de Courbet lui-même !), son pouvoir d'évocation est réduit à rien, là le surlignage culturel a tout anéanti, et ce n'est pas obligatoire (je pense par exemple à la façon dont continue d'exister, pas si loin de là, mais en Suisse, dans l'île Saint-Pierre, et pourtant transformée en hôtel, la Maison du Receveur où vécut Rousseau). Par chance, le village, qui est d'un habitat clairsemé, est littéralement envahi par les vaches, qui paissent tranquillement entre les maisons parfois étonnamment vastes que se construisaient les paysans francs-comtois. Peut-être qu'un jour un panneau indiquera au visiteur qu'il s'agit avec elles d'un motif du peintre, à moins que, dans le même esprit, on ne les prie d'aller un peu plus loin.

La route qui monte d'Ornans vers la source longe la Loue puis la quitte lorsque celle-ci s'enfonce dans les gorges de Nouailles. C'est à la sortie de ces gorges que se trouvent les villages de Mouthier-Haute-Pierre et de Lods. Entièrement situé sur l'adret, Lods descend de façon assez abrupte jusqu'à la rivière qui, franchissant un rapide, y est encore assez tumultueuse. Sur l'autre rive se trouve une ancienne fabrique, forge et tréfilerie, qui produisait des clous au XIXe siècle. Nombreuses sont dans ce pays du Jura et dans bien d'autres coins aussi (je me souviens d'une vallée du côté de Flers, dans l'Orne) les traces de la révolution industrielle, mais dans sa première phase, à l'époque où les usines n'étaient ni toutes très grandes ni forcément regroupées : pour avoir une idée juste de ce que fut l'âge industriel à son commencement, il faut, à l'image dominante des sites les plus connus (bassins miniers, pôles sidérurgiques, nappes d'industrie textile), outre une correction d'image touchant ces sites eux-mêmes, ajouter toute une ponctuation d'implants ruraux ou montagnards (ou encore, mais c'est une autre histoire, faubouriens) dans lesquels le travail, naturellement très dur, se faisait pour ainsi dire directement au contact des forces, dont celle de l'eau : s'ensuit tout un imaginaire de roues et de courroies, de transmissions visibles et s'ensuivent aussi, sur les photos où ils posent avec leurs outils ou devant leurs machines, les regards de ces hommes à peine arrachés à la terre dans lesquels aucune nuance de défi ne se voit, comme s'ils avaient été trop humbles pour pouvoir être enrôlés dans l'imagerie, encore à venir, du prolétariat.

Peu de peintres, on le sait, furent aussi sensibles que Courbet à la question sociale. Mais comme on l'a noté, il n'en vint pas pour autant à convertir sa peinture aux sujets industriels : pas de forges actives ou de prolétaires au travail, pas d'usines ou de fumées au fond de ses paysages : un tableau comme *Les Casseurs de pierres*, détruit lors du bombardement de Dresde et qui n'avait certes rien d'une allégorie, présente le travail, autrement dit la peine, l'effort, la misère, l'exploitation même si l'on veut – mais c'est encore une scène de plein air, une scène du grand dehors, dans laquelle le rapport à la matière est direct, ancestral. En s'éloignant à peine de ce qui est cadré, on pourrait voir la carrière s'ouvrir et tout le paysage revenir, avec ses tons fauves, ocre et gris, avec des effets de rouille qui sont ceux du buis qui s'éteint et non pas ceux des coulures du fer, le matériau emblématique de l'époque. Car Courbet était avant tout un artiste charnel, il lui fallait quelque chose à étreindre, à rejoindre, à toucher : il y a dans sa peinture une volonté qui excède le visuel et c'est comme si la couleur était d'abord texture et matière, émulsion matérielle d'un monde enchevêtré : ses paysages n'ont la plupart du temps aucune volonté panoramique, du moins ceux faits au pays, qui sont les plus nombreux. Seuls ceux faits au bord de la mer, à commencer par le célèbre petit tableau de Palavas où le peintre salue l'étendue, ont des lointains dégagés, des horizons ouverts. Mais je regarde *Le Ruisseau du Puits noir*, *La Loue à Scey-en-Varais*, *Le Saut de la Brême* – rien que des motifs proches d'Ornans –, et dans toutes ces vues, d'une si frappante unité tonale, aucun éloignement, aucun cadrage cherchant à composer le paysage comme un ensemble, au contraire une approche à la limite de la saturation où, par-delà les reflets ou la brillance de l'eau, le poudroiement des feuillages et les scansions de la roche, c'est à peine si un peu de ciel se découpe. De telle sorte que nous sommes avec ces tableaux à l'intérieur du paysage et non pas devant lui, c'est une promenade peut-être, mais avide, aux aguets, descendue en bas des gorges, au ras des eaux, des mousses, des pierres : une peinture de chasseur, sombre, obstinée, qui accomplit la « tragédie du paysage » initiée par les romantiques, mais qui le fait sans pathos ni anecdote, avec une brutalité pleine de douceur attentive.

Ce rapport de Courbet au paysage qui l'entoure, dont il se sait et se veut entouré (il est significatif que le tableau dans le tableau, celui qu'il est en train de peindre dans *L'Atelier*, soit justement un paysage), la source de la Loue en est la condensation. Cette fois (et toutes les fois, dans toutes les versions), il n'y a plus de bords, plus de ciel, les *Sources* sont des plans rapprochés qui ne cadrent que leur sujet, et rien d'autre. Parce que ce sujet, le jaillissement de l'eau hors du trou noir situé tout en bas de la haute falaise grise qui ferme le fond du vallon, non seulement se suffit à lui-même mais a la valeur, la résonance et la densité d'un point : l'infini dont parle Élisée Reclus est là, mais comme non déployé, sur un seuil. Dans son aménagement théâtral naturel (que les restes encore bien visibles d'un ancien ouvrage de capture viennent renforcer), la source de la Loue est ce seuil où l'origine se voit ou plutôt se montre. D'autres accès sont possibles, mais j'y suis arrivé par le chemin qui descend d'un parking aménagé à quelque distance sous la route qui vient d'Ouhans, où le premier contact avec la source est sonore, on la devine puis on l'entend, puis le fracas augmente et ce n'est qu'au dernier moment qu'elle se découvre et alors, avec et sans Courbet, et bien qu'on soit prévenu, une émotion survient. C'est un peu comme au pont du Gard, sauf que dans ce cas l'homme n'y est pour rien et que l'on se retrouve devant ce qui le dépasse, l'outrepasse, soit devant ce paradoxe d'une explosion continue qui dans un premier temps sidère. De cette sidération, aussi longtemps qu'on reste sur les lieux, on ne revient pas. On est fasciné, on reste sous le charme, au sens le plus violent, le moins « charmant », la source advenant comme une onde stationnaire, un suspens, mais qui serait continuellement une délivrance. Les pensées qui viennent alors, ces pensées tournant autour d'un point d'où l'infini serait versé, n'importe quelle autre source sans doute pourrait les produire, mais il se trouve que celle de la Loue atteint sur ce plan une sorte de perfection et qu'elle est comme un concept qui serait devenu à la fois visible et vibrant.

L'instinct de Courbet a saisi cela : la stase de l'origine, le trou noir d'où ça vient – mais aussi ces strates ou ces empilements de roches formant comme une arche, le tout dans une teinte générale qui est celle des feuilles mortes à la fin de l'hiver et sans que jamais le mystère naturellement sombre de la grotte d'où l'eau jaillit soit augmenté, ou trahi, par quelque dimension spectrale ou « terrible ». Devant ces tableaux qui sont presque abstraits (quel pauvre noir pansu que celui de Soulages, soit dit en passant, par rapport à celui qui bée là tout au fond !) et qui déjà ne représentent plus, du moins au sens de la représentation classique, ce qui est extraordinaire, c'est à quel point ils sont malgré tout considérablement et définitivement locaux, du cru : Jean-Pierre Ferrini, dans le livre qu'il a écrit sur Courbet, qui est le livre d'un homme qui a connu la Loue enfant, et qui en parle avec bonheur, raconte cette anecdote, basée sur le fait que les différentes versions de la *Source* sont toutes conservées hors de France : « Il m'arrive quelquefois de rencontrer un Franc-Comtois qui a vu un Courbet à Philadelphie ou la *Source* de New York. L'effet est toujours étrange, raconte-t-il. C'est son pays soudain qu'il retrouve, comme je reconnais immédiatement l'accent franc-comtois, cette manière de traîner sur les dernières syllabes... » Un accent, oui, celui-là même que Courbet apporta avec lui à Paris, et un type, mais simultanément à cet accord profond et complet, une force de sortie, une puissance de conviction excédant le discours des racines. Ayant peint sa région natale avec amour, l'ayant caractérisée avec passion, Courbet n'a pourtant rien d'un peintre régionaliste : il ouvrait les volets et il avait le monde devant lui, le monde avait cette forme et il s'agissait de la saisir, il n'y avait pas, pour lui, de temps à perdre, cet homme de la campagne était toujours affairé.

La source de la Loue, de ce point de vue, en même temps qu'un site bien précis, proche d'Ornans, est une sorte d'absolu et c'est comme telle que Coubet l'a vue et l'a peinte, point originaire si marqué qu'on ne peut s'empêcher, en regardant les tableaux, de penser aussi à une autre peinture, celle qui est si célèbre et qui annonce l'origine dans son titre et dans l'aplomb innocent de sa posture exhibée, *L'Origine du monde*, bien entendu. Maintes fois souligné et facile (trop facile peut-être), le parallèle entre la source et la femme nue aux cuisses entrouvertes, entre la naissance de la rivière et la fente originaire ne cesse pourtant pas de s'imposer et l'on pourrait, à partir de lui, inventer puis suivre un chemin qui conduirait de la *Nymphe à la source* de Cranach qui est au musée de Besançon (pas loin...) à la femme renversée d'*Étant donnés*... de Marcel Duchamp : parce que dans le tableau de Cranach, très étrangement, en arrière de la nymphe grasselette allongée nue sur une herbe très verte se voit une source, morphologiquement proche d'un jaillissement karstique ; et parce que dans l'œuvre finale et secrète de Duchamp, la chute d'eau, nommément, fait partie du programme. Ce ne sont pas là des jeux, mais des contrepoints à la configuration mythique que Courbet, sans même peut-être y penser, a rejoints.

Mais pense-t-on à tout cela quand on est sur place ?

Non, en tout cas pas tout de suite, on est jeté sur un plan plus fondamental, plus enfantin, plus étonné, on est dans le drame pur du commencement – joie et effroi mêlés. Et il n'en va pas différemment si l'on sait ce que l'on ne savait pas à l'époque de Courbet : que la source de la Loue est en vérité une résurgence, que ce qui se donne et apparaît comme un absolu de la naissance est pourtant déjà un retour : cette eau qui rebondit par paliers hors du trou qui la libère, ce n'est pas la première fois qu'elle voit le jour : avant d'aller circuler sous la terre, dans les replis profonds de la roche, elle a caracolé plus haut, enrôlée sous un autre nom, qu'elle retrouvera d'ailleurs ensuite après un voyage de 130 kilomètres, et ce nom n'est autre que celui du Doubs. La Loue est en effet une partie du Doubs qui s'infiltre par une faille en aval de Pontarlier, comme si elle refusait de le suivre dans ce long périple qui le conduit vers le nord-est jusqu'en Suisse, avant qu'il ne s'en retourne à 180 degrés pour aller rejoindre la Saône. Mais l'amusant, ici, c'est la façon dont ce raccourci et cette résurgence ont été découverts puisque c'est grâce à un incendie survenu en 1901 aux usines Pernod de Pontarlier frappées par la foudre : pour éviter que le sinistre ne s'étende, on décida de jeter dans le Doubs les cuves d'alcool, et deux ou trois jours plus tard la Loue elle aussi était anisée, les poissons nageant dans une sorte d'absinthe. Un savant dépêché sur les lieux procéda à une vérification à l'aide d'un colorant et il apparut que la Loue prenait en effet la même couleur que le Doubs.

Non loin de là existe une autre source, très belle, celle du Lison, qui est un affluent de la Loue : elle aussi est une résurgence karstique et a été peinte par

Courbet, tout à fait dans la manière des tableaux de la Loue, voire d'un peu plus près si possible. Proche du village retiré de Nans-sous-Sainte-Anne, cette source est un peu moins impressionnante que la bouche d'ombre écumante et sonore de la Loue, mais elle est par contre plus facile d'accès : on peut monter assez haut dans la grotte et, par une sorte de tunnel, parvenir à une grève où l'eau, d'un vert jade un peu trouble, semble marquer le pas avant d'aller se jeter dans la lumière. Les arbres, qui sont très proches, sont recouverts de manchons de mousse. La source du Lison a été le premier site français classé, à la suite de l'action de Charles Beauquier, député radical-socialiste du Doubs qui s'opposa au propriétaire d'un moulin qui voulait faire passer l'eau jaillissante dans une conduite forcée. La loi Beauquier, de 1906, donna une portée nationale à ce type, tout nouveau alors, de protection de l'environnement.

Puis la Loue continue son chemin, en s'élargissant. À Quingey, au sortir des bois et des reliefs où elle a creusé son avancée, elle est déjà alanguie, même si un long barrage oblique la fait frémir en aval du pont. De tranquilles maisons sont au bord de l'eau, la campagne alentour est moins belle et déjà assez plate, mais le village m'a plu. Dans le restaurant ouvrier il y avait une table d'hôtes sous une grande cheminée et, dans une autre salle, plus vaste et privée des horreurs qu'on voit habituellement, des hommes en grosses chemises à carreaux ainsi que trois notables, reconnaissables à leurs costumes, qui tous mangeaient du poulet, ce que j'ai fait aussi, pourquoi donc raconter cela sinon pour faire une sorte de pause avant d'aborder la Loue d'en bas, et ce qui se noue autour d'Arc-et-Senans, encore en aval de Quingey, et cette fois dans la plaine ?

Il n'y a pas plus d'une quarantaine de kilomètres d'Ornans à Arc-et-Senans, mais c'est un tout autre monde qui surgit : géographiquement, nous sommes dans la plaine de Chaux, où Ledoux pouvait dire que le plan de sa ville était donné par la chute verticale d'une goutte d'eau, et déjà loin par conséquent de cette alternance de rapides et de miroirs enchâssés dans des contreforts boisés qui donne son allure au cours supérieur de la Loue – mais la distance est surtout historique : bien que là non plus elle ne soit pas très grande (en descendant la rivière, nous ne remontons guère que du milieu du XIXe à la fin du XVIIIe siècle), il faut franchir un saut pour passer du rêve de Courbet à celui de Ledoux qui est en plein dans l'âge des Lumières, et qui en est sans doute, avec ses contradictions, une des condensations les plus fortes.

Comme on le sait, le demi-cercle de bâtiments réalisés formant la Saline aura été pour Ledoux le prétexte à une rêverie d'agrandissement dont la *Vue perspective de la ville de Chaux*, dessinée quelques années après la fin du chantier, donne une idée déjà avancée : la Saline, doublée, forme désormais un grand cercle autour duquel on circule par un boulevard ; le système en étoile et en cercles concentriques déborde largement sur la campagne environnante où les implants récents font bon ménage avec d'anciennes constructions, imaginaires elles aussi. Mais plus encore que cette vue étonnamment minutieuse qu'on ne se lasse pas de parcourir, ce sont les nombreux bâtiments annexes, les fabriques et les folies que Ledoux dessinera et publiera dans son livre, *L'Architecture considérée sous le rap-*

port de l'art, des mœurs et de la législation, publié en 1804 seulement, qui donnent consistance au halo d'utopie dont le demi-cercle existant ne peut être séparé. Parmi ces projets, qui sont donc des rêves d'architecture, la Loue est traitée deux fois : à sa source – où il nous faudra donc remonter – et par un pont. L'un et l'autre de ces traitements sont extraordinaires, emblématiques de ce mixte de rationalité et de fantaisie à quoi se reconnaît, avec et par-delà sa saveur d'époque, le génie de Ledoux.

Le projet de la Saline prenait place au sein d'une politique de développement économique et d'aménagement du territoire conçue à grande échelle, et même à l'échelle européenne. Comme telle, elle se trouvait au centre même des conflits intellectuels qui intervenaient entre les promoteurs de cette politique nouvelle (Turgot, Trudaine) et le pouvoir royal proprement dit, qui ne pouvait en accepter toutes les conséquences, notamment pour ce qui touchait à la reconnaissance de la valeur du travail. Et sans doute faut-il en partie imputer à ces tensions le caractère bancal du projet de la Saline pris dans son ensemble – réalité et fiction mêlées. D'un côté, celui qui vient vers nous, utopie et prodigieux matériau imaginaire, mais de l'autre, fabrique royale où les conditions de travail étaient aussi exécrables qu'ailleurs sinon pires, du fait, notamment, de la dimension des « poêles », ces immenses plats formés de plaques de fer rivetées où, par l'intermédiaire du feu, l'on faisait évaporer l'eau pour retenir le sel. Comme l'écrit Anthony Vidler, un historien de l'architecture spécialisé dans cette période, la Saline oscille « entre le symbolisme prépanoptique de surveillance et le modèle protorousseauiste de communauté ». Certains ont insisté sur un seul aspect et je me souviens d'avoir été agacé il y a déjà de cela un certain temps par des auteurs qui avaient parlé d'une « architecture de domination » pure et simple. Il ne s'agit certes pas d'aller embaucher Ledoux du côté de l'utopie sociale et d'un progressisme dont il resta très éloigné, mais rien ne peut empêcher que ce qui se dégage de son œuvre ne contribue, de façon quasi automatique – ce fut son génie, sans doute –, à lancer la pensée au-delà d'elle-même et à partir dans des directions imprévues, que ce soit quant aux formes que prend ou qu'aurait pu prendre le bâti, ou quant aux modes sociaux de l'habiter. Et cela très directement : malgré les efforts qui ont été faits au cours des années passées pour la peigner un peu excessivement, il se dégage de la Saline quand on s'y promène, allant d'un bâtiment à l'autre dans le demi-cercle non jointif, quelque chose d'incomparable, qui ne se résout aucunement dans le seul plaisir esthétique, même s'il est grand. Où l'on est, on ne le sait pas trop : dans une fabrique, un château, une caserne, un campement, un fragment de ville tombé du ciel des Lumières ?

Ce jeu volumétrique exaltant les possibilités combinatoires du cercle et du carré, ces grands pans de toiture tombant assez bas, ces colonnes dénuées de socles ou de chapiteaux, ce classicisme à la fois accompli et déjoué (par exemple la serlienne du bâtiment des écuries), ce recours à l'allégorie, via la grotte de l'entrée ou via les urnes crachant de la saumure figurées à intervalles réguliers sur les bâtiments de fabrication du sel et, plus que tout, cette sensation de n'être pas enfermé, comprimé dans une enceinte, mais d'être inscrit en tant que figure dans la scénographie d'un espace ouvert à

180 degrés, et ouvert sur lui-même comme si ce qui appartient en propre à l'horizon pouvait être tiré vers le centre par une puissance de rayonnement, tout cela résonne en pleine campagne comme un condensé du meilleur de ce dont l'urbanisme du XVIIIe siècle était capable, ce qui n'est pas peu dire. Mais si, de ce point de vue, la Saline ne fait rien d'autre que développer l'équation palladienne entre ville et villa, elle le fait d'abord en tant qu'elle est une fabrique, un bâtiment d'industrie, et cela à l'aube, justement, de la révolution industrielle. L'utopie de Ledoux est double, elle est d'avoir pensé pouvoir briser la hiérarchie des genres de l'architecture, en décidant qu'une manufacture se devait elle aussi de recourir au caractère et au sublime – mais elle est aussi d'avoir imaginé, via un croisement inédit entre ville et campagne, un autre mode d'habitation du monde. On peut sourire lorsque Ledoux évoque le réconfort que les ouvriers salineurs auraient trouvé dans le fait de travailler – et d'habiter – un lieu régi par l'ordre et la beauté (c'est-à-dire, pour lui, par les lois de la nature retrouvées), on peut également penser que ce n'est pas sans désinvolture qu'il envisage des sortes de jardins ouvriers entourant la Saline et permettant aux familles de subvenir à leurs besoins sans qu'il en coûte à l'employeur. Il reste qu'avec ses illusions et son idéologie, le projet de la ville de Chaux que Ledoux décrit dans son livre comme une réalité effective que découvrirait un voyageur s'inscrit pleinement dans la longue chaîne bariolée des utopies sociales. Moins complète que le New Lanark que Robert Owen édifiera un peu plus tard en Écosse (pendant les guerres napoléoniennes), mais bien mieux que seulement amorcée par le demi-cercle effec-

tivement bâti, la Saline, telle que nous pouvons nous la représenter, inaugure (et déborde) le modèle même de la ville-manufacture qui, tout au long du XIXᵉ siècle et même au-delà, accompagnera comme un ballon captif la révolution industrielle devenue toute-puissante. Et elle le fait en sacrifiant beaucoup moins que la plupart des utopies constituées à la fascination pour les formes palatiales et les habitats collectifs, quitte à l'échanger pour une autre fascination, celle du temple.

Le palais, chez Ledoux, c'est si l'on veut la fabrique elle-même, mais alors il faut se souvenir qu'il tenait absolument à ce qu'elle ne soit pas d'un seul tenant : il y avait à cela des raisons pratiques, liées à la protection contre l'incendie, mais ce que l'on pourrait appeler la répartition disséminée fait partie intégrante de son langage. Malgré la forte imprégnation de son noyau central, la ville de Chaux telle qu'elle a été rêvée apparaît aussi comme une sorte d'archipel de bâtiments dispersés dans la campagne et formant, par rapport au centre, lui-même d'ailleurs dédoublé en anneau, une forme singulière de périphérie. L'image de la goutte d'eau tombant du ciel est ici vérifiée : de l'idée initiale, chaque parcelle bâtie constitue un rebond, une éclaboussure.

Parmi ces très nombreux et surprenants éléments d'architecture dont Ledoux faisait donc des sortes d'implants, rien ne relève de ce que j'ai pu dans le chapitre précédent, reprenant Ponge, appeler le cabanon : ni le matériau choisi – la pierre – ni l'imagination formelle prodigieuse de Ledoux ne rendent cela possible, tout au moins en apparence. Mais d'une part la gamme d'échelles montée et descendue par l'architecte est extraordinairement étendue et semble ne rien oublier : de *L'Abri du pauvre*, planche qui représente un homme nu assis sous un arbre et accueillant les rayons du soleil, à la monumentalité quasi bouléenne du Temple de mémoire ou du projet de cimetière en forme de sphère, ce sont en effet à peu près tous les registres d'intervention de l'architecture qui sont passés en revue. Et, d'autre part, certains des projets dont on peut voir le dessin dans *L'Architecture considérée...* (et parfois la maquette au musée d'Arc-et-Senans), tels l'Atelier des Cercles ou celui des Scieurs de bois ou encore la Maison des charbonniers de la forêt de Chaux, servis comme ils le sont par leur franchise mimétique, ne sont pas forcément éloignés de l'*esprit* du cabanon.

Ce qui n'est pas vraiment le cas mais tant pis – j'y viens, j'y reviens – des deux objets d'architecture consacrés à la Loue. Commençons par la Maison destinée aux surveillants des sources de la Loue, sans doute, et à juste titre, l'une des planches les plus célèbres de Ledoux. Un peu comme devant la vraie source, on est d'abord sidéré : rien ici de connu, de déjà vu, aucune citation, cette maison en forme de cylindre incrusté sur un socle et à travers laquelle l'eau jaillit, cette maison-tuyau, donc, inévitable vignette de tout livre sur l'architecture visionnaire, on la regarde d'abord comme un document venu d'un autre monde et même lorsqu'on la connaît (car elle ne s'oublie pas), on la retrouve toujours avec surprise. Mais si l'on réfléchit à ce qu'elle prétend être, c'est-à-dire à sa position, on voit aussitôt que le paysage réel de la source a été modifié, élargi, clarifié. Malgré un arbre solitaire qui penche et quelques rochers, le caractère sauvage des lieux a été gommé et il ne reste plus rien de cette si impressionnante fermeture sur lui-même du site où jaillit la vraie source. Le paysage de la planche gravée est considérablement adouci et la maison, si étonnante que soit sa forme, vient s'y poser comme une grande fontaine.

Conduire l'eau, la guider, utiliser son cours ou sa force, il se trouve que c'était au principe même de l'existence de la Saline, puisque c'est en fait une eau très chargée en saumure qui venait alimenter le « bâtiment de graduation » où elle était traitée jusqu'à pouvoir constituer la matière première utilisée ensuite dans les fameuses « poêles ». Cette eau, prise dans la Furieuse, un affluent de la Loue, descendait des puits des environs de Salins grâce à une canalisation enterrée longue de 21 kilomètres et construite initialement avec des troncs de sapins évidés appelés *bourneaux*, qu'on remplaça ensuite par des tuyaux de fonte moins sujets aux fuites. Entre ces techniques du premier âge industriel, lourdes, grasses, bricolées, et l'allure idéale de la Maison des directeurs de la Loue, il y a comme une assomption de la canalisation, et de telle sorte que l'étrange maison-tuyau ou maison-fontaine de Ledoux est comme l'emblème de cet âge où la nature que l'on vénérait était toujours-déjà transformée, semblable au décor à la fois sublime et aimable d'un théâtre de la production. Avec cette Maison placée à la source et donc tout en haut de la Loue d'amont, c'est l'esprit de la Loue d'en bas, celle qui passe près de la Saline, qui remonte, c'est le travail de la Raison, enfanté sur la plaine, qui vient poser une borne et un repère aux confins du monde sauvage.

De cette nature apaisée, raisonnée, arraisonnée, qui est celle du transparent de Carmontelle et celle que l'on verra encore dans les gravures de l'époque révolutionnaire, le romantisme, dans un premier temps, puis le réalisme ensuite se démarqueront, en passant peu à peu de l'extraordinaire au quotidien, des orages aux simples prairies. De la peinture dite de plein air à l'impressionnisme, le XIXe siècle franchit toute une série de paliers et c'est au sein de ce mouvement, qu'il accélère, que prend toute sa consistance l'effort de Courbet, qui aura été de rejoindre la vérité ou véridicité du paysage, dût-elle sans fin se dérober. Mais ce qui est fondamental – et là est le nœud qu'au fond j'ai voulu identifier en suivant le cours de la Loue –, c'est qu'à la fin du XVIIIe siècle, le théâtre de production de la nature et son image, fût-elle tourmentée, coïncident, tandis qu'au milieu du XIXe siècle un fossé s'est creusé entre la réalité du rapport à la nature, autrement dit son exploitation industrielle, et sa représentation. C'est de ce point de vue qu'il faut penser l'absence de toute présence de l'industrie dans les tableaux de Courbet : si elle est certes en accord avec son tempérament, elle vient d'abord du fait que la nature est déjà devenue pour lui le lieu d'une fuite et d'une réintégration. Il est clair en tout cas que la source de la Loue telle que Courbet la voit et la veut, telle qu'il la peint, est à l'opposé, dans son mystère natif, de toute idée de canalisation ou de maîtrise.

En moins d'un siècle, l'idée de nature a glissé, passant d'un univers de lois serviables à une sorte de touffeur muette, et cela alors même que les hommes n'ont cessé de se servir de ces lois, cyniquement, tel ce propriétaire de moulin que nous avons croisé à la source du Lison, celui contre lequel Charles Beauquier s'insurgea lorsqu'il voulut placer sur la source une conduite forcée d'où toute intention de sublimation, cette fois, à coup sûr, était absente. C'est évidemment là le plus commun et c'est ce qui est arrivé massivement : on peut d'ailleurs considérer que, de ce point de vue, les vallées du Jura s'en sont plutôt bien tirées. Mais c'est encore d'autre chose qu'il s'agit avec ce qui oppose la montagne de Courbet et la plaine de Ledoux : le conflit transcende la différence épocale pour donner corps à une opposition générique entre l'incontrôlable et l'édifié, le turbulent et le géométrique, le jaillissant et le mesuré : ce sont ces conflits, ou ces nœuds, qui structurent ce qui nous a fabriqués, oui, cela, ces errements, ces tensions, ces oscillations et non pas la domination d'un seul versant, comme le répète sans fin la vulgate selon laquelle la France serait, entre tous, le pays de la mesure. Mythe étrangement persistant dont il faut absolument se déprendre, et que la seule vision d'une source suffirait à renverser, sans même parler de tout ce qui s'est tramé de si violent dans l'histoire politique, des guerres de Religion à la Commune et au-delà, ou de ce qui s'est dit de si emporté, de si en allé, dans une langue censée être elle aussi, elle tout d'abord, le vecteur de cette mesure (d'Agrippa d'Aubigné à Rimbaud, pour rester dans la même arche de temps).

Au demeurant, la mesure dont il est question avec Ledoux, c'est la force et la violence séductrice du mathème appliqué à l'architecture et au paysage – ce n'est pas je ne sais quel art consommé des équilibres et des demi-teintes. S'il en fallait une preuve, le projet de pont sur la Loue, avec sa très grande et rêveuse fantaisie, pourrait la fournir. Sur la planche de *L'Architecture considérée...*, au sein, à nouveau, d'un paysage idéalisé, le pont est représenté « en action », avec un lourd char à foin qui le traverse et un train de bois passant entre ses arches. Les piles sont formées de quatre trirèmes aux proues ornées d'un col de cygne recourbé, dont les rames parallèles, presque jointives, produisent une illusion de mouvement ; quant au tablier, il reprend cette référence à la marine antique en entrecroisant des lignes qui figurent les mats des trirèmes rabattus : un tel luxe ornemental est plutôt rare chez Ledoux, mais il faut imaginer la surprise qu'aurait pu créer, au-dessus d'une rivière de campagne, un ouvrage qu'on verrait plutôt à Saint-Pétersbourg où, d'ailleurs, la passerelle des Lions, sur le canal Griboïedov (elle date de 1826), a avec lui, si l'on veut, un petit air de famille.

Tel est donc le palais pour Ledoux : dispersé en une variété infinie de bâtiments et d'ouvrages que l'on pourrait interpréter comme autant de performances d'un modèle unique, qui ne serait pas tant un objet de référence qu'un alphabet formel réduit à quelques composantes et pourtant d'une extrême souplesse. Ce qui est bien certain en tout cas, c'est que malgré le luxe éventuel de telle ou telle proposition, à aucun moment Ledoux n'envisage de rassembler les fonctions et les habitants de la ville de Chaux dans une grande et unique bâtisse, forme-château qui condenserait à elle seule la portée allégorique de la réforme ou refonte qu'il envisage. En cela, il ouvre une voie qui ne sera hélas pas du tout suivie par le courant utopiste : si avec le phalanstère Fourier reprend et magnifie la variété pour ce qui est de l'emploi du temps, sur le plan de la forme architecturale il demeure intégralement tributaire de la forme palatiale, et dérivée de Versailles, de surcroît. Si les éléments descriptifs du « palais sociétaire » sont originaux, comme la « tour d'ordre » qui tient du phare et de l'horloge, ou puisent au lexique urbain de l'époque, avec la grande rue-galerie traversant le phalanstère de bout en bout et qui trouve son origine, bien sûr, dans les passages parisiens, dans sa conception générale et dans sa forme, le bâtiment, avec son pavillon central, ses ailes, sa « cour de parade », est tout entier démarqué de ce qui aura été le symbole même de l'injustice sociale instituée.

Je ne reviendrais pas sur cet hiatus s'il n'avait pas la signification d'un rendez-vous manqué : en effet, Fourier, né à Besançon en 1772, et son plus important disciple, Victor Considérant, né à Salins-les-Bains en 1808, donc francs-comtois tous les deux, auraient très bien pu greffer leurs propres projets de « combinaison d'industrie et de ménages » sur certaines des idées de Ledoux. Ils avaient forcément vu à Besançon son théâtre, mais il semble qu'ils n'aient pas connu l'extraordinaire essaim de formes et d'idées de *L'Architecture considérée...* et que la ville de Chaux n'ait été pour eux rien d'autre qu'une manufacture en activité, et donc l'un des innombrables cas de figure de la déroute civilisationnelle à laquelle ils opposaient leur modèle d'harmonie. Sous-jacent à mon propos, je ne m'en cache pas, rôde la possibilité d'une imprégnation régionale de la pensée (et de la rêverie) politique, dont Jean-Jacques Rousseau, tout proche dans le temps et l'espace (Genève, sous le pays de Gex, est à un demi-pas du Jura), serait l'initiateur. Et dans cette imprégnation l'architecture jouerait un rôle moteur, non seulement du fait des réalisations de Ledoux mais aussi grâce à un certain style de fabrique ou de temple républicains que l'on retrouve parfois aussi en Bourgogne et qui comporte notamment une relative mise à l'écart du religieux chrétien. Il est à noter aussi, dans le même ordre d'idées, que la donnée gothique, qui peut être si forte en France, est quasi absente du paysage franc-comtois.

De tout cela, qui est toujours à l'œuvre sous le décor parfois bouleversé d'aujourd'hui, un promeneur peut se rendre compte : captive *et* captivante est la façon selon laquelle le passé se filtre continûment dans le présent, sans même que celui-ci le sache. Il ne s'agit pas là – ai-je besoin de le dire ? – de patrimoine, c'est tout le contraire : quelque chose de flottant, comme l'esprit des rivières, quelque chose de discret et d'insituable, qui pourtant irradie une contrée et parfois s'y dépose : le long des routes ou des rues, sur un pré en pente d'où la brume s'évade ou dans une ruelle brusquement descendue. Et pas forcément, on s'en doute, là où c'est annoncé. Par exemple j'ai aimé Salins-les-Bains, que je ne connaissais pas. Non parce que j'y ai passé la nuit ou parce que j'y ai fait, dans une salle remplie de nouveaux et d'anciens petits-bourgeois, un dîner de notaire, mais parce qu'il m'a semblé que tout en longueur, avec de grandes maisons, avec le dôme en tuiles vernissées de la chapelle Notre-Dame Libératrice incorporée à l'hôtel de ville, cette petite ville de piémont, malgré ce qu'elle a dû perdre (ses salines, puis sa faïencerie), avait de la tenue et quelque chose d'un charme lointain, décalé dans le temps et l'espace. Peut-être parce qu'elle est aujourd'hui une station thermale – un établissement de bains et un casino en attestent – mais il ne me semble pas. C'est dans le petit parc des Cordeliers, de l'autre côté de la presque invisible Furieuse, que c'est venu. Quoi ? Rien d'épais, rien de sûr, mais dans le genre tremblé, un peu incertain de ce qu'il peut y avoir de plus éloigné dans la province quand elle ne cherche pas à forcer la note ou, au contraire, à imiter le ton de la grande ville, une remontée et peut-être, si ce n'est pas déjà trop dire, si ce n'est pas trahir la discrétion de la sensation, une épiphanie (au sens que Joyce chercha à donner à ce mot, en tirant l'apparition hors de toute figure). Je peux seulement dire qu'il y a là-bas un kiosque à musique placé au sommet d'un rocher artificiel dont les flancs et les creux sont garnis de buis taillés en nuages, à la japonaise ; que, plus loin, on peut voir un étrange groupe sculpté, dans le goût « érotique gommé » des années trente, avec une jeune fille nue agenouillée qui tend les bras à un petit chevreau qui rue ; que sur le monument à l'enfant du pays, Victor Considérant, se lit sous son nom l'inscription suivante : ÉLÈVE DE POLYTECHNIQUE/CAPITAINE DU GÉNIE/REPRÉSENTANT DU PEUPLE/PROSCRIT/1808-1893 ; que l'ensemble formé par les pelouses non rases, les allées, les aires de gravier et les arbres, dont quelques grands sujets, n'aboutit à rien qui ressemble à un beau ou très beau parc urbain, mais qu'en ce manque même, et en ces manquements à l'art des jardins, je ne sais vraiment pas comment, était venu (c'était le matin, et le parc était vide de toute présence humaine) s'instiller un très subtil et très loyal souvenir, fin comme un présage, de tous les rêves faits en ces pays.

25

Un voyage le long de la Vézère

Pas plus de cent quatre-vingts visiteurs par jour. Telle est la condition à laquelle on doit se soumettre pour découvrir Font-de-Gaume, la dernière des grottes à figures préhistoriques polychromes qu'il est possible de voir. Pourtant, lorsque j'y suis venu, un jeudi de juin, c'est du premier coup que j'ai pu faire la visite : peut-être parce que la foule ne se presse pas à Font-de-Gaume, plus probablement parce que en ce jour de juin très orageux l'on était loin encore de la haute saison. Mais ce fut en tout cas un grand plaisir que de gravir presque seul le chemin qui mène à la grotte. Le ciel couleur de plomb – c'est l'expression consacrée, mais elle est juste, elle est vraie – se faisait de plus en plus menaçant, mais ce n'est que lorsque je parvins à l'entrée de la grotte qu'il se mit à pleuvoir, doucement d'abord, puis violemment ensuite. Assis sur un banc protégé de la pluie par le rebord de la falaise formant une corniche épaisse et très avancée semblable à celles que l'on rencontre un peu partout dans la région et notamment, tout près de là, au-dessus de la terrasse du Musée national de la Préhistoire aux Eyzies-de-Tayac, je vis arriver au compte-gouttes les autres visiteurs, tous très calmes et semblant comme moi accepter de transformer ces minutes d'attente en une sorte de tiret allongé, presque parfait en son genre, avec en lui le bruit de la pluie et la lumière se recueillant assez blanche sous ce que le ciel chargé lui laissait. À la fin, un groupe de douze personnes s'était formé, c'est la limite autorisée : des étrangers pour la plupart, il me sembla, en fait je m'en aperçus quand la guide nous rejoignit, j'étais le seul Français du groupe, ce qui me valut un rôle improvisé d'assistant à la traduction et, au passage, plus apprenti que maître, d'apprendre qu'en anglais « renne » se dit *reindeer*.

La montée à la grotte est lente et belle, on suit entre les arbres – des chênes verts surtout – un chemin assez pentu recouvert d'enrobé qui se termine par un escalier, au-delà d'un cabanon en planches servant de bureau, et l'on débouche sur une sorte de petite esplanade donnant sur deux orifices s'ouvrant dans les anfractuosités de la roche. L'un, fermé par une grille, sert à entreposer les sacs et les objets que les visiteurs doivent déposer avant de pénétrer dans la grotte ; l'autre, plus étroit, plus contourné et fermé au fond par une porte, constitue l'entrée de la grotte proprement dite et évoque malgré lui et malgré l'évidente antiquité de la formation rocheuse quelque tunnel de train fantôme – on dirait presque que la forme en a été intentionnellement sculptée. Un tapis de caoutchouc alvéolé forme seuil : à l'intérieur il continue et couvre la totalité du couloir parfois très étroit que l'on parcourt. Des lumières servant de guide visuel mais n'éclairant que très peu, placées sous ce tapis, permettent de deviner l'espace dans lequel on a pénétré – une sorte de grande fente tantôt très étroite, tantôt formant vaguement une nef. Découverte en septembre 1901 par Denis Peyrony,

Henri Breuil et Louis Capitan quatre jours seulement après celle des Combarelles, la grotte de Font-de-Gaume était en fait connue des habitants, comme en attestent les graffitis que des enfants ont tracés sur les parois au début du parcours souterrain. Différente de celle de Lascaux est donc l'étrangeté de cette grotte : connue de toujours mais *reconnue* seulement lorsqu'elle fut visitée par les trois savants au tout début du XXe siècle, au moment où l'existence de l'art paléolithique commençait à prendre consistance.

Les peintures que l'on y voit ne sont ni aussi nombreuses ni aussi bien conservées que celles qui furent découvertes à Lascaux, plus tard et dans des conditions bien plus rocambolesques : tandis qu'à Lascaux tout était resté caché jusqu'à ce jour de septembre 1940 où quatre adolescents décidèrent d'élargir la cavité que l'un d'eux avait découverte quelques jours auparavant, à Font-de-Gaume les peintures, que l'on estime vieilles de 14 000 ans, et donc un peu plus récentes que celles de Lascaux, sont restées tout ce temps en contact avec l'air – un air certes raréfié et très peu renouvelé, du fait de la longueur (125 mètres) et de l'étroitesse de la grotte, cet effet étant renforcé au-delà d'un passage très étroit que l'on a pris l'habitude d'appeler le Rubicon. C'est d'ailleurs au-delà de ce goulet que se trouvent les peintures dont la délinéation est encore assez franche, le plus beau groupe, dit du carrefour, enchevêtrant dans une sorte de sfumato chinois des rennes et des bisons.

Ce groupe, puis celui des cinq bisons (l'animal le plus représenté à Font-de-Gaume, comme d'ailleurs à Altamira), puis celui des deux rennes affrontés, l'alternance de ces figures et de signes tectiformes, l'opposition du rouge et du noir correspondant peut-être à une stratégie symbolique, la présence, à côté des peintures, de figures et de signes gravés, les espèces animales reproduites… à travers les indications que la guide, de façon chaleureuse, nous prodiguait, ce qui se creusait, dans la fraîcheur, au fil des faisceaux de lumière de sa lampe torche ou des points rouges de son pinceau laser, c'était moins l'entière étrangeté de ces figures que leur caractère presque familier : sans doute en existe-t-il de plus riches, de plus anciennes (à Chauvet, on en est à 30 000 ans !), mais voilà, ce qui l'emporte toujours, aussitôt qu'on s'en rapproche, c'est le caractère générique et d'un seul tenant de l'art pariétal, c'est sa vitesse de concrétion originaire. Sans doute chaque site est-il différent, chaque figure distincte, chaque groupe de signes opératoire, mais l'énigme, qui est presque entière, est globale, unanime, et renvoie unanimement à l'existence de ceux qui ont laissé ces traces et qui, parce qu'ils les ont laissées, si mystérieusement, dans le ventre de la Terre, cessent d'être simplement de très très vieux et lointains cousins pour devenir *nos* ancêtres.

Mais ce que désigne ce nous est sans appartenance, sans filiation – c'est l'espèce humaine comme telle qui est présentée par cette visibilité de l'apparition du symbolique, tout comme elle l'est, plus haut encore dans le temps, par l'apparition des outils. Mais de l'outil au symbole, le pas qui est franchi est tel qu'il libère pour nous une puissance d'affect, une émotion sans commune mesure, et d'autant plus violente et transie qu'elle repose sur des actes de figuration. Devant la frise des bisons, l'un des membres de notre petit groupe de visiteurs, une Américaine, éclata en sanglots en pensant à leur âge, et nul, sauf elle, n'en fut surpris ou gêné. « *I am so emotional* », dit-elle pour s'excuser, mais ce n'était pas la peine, sa note était juste. Devant les milliers et les milliers d'éclats, de bifaces ou de pointes de flèches que l'on peut voir au musée des Eyzies, on peut être bouleversé par la quantité – par la beauté aussi de ces objets, mais ce n'est pas la même chose. La sensation que l'on éprouve, si elle est bien là aussi celle d'une humanité commençante, se décale malgré tout du côté de quelque chose d'acharné en quoi se profile déjà, avec tout ce qu'il peut avoir de soucieux, d'ombrageux et d'avide, l'*Homo habilis*. Tandis que si c'est lui aussi qui est descendu dans les grottes pour y peindre ou y graver ces grands animaux qui le hantaient, là nous pouvons le suivre d'une tout autre manière, et si les traces qu'il y a laissées nous demeurent obscures, du moins nous conduisent-elles vers le cœur de sa relation aux choses, c'est-à-dire vers la certitude angoissée d'une saisie.

Font-de-Gaume, Combarelles, Rouffignac, les différents abris ou gisements proches des Eyzies-de-Tayac (Laugerie Basse et Laugerie Haute, le Poisson, Micoque), d'autres encore et, bien sûr, l'ensemble de peintures exceptionnel découvert à Lascaux : la densité des sites préhistoriques du Périgord est étonnante et marque de son sceau tout l'air de la région, à commencer par la vallée de la Vézère, qui en est un peu l'axe traversant, si parler ainsi a un sens quand tout donne l'impression d'un étoilement, d'une lente sédimentation de l'humanité sur ses bords. En tout cas c'est là plus qu'en aucun autre point du territoire que s'éprouve, dans ce qu'elle a d'extraordinairement troublant, l'ancienneté d'une habitation, autrement dit d'une hantise. Ces hommes, ces hommes si anciens qui peignaient donc sur les parois des grottes rennes, taureaux, chevaux ou aurochs, ils ont été comme avalés par le temps, mais c'est un peu, sitôt qu'on sait qu'ils ont été là, comme si la rivière au bord de laquelle ils durent allumer des feux et sans doute aussi chanter charriait dans l'épaisseur de son eau trouble quelque chose qui est venu avec eux et qu'ils n'ont pas lâché. Pierre Michon, dans *La Grande Beune* (la Beune est le nom de la rivière qui se jette dans la Vézère au niveau des Eyzies, la grotte des Combarelles se trouve dans sa vallée), a remarquablement attrapé cela, cette sorte d'appel muet qui, venant du fond des âges, semble siphonner tout le pays et placer sa rumeur sous les gestes et les corps en les enroulant dans sa nuit.

Et en ces jours de juin, où la rivière était en crue, emportant quantité de branchages dans un flux rapide de couleur brune, c'était comme si, rongeant la terre des rives et lourde de limon, elle avait figuré à la fois la mémoire et l'oubli, l'une et l'autre confondus dans le silence étrange de la masse d'eau s'enfuyant vers l'aval. Juste après avoir dépassé Uzerche, la ligne Paris-Toulouse longe la Vézère pendant assez longtemps. C'est la partie où celle-ci est resserrée dans des gorges et où elle est parfois inaccessible par la terre. J'avais voyagé jusque-là en compagnie d'un couple kabyle et de leur fils qui rentraient à Decazeville (un périple encore de nos jours) et rêvaient de s'établir à Lyon. Ils avaient les uns envers les autres (le mari envers sa femme et réciproquement, et tous deux envers leur enfant) des rapports pleins de bonne humeur complice et ils avaient été très heureux que je reconnaisse leur langue. Mais je les quittais pour aller regarder du côté où le train domine les gorges, car le spectacle était magnifique : à travers une végétation très dense, dans de brusques trouées, on pouvait apercevoir de temps à autre, en contrebas, la rivière, d'une couleur presque chocolat, se précipiter entre les flancs abrupts de la vallée, des filets de brouillard très mobiles s'accrochant aux arbres, le tout sous un ciel extrêmement assombri et menaçant : belle entrée en matière, il me sembla, même si c'est plus en aval que je désirais me rendre : à Montignac, aux Eyzies et au-delà encore, jusqu'au confluent avec la Dordogne.

Après avoir reçu l'apport de la Corrèze juste après que celle-ci a traversé Brive, la Vézère, qui du coup s'est sensiblement élargie, change d'orientation et s'écoule un temps vers l'ouest. Ayant loué une voiture à Brive, je retrouvai la rivière en fin d'après-midi à Terrasson-Lavilledieu où j'étais déjà venu autrefois, pour des rencontres liées aux jardins de l'Imaginaire, c'est leur nom, qui sont établis au-dessus de cette petite ville. À Terrasson, j'en avais le souvenir, la Vézère est d'une largeur étonnante, sans commune mesure avec ce qu'elle a été en amont, mais bien supérieure aussi à ce qu'elle est plus bas. Et ce jour-là, dans cette largeur quasi fluviale qui s'étend entre l'ancien pont et le nouveau, la crue prenait elle aussi des proportions gigantesques, d'autant plus que la pluie s'était remise à tomber avec force. Dans le café où je m'étais abrité, près du nouveau pont, les clients commentaient tout cela sans effroi ni surprise, même si la période était un peu inhabituelle pour un tel niveau, comme me le confirma l'amie chez qui je passais la nuit, plus haut, tout près, dans les vallons, amie qui reçut au cours de la soirée plusieurs SMS envoyés depuis Oulan-Oude, chose à peu près folle si l'on y pense mais à laquelle nous sommes pratiquement déjà habitués.

(La Vézère je m'en rends compte, même si son cours n'est pas si long, vient de loin, elle a traversé tout d'abord les tourbières du haut Limousin, des pays de maisons rares et enfoncées, des pays d'ardoises – ce n'est qu'au-delà de Terrasson qu'elle rejoint les tuiles et, dirait-on, le soleil. Je me souviens aussi de l'étonnante lumière tamisée qu'il y a sous les vergers de noyers (on peut dire noyeraies, mais le mot est bien rare), et cette lumière, que je ne crois pas avoir vue par exemple en Isère, autre pays producteur de noix, évolue elle aussi en allant vers le sud : aux abords de la vallée de la Dordogne, quelque chose de plus clair vient dans son infusion.)

Il y a un plaisir spécifique à suivre le cours des rivières, à éprouver dans son corps (ce qui est possible même en voiture) la forme des bassins versants, la variation de leur largeur et de leurs pentes. De surcroît, entre Montignac et Limeuil où elle se jette dans la Dordogne, et par conséquent dans la partie finale de son cours, la Vézère est devenue cette vallée le long de laquelle pas moins de 147 gisements préhistoriques et 25 grottes ornées sont répertoriés, lui octroyant une célébrité qui ne doit donc rien à l'Histoire en tant que telle, ce qui a pour effet de modifier complètement le rapport au temps. D'autres signes d'autres époques sont là, à commencer par le château de Losse, la cité troglodytique de La Roque Saint-Christophe ou l'église romane de Saint-Léon-sur-Vézère, mais ils viennent en plus, comme d'heureux suppléments, car c'est la préhistoire, ce sont les peintures pariétales, c'est Lascaux, qui règlent ici le choc et orientent la vision de tout le paysage : de telle sorte qu'entre le cours d'eau et le temps écoulé depuis la préhistoire, j'y reviens, une sorte de solidarité intervient, qui décale un peu tout ce qu'on voit, tout ce qu'on voit d'autre. Mais entre l'eau et les cavernes, la complicité est plus grande encore, car le monde souterrain où les hommes s'enfonçaient pour peindre, aidés seulement par quelques petites lampes à graisse, est un monde de ruissellements, un silence sonore tout imprégné d'humidité. Et l'on peut rêver longtemps sur cette observation faite par Michel-Alain Garcia et Madiha Rachad dans leur livre sur *L'Art des origines au Yémen* que cite Jean-Louis Schefer dans ses passionnantes et parfois agaçantes *Questions d'art paléolithique* ; la voici : « Dans l'art paléolithique, on constate que souvent les animaux semblent boire l'eau ruisselant des fissures, comme à Niaux par exemple. » Et peu importe ici que Niaux soit en Ariège, ce rapport à l'eau se déploie et prend, sur la Vézère, un sens inattendu : par-delà toutes les possibilités de rituels dont nous ne savons rien, ce dont on peut être sûr c'est que les animaux qui furent à l'origine des peintures de Lascaux ou de Font-de-Gaume se sont tous abreuvés à cette eau que l'on voit : du coup, c'est toute la peinture des grottes qui, symboliquement au moins, a les pieds dans l'eau.

L'« heure tranquille où les lions vont boire », nous pouvons l'exporter des temps bibliques de *Booz endormi* vers ces temps largement antérieurs où, en effet, des lions rôdaient dans les parages européens, ainsi que l'attestent à la fois ossements et images, même s'ils sont moins nombreux que pour d'autres espèces. À ces lions des cavernes, il faut ajouter d'autres animaux qui, comme eux, ont disparu de l'Europe actuelle mais qui existent toujours, comme le renne ou le rhinocéros, et aussi des animaux qui, eux, ont intégralement disparu, comme le mammouth ou le très impressionnant mégacéros, ce cerf géant aux bois démesurés dont une reconstitution très vraisemblable est proposée à l'entrée du musée des Eyzies. Et bien sûr aussi les animaux qui sont toujours là sur place, presque inchangés, comme les cerfs, les chevaux ou les vaches. Mais quelles qu'aient été les raisons pour lesquelles, et sur une très longue période, de l'aurignacien à la fin du magdalénien, soit pendant près de vingt mille ans, les hommes qui habitaient là les peignirent, ce qui nous est renvoyé, par-delà le geste humain lui-même, c'est l'existence de ces hordes, et donc toute une faune à travers laquelle le pays se rend exotique à lui-même. Aujourd'hui, l'idée que de tels animaux aient fréquenté l'Europe occidentale est avérée, mais il fallut beaucoup de courage à Boucher de Perthes qui, le premier, et sur des indices beaucoup moins nombreux et probants que ceux dont nous disposons, en formula l'hypothèse.

Il est clair que les peintres n'alignaient sur les parois ni un tableau de chasse ni une simple prouesse mimétique et chacun devine que les motivations de ce qui, pour nous, fonctionne comme une origine de l'art, excèdent infiniment cette sphère où elles n'ont même que très peu à faire, quelle que soit la beauté parfois éclatante de ce qu'elles ont produit. Vaine selon moi est la discussion qui cherche à opposer un aspect visionnaire à un aspect réaliste : la perfection parfois atteinte (le « on n'a pas fait mieux depuis » de Picasso) dépasse et dépose cette alternative. Ces hommes avaient avec les bêtes – avec les mammifères en tout cas – des relations étroites qui relèvent, qu'on le veuille ou non, d'une intimité perdue : l'absolument différent (l'animal) était l'absolument intime – c'est lui, l'animal, qui revenait dans la nuit humaine. Dans la « crypte que l'homme porte en lui-même » (expression que j'emprunte à un essai de Tomás Maia), il y avait d'abord des animaux, et ce sont eux qu'il peignait sur les parois des grottes où il n'habitait pas, déposant sous terre, dans de longs boyaux perdus, les images de ce qui le hantait – ses visions, autrement dit, c'est la même chose, ce qu'il avait retenu de ce qu'il avait vu.

Et ce qui est possible, c'est que cette relation aux animaux (tout le reste, les signes, les outils, les armes, venant après elle, avec elle), si étrangère à tout ce que véhicule le récit de formation traditionnel de l'Occident, ait contribué à écarter (imparfaitement, hélas) des discours sur la préhistoire le pathos humaniste et son rejeton quasi obligé, le pathos patriotico-patrimonial. À l'« émergence de l'homme » (un des refrains de ce pathos), l'art paléolithique oppose la vérité d'un regard où l'espèce humaine, en tout cas, n'est pas l'héroïne principale du drame de l'existence. Et au pathos nationaliste, alors que le sous-sol de la France est truffé de preuves d'une activité intellectuelle très ancienne, la nature même de celle-ci, à travers ses productions, envoie une série d'images dans lesquelles il ne peut trouver ses marques. (La même chose, notons-le, pourrait être dite à propos de l'Espagne et du gisement cantabrique, aussi important que celui de la France du Sud-Ouest.) Ce qu'un Gaulois (certes fantasmé) peut faire, un homme du magdalénien ne le peut pas. Le fantasme qu'il produit en fait un pur sauvage et malgré les peintures, malgré l'extrême raffinement des objets, c'est – via le cinéma surtout – une imagerie héritée de *La Guerre du feu*, avec ses hordes d'hommes trapus éructant un semblant de langage, qui continue de régner. « Nos ancêtres les magdaléniens », cela n'existe pas, ou à peine.

Tant pis ou peut-être tant mieux : car pendant ce temps-là les hommes de la préhistoire du moins restent tranquilles, et la vallée de la Vézère n'est appelée à résider que dans le grand appartement collectif de l'humanité, ce qui est malgré tout plus confortable que de devoir être serviable dans l'antichambre d'une seule nation. D'autres raisons que la prégnance animale, et peut-être plus directement, ont sans doute contribué à faire que l'étau de la croyance nationale ne se referme pas sur la préhistoire. La première et la plus évidente d'entre elles est le caractère extrêmement tardif des découvertes qui ont permis de mettre au jour l'existence de pans entiers d'histoire humaine. Cette histoire d'avant l'Histoire en effet n'existe ni dans la conscience collective ni dans le monde savant avant la fin du XIXe siècle. Et encore : entre le moment où la petite Maria Sanz de Sautuola, âgée de huit ans, désigna à son père des *« toros »* qu'elle avait identifiés au plafond de la grotte d'Altamira (en 1879) et la reconnaissance, par le monde scientifique, notamment français, des conséquences que Marcelino Sanz de Sautuola en avait tiré – soit l'attribution de ces peintures à l'âge paléolithique – il fallut plus de vingt-cinq ans de polémiques pour que l'hypothèse d'une datation aussi haute soit confirmée et pour que l'art pariétal soit effectivement pris en compte dans le récit de formation de l'humanité. L'archéologue amateur espagnol, mort en 1888, ne put assister à la réhabilitation de ses thèses : il est peu de spectacles humains aussi abjects que ceux offerts par le conformisme scientifique se donnant de grands airs et clouant au pilori ceux qui, par une idée neuve, viennent bouleverser des convictions et des systèmes qui sont aussi d'inépuisables filons de carrières.

Mais pour comprendre cette résistance, il faut rétablir la violence de la remise en cause que ces découvertes libéraient : avec elles, en effet, ce n'étaient pas seulement quelques datations qui étaient à revoir et il ne s'agissait pas non plus d'une simple étape sur le long chemin de la remontée dans le temps des origines de l'humanité. Que des hommes – comment, devant leurs productions, les appeler autrement ? – aient pu, des milliers d'années avant tout ce qu'on avait pu tenir jusque-là pour une origine de l'art, produire des images-visions aussi ressemblantes et aussi achevées, cela rompait avec la conception d'une humanité gravissant par paliers le chemin d'une montée vers l'imitation – dont l'art admiré par ces mêmes savants positivistes et leurs cercles représentait selon eux la quintessence. À la révision complète du schème même d'imitation et au vaste chantier que proposaient les découvertes faites dans les grottes, nul en vérité n'était prêt. Le plus simple, dès lors, fut de nier, puis, lorsque l'évidence, grâce au travail acharné de quelques-uns, s'imposa, de marginaliser l'importance des découvertes. De ce point de vue aussi, Lascaux est exceptionnel – c'est avec sa révélation que quelque chose, définitivement, se renverse et Chauvet, sans aucun doute équivalent sur le plan de la richesse du matériau pictural mis au jour, n'aura plus toutefois qu'une valeur de confirmation, dont même le descellement chronologique qu'il en propose fait partie.

Lascaux, justement, qui après des millénaires de tranquillité, n'aura basculé dans l'histoire du regard que pour s'en éclipser à nouveau. Quinze années seulement séparent les premiers aménagements destinés à permettre la visite de la grotte (1948) de la décision de la fermer au public (en 1963, André Malraux étant ministre de la Culture). Malgré diverses tentatives de régulation, les dommages occasionnés par la modification de l'atmosphère de la grotte sous l'effet, principalement, de la respiration de visiteurs de plus en plus nombreux, s'avérèrent trop importants, et aujourd'hui, près d'un demi-siècle après la fermeture de la grotte, la situation initiale n'est pas rétablie. De la « maladie verte » aux moisissures blanches et aux taches noires, entre algues, champignons et voile de calcite, les choses sont loin d'être réglées, et les opérations que l'on tente, avec des succès variables, ont toutes l'inconvénient de devoir faire intervenir à nouveau la présence humaine, fût-ce à une échelle très réduite et avec des instruments sophistiqués.

Ce que le visiteur peut voir aujourd'hui, c'est donc une copie, c'est ce que l'on appelle Lascaux II. Ouvert en 1983 à 200 mètres de la vraie grotte, Lascaux II n'en reproduit qu'une partie. Ni la simulation des cavités et des parois, réalisées avec beaucoup de précision, ni celle des peintures ne reproduisent donc l'intégralité du site, mais peut-être le fait qu'à leur tour les copies, encrassées, aient besoin d'être restaurées leur confère-t-il un surcroît d'authenticité ? En tout cas, le simple fait de savoir qu'on ne se trouvera pas devant l'effectivité ou la vérité suffit à amoindrir l'émotion que l'on éprouve en laissant Montignac où il a d'abord fallu prendre le billet permettant la visite. À la sortie d'un abri courbe laissant imaginer de longues files d'attente, l'entrée de Lascaux II, par un escalier qui descend sous terre, imite assez bien le style plutôt chtonien de la véritable entrée – mais rien là, dans un cas comme dans l'autre, qui ait le pouvoir de suggestion de l'entrée de Font-de-Gaume, à même la roche, ou qui approche la beauté du site des Combarelles, avec son pré s'enfonçant comme un estuaire entre les parois rocheuses et les boisements qui l'encadrent.

Sur la photographie prise peu de temps après la découverte et où l'on voit Marcel Ravidat et le jeune Jacques Marsal, deux des découvreurs, ainsi que l'instituteur Léon Laval et l'abbé Breuil poser devant l'entrée, celle-ci n'est guère différente de ces trous que l'on voit parfois se former en forêt autour des racines d'un grand arbre renversé. C'est d'ailleurs un tel accident qui fut à l'origine de la découverte de la cavité – Robot, un petit chien appartenant à l'un des garçons, s'étant infiltré dans l'ouverture. Et ici immanquablement, à la couche de la préhistoire proprement dite, se superpose celle de l'époque de la découverte de Lascaux, j'y reviens : septembre 1940 donc, peu avant la rentrée scolaire, pour ce qui est du calendrier, mais sous le régime déjà installé de Pétain et donc sous l'Occupation, pour ce qui est de l'Histoire. Incroyable allure « Jeux interdits » ou « Guerre des boutons » des garçons, quoique déjà sortis de l'enfance et basculant vers le zazou, béret et godillots de l'instituteur, touche un peu plus urbaine de l'abbé Breuil qui, avec son chapeau gondolé, évoque vaguement André Gide – j'aime tout ce qui dans le climat de cette découverte se décale avec tant de facilité de la grande Histoire et de son cortège de mythes fondateurs, semblant écrire une page inspirée et brouillonne où, sur des cahiers à interlignes remplis d'une écriture de pleins et de déliés s'intercalerait soudain une incroyable frise d'animaux bondissant dans l'espace. Dans le dos d'une époque qui fut d'abord, en France, celle de la tristesse et de la honte, soudain, sans emploi ou presque tout d'abord, l'irruption d'une prodigieuse et lointaine liberté.

Peut-être est-ce par ce biais-là, comme en Espagne par celui de la petite Maria Sanz montrant à son père les taureaux qu'elle avait vus au plafond d'Altamira, que Lascaux rejoint, bien malgré lui, quelque chose de français : ce qui pour ce livre m'a attiré sur les bords de la Vézère, c'est bien entendu l'ancienneté avérée du peuplement et à travers elle la question de l'origine, c'est-à-dire, en vérité, celle de l'impossibilité des filiations à de telles distances. Au contraire, entre les contemporains de la découverte de Lascaux et nous (les deux plus jeunes découvreurs vivent encore aujourd'hui), il n'y a que le saut de quelques milliers de feuilles d'agenda, et l'on se retrouve très vite en pays de connaissance avec, sur des dessus de cheminée empoussiérés, des photos encadrées semblables à celle que je viens d'évoquer et tout un cortège de signes, de la lampe à suspension à la toile cirée en passant par l'évier de faïence, la blouse et la cafetière en tôle émaillée. Terroir ? Non pas, seulement un calcul de distance, la filiation étant ce qui permet de dire : nous en venons, et nous n'y sommes plus. Toujours surprenante en effet est la vitesse des changements, l'accélération des courbures qui font que l'on passe sans même s'en rendre compte d'un âge à un autre, car ce n'est pas seulement la forme de la ville qui « change plus vite, hélas, que le cœur d'un mortel », comme ce n'est pas seulement de l'accumulation des acquis techniques que résulte la sensation que tout va toujours trop vite et ne fait que passer : en quelques générations les réseaux d'objets et d'affects formant la lingua franca d'une communauté disparaissent, et c'est une autre langue qui est parlée. À partir de quel éloignement peut-on dire que l'on ne comprend plus vraiment ou plus du tout la lingua franca d'une époque ? C'est très difficile à dire, et très variable : tandis que des séquences entières d'objets ou de sentiments demeurent saisissables et parfois même actives, d'autres sombrent très vite dans l'oubli.

Mais quand tout est vraiment trop loin, comme avec les hommes et les femmes de la préhistoire, alors nous pouvons dire qu'aucune séquence n'est vraiment parlante pour nous : non seulement la connaissance que nous avons d'eux est par trop lacunaire, mais aussi la forme interne de leur expérience nous échappe totalement. Et les peintures, reflets immédiats de cette expérience, si elles nous entraînent dans leur orbe et nous permettent de les apparenter à la naissance de l'art, imposent avant tout l'existence d'un registre auquel nous n'avons pas accès et sur lequel les mots que l'on tente – art justement, mais aussi rituel, pré-écriture, chamanisme – ne font guère mieux qu'adhérer quelques instants avant de retomber dans un puits sans fond.

Pourtant, quelque chose résiste, quelque chose rechigne à laisser partir entièrement les temps préhistoriques d'un côté qui ne serait en aucune façon tourné vers nous. Non qu'il y ait filiation, descendance au sens strict : nous sommes encore moins proches des habitants du magdalénien que les Égyptiens d'aujourd'hui ne le sont des contemporains de Ramsès ou les

Américains des populations mêmes que leurs aïeux ont exterminées. Mais, d'une part, sur le plan d'immanence de l'apparition de l'humanité à elle-même, ce qui est configuré avec la grande peinture pariétale prend spontanément la valeur d'une origine ou d'un nouage. Et, d'autre part, sur le plan de la résonance locale, en tout cas depuis qu'on sait qu'ils ont vécu là, sur les bords de la Vézère, le pays est leur pays : même si le lit de la rivière était nettement plus haut qu'il ne l'est aujourd'hui, même si la plupart des animaux qu'ils croisaient ont disparu ou émigré, il y a sur ces terres, venant de leur existence, une sorte d'imprégnation, et c'est d'elle, avant tout, que j'ai cherché à rendre compte. Mais deux questions se posent aussitôt :

En va-t-il de même là où la densité des gisements préhistoriques est d'égale consistance ? En Cantabrie, par exemple, autour de Santillana del Mar ? Pour répondre, il suffirait d'aller là-bas, entre le Pays basque et les Asturies (j'espère le faire un jour), mais il me semble qu'à peu près partout dans le monde, et quelle qu'ait pu être la puissance d'effacement du temps, rien de ce qui a été ne s'évapore intégralement et qu'il y a, pour les signes et les traces, un équivalent de ce que pour les graines et les semences les agronomes appellent la dormance – autrement dit une capacité d'éveil ou de réveil qui se maintient en traversant le temps. Que dans le cas de l'art pariétal la dormance ait été particulièrement longue n'enlève rien au pouvoir suggestif de ce sommeil, au contraire – mais c'est précisément là le point où naît la seconde question : qu'en était-il de ce pays quand on ne savait pas ? Et est-il bien sûr qu'on n'ait rien su ? Je ne veux certes pas diminuer la violence de l'éveil et encore moins supposer une sorte de continuité, mais il me semble que sur des lisières endormies de l'inconscient collectif et le long de toute une série de gestes de la civilisation matérielle, aux antipodes de la connaissance objective et des savoirs constitués, une sorte de très vague mémoire a pu se maintenir : légendaire, fruste, rétive, elle a les allures d'un chantonnement à peine articulé ou d'un refrain ; sans contours fixés, elle est comme un témoin passé d'âge en âge, et pour peu qu'on le veuille on l'entend.

Est-on sûr qu'on l'entendrait, ou qu'on y penserait, si l'on n'avait pas idée de tout ce qui la fonde ? Même si rien ne le prouve, je crois que oui. Il faut seulement s'arrêter et tendre l'oreille. Et c'est ici que revient l'eau, l'étrange être de l'eau dans sa figure mobile : s'écoulant toujours et demeurant toujours, même en crue, comme une vivante image du temps, et la plus simple, la plus immédiate aussi, la rivière semble, alors même qu'elle s'efface sans fin, prendre en charge tout le passé écoulé et réussir le prodige de confondre en un seul raccourci toutes les dimensions du temps – amont et aval existant simultanément aux lieux où l'on s'arrête pour prendre la mesure du flux. Ces arrêts ont partout le même sens, la même vertu – une ouverture métaphysique gratis, une fraîcheur, le plus souvent, et une dilatation.

Au bord de la Vézère, à cette dilatation naturelle s'en ajoute une autre, celle du temps imaginé de ces hommes lointains, celle d'un lointain d'avant l'Histoire. Et c'est dans le mouvement même de cette dilatation augmentée que viennent se former des sortes de plis mais provoqués, eux, par l'Histoire. La halte à Saint-Léon par exemple. À mi-chemin entre Montignac et Les Eyzies, et donc au cœur même de la vallée de la Vézère (et aussi, je l'ajoute, à peu près pile sur le 45ᵉ parallèle), ce village beau et calme, même s'il est proche lui aussi de gisements préhistoriques, se déclare d'abord par une ancienneté beaucoup plus fréquente, celle du Moyen Âge : de façon discrète, avec un château qui n'est pas immense et, surtout, avec une église romane posée juste au bord de l'eau. Construite à la fin du XIᵉ siècle sur l'emplacement d'une villa gallo-romaine, cette église est massive et simple, directe, noble, rugueuse et douce à la fois. Un parvis en dégage les abords, et elle est comme sur une terrasse dominant de très peu la rivière. Sur ce terre-plein, un arbre de la liberté a été planté en 1989, on le sait parce que, sur le tronc encore assez mince de ce tilleul, une feuille plastifiée ornée de rubans tricolores le dit : « Je suis un arbre de la liberté. » Il y a donc cette déclaration, indice récent d'une marque républicaine affirmée, juste à côté d'une église qui était une halte sur le chemin de Saint-Jacques-de-Compostelle. On y pense, et ce sont ces plis dont je parlais : l'Histoire, ses remous. Le bâton des pèlerins ou la pique des sans-culottes, un vague scénario hugolien s'esquisse, la légende des siècles, par bribes, là, tout près de cette eau gonflée, de couleur presque rousse, qui a submergé les tables de pique-nique posées sur la berge très peu en amont de l'église. À cette confluence des époques, rien d'épique, non, je me souviens de quelque chose de silencieux, porté par l'eau, emporté.

La Vézère, il me sembla que je lui devais de l'accompagner jusqu'au point où elle finit, peut-être par remords de ne l'avoir pas fait pour la Loue. C'est à Limeuil qu'elle achève son cours, en se jetant dans la Dordogne et, avec la crue – la Dordogne elle aussi s'enivrait de sa propre abondance –, le spectacle en valait la peine. Le village, situé sur un éperon, domine le confluent comme un balcon, mais c'est en bas, à l'orchestre en quelque sorte, que la vue est la plus surprenante. Là se tenait autrefois un port qui était un point de rupture de charge entre les bateaux venant du Massif central, chargés surtout de bois, et les gabarres qui descendaient vers Bordeaux. Et c'est de là, depuis donc ce qui est aujourd'hui une sorte de grève (elle était largement submergée le jour de mon passage), que s'apprécie le mieux le spectacle des deux rivières se rejoignant selon un angle plutôt aigu qui ménage entre elles une presqu'île où s'accrochent les ponts qui les franchissent, et qui sont semblables l'un à l'autre. Pour mieux me faire comprendre, peut-être pour une fois puis-je reproduire le dessin que je fis dans mon carnet, frêle écho de ceux, nombreux, qui parsèment *Henry Brulard* et y servent d'appui au travail de la mémoire :

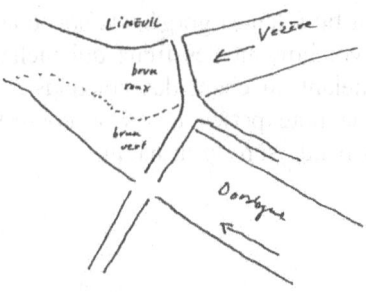

En ces jours de très hautes eaux, au spectacle de la jonction proprement dite s'ajoutait celui, vers l'aval, d'un lent chinage fluide des coloris, le brun-vert de la Dordogne, un peu plus ample pourtant, finissant par disparaître sous l'afflux plus puissant et plus impatient du brun-roux presque opaque de la Vézère. Au-delà, un autre monde commence, qui échappe cette fois définitivement à la force d'attraction du Massif central. Cet autre monde, solaire, se manifeste plus en amont sur la Dordogne, là où elle traverse en sinuant une chaîne de villages et de châteaux. « La France n'a nulle part d'aussi belles vallées, d'aussi brillantes dans l'éclat du soleil et la variété des cultures », dit Vidal de La Blache, et tout lui donnait raison la nuit que je passais à La Roque-Gageac où la Dordogne sépare une rive droite qui n'est qu'une très haute falaise d'une rive gauche plutôt plane et ouverte. Semblable à un unique quai, le village, construit sur la rive droite directement sous la falaise, semble écrasé par elle – et ce n'est pas qu'une impression puisque sur une bonne centaine de mètres tout un secteur avait été évacué et la route fermée, la menace d'une chute semblant imminente. Bizarrement, il en résultait un grand calme et j'ai vraiment bu à lentes gorgées le soir que j'ai passé là, avec le vol bruyant des freux qui nichent dans la falaise se mêlant au chant des crapauds accoucheurs dont l'unique note perlée est, sans conteste, un des musts de la bande-son de la nature.

26

Origny-Sainte-Benoîte :
« ... mais la barque s'éloigne »

Avec l'eau de la fontaine de Nîmes je me suis embarqué pour tout un monde de flux et de coulées lentes ou rapides, de rivages calmes ou débordés. Suivre les fleuves ou les rivières, c'était déjà arrivé dans ce livre avec la Loire, le Loir ou la Seille, mais d'un coup je me suis dit que ces lignes sinueuses, qui pénètrent le territoire comme rien d'autre ne le fait, allant parfois jusqu'à le creuser et à passer sous lui, que ces lignes, donc, étaient les meilleurs des guides. Et même si chacun des chapitres concernés parle, autour de la rivière, de tout autre chose qu'elle, il reste que le Rhône, puis la Loue et la Vézère en auront été, chaque fois, les puissances tutélaires. Ces « chemins d'eau » – pour reprendre le titre d'un livre (de Jean Rolin) qui les a suivis mais en privilégiant, lui, les canaux –, on pourrait les suivre pendant des centaines, des milliers de pages – l'expression « roman-fleuve » y trouverait une légitimité nouvelle –, mais il s'agit là d'une idée qui est comme une fiction et qui excède entièrement les forces de ce livre, qui se place ailleurs. Comme chapitre d'eau, il n'y en aura plus qu'un, celui qu'on va lire maintenant, sur l'Oise donc, autrement dit largement plus au nord que les précédents, et sur de tout autres croisées historiques. Au moment même où je me résous à cette économie, j'éprouve bien sûr des regrets, principalement envers la Saône, qui a une amplitude exceptionnelle dans la lenteur, la Garonne (à peine entrevue au Bazacle) et aussi les torrents de montagne.

De la montagne, à Origny, Origny-Sainte-Benoîte, on est très loin. Pourquoi ce lieu, pourquoi ce choix ? Je l'ai dit, il m'a été soufflé par une scène qui se trouve dans *An Inland Voyage* (traduit en français sous le titre vraiment peu littéraire de *En canoë sur les rivières du Nord*) de Stevenson, livre moins connu que celui dans lequel il relate le voyage qu'il fit, un peu plus tard, avec un âne dans les Cévennes. Le *Voyage* raconte le long périple que fit Stevenson, en 1876, en compagnie de son ami Walter Simpson, à bord de deux canoës à voile baptisés respectivement l'*Aréthuse* et la *Cigarette*. Partis d'Anvers, sur les rivières et les canaux de la Belgique et du nord de la France, les deux jeunes gens allèrent jusqu'au Havre, l'Oise fonctionnant dans ce périple comme le trait d'union – qu'elle n'est véritablement que grâce au canal qui la double et l'ajointe à la Sambre – entre une donne émanant du Nord et celle du Bassin parisien. Je dis « du Nord » car nordique échappe difficilement à sa connotation scandinave, et je n'ai pas non plus dit flamande car si les deux jeunes Anglais sont bien partis d'Anvers, l'Oise, elle, prend sa source en Hainaut, entamant là le voyage de 340 kilomètres qui la conduit jusqu'à la Seine, où, grossie par l'Aisne qu'elle reçoit juste au nord de Compiègne, elle se jette à Conflans-Sainte-Honorine, légèrement en aval de Paris. Cela dit, l'Oise est bien petite encore au niveau d'Origny. Lisant Stevenson, je m'étais figuré, sans doute à cause d'images du temps que j'avais en tête montrant de semblables dérives en barque, périssoire ou canoë (Mallarmé, le tout premier, sur sa yole), un cours d'eau déjà appréciable, enjambé par des ponts à plusieurs arches, or il n'en est rien. Mais c'était mal lire, puisque Stevenson explique qu'à plusieurs reprises, en amont d'Origny, leur course avait été gênée par des arbres renversés qui obstruaient le cours *entier* de la rivière, ce qui ne pourrait être le cas avec un cours d'eau un tant soit peu élargi. C'est d'ailleurs du fait d'un incident survenu à l'une de ces occasions – le canoë ayant filé sous lui alors qu'il restait suspendu aux branches d'un de ces arbres renversés – que Stevenson et son compagnon passèrent une journée de repos à Origny-Sainte-Benoîte.

De cette étape décrite par le menu avec ce goût des caractères et des portraits-charges dont Stevenson abuse un peu à mon sens, je ne retiendrai, l'ayant relue, que ce qui s'en était marqué une première fois dans ma mémoire – un climat d'improvisation tranquille, lointain, presque exilé (« les lampes étaient allumées et les ménagères préparaient la salade du souper à Origny-Sainte-Benoîte au bord de la rivière ») et, surtout, l'épisode des trois jeunes filles, c'est-à-dire la scène des adieux : les deux jeunes gens en effet, vite populaires dans ce petit bourg que nul ne traversait ainsi, s'étaient attiré les faveurs de plusieurs demoiselles dont notamment trois sœurs qui avaient dit de leurs embarcations qu'elles avaient « le fini d'un violon ». Ce motif féminin des trois sœurs, qui dans certaines phases du récit sont quatre ou davantage encore, traverse tout l'épisode Origny, qui court sur une vingtaine de pages et à travers lui – peut-être est-ce pour cela qu'il m'a frappé – ce sont d'autres trios ou quatuors de jeunes filles ou de sœurs, du même temps ou presque, qui se surimposent : bien évidemment les trois sœurs de Tchekhov si extraordinairement imaginables (on croirait, quand on lit la pièce, toucher leurs poignets, voir leurs chignons se défaire sur leurs nuques), mais aussi, sur un versant plus hanté, ces jeunes filles sur un pont peintes plusieurs fois par Munch – l'une se tournant vers nous, les autres nous tournant le dos penchées vers la rivière. Mais dans le récit de Stevenson, c'est au moment du départ que les « Grâces d'Origny », ainsi qu'il les appelle, crèvent l'écran, courant éperdues de jeunesse le long de la rive en criant aux canoteurs « Revenez ! Revenez ! », cris qui se perdent évidemment, selon la chute prévisible qui les laisse sur la rive tandis que les bateaux s'éloignent, comme la barque du poème d'Apollinaire qui s'en va, elle, sur le Rhin : 1) « Vous êtes si jolies mais la barque s'éloigne. » 2) « Mais la rivière nous emporta en un clin d'œil dans un brusque virage et nous fûmes seuls avec les arbres verts et l'eau fuyante. »

Peu importe que Stevenson se livre alors à un moment de philosophie sur le temps qui passe qui semble un peu convenu, nous sommes obligés de le suivre et, surtout, de convenir que nous ne ferions pas mieux : « Il n'y a pas de retour, jeunes demoiselles, sur l'impétueux courant de la vie », écrit-il, tout se déroulant alors comme si la rivière qui « était toujours dans une impatience prodigieuse de la mer », autrement dit un peu en crue et rapide, avait décidé d'accentuer encore la prestation de l'irréversible. Mais, par-delà la vitesse à laquelle la course de l'eau efface les scènes ayant lieu sur ses rives et parmi elles celle de ces jeunes filles essayant d'aller aussi vite que le courant, ce qui nous est rendu, c'est justement leur course, ce sont leurs rires, leurs cris, la brusque audace à laquelle les autorise la distance qui s'ouvre et se creuse entre elles et les voyageurs, c'est, autrement dit, par l'écriture, une sorte de petit film que nous pouvons nous repasser et qui d'ailleurs repasse en nous de lui-même, laissant dans notre conscience de lecteur une marque assez semblable à ces inscriptions qui, sur les murs des maisons placées le long des quais, indiquent les hauteurs auxquelles sont montées autrefois les crues. Repère d'une effusion, donc – par rapport auquel nous pouvons nous situer en allant sur les lieux, certes pas dans l'idée de retrouver ce qui fut mais peut-être, comme cela arrive si souvent, et sur des écarts de temps beaucoup plus longs que celui qui nous sépare de ce voyage de Stevenson, dans celle d'identifier, via un décor ou un cadre, les conditions de possibilité d'une trace, si imperceptible soit-elle. Si, au bord de la Vézère, peut remonter, avec une efficacité troublante, quelque chose de la préhistoire ou si, à la source ou au bord de la Loue les rochers et les sousbois de Courbet sont toujours là, postés dans la même attente, pourquoi, de l'anecdote racontée par Stevenson, ne serait-il pas resté une ombre ou un souffle ?

Mon intuition était celle d'un rivage certes très changé mais où aurait subsisté tout de même quelque chose d'aussi fin qu'un sillage – peut-être une barque ou un canoë, un froissement dans les roseaux, une conversation de pêcheurs…, tout ce que sans peine et sans imagination on peut se figurer à propos de rivières. Or il n'en est rien, les bords de l'Oise, tels qu'on les voit à Origny depuis le pont qui, sur la route qui va de Saint-Quentin à Guise, succède à celui qui, un peu plus tôt, franchit le canal, n'ont rien qui puisse faire penser à un quai ou même à un chemin, rien qui les relie d'une quelconque façon à la petite ville qu'en fait la rivière ne traverse pas vraiment. Sur la gauche quand on vient de Saint-Quentin, le canal s'ouvre en une sorte de port dominé par de très hauts silos de béton et de l'autre côté il traverse le site industriel de la grande sucrerie à quoi se résume, je vais y venir, tout le présent d'Origny, et c'est ce que fait aussi l'Oise, qui n'a pas le choix, et qui ne fait pas plus de 12 mètres de large. Il se peut qu'il y ait eu des chemins, mais on les aura laissés à l'abandon, et les rives sont envahies par une épaisse végétation, une ripisylve sauvage où disparaissent presque les panneaux intimidants qui disent : PROMENEURS, PÊCHEURS, À PARTIR DE CE POINT ET SUR UNE DISTANCE DE 600 MÈTRES, IL EST INTERDIT DE S'ARRÊTER. En aval, on voit diverses conduites – l'une horizontale, l'autre oblique et soutenue par des tubulures – franchir la rivière, ce qui veut dire que celle-ci, sinueuse et, semble-t-il, évitée, passe dans l'enceinte de l'usine en n'y étant guère que tolérée. Ce qui ressort de tout cela, c'est en tout cas l'impossibilité de toute dérive évocatoire – il n'y a rien d'autre à glaner que ce qui est là sous les yeux : en avant de la petite ville, l'imposante mise en scène de l'industrie et pas via n'importe quelle usine, puisque cette unité de production d'Origny appartenant au groupe Tereos (fusion de Béghin-Say et d'autres groupes européens), déjà conséquente (120 000 boîtes de sucre en morceaux par jour), est devenue depuis 2006 la plus grande productrice au monde de bioéthanol obtenu à partir de betteraves, ses très grandes cuves à alcool lui valant d'être classée Seveso (Seveso 2, seuil haut, pour être précis).

Sur des cartes postales anciennes, datant probablement

du début du XXe siècle, on peut voir que l'implantation de l'industrie, à Origny, n'est pas une nouveauté, je pense qu'il devait déjà y avoir une sucrerie à l'époque du passage de Stevenson, même s'il ne mentionne quant à lui aucune cuve ni cheminée. Toutefois, ces usines, déjà importantes (sucrerie puis cimenterie), étaient de part et d'autre du canal, celui-ci étant longé par un assez large chemin de halage, l'Oise, de son côté, bordée de pontons et d'abris pour les lavandières apparaissant en effet toute bucolique. Sur l'une des cartes on voit même à travers la rambarde métallique du pont des hommes qui prennent la pose sur une barque plate placée en travers de la rivière et là, dans les reflets, quelque chose du pays évoqué par Stevenson est maintenu. Mais rien, strictement rien aujourd'hui ne le rappelle. Ce que je cherche à cerner, ce n'est pas un bon vieux temps de barques lentes et de canoës filant plus vite qu'elles devant des prolétaires sceptiques ou ébahis, c'est une image engloutie : ce que Stevenson disait aux jeunes filles d'Origny, nous devons le répéter et comprendre que parfois, à ce qui ne revient pas, s'ajoute la disparition pure et simple des conditions d'apparition de toute trace.

De ce complet effacement, l'usine, telle qu'elle est aujourd'hui, est bien sûr la cause : non seulement les bâtiments, les cuves énormes, les tours, les condensateurs, les grilles de l'entrée avec le poste de garde aux vitres en verre fumé, les camions (ceux apportant les betteraves, ceux repartant avec du sucre ou de l'éthanol), mais aussi ce qu'il faudrait appeler le climat de production : alors que nous sommes en plein dans un processus de transformation industrielle classique – un produit de base, brut, en l'occurrence la betterave (et rien n'est plus brut qu'une betterave, justement) devenant en bout de piste un produit manufacturé, en l'occurrence ces petits parallélépipèdes blancs au fond assez étranges que sont les morceaux de sucre (en rivalité désormais dans les cafés et restaurants avec de petits étuis de sucre en poudre) avec lesquels, enfants, on édifiait, quitte à se faire gronder, de petites murailles éphémères –, alors, donc, que nous sommes là directement dans une magie appartenant en droit à l'âge industriel, rien de cet âge en vérité ne subsiste dans ce que l'on voit à Origny : au fond ce sont encore les installations flambant neuves de la distillerie qui, blanches, avec leurs tuyaux, leurs tours d'épuration et leur ponctuation lumineuse nocturne – c'est en un peu plus petit comme une raffinerie de pétrole – sont les plus parlantes, mais comme la plupart des usines d'aujourd'hui, celle d'Origny, considérée dans son ensemble et dans sa masse, présente une allure d'énorme bête endormie quoiqu'un peu bruyante, repliée sur ses secrets. Jamais sans doute le processus industriel n'a été intégralement visible, mais ce que l'on peut dire, c'est que le déplacement progressif d'un âge de la visibilité matérielle à un âge de la dissimulation s'est considérablement accéléré et que rien ou presque ne subsiste d'une osmose entre les sites industriels proprement dits et leur immédiat entourage, qui est pourtant leur bassin d'emploi : l'usine bien sûr est visible, elle est même souvent énorme, mais elle est comme une citadelle, un monde à part – les centrales nucléaires étant bien sûr ici l'exemple absolu.

Quelles que soient les raisons, évidentes par exemple en termes de sécurité, de cet éloignement, il en résulte, pour les espaces qui entourent les usines, une sorte de déshérence, qui prend pour ce qui est de l'habitat des formes variables allant des zones pavillonnaires clonées à de vieux faubourgs de maisons basses en passant par toutes les variantes des « cités ». À Origny, et c'en est même étrange, pas l'ombre d'une barre ou d'un lotissement, rien que le plan en Y de deux grandes rues étirées où de petites maisons de briques s'appuient les unes contre les autres, le principal spectacle étant celui de la circulation automobile, à commencer par celle des camions. Une sorte d'esplanade, où se tient l'église, et au fond de laquelle s'ouvre un parc, s'efforce de ressembler à une place, mais rien n'y fait, c'est trop vide, trop vaste, Origny est comme un faubourg qui n'aurait pas de centre et, habité, semble inhabité. On pourrait s'en tirer en disant qu'il s'agit là au fond d'une tristesse assez courante (je me souviens par exemple d'avoir ressenti quelque chose de très proche à Dieuze, dans le Saulnois lorrain), mais ce serait passer à côté de ce qu'elle a de spécifique : ce n'est pas à cause du contraste avec l'épisode raconté par Stevenson que j'insiste, mais parce que dans ce dénuement il y a une vérité – pas celle, érigée en inversion automatique, d'une vérité du dénuement qui, comme telle, s'opposerait au luxe, à la facilité, à la facticité, mais la vérité propre du puits sans fond qui fait qu'un lieu, une surface quelconque, n'est jamais un « non-lieu », jamais quelque chose que l'on puisse expédier en trois phrases, même si on le fait.

Vers la sortie de la ville en direction de Guise et donc du nord, une petite rue porte le nom de rue des Pauvres, et l'on ne saurait mieux dire : là non plus rien de spectaculaire, ni de particulièrement délabré – au contraire, d'ailleurs, la cour entièrement dallée d'une maison fermée dont les habitants sont probablement partis en vacances et où le barbecue maçonné attend leur retour, un mur ravalé de frais en violet, des effets de joints apparents, d'autres petites maisons... Ou, dans la grand-rue, un fleuriste ayant placé sur le trottoir un petit troupeau resserré d'animaux en plastique grandeur nature, Blanche-Neige, elle, se détachant en avant d'une vitrine mêlant les fleurs artificielles aux articles de cimetière tandis que de l'autre côté de la rue, juste en face, d'heureux mariés sourient dans des photos encadrées – ce genre de boutiques (fleuristes ou marchands de bibelots, photographes, salons de coiffure) existe sans doute partout, mais il est des coins perdus, vraiment perdus, où, hormis une boulangerie vendant du mauvais pain et où s'enroulent encore autour de petits bonbons de couleur des rubans de réglisse, il semble qu'il n'y ait rien d'autre, le mystère le plus complet étant celui de ces salons de coiffure aux noms improbables (Tendancy, Salon Christelle, Salon Anthinea, Haircoif, Hair-Style, Absolu Tif et j'en passe – ce dernier à Montceau-les-Mines) que l'on trouve un peu partout et jusque dans les rues les plus vides des petites villes les plus éteintes, servant vaguement de café du commerce aux femmes de tous âges et surtout aux plus vieilles, qui en ressortent invariablement avec ces friselis argentés qui semblent être dans le peuple, passé un certain âge, l'accompagnement obligé d'une blouse ou d'une robe à motifs imprimés – habits que l'on ne voit en nombre que sur les marchés, même s'il existe encore, et c'est le cas à Origny, certaines boutiques qui en font leurs vitrines et où il semble que ce qui est proposé aux regards redoute d'avoir l'air neuf.

Tout cela avec l'inévitable traversée pétaradante de

deux jeunes en moto que la vie pour le moment et pour beaucoup plus longtemps sans doute a coincés là et qui n'en peuvent mais, se vengeant du destin en faisant le plus de raffut possible, les plus démunis sur de petites motos de cross pas si rapides que ça et se penchant dessus pour mieux pénétrer l'air. À quoi il faudrait ajouter encore – ce sont les accidents, marqués désormais le long des routes par un bouquet de fleurs en plastique, qui m'y font penser – le lot habituel de petits faits divers drôles, tragiques ou sordides qui ne sont relatés que dans les journaux locaux, où se retrouvent aussi un jour ou l'autre dans l'obituaire les clients et les clientes de tous les coiffeurs, et les coiffeurs aussi, même s'ils n'ont jamais fait grève.

Il y a moins d'une page de cela, parlant justement de ces salons de coiffure fréquentés par ceux et celles qui, comme on dit, ne sont pas « nés coiffés », j'ai écrit, non sans avoir hésité, « dans le peuple », redoutant de lâcher ce mot autant que je redouterais, je pense, de ne pas du tout le laisser venir. Comment dire ? C'était déjà le peuple qui était là dans Stevenson – j'ai oublié de le mentionner, mais les trois Grâces, on l'apprend, sont les filles d'un vieil homme en sarrau, ce qui les exclut des classes bourgeoises, et le prolétaire, via le mari de la tenancière de l'auberge (un homme explosif et entier qui, nous est-il précisé, travaillait dans une fabrique et ne rentrait à la maison que le soir), fait plus qu'une apparition, puisqu'il est aussi présent, à ce même dîner où ont été conviés Stevenson et son ami, sous les traits mélancoliques d'un homme ressemblant paraît-il à un Danois, dont il s'avérera que la tristesse trouvait son fondement dans le fait qu'il était une sorte de proscrit : « Il était communiste, ou peut-être seulement communard, deux choses bien dissemblables », écrit étrangement Stevenson, qui ne dit rien de cette dissemblance. Mais, avec les convives de ce dîner (le troisième étant encore une autre figure, celle de « l'intrépide chasseur français » – et l'on peut penser que c'est lui qui, offrant du vin mousseux, dit à ses hôtes britanniques : « Nous sommes comme ça, en France »), avec ces hommes, donc, dont la conversation va bon train et prend un tour très politique qui surprend Stevenson, comme aussi avec les filles du vieil homme en sarrau, nous sommes face à un peuple qui est le peuple historique, le peuple figural de la France. Or ce peuple, magnifié par Hugo plus que par aucun autre écrivain, que j'ai pu connaître et voir agir encore dans mon enfance et même dans ma jeunesse (Mai 68, paradoxalement, marque le début de son déclin), ou bien a disparu ou bien n'est plus agissant.

Ce n'est pas qu'il n'y ait plus de peuple, plus de classes et de luttes sociales, ou que la rue des Pauvres soit devenue une appellation foncièrement obsolète, mais c'est qu'un descellement s'est produit, qui empêche toute relation spontanée entre ce nom et tel ensemble composite de population qui lui correspondrait pour ainsi dire automatiquement : un peuple effiloché, un peuple désaccordé, désœuvré, qui ne croit pas en lui-même ; toutes ces formulations se valent et disent quelque chose de vrai, que l'on peut vérifier partout en France et qui ne se confond pas à une simple diminution du nombre des producteurs prolétaires dans la stratification sociale du pays. Les chiffres sont certes impressionnants : pour en rester à Origny trente employés seulement suffisent à faire tourner l'énorme machine de la distillerie de bioéthanol, et d'une industrie à l'autre en passant par la désindustrialisation progressive du pays – un pays qui, par exemple, ne fabrique pratiquement plus de machines-outils – il serait facile de multiplier les exemples. Mais c'est au fond d'autre chose encore que je parle, qu'il faudrait comprendre comme une pelote d'affects et de connivences dont ne subsisteraient plus ici ou là que quelques entrelacs défaits. L'affaissement du Parti communiste et celui, parallèle et plus grave, de ce qu'Ernst Bloch appela le « principe espérance », l'éreintant laminoir des puissances médiatiques, mais aussi la redistribution de la provenance et donc le nombre de travailleurs immigrés – lesquels ne sont le peuple que métaphoriquement mais pas du tout dans la pratique politique, ne serait-ce que parce qu'ils n'ont pas le droit de vote, même sur un plan strictement communal –, tout doit ici être pris en compte pour approcher ce « peuple qui manque » et qui manque d'abord au peuple. Il va de soi que ce qui s'ouvre avec ce manque ferait aisément la matière de développements plus amples et plus sérieux mais mon propos, malgré tout, et c'est aussi à moi que je le rappelle, est d'en rester aux impressions en n'abandonnant pas, si possible, le terrain où elles prennent naissance, soit donc présentement ces terres à betteraves du nord de la France que je ne veux pas encore quitter.

Bien que la betterave, de la grande famille des chénopodiacées où elle est la cousine immédiate de la poirée (ou bette), soit un légume connu depuis l'Antiquité et dont la teneur en sucre était reconnue, c'est seulement au XVIIIe siècle que, par l'intermédiaire de deux Allemands, Andreas Sigismund Marggraf puis Franz Karl Achard, le principe de l'extraction du sucre à partir de sa racine fut trouvé. Mais ce qui fit démarrer véritablement le processus en lui donnant une portée industrielle, c'est, sous l'Empire, comme on l'apprenait au lycée, le blocus continental qui, en rendant impossible l'entrée du sucre de canne par les ports français, libéra en retour la recherche portant sur les betteraves. Celle-ci ayant abouti notamment sous l'impulsion de Benjamin Delessert, un homme d'affaires né à Lyon dans une famille protestante rentrée du canton de Vaud où elle s'était exilée après la révocation de l'édit de Nantes, de nombreuses sucreries furent ouvertes. La fin des guerres napoléoniennes ayant eu pour conséquence le retour du sucre de canne sur le marché, moins coûteux (la main-d'œuvre, rappelons-le, c'étaient les esclaves), beaucoup de ces sucreries d'un nouveau type durent fermer. Mais à la suite de l'abolition de l'esclavage (en 1848) qui fit monter le coût du travail de la canne et suite aussi à de notables progrès dans les techniques d'extraction, les sucreries à base de betteraves devinrent de règle en Europe du Nord à partir de la seconde moitié du XIXe siècle, ce qui revient aussi à dire que la transformation du paysage par le développement exclusif et relativement soudain d'une plante n'est pas un phénomène récent, et c'est justement à ce paysage et à sa réputation que je veux en venir.

Ce que je ne savais pas, c'est que la teneur en saccharose de la betterave, une fois celle-ci arrachée, devient très vite volatile et s'épuise, ce qui explique d'une part que la totalité de la récolte soit traitée au moment de la livraison, quitte à être conditionnée toute l'année et, d'autre part, que le voyage ne soit pas long : c'est ce qui explique aussi que les sucreries soient implantées au milieu des terres à betteraves dont elles ont suscité l'étendue. Naturellement, cette étroite interdépendance entre l'usine et la terre qui l'entoure produit des formes économiques spécifiques (coopératives ou associations de planteurs-coopérateurs liés à la sucrerie-distillerie, c'est le cas d'Origny) et aussi un type de paysage : pour l'usine Tereos d'Origny, le rayon moyen d'approvisionnement est de 19 kilomètres seulement. Autrement dit, il y a comme une sorte d'écartèlement entre une aire de production qui ne peut être que circonscrite, et une aire de diffusion qui, pour un groupe comme Tereos, est forcément mondiale – les différents produits du raffinage, du sucre en poudre ou en morceaux à la mélasse ou à l'éthanol pouvant eux aller à l'autre bout de la Terre. Mais la conséquence immédiate, ce sont ces grands champs ouverts où les feuilles de betteraves, quand bien même elles seraient d'un beau vert, ne parviennent qu'à former une sorte de couvre-sol extrêmement monotone, qui ne crée aucun appel dans un pays où les variations de relief ne sont ni prononcées ni amples, et cela encore à la saison où elles sont en croissance, le reste de l'année ne laissant paraître que d'épais labours. Ce qui en résulte, c'est donc un paysage ingrat, dont la réputation de tristesse culmine à l'automne, au moment de la récolte, quand les routes filant vers l'horizon sont marquées par les traces boueuses des tracteurs et des camions transportant la manne.

La Rue sans joie, le titre si impeccable du film de Pabst (qui, pour une fois, est encore mieux en français que le titre original allemand, *Die Freudlose Gasse*, où le générique de la rue se contracte en ruelle), devrait avoir son pendant rural, mais on ne sait ce qu'il faudrait dire alors, peut-être la terre ou le pays sans joie, oui, quelque chose de ce genre, donnant une idée de ces campagnes où l'énorme puissance des machines ne rencontre plus d'obstacles et où les boisements eux-mêmes semblent chiches. Autour donc d'Origny, de Guise ou de Bohain, tel est en tout cas, hormis de petites enclaves verdoyantes encaissées le long des rivières, le paysage actuel, où les champs de maïs et de blé qui alternent avec les grandes étendues plantées de betteraves ne parviennent pas à égayer les très lentes ondulations que l'on traverse. C'est un peu, dans des parages où l'industrie n'est jamais loin et où donc aussi elle a eu à subir, dans le textile notamment, les effets de la crise, comme si le paysage lui-même, et d'ailleurs exploité à fond, avait quelque chose de prolétaire et, alors même qu'il est nourricier, de pauvre.

Est-ce qu'un chant s'élève de là ? Je ne sais pas, je ne l'ai pas entendu. Peut-être faudrait-il en écrire les paroles, et ce n'est pas facile. Là aussi toutes les barques s'éloignent et le peuple les regarde s'en aller. Dans le premier café où je suis entré en arrivant à Saint-Quentin, le Bar de l'Avenir, la chanson qui passait, c'était *Broken English* de Marianne Faithfull, et j'ai pensé que c'était la musique qu'il fallait.

27

Le Familistère et la danse

Stevenson ne dit pas un mot de Guise et de son Familistère, il n'a pourtant pas pu passer fort loin : Guise en effet est sur l'Oise, à peut-être une quinzaine de kilomètres en amont d'Origny. Mais c'est justement à cette hauteur qu'il a eu, semble-t-il, tant de difficultés à cause de la crue. Et, de surcroît, son propos n'est absolument pas de donner un tableau de la France, mais de suivre l'unique fil rouge de ce qui lui arrive et de ce qu'il rencontre en chemin. Ce n'en est que mieux, mais l'on peut regretter toutefois qu'il n'ait pu exercer son sens de l'observation – et son ironie – au contact de l'expérience sociale qui était tentée là. Certes, cette expérience est très bien documentée (y compris aujourd'hui sur les lieux mêmes, par l'intermédiaire d'un musée assez exemplaire, il me semble), mais un regard aussi extérieur eût été précieux ou, à tout le moins, amusant. Dans le chapitre sur la Loue, j'ai évoqué, à propos de l'imprégnation utopique locale (Arc-et-Senans mais aussi Fourier ou Victor Considérant), la contradiction entre les éléments les plus novateurs des réformes ou refontes envisagées et la forme architecturale finalement élue – intégralement (sauf justement chez Ledoux) démarquée du château. Or, à

Guise, nous sortons de l'imaginaire des gravures, nous avons sous les yeux le Palais social. C'est-à-dire qu'un rêve – quoi qu'on en pense – a pu être extrait de la sphère vague des intentions et que pour une fois nous pouvons juger sur pièces.

Dénoncé en son temps comme utopie et comme foyer socialiste par la classe bourgeoise et capitaliste, mais attaqué aussi depuis le bord marxiste comme une récupération paternaliste des énergies ouvrières, le Familistère, dont la structure associative aura tout de même duré jusqu'en 1968, et qui n'est plus aujourd'hui, ni comme bâtiment, ni comme forme sociale, dans le pli de son origine, se trouve donc confronté à son devenir-monument, ce qui est toujours redoutable. J'y étais allé il y a une vingtaine d'années, et c'était alors loin d'être le cas : des enfants jouaient dans les coursives, leurs cris amplifiés par les cours sonores, une atmosphère de demi-abandon imprégnait les couloirs, mais rien d'une ruine, cela tenait. Aujourd'hui une partie du pavillon central et certaines annexes (l'économat devenu restaurant et hébergeant une boutique, la buanderie et la piscine, prochainement le théâtre) ont été restaurées et intégrées à un projet qui comporte, forcément, la muséification d'un certain nombre d'espaces. Mais, d'une part, ce projet a eu le discernement de ne pas figer la totalité des bâtiments, laissant la plus grande partie des appartements à leur usage originaire, le logement (les parties habitées ne se visitant pas), et d'autre part, ce que j'ai vu de muséal m'a paru être de la meilleure sorte, tel en tout cas qu'un visiteur, même non prévenu, puisse comprendre les enjeux du lieu où il se trouve sans être le prisonnier d'une présentation pédagogiquement contraignante, sa pensée pouvant glisser sur des graphes comme être relancée par des objets, comme par exemple dans les appartements reconstitués avec mobilier d'époque, y compris bien sûr le poêle Godin.

(Aussi agaçant que l'excitation patrimoniale à tout-va est le dénigrement systématique, au nom d'une radicalité qui n'est que feinte, de l'effort muséal : ici aucune généralisation n'est possible, il y a des lieux qui sont justes, laissant au visiteur le soin de pousser lui-même comme il l'entend le curseur de la mémoire, et des lieux qui sont faux, où tout est fait pour bloquer la pensée au stade du réflexe devant l'imagerie. Un des bons critères est la librairie, selon qu'on n'y trouve que des brochures clinquantes et des masses de ce qu'on appelle des produits dérivés ou, en effet, des livres – c'est le cas par exemple au musée de la Civilisation celtique du mont Beuvray où nous irons prochainement dans ce livre, c'est le cas aussi au Louvre, où la librairie est exceptionnelle, avec une mention spéciale pour la maison de George Sand à Nohant où *tout* l'œuvre de l'auteur, y compris la correspondance, est présenté. Et c'est le cas à Guise, dans l'ancien économat, où celui qui désire s'instruire, à quelque niveau qu'il le veuille, peut trouver tout ce qu'il faut sur le Familistère, Jean-Baptiste André Godin et le fouriérisme en général, et cela – pourquoi pas dès lors ? – à côté de petites cocottes en fonte qui ont l'air de jouets et même de tapis de souris d'ordinateur reproduisant une devise tirée des *Solutions sociales* de Godin.)

Le fait que Godin ne soit né (en 1817) qu'à une dizaine de kilomètres à peine au nord de Guise, dans le village d'Esquéhéries, compte sans doute pour beaucoup dans l'existence du Familistère. Tout comme comptent son origine et sa formation : fils d'un artisan serrurier, après avoir fait son tour de France de compagnon, il déposa en 1840 un brevet pour la fabrication de poêles en fonte de fer qui, surtout après qu'il eut transféré la fabrique à Guise, en 1846, allait faire sa fortune. Il eût pu se contenter de cela et devenir un capitaliste comme les autres : il n'aurait eu pour s'introduire dans la société qu'à surmonter les très probables réflexes de caste et de classe qui l'auraient accueilli, mais la lecture de l'œuvre de Fourier en décida autrement. Convaincu de la nécessité de réformer la civilisation industrielle naissante dans le sens indiqué par le penseur, il tenta une première fois de venir au soutien d'une expérience qui se tramait, en l'aidant financièrement : ce fut l'histoire, assez désastreuse en fait, de la tentative du phalanstère de La Réunion, au Texas, entre 1855 et 1860.

Engagée par Victor Considérant qui, dans son exil, avait arpenté le Nouveau Monde, conduite par un nommé Cantagrel et par le singulier Allyre Bureau (merveille, parfois, des prénoms du XIXe siècle) – ami de Théophile Gautier et compositeur de romances dont certaines sont, paraît-il, encore populaires au Texas, où il introduisit d'ailleurs le premier piano –, l'expérience tourna court assez vite, en partie parce que le site avait été mal choisi – des terres trop calcaires impropres à la culture, au beau milieu de ce qui est aujourd'hui Dallas –, en partie aussi parce que les colons ou pionniers qui avaient fait le voyage avaient pour la plupart une formation d'artisan et ignoraient presque tout du travail de la terre, mais surtout sans doute, comme le résume un article du *Dallas Morning News* de 1891 relatant l'histoire de la Old French Colony, parce que l'individualisme finit par l'emporter sur la règle (« *Individualism triumphant over Formula* », est-il écrit exactement dans cet article au demeurant assez détaillé qui, trente ans après, raconte l'installation de ces hommes venus de France mais aussi, dans une moindre mesure, de Suisse et de Belgique pour réaliser, sur une terre qu'ils pensaient vierge, le rêve unitaire du fouriérisme.

Cette histoire, pas nécessairement sous la forme d'un roman historique (elle est romanesque en soi), mériterait d'être racontée en détail, au sein par exemple d'une histoire générale des tentatives phalanstériennes, depuis la première lancée à Condé-sur-Vesgre pas très loin de Paris, jusqu'aux plus inattendues, comme celle de la colonie d'Apipé sur le Paraná, lancée par le militant sociétaire bigourdan Auguste Brougnes. En ce qui concerne celle-ci ou celle du Texas s'ajoute à l'intérêt historique la ressource narrative du lointain, avec ce qu'elle dit de ceux qui sont partis, tant il est vrai qu'un pays se raconte aussi par les départs et les exils de ceux qui l'ont quitté. Je me souviens par exemple de l'étrange écho que soulevèrent en moi les prénoms de femmes lus sur les tombes d'un cimetière près de Mont-Joli au bord du Saint-Laurent, aussi étonnants que celui, masculin, d'Allyre (Bureau). Même si avec ces prénoms de paysannes embarquées à Fécamp ou à La Rochelle nous sommes dans un autre climat que celui de l'aventure fouriériste, je les ai perçus sur le moment comme une sorte de lettre écrite de nulle part, rendant lointaine, étrangère et douce, *dépaysante*, la sonorité de leur provenance, inscrite là où elles avaient fini par échouer : Régina, Thalite, Ovila, Amanda, Domine, Luména, Émerentienne, Victoria, Delvina… Surpris, je les avais alors recopiés, et je les recopie à nouveau, pour les faire entrer, en les forçant peut-être un peu, dans un collage où les femmes qui portent ces noms dansent avec des fouriéristes en sarrau sur un terre-plein qui n'est plus.)

Si l'échec de La Réunion, où il avait englouti une bonne somme d'argent, ne découragea pas Godin, il contribua sans doute à accélérer le passage, probablement déjà entamé en lui depuis longtemps, à une adaptation empirique et assez largement amendée des théories de Fourier – passage dont les signes les plus évidents sont le glissement sémantique de *phalanstère* à *familistère* et, davantage encore, le lien organique de l'organisation sociétaire à une usine participant en plein à l'effort industriel. En fait, bien des aspects de la doctrine de Godin sont à double sens, ainsi le culte du travail, qui le conduisit à penser que les travailleurs, en effet, devaient être les premiers rétribués et même les premiers servis dans l'organisation sociale, mais qui alimentait aussi en lui une pensée de la rétribution au mérite, elle-même en phase avec une conception hiérarchique et élitaire. Mais ce qui frappe le plus, par rapport à l'idéal sociétaire peint par Fourier, c'est une très forte incitation morale, très éloignée du clavier passionnel, et entamée dès le plus jeune âge. Pourtant, malgré ses limites, ses contradictions, l'expérimentation du familistère n'a rien d'une simple entreprise paternaliste ou philanthropique d'inspiration bourgeoise ou religieuse (très nettement laïque, Godin éloigna d'ailleurs tout signe religieux du familistère). Tant sur le plan de la forme de l'habitat (un groupe d'immeubles collectifs et non pas des séries de petites maisons) que sur celui de la forme sociale (association capital-travail, système coopératif ayant certains aspects d'autogestion), le familistère rompait, et complètement, avec les légères retouches que les plus éclairés parmi les capitalistes acceptaient de mettre au paysage physique et social de l'industrialisation. Nous sommes même là à l'exact opposé de ce que l'on peut voir au Creusot, par exemple, où les Schneider, qui avaient bien lâché des programmes de petites maisons pour les ouvriers, habitaient quant à eux le château de la Verrerie, dominant les usines. Godin et sa compagne et secrétaire, Marie Moret (qu'il n'épousa que sur le tard), habitaient, eux, au sein du Familistère, un appartement un peu plus grand que celui des locataires. Et c'est pour toutes ces raisons, pour cette histoire au fond à peu près unique, qu'aujourd'hui, alors même que les usines Godin tournent toujours, mais au ralenti et intégrées à un groupe étranger à leur histoire, et que les appartements font simplement partie d'un système classique de copropriété, d'essence municipale, le Familistère fascine toujours.

À commencer par sa forme, son architecture, qui est singulière. Du château, le Palais social n'a guère gardé que la forme en U, pour le reste il se présente plutôt, de l'extérieur, comme une articulation de très grands immeubles en briques, assez luxueux, évoquant, surtout la partie de l'aile gauche donnant sur l'Oise, des formes d'habitat que l'on rencontre à Londres, et plutôt dans les beaux quartiers. La particularité principale des différents corps de logis, aussi bien le pavillon central que ses deux pavillons latéraux ou le pavillon Cambrai, plus tardif et situé un peu en retrait, vers la ville, c'est d'être structurés autour d'une vaste cour rectangulaire couverte d'une verrière sur laquelle les appartements donnent par des coursives, sur trois niveaux

– on en compte un kilomètre en tout –, qui sont un peu les rues de cette cité, tandis que les rez-de-chaussée en seraient les places. Très spectaculaire (et très photogénique), cette disposition unanime, pensée avant tout par Godin en termes de lumière et de possibilités d'échange social, a souvent été rapportée, à cause des longues coursives faisant le tour interne du bâtiment, à une typologie que l'on voit dans de nombreuses prisons. À mon sens, c'est plutôt la rage polémique des contempteurs de l'utopie (la même qui traque un Ledoux totalitaire) qui joue ici, car on n'a jamais vu une prison où l'on puisse entrer et sortir librement et où la lumière venant de la verrière pénètre à flots dans les appartements (et non les cellules, faut-il le rappeler ?) par de grandes fenêtres, identiques à celles donnant sur le dehors.

Toutefois je ne dirais pas qu'une impression de bonheur se dégage automatiquement de ces lieux, de ces cours, ou des jardins qui les entourent, et l'on n'a pas l'impression non plus, sur les photos d'époque, que, malgré le différentiel considérable entre leurs conditions de vie et celles de la classe ouvrière dans son ensemble, les prolétaires associés du familistère de Guise aient finalement vécu comme des rois. Certes, les « équivalents de la richesse » dont Godin voulait doter le Palais social sont là, et la lumière, dont il faisait la première des richesses, inonde le beau pavement carrelé comme les coursives et les intérieurs mais, comment dire, on devine un peu partout que, au sein même de l'appel d'air que dut être l'utopie, les prémices d'une légère asphyxie se firent assez tôt pressentir. L'appartement reconstitué ne peut pas ici servir de critère, sa propreté et son élégance, toutes suisses, ont quelque chose de l'austérité protestante, mais que cela vienne ou non des concepteurs du musée, on retrouve un peu de cela sur les photos d'époque, même sur celles qui montrent les fêtes du 1er Mai et les assemblées, où ne se voit guère l'équivalent de la fantaisie imaginative dont témoigne la collection de poêles et d'ustensiles divers fabriqués par les usines Godin, next door. En vérité, bien qu'il ne soit justement séparé des usines, d'un côté, et de la ville, de l'autre, que par une rue à traverser, le Familistère, loin de fonctionner comme l'échangeur social que sa position de double vestibule lui conférait, aura fini – les témoignages concordent – par se refermer sur lui-même, et de façon de plus en plus nette au fur et à mesure que le temps passait, les choses s'aggravant du fait du caractère héréditaire que le statut de familistérien avait acquis. À la fin, la structure protectrice, efficace malgré tout en ces temps de lutte de classes exacerbée, se transforme en enveloppe étanche – c'est là le risque de toute organisation familiale, quelle que soit sa taille.

On ne peut parler ici que d'un demi-échec, non seulement parce que l'outil a servi, mais aussi parce qu'il a fasciné et fait rêver toute l'Europe. Sur le plan de la forme architecturale, le Palais social a intégré des données que le mouvement moderne et les grandes reconstructions qui suivirent la Seconde Guerre mondiale eussent été bien inspirés de retenir, mais il est vrai aussi que, du fait de sa nature d'isolat, le Familistère peut apparaître, malgré sa dignité formelle, comme le signe avant-coureur de tant de cités échouées au milieu d'espaces verts pour lesquels ce sont les mêmes arguments hygiénistes et le même enthousiasme « photonique » que ceux de Godin qui ont prévalu. Mais par-delà cette question, qui est entièrement actuelle, se retrouve celle des quantités humaines impliquées, et elle est considérable. Rousseau avec sa fête villageoise, Fourier avec le phalanstère ont parié la refonte hors de la masse et des mouvements de masse, en privilégiant de petites unités (2 000 habitants tout au plus, telle était la quantité proposée par Fourier pour le phalanstère) – et ces limitations volontaires rejoignent en un point le versant le plus vif et le plus exposé de ce qui a été envisagé via les soviets et l'autogestion – non là où ils furent conçus comme des sortes de pions lancés sur le grand échiquier révolutionnaire, mais là où ils eurent réellement à s'éprouver dans une sorte de solitude.

Le spectre total de ces formes de repli est très étendu : il va de la tragédie pure et simple, comme dans *Tchevengour* d'Andreï Platonov, où des moujiks et des soldats qui ont fait du communisme une sorte de stase éblouie se retrouvent isolés, dans un village de la steppe, gardiens errants d'un partage qui les enclôt, jusqu'au simple affadissement, progressif et lent, de la vitalité d'un projet initial.

Pour Godin comme pour Fourier ou Considérant, la « petite forme », ou l'exemplum de la grande forme, autrement dit le phalanstère lui-même devait avoir valeur de preuve et de propagation, prenant place dès lors en tant que point de départ d'un renversement généralisé, non violent. Étrangement forte était chez eux la conviction que, à la vue du fonctionnement harmonieux de la forme d'association qu'ils avaient inventée, quantité de travailleurs, d'entrepreneurs même, d'artisans, d'hommes et de femmes abandonneraient en masse leurs liens et leurs vies pour se lancer dans l'aventure d'une refondation. Or, à l'échelle des mouvements humains de l'Europe (exode rural, développement concomitant des villes, exils vers le Nouveau Monde), les départs effectifs vers des refondations utopiques et socialistes sont à peine une goutte d'eau, et presque tous se firent en direction d'espaces lointains considérés à tort ou à raison comme des pages blanches où commencer une nouvelle histoire sans avoir trop à débattre avec l'ancienne. Mais là où les pages n'étaient pas blanches du tout, au contraire griffonnées et pleines de ratures, sur place donc, dans l'Europe industrielle, dans les pays où le prolétariat se développait, les forces destinales allaient dans un tout autre sens.

La *force organique inconsciente* (une formulation que j'emprunte à Georges Bataille, ayant toujours été étonné, d'ailleurs, qu'elle n'ait pas eu une fortune plus grande) de l'essor industriel, pleinement relayé sur ce point par ce qui se dessinait au sein du mouvement ouvrier, voulait la concentration, le nombre, la masse, la puissance. Réunir le plus grand nombre d'ouvriers, concentrer la force de travail – c'était le but du capitalisme exploitant le prolétariat, mais ce fond quantitatif de masse constituait aussi le terreau sur lequel le prolétariat, de son côté, commençait à s'envisager, sous l'impulsion de Marx, comme sujet révolutionnaire. Idée qui comprenait une dimension d'attente, liée au développement du capitalisme lui-même : il fallait attendre d'être assez nombreux (*i.e.* que le capitalisme soit suffisamment développé) pour pouvoir passer à l'acte. Tout autre est la visée de l'utopie : elle ne se conçoit pas du tout dans cette dimension épique où un événement-avènement sans cesse retardé ne cesse pas de couver, elle veut être la mise en tension de la promesse au présent, c'est-à-dire sans attendre. Ce qui implique qu'elle contourne la dimension de l'événement pour ne garder que celle de l'avènement, et qu'elle le fait sur la base de l'engagement volontaire d'un groupe de pionniers. Il est remarquable d'ailleurs d'observer à quel point la Commune – qui est pourtant l'événement même – tient par bien des côtés à cette façon d'envisager le renversement : ce n'est pas seulement que les cursus des communards soient pour l'essentiel identiques à ceux des utopiens, c'est aussi qu'il y a dans la façon dont la Commune a bousculé le devenir quelque chose de la dimension non projective de l'utopie : et c'est d'ailleurs cette effectivité et cette foi dans l'effectivité qui ont été si horriblement réprimées par les Versaillais.

Immense, sans doute, est la distance qu'il y a de ce terrible mai parisien à ce que pouvaient être les travaux et les jours à l'usine et au Familistère de Guise. Mais cet écart est intérieur à l'Histoire et, plutôt que d'y lire une opposition entre une voie réformiste dont le Familistère serait le gage et une voie révolutionnaire dont la Commune serait la preuve, je crois qu'il est plus juste – plus productif – de les considérer ensemble, sur le même plan d'immanence, c'est-à-dire là où la question demeure entière et où elle rejoint celle du nombre, celle de la quantité humaine impliquée dont je parlais tout à l'heure, et qui est absolument centrale – comme Aristote l'avait d'ailleurs déjà pointé lorsqu'il évaluait la possibilité du bien-vivre à celle d'une cité qui se puisse « embrasser facilement d'un seul coup d'œil » (*Politique*, VII, 4). Mais à son époque, cité et État étaient une seule et même chose, tandis que dans le monde moderne (à l'époque de l'industrialisation lourde comme de nos jours), la question qui ne manquerait pas de se poser avec l'idée d'une autonomisation de la cité, avec la décision de constituer une cité vivant de ses propres lois – un phalanstère, donc, si l'on veut –, ce serait celle de la sortie de l'État. Par-delà le fait qu'il est dans la nature de l'État de ne pas supporter qu'on sorte de lui et qu'on fasse sécession (ce qui prouve, a contrario, que le Familistère n'était pas une telle sécession), et en faisant comme si le mouvement engagé par l'essor de l'industrialisation capitaliste et des forces productives en général n'avait pas totalement triomphé – cela fait beaucoup, je l'accorde –, essayons d'accompagner les utopiens dans leur idée de propagation par l'exemple et de nous figurer, donc, le paysage qui aurait résulté de la réussite pleine et entière du fouriérisme ou de quelque chose qui lui aurait ressemblé.

Ce que nous aurions sous les yeux, ce serait une ponctuation disséminée d'établissements de taille à peu près similaire, rayonnant sur des territoires plus ou moins entretenus comme des jardins et où l'industrie, qui ne serait pas absente, n'aurait jamais atteint le gigantisme qui a été de règle dans la réalité. La plupart des grandes villes ne se seraient pas développées comme elles l'ont fait, il y aurait sans doute eu beaucoup de ruines urbaines et de remploi de matériaux, une sorte d'étrange bricolage constructif avec des effets d'émulation et de rivalité. Il est facile de sourire, encore plus rapide de crier au cauchemar totalitaire. Peut-être même cette modélisation contient-elle, en termes de circuits rapprochés entre production et consommation, des éléments ayant une portée tout à fait actuelle. Là où les choses ne vont pas, ne peuvent pas aller, ce n'est ni sur le plan esthétique (cette noncampagne-non-ville aurait même sans doute pu être très belle à voir, et Ledoux ici est la référence) ni même sur le plan économique, où des logiques d'autarcie relative sont très imaginables, c'est, bien sûr, sur le plan politique. En effet, quelle qu'en soit la forme, il aurait bien fallu que ces associations s'associent, échangent, se fédèrent, autrement dit qu'il y ait quelque chose d'autre que la simple multiplication de palais sociaux fermés sur eux-mêmes, ce qui revient à dire une instance et donc des représentants, des garants, et par conséquent des lieux de représentation et de garantie, et ainsi de suite, c'est-à-dire une certaine délimitation, une certaine échelle de la garantie et du rayonnement des lois – en fait un État ou un quasi-État. On n'en sort donc pas.

Mais le problème qui eût sans doute été le plus lourd, c'est celui qu'à son échelle restreinte le Familistère de Guise, on l'a vu en passant, a malgré lui rencontré, à savoir celui de l'isolement et de l'étiolement, celui de la non-ventilation et de la non-circulation des êtres et des idées. Peut-on ou doit-on sortir du grand air qui circule dans le monde, même s'il est vicié ? Peut-on, doit-on, car cela revient au même, sortir de l'Histoire et vivre hors d'elle, sur une rente de mémoire vouée à se scléroser ? Les réponses, et ce n'est même pas nous qui les faisons, mais en nous la pulsion indéterminée quoique violente de l'existence, du vouloir-vivre et du vouloir-voir, sont immédiatement négatives – et sans doute est-ce d'abord à cette aune que l'on peut mesurer la qualité propre de l'échec des utopies –, leur réussite ayant été, et ce n'est pas rien, car cela continue de nous tirer en avant, d'ouvrir malgré tout une fenêtre donnant sur autre chose que sur l'individualisme triomphant, pour reprendre les termes du *Dallas Morning News*.

Ouvrir une fenêtre, cette expression banale, je l'assume d'autant plus volontiers que, sur ces terres du Nord, elle se charge d'une signification plus directe ou d'une impatience plus franche : je pense à Matisse et je vais dire pourquoi. Tout d'abord bien sûr parce qu'il est né et a grandi dans les parages et que c'est donc depuis la lumière si souvent comptée du Vermandois et de la Thiérache qu'il a dû, s'arrachant à elle, aller quêter, plein sud, l'ivresse du coloris qui le soulevait – ensuite parce que le motif de la fenêtre ouverte donnant sur l'extérieur et peinte depuis un intérieur sombre ou tout au moins assombri est chez lui un motif récurrent et quasi une allégorie de sa trajectoire. Mais en vérité, ce qui fait que je pense à Matisse, c'est que je n'ai pas résisté, allant à Guise et à Origny-Sainte-Benoîte, à aller aussi à Bohain-en-Vermandois, qui est tout près de là, presque à la limite du département de l'Aisne et de celui du Nord. Or non seulement cette petite ville industrielle de 6 000 habitants à peu près est celle où Matisse, né au Cateau-Cambrésis, a passé son enfance chez ses parents qui étaient marchands de grains, mais encore est-elle celle où est née ma mère : même si le mouvement qui porte ce livre n'est pas autobiographique, il eût été pour moi assez absurde, passant si près, de ne pas m'y rendre, car s'il s'agit bien, et là au sens le plus strict, celui de l'état civil, d'une provenance, c'est en même temps un lieu avec lequel ni moi ni ma famille, à part les souvenirs de ma mère et de sa sœur, n'avons plus aucun lien et qu'en conséquence je connais fort peu. Même dans mon enfance on ne m'y conduisit pas. J'ajoute que, dans le bref journal de guerre de mon père, tenu au crayon du 10 au 26 mai 1940 sur des feuilles de papier quadrillé pliées en deux, il s'avère que, venant des Ardennes et ayant traversé l'Oise forcément dans les parages, il s'empara d'un vélo dans cette ville de Bohain – les officiers de son régiment ayant déjà depuis longtemps déguerpi en voiture –, ignorant bien sûr alors que cinq ans plus tard, la guerre étant tout juste terminée, il épouserait une fille originaire de ce pays, et rencontrée à vélo de surcroît !

S'il ne s'était agi que de Matisse, il aurait fallu que j'aille au musée qui lui est consacré dans sa ville natale, au Cateau, un musée qui s'ouvrit de son vivant. Mais pour cette fois je me suis contenté du petit musée de Bohain, où aucune œuvre, pas même un dessin, ne figure ; y sont seulement évoquées, dans ce qui fut la boutique et la maison paternelles, les années d'apprentissage de la vie du jeune Henri Matisse : de deux façons, assez bien, par des objets et des photographies, et très mal, par une vidéo stupide qui passe en boucle. Mais ce qui est très troublant dans l'évocation qui est faite de ces années, comme dans tout ce qu'on peut en savoir en cherchant un peu (une petite brochure éditée par le musée du Cateau, avec un texte d'Hilary Spurling, la biographe attitrée du peintre, y contribue largement), c'est le caractère tardif de la vocation de l'artiste, son côté presque incertain, dans un premier temps tout au moins. Suffisamment longtemps en tout cas pour qu'il accepte d'étudier un peu de droit et de travailler chez un notaire puis, à Saint-Quentin, chez un avocat, avant de tomber dans une profonde dépression d'où ne le sortira que le sortilège de la couleur associé à la décision, ferme et émerveillée, de devenir peintre. Or ce contraste entre ce qui illustre si parfaitement la grisaille et la routine – le métier de clerc, la province, l'absence d'ouverture, la résignation – et l'extraordinaire intensité lumineuse du champ pictural que Matisse allait bientôt rejoindre me fait penser à une autre aventure de peintre, plus lente encore à se décider, celle, exactement contemporaine, de Kandinsky. Elle ne le fait pas seulement à cause de cet écart entre le droit (dans lequel Kandinsky s'était engagé beaucoup plus loin et beaucoup moins passivement que Matisse) et la peinture, mais aussi du fait de l'intervention d'un tiers inattendu – l'art populaire pour Kandinsky, tel qu'il l'avait côtoyé de près en faisant une étude sur le droit coutumier dans la région de Vologda et l'art du tissage pour Matisse qui, à Bohain justement, était entouré, jusque dans sa rue, par quantité de métiers, la ville s'étant fait une spécialité dans la réalisation de tissus splendidement colorés, dont la réputation était très grande.

Je ne poursuivrai pas plus loin cette comparaison, mais ce qui m'intéresse en elle, derrière elle, c'est la possibilité toujours ouverte que la couleur s'enlève sur un fond de grisaille, c'est ce qu'elle révèle de la relation intime et violente que le Nord, en général et dans tous ses états, a avec la couleur – comme si, dans une ivresse qui serait aussi celle des *Voyelles* de Rimbaud, elle était la contrepartie spirituelle d'une lumière extérieure atténuée voire éteinte. L'enfant Rimbaud, l'enfant Matisse : rien à voir, sans doute, et pourtant c'est étrange de vérifier que ce qui renâcle se ressemble, se voit, se devine. Ce sont des yeux qui regardent une rue – celle sur laquelle donnait la graineterie du père de Matisse avait le nom étrange de rue Peu-d'Aise – et qui voient tout.

Mais ce que l'on aimerait, c'est que la fenêtre ouverte par Matisse et celle entrouverte par Godin, qui étaient donc des « pays », communiquent, c'est que *La Danse* rouge, bleue et verte peinte par le fils du marchand de grains ait pu venir un jour orner la grande maison de briques rouges du Familistère de Guise, y convoquant l'harmonie sous la forme d'une ronde entraînante dénuée d'austérité comme de hargne – la ronde heureuse commandée par Chtchoukine qui tourne aujourd'hui sans fin au musée de l'Ermitage.

28

Le Nord ?

La vitesse à laquelle vient le Nord quand on laisse Paris est surprenante. Qu'on aille vers Calais ou Dunkerque (et donc vers l'Angleterre), vers Lille (en direction de la Belgique et des Pays-Bas) ou vers Maubeuge (vers la Belgique encore, mais, à terme, vers l'Allemagne aussi, et l'Est lointain), et toujours, passé une centaine de kilomètres, que l'on ait pris le train ou que l'on roule en voiture, cela vient, il vient. Les signes en sont nombreux, épars, discrets, puis soudainement massifs, mais ils ne sont pas faciles à nommer : pas la meulière en tout cas, qui est partout en banlieue (voir Gentilly et Meudon) et qui est plutôt une signature de Paris et de l'Île-de-France, même si elle a déjà, j'imagine, quelque chose de terriblement « du Nord » pour un natif de Marseille. La brique, oui, déjà bien davantage, puisque ce matériau est là-bas absolument chez lui, partout instillé, installé : au point que c'est un étonnement, quand on est à Toulouse, à Albi ou à Sienne, de le reconnaître et de lui donner le même nom là où il n'est plus associé aux cheminées, à la rouille, aux ciels brouillés. Les usines, oui, sans doute, mais il y en a partout ailleurs. L'absence de reliefs prononcés, oui, mais elle n'est pas plus impressionnante dans cette direction que dans les autres, sauf là peut-être où les cônes des terrils viennent la souligner, mais alors c'est déjà le bassin houiller, la légende des gueules noires, les corons. Une pauvreté croissante, oui, peut-être, mais – heureusement – elle n'est pas généralisée (Lille, ou du moins son centre, donne même une impression d'opulence). Ou encore la disparition progressive des figuiers et d'autres plantes, l'augmentation des enseignes Jupiler et surtout Stella, une relation au travail (et, conséquemment, au chômage) fondée sur la fierté, un peu plus de blondeur dans les chevelures et davantage de petits rideaux derrière les vitres – rien qui en soi fasse véritablement rupture mais, malgré l'effacement relatif imposé par les aménagements ou les marques standard, quelque chose comme un accent, comme une prononciation différente qui peu à peu s'affirme – un style.

Saint-Quentin, par où j'ai dû passer pour aller à Origny et à Guise, je peux dire que je n'en attendais rien de particulier, sinon une variation un peu diminuée de ce style devant laquelle je comptais d'autant moins m'arrêter qu'il n'était de toute façon pas question, dans ce livre, de faire des portraits de villes : une suite de monographies brèves et compactes sur les villes de France aurait été un tout autre projet, et si dans celui-ci des villes, et de toutes tailles, sont présentes, du moins n'est-ce jamais en leur nom ou pour leur seule allure mais du fait d'un nouage de sens qui s'y est formé, comme à Nîmes autour du jardin de la Fontaine, à Bordeaux autour d'une fabrique de nasses ou à Lorient à partir du nom d'une rue. Ce qui pourrait, outre le hasard, justifier la place de Saint-Quentin, dès lors, ce serait donc cette tonalité du Nord dont je sais que je voulais traiter, et depuis le début, mais en ayant pensé à des places plus spectaculaires – Dunkerque dans la violence du choc industriel, Roubaix dans celle du reflux de ce choc.

Évoquant Vancouver, sa ville, Jeff Wall en parle comme d'une « ville générique » et il explique que de telles villes, justement parce qu'elles sont moins typées et moins chargées d'histoires et de sédimentation narrative ou mythique que les grandes métropoles, sont peut-être de meilleurs points d'observation et de condensation des tendances d'une époque. L'échelle à laquelle il se place étant l'échelle planétaire. Mais à une autre échelle, nettement plus petite, comme celle que j'essaie d'approcher maintenant, il existe aussi des villes génériques, et c'est si vrai qu'elles ont tendance, si on ne les connaît pas très bien, à superposer leurs images et leurs rues : c'est le cas par exemple, si différentes qu'elles soient (cela n'est pas en cause), de Béthune, de Valenciennes ou de Saint-Quentin, mais ce n'est pas celui de Lille (trop grande et peut-être en voie de devenir générique à une autre échelle – c'est en tout cas le sens, la volonté d'Euralille), de Dunkerque (trop singulière du fait de l'impact fantastique et menaçant des installations industrielles actives) ou encore de Roubaix (trop tragiquement marquée, au contraire, par les suites de la désindustrialisation qui ont ouvert dans son corps quantité de zones vagues). Réfléchissant à cette typologie, je vois ce qu'elle a de fragile, mais je vois surtout que s'il y a bien quelque chose de générique dans les régions du Nord-Pas-de-Calais et de la Picardie, et qu'elles partagent d'ailleurs avec une bonne partie de la Belgique, surtout wallonne, c'est un certain style de faubourgs ou de villages-faubourgs, une certaine tradition de l'étirement urbain, tantôt exténué, tantôt ravivé, avec laquelle les grands ensembles composent des partitions mouvantes et la plupart du temps désaccordées.

Ce tissu composite, quasi ininterrompu dans certaines zones denses, qui comporte de petits arrangements et de grandes tristesses, est comme le bain ou le milieu fixateur qui enrobe les villes proprement dites, avec leurs centres parfois très beaux – celui d'Arras confinant au miracle, mais Arras est presque en retrait, et d'ailleurs de tout (chaque fois que je l'ai vue, elle m'a semblé déserte). Ajoutons ici ou là des usines et aussi des champs, de betteraves en effet vers le sud, et des souvenirs de prairies, vers l'ouest, le Boulonnais, et aussi, partout, des souvenirs des deux guerres mondiales et nous aurons, en gros, la physionomie de ces pays, avec la réputation de travail et de pluie qui les colore. On voit que l'on frôle ici le cliché, mais c'est cette fidélité du Nord à lui-même qui intrigue, qui séduit. Je repense à Francis Ponge, aux propos que j'ai cités dans le chapitre nîmois. On s'en souvient : « Pour tous ceux qui sont nés non loin de la Méditerranée, pas de doute, la beauté existe », ce qui sous-entend que pour les autres il n'en va pas ainsi, et les pays du Nord défilent ici en tête, à l'évidence, parmi ceux pour qui la beauté n'existerait pas. Le nord est de toute façon une valeur négative, dans un pays où règne l'idéologie du beau temps, celle qui fait dire aux journalistes météo, en pleine sécheresse, alors même que la pluie serait pourtant nécessaire et désirable, que le beau temps perdure – je me souviens aussi qu'en Bretagne le département des Côtes-du-Nord est devenu en

1990 celui des Côtes-d'Armor, un nom qui fleure bon le syndicat d'initiative et l'agence immobilière, les édiles ayant jugé, et sans doute ne se trompaient-ils pas, que le « du Nord » suscitait automatiquement un rejet chez les touristes, qui sont devenus les maîtres du monde.

Rien que pour ne pas en voir, cela vaut la peine de se retrouver un soir de pluie, au mois d'août, au Golden Pub ou à la brasserie de l'Univers, à Saint-Quentin, sur ou près de la place de l'hôtel de ville. Il y en a d'ailleurs tout de même quelques-uns – ce sont des Anglais sur le chemin du retour, mais ils sont presque déjà chez eux et ce sont de toute façon, en règle générale, les plus discrets. La grande place a été presque intégralement recouverte de sable et équipée de jeux pour enfants, il paraît qu'on le fait chaque année, c'est bien sûr un peu débile, mais en même temps proche d'un ton populaire qui évoque les gaufres et la foire, pour lors le sable, très fin, beaucoup plus fin que celui des vraies plages, se mouille inexorablement, dans un coin une figure sculptée dans le style des géants de carnaval est censée représenter Maurice Quentin de La Tour, enfant du pays, tel qu'on le voit sur son célèbre autoportrait avec son béret surdimensionné, sa peau luisante et ses yeux trop grands : à propos d'enfants du pays, je me souviens (voir le chapitre sur Vendôme) que Gracchus Babeuf lui aussi est natif de Saint-Quentin – la ville, et il faut la louer de cela, n'ayant pas hésité d'ailleurs à donner son nom à l'une de ses places, celle où se tient le marché et qui, située derrière l'hôtel de ville, permet d'en entendre très bien le carillon, qui est célèbre – ce qui fait que la vie de Babeuf se déroule entre deux sonnailles, celle, joyeuse et flamande, de son pays natal et celle, mélancolique et entêtante, de la tour Saint-Martin de Vendôme qui, à deux pas du lieu où il fut exécuté, redit à chaque heure, peut-être vous en souvenez-vous, le refrain de la chanson du roi de Bourges. Il est bien possible qu'en son temps – je n'ai pas vérifié – ni l'un ni l'autre de ces carillons n'aient été en service, mais il se trouve qu'aujourd'hui ce sont les deux ponctuations sonores de son destin.

Et comme il se trouve que le troisième illustre enfant du pays (né à Beaurevoir, près de la source de l'Escaut, à peut-être une vingtaine de kilomètres au nord de Saint-Quentin, et qui fut chantre à la cathédrale avant de devenir celui que l'on peut sans doute considérer comme le plus grand musicien de la Renaissance) n'est autre que Josquin des Prés, la musique que l'on souhaiterait entendre, du coup, pour accompagner les derniers pas de Babeuf et de Darthé vers l'échafaud, ce serait, dans leur enroulement polyphonique lent, grave, léger mais ployé de douleur, les mesures de *Mille Regretz* ou celles, de pur deuil alors, de la *Lamentation sur la mort d'Ockeghem*, écrite en 1497, c'est-à-dire exactement trois siècles avant le procès des Égaux. Bien sûr il s'agit d'un collage qui, comme tel, franchit les siècles et s'affranchit des limites entre genres ou domaines – mais d'une certaine façon je n'en suis pas l'auteur, c'est la ville de Saint-Quentin elle-même qui l'offre, son plus bel immeuble Art déco (ayant beaucoup eu à reconstruire après la guerre de 14-18, elle en compte de nombreux), audacieusement formé de la juxtaposition de trois hauts oriels rouge et blanc, hébergeant d'ailleurs aujourd'hui, dans la longue montée de la rue d'Isle, une école départementale de musique. Tout cela aussi comme un (amical) pied de nez au Midi voué à la beauté de Ponge. Si tant de beauté, etc.

Il reste que de l'une à l'autre beauté, celle du Nord et celle du Midi, l'écart est impressionnant, vertigineux sans doute pour qui voudrait aller chercher au-delà cohérence ou fondement : devant cet écart, qui n'est pas un affrontement, le « national » en prend un bon coup et le régime esthétique ne fait ici qu'entraîner tous les autres, celui des jardins, des matériaux, des coutumes, des attitudes. Mais soyons clair : rien ne s'opposerait à ce que Josquin des Prés soit né à Lyon, Maurice Quentin de La Tour dans la Drôme et Babeuf à Guéret. Ce que j'essaie de capter à travers l'idée de provenance, ce ne sont pas des relations de cause à effet, des relations d'essence (tu es ainsi parce que tu viens de là), ce sont des parcours effectifs, dont il faut faire le récit : quelque chose a eu lieu, quelqu'un a vu là le jour, ou est mort, ou n'a fait que passer : tout compte, et tout peut (doit) être raconté. À la fin ce sont ces strates, les strates de ces traces tantôt palpables tantôt invisibles qui sont l'assise du pays, de ce qu'on y croise. Sur le plan formel, l'étrange trio Quentin de La Tour/Josquin des Prés/Babeuf ne raconte évidemment rien, pourtant il travaille dans cette ville de Saint-Quentin comme le vin travaille dans les caves, ce qui veut dire aussi qu'il y est une émanation et une puissance tournée vers le devenir.

Et en même temps celui ou celle qui me dirait : oui, mais comme nous sommes loin avec tout cela de Beaucaire, de Nîmes ou de Toulouse, je ne pourrais que l'approuver, tout comme je devrais approuver aussi quiconque, prenant l'autre opposition cardinale (est-ouest par conséquent) me dirait que, de ce qu'il a vu et éprouvé, quant au paysage et aux gens, du côté de Strasbourg ou des Vosges, tout ou presque a disparu lorsqu'il se retrouve à Brest ou même à Saint-Malo. Ces écarts ont une très grande puissance, ils sont continûment actifs, et jusqu'à un certain point ils sont constitutifs de ce qu'est le pays. Telle est du moins l'image de diversité que la France aime à donner d'elle-même, en laissant entendre voire parfois en claironnant que les étrangers la lui envieraient. Par-delà quantité de faits ou d'images qui l'ont certifiée, cette convergence de l'unité et de la diversité aura aussi pris un tour éminemment idéologique : c'est l'idéologie, par exemple, du *Tour de la France par deux enfants*, et donc celle de la IIIe République mais ce sera encore, avec des aménagements, celle du gaullisme : pour avoir eu, dès le plus jeune âge, « une certaine idée de la France » (la formule se trouve à la deuxième page des *Mémoires de guerre* où l'auteur, cela m'a toujours sidéré, a déjà vingt ans) il fallait du moins être sûr et certain que la France existait comme une entité indiscutable capable de maîtriser les « ferments de dispersion » (l'expression est de De Gaulle) qu'elle portait en elle-même. Il fut donc un temps où, dans les représentations que l'on se faisait de la France, allaient de soi et de pair une unité indivise et une diversité qui en un sens la fondait : Stendhal, par exemple, que nous n'avons pas cité depuis longtemps et qui présente l'immense avantage de ne verser dans aucun parti pris provincial ou patriotique, voyait des caractéristiques absolues dans les mentalités et même dans les traits physiques des natifs de telle ou telle province mais en même temps l'existence de l'entité nationale, résultant du fonds dramatique de la Révolution et de l'Empire, ne faisait pour lui aucun doute. Il en ira de même pendant longtemps. Jusqu'à quand exactement, il faudrait le mesurer, mais cela ici nous entraînerait dans une discussion trop longue.

Ce que je tiens seulement à souligner, c'est qu'aujourd'hui la question se pose, ce qui revient à dire qu'une béance est apparue, ou un manque : les betteraves ne sont certes pas plus éloignées des oliviers qu'il y a un siècle et la distance qui sépare, par exemple, Bohain de Beaucaire ou Quimper de Mulhouse n'a pas changé d'un seul mètre. En un sens, ces villes, et toutes les autres, se seraient même rapprochées, plongées comme elles le sont dans le même désarroi consumériste. Mais d'une part ce désarroi n'est pas spécifique à la France, il est mondial, et d'autre part quelque chose est venu, qui n'est pas tant un principe centrifuge ou séparateur qu'une puissance sournoise de déconviction. Ayant commencé peut-être comme une simple lézarde, est en effet apparu un doute générique et ravageur, fait de mille et un soupçons sur la qualité ou la solidité du liant et des liens : non que la France se désagrège, que les forces centrifuges l'emportent et qu'entre Nord et Midi, Est et Ouest, bords et centre, provinces et capitale tout soit distendu, non, c'est seulement – je ne trouve pas d'autres mots – que le cœur n'y est plus, et ce ne sont pas les exploits ou les échecs des « Bleus » dans différents sports qui peuvent, malgré ce qu'on cherche continûment à leur faire dire, y changer quelque chose.

Quand Renan parlait d'un « principe spirituel », je pense que ce qu'il désigne est de l'ordre de ce qui aujourd'hui fait défaut. Son époque était celle où Hugo, faisant dans *Les Misérables* le portrait de l'un des amis de l'ABC (les futurs insurgés de la barricade où mourra Gavroche), pouvait écrire : « Il ne voulait pas qu'il y eût sur la terre un homme qui fût sans patrie.

Il couvait en lui-même, avec la divination profonde de l'homme du peuple, ce que nous appelons aujourd'hui l'idée de nationalité. » Je retiens cette formulation, car elle montre bien comment la patrie pouvait être considérée sans paradoxe comme un bien ou un acquis *universels* et comment elle n'avait de sens qu'à provenir d'une profondeur inépuisable située en elle-même, celle du peuple. Dans le chapitre sur Origny, j'ai repris le schème du « peuple qui manque » : ce manque et la désaffection pour la patrie se recouvrent entièrement. L'« idée de nationalité », privée d'un peuple où elle se recharge, devient une idée creuse. C'est ce creux, et tout ce qu'il amène de fausseté, que l'on entend aussitôt que le chef de l'État, s'adressant à telle ou telle occasion aux Français, entame son discours en commençant invariablement par la formule « Mes chers compatriotes... » qui, à l'aune de ce que put être la patrie, pour les révolutionnaires français ou pour Hugo, sonne comme une usurpation. Mais l'homme agité et inculte qui gouverne la France au moment – été 2010 – où j'écris ces lignes n'y est pour rien, il n'a fait que reprendre le refrain en le rendant encore un peu plus faux qu'il ne l'était déjà sous ses prédécesseurs.

L'usurpation, en fait, a commencé il y a longtemps : nous sommes aujourd'hui dans la descendance d'un processus qui a débuté quand la patrie fut confisquée aux peuples, autrement dit lorsqu'on leur intima l'ordre de se jeter les uns contre les autres, et d'en découdre, et d'y croire. La guerre de 14-18, qui est en un sens l'apogée de l'âge des nations, signe en même temps l'acte de naissance de leur décadence. Les fascismes, qui ont tous eu pour levain la fièvre nationaliste, sont les premiers signes de cette décadence : l'idée réelle faiblissant, il fallait forcer la note et fabriquer du mythe à tous crins, chacun le sien jusqu'à la catastrophe, qui ne manqua pas d'arriver. Qu'elle ait pu ne pas arriver, c'est ce dont avait rêvé le peuple en donnant à la Grande Guerre le petit nom faubourien et rêveur de « der des der ». Un rêve, vraiment, et si violemment anéanti que nul n'osa relancer la formule, ou son équivalent, après la Seconde Guerre mondiale, laquelle avait eu pour effet aussi de relancer, face à la folie nazie, l'élan patriotique du côté des Alliés, accordant ainsi un sursis à ce qui pourtant n'était déjà plus du tout l'idée originaire. Le gaullisme, dans sa force comme dans sa faiblesse, est l'histoire de ce sursis, Pétain représentant, lui, le naufrage – je parle ici seulement de la France, car victoire ou défaite (et la France connut les deux) eurent, bien sûr, des effets complètement différents d'un pays à l'autre. Mais le détournement de l'« idée de nationalité » a été tel au XXe siècle, et si radical (liquidant au passage des millions et des millions d'êtres) que nation et idée, en France en tout cas, se sont complètement séparées, la nation devenant peu à peu ce qu'elle est aujourd'hui : une forme réflexe et un impensé et, comme tel, se raidissant d'ailleurs dans des poses, une pure affaire de passeport, autrement dit, et, on ne le voit que trop clairement, une affaire de police.

Est-ce à dire qu'il n'y a plus rien de vrai, de sonnant, derrière le mot France, signe survivant à une chose signifiée volatilisée ? Non, bien sûr, et tout l'effort de ce livre est de chercher à toucher du doigt cette chose signifiée, d'en relire la formation, du plus lointain passé à aujourd'hui, et d'en repérer les fonctionnements et les survivances (ce mot, je le rappelle, n'ayant aucune connotation négative, si on l'emploie dans le sens que lui donna Aby Warburg). Mais ce qui vient à l'esprit, et c'est l'écart de ton et de style entre le Nord et le Sud qui me l'a soufflé, c'est qu'une autre façon d'envisager les récits de formation (les grands récits comme les petits) est nécessaire : je crois qu'il faut les ventiler, les redistribuer, inventer à partir de leur circulation des communautés d'affects non fermées, elles-mêmes distributives. D'un côté l'essor des régions et la nostalgie de communautés plus restreintes et plus fermes, de l'autre la tentative européenne ne menacent pas la délimitation nationale, mais la contraignent, à mon sens, à se repenser. La question ici n'est pas que par bien des côtés cette délimitation vaille malgré tout mieux que les autres, se présentant même comme une protection contre la soumission complète de l'Europe institutionnelle aux lois du marché ou, sur l'autre flanc, comme une alternative à la régression régionaliste ou communautaire, elle est que son échelle, loin d'être seulement intermédiaire, souffre d'être fixe et d'être pensée comme devant le rester.

Ce qui est à réfléchir, ce sont, je crois, des échelles mobiles ou, plutôt, une mobilité entre les échelles : et que cette mobilité ne soit pas seulement pensée, mais garantie : en d'autres termes, que le système de poupées russes qui emboîte les individus selon une ligne croissante, d'eux-mêmes à l'univers en passant par tous les girons intermédiaires (famille, classe, région, pays, ensemble civilisationnel, humanité), se dilate et qu'au lieu d'être un système de carcans, de frontières, de mots de passe et de rituels, il fonctionne comme un jeu dont le dérèglement constant serait le meilleur réglage. À ceux qui ne verraient là que rêverie abstraite, j'oppose le tour extraordinairement concret que cela peut prendre, à la seconde, dès lors qu'une frontière s'ouvre ou qu'un verrou saute et, quoi qu'il en soit, cette manière spéculative de dire les choses vaut cent fois mieux que l'expédition régulière de consignes, de slogans ou de truismes sur la citoyenneté à quoi se réduit la plupart du temps le débat politique.

En tout état de cause, l'ennemi visé ici, c'est l'identité, telle qu'elle est brandie comme un état auquel, moyennant certaines conditions, on pourrait avoir le bonheur d'accéder : il n'y a pas, il ne peut pas y avoir – que cela soit dit une bonne fois pour toutes – d'identité *française* arrêtée et délimitable. Il y a, en France, comme partout, des mouvements vers des identités dont la cohérence n'est plus celle d'une stricte convergence, comme cela a pu être le cas dominant à certains moments de l'Histoire, ce qui revient à dire qu'elle est à trouver, cette cohérence, et que cela implique d'ouvrir et non pas de fermer, de recevoir et non pas d'exclure. La France, comme l'Allemagne ou l'Angleterre, l'Espagne ou l'Italie (c'est à dessein que je ne cite que de grands pays de la vieille Europe), existe et continue d'exister, mais en tant qu'elle est l'espace d'une redéfinition qui l'ouvre et la retend, espace au sein duquel la masse des récits possibles – tout, absolument tout ce qui a lieu ou a eu lieu en France, du fait ou au nom de la France – est à revisiter sans fin, non parce que cette masse recèlerait quelque chose comme une essence, mais au contraire parce qu'elle est comme un buissonnement dont chaque murmure – le brusque tremblement des feuilles du frêne qui ombre la maison où j'écris, les cris des hommes qui dans les prés en contrebas tentent de rabattre les vaches, comme l'événement historique le plus lourd – est sans limites et sans contours, se produisant ou s'étant produit dans l'espace *all over* de tout ce qui advient au monde pour préparer un sens.

Comme j'ai malgré tout un peu le vertige, je dois me rétablir et toucher une paroi : je me souviens que tout ce développement sur le décloisonnement nécessaire et les fluidités souhaitables est parti d'une réflexion sur le fait que l'écart de style entre le nord et le sud du pays se maintenait. En deçà même de cette question de style, du côté donc d'une existence sans horizon (mais est-ce que cela existe vraiment ?), je voudrais illustrer cet écart, et en un sens je le dois car ce qui me revient maintenant à l'esprit, c'est une des sensations qui sont à l'origine du mouvement qui m'a porté à vouloir faire ce livre. C'était il y a cinq ans. Avec deux autres professeurs de l'École de Blois, j'étais allé à Roubaix accompagner un groupe d'étudiants censés arpenter la ville afin de s'en instruire pour pouvoir imaginer ensuite d'y intervenir sur certaines de ces zones qu'on appelle des « délaissés », lesquels, à Roubaix, sont variés et nombreux. Deux étudiants de l'école de photographie d'Arles nous accompagnaient aussi.

J'avais, comment dire, fini ma journée : longue errance tantôt solitaire, tantôt en compagnie à travers les rues de cette ville qui, à l'époque de son plus grand rayonnement, fondé sur l'industrie textile, eut jusqu'à 125 000 habitants et qui en compte moins de 100 000 aujourd'hui, tous les autres chiffres étant aussi alarmants ou révélateurs : un taux de chômage à 30 %, les trois quarts des habitants se trouvant dans ce que la bureaucratie française appelle une « zone urbaine sensible » (l'impensé étant sans doute que l'insensibilité soit un but). J'avais eu le temps de voir la piscine Art déco transformée en musée d'Art et d'Industrie (non sans me demander où pouvaient bien aller nager les jeunes Roubaisiens d'aujourd'hui), de découvrir le centre Mac-Arthur-Glen, soit cette stupéfiante initiative d'une rue entièrement vouée à la vente de marques avec rabais, « centre touristique d'achat » fermé le soir par des grilles et, surtout, d'arpenter plus ou moins au hasard le labyrinthique entrelacs de petites rues et de courées, de places et de terrains vagues formant le tissu de la ville, entre des châteaux d'industrie parfois réhabilités parfois encore en friche. Murs de briques ou de parpaings donnant sur des pelouses pelées, maisons de briques en cours d'expropriation aux fenêtres occultées, courées envahies d'herbes folles où une chaise de plastique moulé prend la pose devant un ailante, maison brusquement repeinte couleur prune, café d'angle fermé (Le Casting) dans une maison fantôme proche du canal, barres d'immeubles plus récents fermant l'horizon (mais ils ne sont pas si nombreux, le déclin de la puissance industrielle de Roubaix ayant commencé dans les années soixante-dix), tout cela, avec quelques rues plus formées, autour de la place si vide où se dresse le monumental et noir hôtel de ville, énorme bâtisse vaguement néo-baroque que la bourgeoisie s'offrit à l'époque de son triomphe. Tout cela, oui, qu'au moment de quitter on a la sensation de trahir, non parce qu'on aurait décidé de façon perverse qu'un secret y aurait été enchâssé, mais parce que dans le dénuement, l'absence de pose, les choses en cette ville sont poussées si loin qu'elle produit un effet de vérité, de véridicité, qui a une sorte de puissance hugolienne pourtant sans emphase, laquelle, mystérieusement, se condensa dans une petite épicerie d'angle – un « Arabe », comme on dit à Paris – située près de la station de métro d'où je regagnai le centre de Lille qui, à quelques kilomètres, semble vivre dans un autre monde. Là, devant cette boutique où je ne suis pas entré (peut-être l'aurais-je dû ?), le traditionnel plan incliné de cageots faisant devanture, au lieu de malgré tout vanter la marchandise, avait l'air simplement de la contenir, oranges, citrons, bananes déjà tachées de noir, carottes un peu tristes ou endives blafardes, je ne sais plus, et d'attendre avec eux une sorte de miracle qui aurait fait, soit qu'ils se vendent, soit, c'était en janvier, que quelque saint homme de passage (chrétien ou musulman) leur procure un soleil qui semblait leur avoir toujours manqué.

J'ai dit que par rapport à cette petite épicerie d'angle, le centre de Lille avait l'air de vivre dans un autre monde. Que dire alors du monde dans lequel je me retrouvais le lendemain, le hasard ayant fait que ce voyage à Roubaix précédât d'un seul jour une visite prévue de longue date à Cannes où je devais rejoindre ma femme qui dirigeait là un stage avec des comédiens de l'École régionale d'art dramatique locale, qui commençait déjà à avoir une bonne réputation ? Ce chapitre étant malgré tout placé sous le signe du Nord, je n'entrerai pas dans le détail de cette visite, mais deux moments émergent, celui où je découvris, sur les hauteurs de Cannes, le faubourg résidentiel où se trouve la grande et vieille maison hébergeant l'école et celui, sans doute presque caricaturalement en opposition avec ce que je venais de voir à Roubaix, d'une promenade nocturne sur la Croisette et sur la plage, désertes l'une et l'autre en ce mois de janvier exceptionnellement froid sur la Côte d'Azur, le thermomètre y étant passé assez nettement sous zéro.

De l'époque où la Côte d'Azur confina au paradis terrestre, les traces les plus vives selon moi sont le reportage photographique de Cartier-Bresson sur la villa de Bonnard au Cannet et l'évocation que François Maspero fait de la maison de son grand-père derrière La Ciotat dans *Le Sourire du chat*. De cela il ne reste pas rien, mais des fragments qui semblent en partie engloutis et comme recouverts d'une fine poussière de ciment. La rue des hauteurs de Cannes où les élèves comédiens répétaient contenait de tels fragments, grandes villas aux jardins mal tenus, de hauts palmiers montant dans les herbes sèches avec l'idée que derrière les volets clos, forcément, il y aurait une grande cuisine carrelée et un salon avec un piano, cela à quelques mètres de résidences plus récentes alignant leurs balcons au-dessus de pelouses ornées d'agaves et de lauriers : quoi qu'il en soit vraiment, une autre face du monde et n'ayant rien à voir, rien à regarder de concert avec celle d'où donc à ce moment-là je venais. Mais c'est avec la promenade du soir sur la Croisette – paradis artificiel cette fois – que le taux d'irréalité atteignit une proportion bien plus grande : tant de différence anéantissait, il fallait que l'un des deux paysages fût une illusion, l'un rendant l'autre inimaginable. La Croisette la nuit ressemblant trait pour trait à ces vues de bords de mer illuminés que l'on voyait sur les billards électriques et les juke-box, relais d'imagerie qui ont d'ailleurs presque entièrement disparu. L'épicerie de Roubaix ressemblant, elle, à un plan fixe dans un film du tiers-monde projeté sans doute ailleurs qu'à Cannes. Il ne s'agit pas seulement ici d'opposer le Carlton ou le Martinez, ce soir-là réduits à l'état de pur décor, au café Le Casting (!) et la Riviera aux abords du canal de Roubaix, mais d'essayer de penser dans toute sa violence et son étrangeté cette coexistence. En règle générale, des séjours, même brefs, dans l'écartement le plus net et le plus ouvert de ces différences restreignent la possibilité comme le désir d'entonner de grands chants fraternels, mais ce n'est pas vraiment de cette opposition des fortunes, en soi sidérante, que je veux parler, c'est de la façon dont de tels clivages, avec les régimes d'objets qui les nourrissent, rendent problématique l'idée même qu'il puisse y avoir, d'un bord à l'autre, quoi que ce soit de commun ou de partageable, au sens où le commanderait, même avec des écarts, une république.

Le divorce est entier : géographique, climatique, social, politique bien sûr. Et peut-être n'est-il même pas légitime de parler de divorce, car cela suppose qu'une vie en commun ait d'abord existé, ce que rien ne suggère. Chaque année, sans doute, au moment du festival, les journaux télévisés passent et repassent, entre deux interviews ou deux montées d'escalier, un panoramique négligent sur la Croisette, chaque chaumière recevant donc des nouvelles du Palais, mais ce n'est pas avec de telles miettes du festin que l'on peut parler de partage, au contraire. C'est pourquoi, sans doute, j'ai amené la République. A priori on serait en droit de se demander ce qu'elle vient faire là, et pourtant je pense qu'il est requis de la nommer, dans la mesure même où son idée (contiguë à celle de nationalité telle que l'avance Hugo) est celle d'une immense tolérance, d'une immense capacité de liaison, celle d'une fédération des disparités – tout ce qu'elle modère ou régule dans les pulsions centrifuges se retrouvant exalté dans une ardeur centrale conçue comme un foyer. Or, on le voit bien, de cette République-là, qui est celle d'une fondation, rien ne reste qui soit vraiment vivant, et s'il est émouvant de rencontrer ici ou là un arbre de la liberté – celui, évoqué plus haut, de Saint-Léon-sur-Vézère, devant l'église, ou celui, que j'évoque maintenant, de Générargues dans le Gard, devant le temple (ce village est dans le sud des Cévennes en plein pays protestant, juste en dessous de Mialet et du Mas Soubeyran où se tient chaque année l'Assemblée du Désert), on sait bien qu'il ne s'est agi, au moment du bicentenaire de la Révolution, que de commémorations bon enfant, plus formelles que nostalgiques, même si elles n'ont pu être dénuées, localement en tout cas, de toute portée politique.

Même si de plus anciennes et plus puissantes traces de l'ancrage républicain existent – ainsi, à Clermont-Ferrand, à même le fronton d'un portail latéral à la nef de la cathédrale, l'inscription LE PEUPLE FRANÇAIS RECONNAÎT L'ÊTRE SUPRÊME ET L'IMMORTALITÉ DE L'ÂME, qui me bouleversa lorsque je la lus (ce serait tout un récit) –, il reste que cette République et ce peuple l'un à l'autre soudés dans le sentiment d'une fondation absolue sont au mieux aujourd'hui des souvenirs et que contrairement à ce que voudraient faire croire les élans nostalgiques d'un républicanisme de congrès, ils n'ont plus guère de connexions avec le climat actuel de la France. Je le dis en passant, être un souvenir n'est pas rien, c'est, ce pourrait être une activité, et même une activité continue. Mais ce peuple français que désigne de façon neutre, générique et hautaine l'inscription d'inspiration robespierriste, où est-il, que fait-il ? Existe-t-il encore vraiment quelque chose qui, dans le paysage éclaté de la France d'aujourd'hui, lui ressemble ? Et doit-il y avoir une ressemblance ? Il me reste un cageot d'endives au coin d'une rue de Roubaix et un Martini dry bu dans un bar d'hôtel à Cannes et l'impossibilité de les relier l'un à l'autre ailleurs que dans ma mémoire. Une sagesse (ou une résignation) me souffle que c'est bien assez, mais il me semble alors que le compte n'y est pas.

29

Vaste était le pays des Éduens

(Ce chapitre, peut-être aurait-il dû se trouver juste après celui sur Nîmes et le pont du Gard où d'ailleurs la question du rôle de la Gaule dans l'argumentaire nationaliste est effleurée. Des Romains aux Gaulois, ou inversement, ce serait en effet dans la logique des choses, mais alors c'eût été au détriment de la suite que j'ai tentée avec les rivières. Victoire de la Géographie sur l'Histoire ? Non, ce n'est pas aussi simple, l'une et l'autre s'imbriquant au-delà de ce que j'avais pu penser en commençant ce livre, l'Histoire prenant même une importance que je n'avais pas soupçonnée. Du coup je me souviens que les cours qui m'ont donné le plus de plaisir à l'école primaire puis au lycée étaient ceux d'« histoire-géo », comme on disait, et que peut-être ce livre, ce projet, en est comme le lointain rebond, mais ce souvenir même me confirme dans ce qu'il y aurait eu d'absurde et même de dangereux à faire se succéder couche après couche les différentes périodes de peuplement du territoire, puis les grands âges de l'histoire de France : même s'il y a des dominantes, comme celle de la préhistoire le long de la Vézère, tout est enchevêtré, beaucoup plus que je ne le dis, et il me semble somme toute préférable, pour ce livre qui s'efforce d'identifier ou de vérifier l'existence d'une tonalité, de suivre des lignes errantes et de ne craindre ni les sautes, ni les recoupements, ni même peut-être les redites.

J'ajoute aussi que ce livre, je ne l'écris pas d'une seule traite, mais au sein d'autres activités, d'autres écritures parfois, tantôt engrangeant pour lui, tantôt le perdant de vue, et tout cela sur un fond préoccupé où entrent en ligne de compte le doute, qui est toujours légitime et jamais bienvenu, et toute une série de questions provoquées par les heurts qui se produisent entre ce qu'il cherche à cerner et ce que l'actualité en renvoie. Y a-t-il seulement un sens à s'attarder sur les bords de la Vézère ou aux alentours de Bibracte quand tout le pays (j'écris ces lignes en juillet 2010) se distrait comme il peut du consternant mais logique pas de deux entre le monde des affaires et la classe politique au pouvoir, ou quand ce qui reste de rébellion se perd dans de tristes scénarios de chasse à l'homme dans des banlieues brûlées ? Je sais bien que oui, et qu'il faut résister à la pression (c'est le mot, leur mot, qui revient tout le temps, qui remplace tous les autres) qu'exerce sur la conscience le « nuage de sauterelles » de l'information, comme l'appelait Wolf Vostell, artiste un peu oublié aujourd'hui, mais il n'empêche que parfois le décrochage est grand.

J'ajoute encore que la règle du jeu que je me suis donnée – et qui est de toujours aller voir sur place les pays ou les lieux dont j'éprouve d'avoir à parler – exerce deux contraintes : la première touche à l'emploi du temps, au temps (et aux moyens aussi, parfois) qu'il faut trouver pour accomplir ces repérages, si furtifs soient-ils. La seconde touche à la méthode choisie : une chose eût été de cocher une par une les cases de la liste de lieux que je m'étais formée au départ, il y a déjà quelque temps désormais ; une autre est de l'avoir tenue pour une indication, une incitation, et d'avoir au contraire suivi la ligne zigzagante d'une démarche restant à l'écoute des idées qui se forment en chemin. Plus libre en apparence, cette méthode est plus contraignante en vérité, parce qu'elle exige que l'on reste disponible à ce qu'elle dicte, ce qui n'est pas toujours possible, du moins au moment exact où il le faudrait.

Mais assez là-dessus. Repartons.)

Peut-être est-ce parce que certains le considèrent comme une sorte de presqu'île avancée du Massif central que le Morvan semble si replié sur lui et si peu désireux de plaire. Au printemps et à l'automne surtout, il peut offrir des paysages d'une grande dignité, où quelque chose d'assombri ne cesse pas de descendre de ses forêts sur ses pentes et de remplir ses vallées, mais le traverser en hiver peut procurer des sensations de solitude assez rares en France : pas celles que l'on rencontre dans les causses et les zones de plateaux non boisées, où la relève de l'horizon garantit presque toujours l'appel muet d'un lointain, mais celles de ces zones de reliefs mouillés où la forme des vallonnements et la couverture végétale presque toujours dense augmentent et accréditent l'impression de repli. À tel point que sans atteindre de hautes altitudes (le Haut-Folin, le point culminant, n'est qu'à 901 mètres) et sans non plus être très étendue, la presqu'île granitique qui forme le Morvan fonctionne plutôt, à cheval sur trois départements de Bourgogne (la Nièvre, l'Yonne et la

Saône-et-Loire), comme un pays que la plupart des grands flux évitent ou contournent : le TGV l'effleure mais ne s'y arrête pas, les autoroutes passent au loin et aucune ligne ferroviaire, même secondaire, ne le traverse. Et comme il appartient aussi à la légende du Morvan d'avoir abrité encore très tardivement des pratiques liées à la sorcellerie, la glissade est facile, qui conduit à l'image d'un pays qui se serait détourné du soleil mais aussi des autres lumières.

Entre un sous-bois brumeux où s'éclipsait peut-être un jeteur de sorts du début du XXe siècle et tel rideau soulevé par une très vieille main à la fenêtre d'une maison d'aujourd'hui, dans tel village gris où l'on s'est arrêté, la distance, c'est vrai, n'est pas grande ; il faut imaginer aussi une route sinueuse montant entre des fougères détrempées, de petits hameaux ou des fermes isolées, aux toits d'ardoises, incapables de fuir le surcroît d'assombrissement créé par les reboisements en conifères à croissance rapide – l'enrésinement, comme on doit dire, se répandant là comme un peu partout, et de façon alarmante.

Or c'est là, en pleine forêt, que se trouve le site de l'oppidum de Bibracte, à l'entrée duquel est venu se poser le Musée de la civilisation celtique, dû à Pierre-Louis Faloci, qui n'a aucunement hésité à transcrire le dense réseau de citations archéologiques qui s'imposait à lui en un geste structurel réussi, à la fois autoritaire et humble. Il fut un temps question d'enterrer François Mitterrand dans les parages (il en avait en tout cas émis le souhait) mais, par chance, ce supplément d'inutile solennité a été évité, de telle sorte que le site tout entier, hormis peut-être quelques jours d'été, n'échappe pas à la solitude qui est son lot et qui lui convient. L'idée présidentielle, par-delà l'attachement sans doute réel dont elle témoignait, trouvait bien entendu ses fondements dans une volonté de continuité et d'enracinement : le mont Beuvray, c'est-à-dire Bibracte, étant vécu comme le signe, toujours inscrit dans le paysage, du plus ancien témoignage d'unité nationale. Et pourtant, si c'est bien dans cette ville, en effet, que Vercingétorix, après la victoire de Gergovie, put réaliser l'unité des tribus gauloises, il reste, d'une part, que cette unité fut fragile et surtout éphémère (Alésia vient presque tout de suite) et, d'autre part, que Bibracte, capitale des Éduens, aurait bien de la peine à la représenter, dans la mesure même où ce peuple, de longtemps associé aux Romains, ne se rallia que tardivement et, semble-t-il, de façon incomplète aux autres peuples de la Gaule.

Pourtant, mais sur un plan tout autre que symbolique, l'imprégnation est vive, et les abords de la capitale des Éduens sont sans doute ce qu'il y a de plus lié, en France, à ce qui peut nous parvenir, à la façon d'un bruit de fond presque éteint et parfois ravivé, de la lointaine civilisation celtique. La présence de la forêt est peut-être trompeuse, mais elle joue un rôle de premier plan, malgré les rappels réitérés et parfois sans nuances des historiens d'aujourd'hui, pour lesquels l'image d'une Gaule de villages couverte presque intégralement de lourdes forêts est entièrement fausse. Il est désormais établi par eux que, contrairement à l'image mythique de la Gaule redistribuée sans fin autrefois dans les écoles de la République, l'agriculture était déjà très développée, ainsi que l'élevage, et que le phénomène urbain – dont Bibracte est justement l'un des fleurons – était lui aussi répandu. De tout cela, le Musée de la civilisation celtique répond, avec de nombreuses et très fines maquettes dont celle, placée à hauteur de vue, qui présente un village et ses alentours : maisons groupées et palissades, enclos pour les animaux, répartition des cultures, zones drainées : les yeux peuvent suivre des chemins partant vers l'horizon, où l'on devine aussi bien des agitations d'enfants et de badines que le pas lourd et lent de grands bœufs tirant des chariots. Cela pour le développement de l'agriculture, mais ce sont d'autres maquettes, celles des enceintes ou de la fameuse porte du Rebout (en partie reconstituée sur le site), qui témoignent de l'existence d'une ville à part entière, dont les historiens estiment la population à une hauteur oscillant entre 5 000 et 10 000 habitants. Toutefois, le fait que le musée lui-même, situé à l'entrée de l'oppidum, et les quelques vestiges que l'on trouve sur le site, à commencer par le très étrange bassin de pierre en forme de barque qui se trouvait au milieu de la grande voie traversant la ville de part en part, soient tous aujourd'hui ceints d'une dense forêt de feuillus, loin d'apparaître comme un leurre, a plutôt pour effet d'acclimater la vision et de permettre au visiteur de se pénétrer d'un air qu'il ressent comme profondément relié à ces temps lointains.

Sans doute est-ce l'action de la forêt, plus encore que son aspect, qui incline à ces pensées : la forêt protège et fait écrin, elle allonge les distances et complique la lecture des reliefs, elle donne à tout ce qu'elle enferme ou étreint une propension au secret. Une majorité de chênes, mais aussi des hêtres et de très grands châtaigniers, telles sont, hormis les sapins, les essences dominantes, mais ce sont peut-être les *queules*, ces étranges formations bordant la voie que l'on gravit jusqu'en haut du site, qui contribuent le plus à faire penser que l'on remonte dans le temps. Les queules sont d'anciennes haies tressées, le plus souvent avec des pousses de hêtres. Devenues des arbres et recouvertes d'une mousse d'un vert soutenu, elles ont acquis en vieillissant des formes extraordinaires qui leur viennent de leurs anciens ligaments : énormes sculptures dans lesquelles la croissance végétale, à la fois contrainte et enivrée, a produit torsions, entrelacements et tressages distendus, les queules que l'on voit au mont Beuvray ne datent que du début du XIXe siècle, mais si leur lointain n'est pas celui des temps de la Gaule, elles y introduisent pourtant comme de parfaits fantômes. Ayant poussé sur un monde oublié, elles en sont, pour nous, autant que les vestiges archéologiques retrouvés sur place, des sortes d'émanations.

Ce n'est que dans la seconde moitié du XIXe siècle, grâce à l'action de Jacques Gabriel Bulliot, négociant en vins et érudit local, et de son neveu Joseph Déchelette, que le site put être identifié et fouillé : autrement dit, et malgré ce que l'on peut considérer comme de très lointains échos, pas plus consistants que des traînées de brouillard ou des fils de la Vierge, on peut dire que Bibracte, pendant des siècles, aura profondément dormi, son nom seul survivant par-delà *La Guerre des Gaules* dans des querelles d'érudits qui en déplaçaient continûment le site, le plus souvent vers Autun, la ville fondée en l'an 15 avant J.-C., qui la remplaça et qui, pendant la Révolution, en reçut même le nom. À une vingtaine de kilomètres d'Autun, aujourd'hui petite sous-préfecture elle-même un peu hantée par ses propres vestiges – gallo-romains ceux-là –, les queules, qui ne sont sans doute que les restes de pratiques rurales abandonnées il y a peu, font pourtant signe vers une très haute et très profonde antiquité, qui ne se mesure pas en termes d'exactitude historique mais à la façon d'un sillage indistinct ou d'une rumeur. Cette rumeur éduenne, que tout le mont Beuvray relance, j'en ai senti la consistance, même si c'est déjà beaucoup dire, assez loin de lui, car vaste était le pays des Éduens : du côté où il ne s'arrêtait qu'à la Saône, cette rivière lente qui le séparait des Séquanes, près du petit village de Saint-Boil, dans une carrière gallo-romaine redécouverte seulement en 1971 et où les fronts de taille découpés géométriquement et encore intacts procurent une singulière sensation de temps arrêté. Et du côté opposé, à Iguerande, au nord de Roanne, là où la Loire séparait les Éduens des Ségusiaves et où le simple fait de savoir que ce village à la belle élongation fut, en ces temps lointains, une sorte de poste-frontière change du tout au tout la perception que l'on en a depuis le promontoire qui le surmonte et où, aux abords d'une solide chapelle romane, on a toujours l'impression de pouvoir surveiller le pays d'en face, lequel, des monts de la Madeleine aux plaines fertiles du département de l'Allier, n'a en apparence rien de très belliqueux.

À Saint-Boil on a retrouvé, dans ce qui dut être un atelier de sculpture attenant à la carrière, une stèle funéraire qui est aujourd'hui conservée à Chalon-sur-Saône. Elle montre un couple qu'on appelle, tout naturellement, le couple des Éduens, qui date de la fin du IIe siècle après J.-C. Il y a sur les visages de l'homme comme de la femme, et entre eux, de l'un vers l'autre, une étrangeté à peine, qui vient de leur douceur et qui, parce qu'elle les incarne, nous les rend familiers. Mais ils sont du temps où la venue romaine était accomplie et peut-être déjà ne comprenaient-ils plus la langue et les rites de leurs ancêtres qui, Jules César l'a observé, comptaient le temps en nuits et non pas en jours. Or c'est vers ces ancêtres plus étranges et plus étrangers que je voudrais qu'ici l'on se tourne, et sans que ce mouvement ait rien d'une nostalgie. J'ai parlé déjà, brièvement, dans le chapitre sur Nîmes et la force de l'imprégnation romaine, de la façon dont les volontés politiques de refondation identitaire avaient depuis plus de deux siècles faussé le rapport à la Gaule. Sur le plan strictement politique, cette Gaule fantasmée semble aujourd'hui un peu plus tranquille, Vercingétorix étant supplanté par Jeanne d'Arc dans le rôle du héros précurseur. Mais j'ai eu la surprise, en cherchant sur le net à Diviciacos – c'est le nom du plus connu des chefs éduens –, de tomber sur un site de jeu intitulé « Les Éduens de Diviciacos », et voici ce qui s'inscrivait sur l'écran : « Dans le cadre de son avancée PVE la guilde "Les Éduens de Diviciacos" recrute tout new lvl 80 et HL afin d'organiser d'une part boucles EC normal, enchain'heroes, Sarthe/Emma 10 etc. ; et d'une autre de réaliser une percée raid guilde de Naxxramas et ensuite Udmar. » Ce que cela veut dire, je ne le sais pas trop, mais ce qui est sûr, c'est qu'il y a là quelque chose d'actif, qui ne se préoccupe aucunement de véracité, et qui exploite une veine où les Éduens, parés comme des personnages de mangas, sont, via la forêt, transférés dans un univers à la fois techno et gothique.

Devant toutes ces dérives, tous ces transferts (auxquels il faudrait ajouter, bien sûr, l'effet massif d'Astérix), le monde propre des Gaulois ne peut opposer de résistance qu'en se rétractant – et le pays éduen, plus qu'aucun autre, plus que celui des Arvernes, surtout autour de son ancienne capitale, est la terre d'accueil de cette rétractation. Peut-être pour des raisons liées au paysage (ce que j'ai essayé de dire avec les queules), peut-être aussi parce que en vérité aucune figure historique éduenne ne peut être directement reversée à l'idéologie nationaliste, peut-être du fait de transmissions très enfouies – minces filets de traditions traversant les siècles –, toujours est-il que c'est sur ces terres que la vibration venant du monde celte et donc de ce qui, en France, relève de la civilisation de la Tène, est le plus perceptible. Spontanément, cette vibration, on penserait la ressentir d'abord du côté de la Bretagne, mais là les écarts historiques, vers l'amont avec les monuments mégalithiques, vers l'aval avec le cycle arthurien, faussent quelque peu la donne, sans parler de la surexploitation folklorisante du thème celtique en pays breton. Au pays des Arvernes, sans doute la statue équestre de Vercingétorix (œuvre de Bartholdi, inaugurée en 1903), au beau milieu de la place de Jaude à Clermont-Ferrand, tente-t-elle, par l'image violente d'un galop ultra-héroïque, de réveiller le fonds gaulois, mais ni les traces de l'oppidum de Corent (site possible de la capitale des Arvernes) ni celles de l'oppidum de Gergovie n'ont la densité mystérieuse de ce qui se tient là où s'éleva Bibracte.

Et ce qui s'établit là, si l'on s'efforce d'échapper au flou de l'imagerie et à la violence des mythes identificatoires, c'est un fait massif, d'échelle et de portée européennes, c'est, à un stade déjà avancé, la forme civilisationnelle héritée de la révolution néolithique engagée beaucoup plus tôt dans le Moyen-Orient ancien, ce sont, en d'autres termes, les conséquences de la révolution agricole, tant au niveau du rapport des hommes à la nature qu'à celui des hommes entre eux. Ici, entre les formes culturales et les structures de pouvoir, le lien qui se noue ne sera au fond dénoué que très longtemps après. Malgré toutes les différences et les glissements que l'Histoire, désormais grande ouverte, fera survenir, le modèle central de relations qui se fixe à cette époque restera dominant jusqu'à l'aube de la révolution industrielle. Du chef de horde au seigneur et du seigneur au roi, infinies et infiniment complexes et enchevêtrées seront les structurations et les dynamiques des formes de pouvoir, mais ce qui est lié, et ce que lient de façon si serrée les âges du bronze puis du fer, c'est la solidarité complète entre la donne foncière de la terre et du pays et l'exercice de la souveraineté. Dans ce lent processus de formation, le moment qu'emblématise Bibracte est celui d'un nouage, et ce que l'on ressent, en s'approchant autant qu'on le peut, très peu autrement dit, de ces Éduens, c'est que d'un côté ils sont déjà tournés vers nous, vers l'Histoire, et que de l'autre ils s'enfoncent dans le passé de leur provenance qui est pour nous plein de nuit.

Diviciacos, justement (on trouve aussi les orthographes Diviciacus ou Divitiacus), unique druide dont l'existence historique est avérée et qui, nommé vergobret des Éduens alla à Rome plaider leur cause alors qu'ils étaient menacés à l'est par les Séquanes et par les armées du Germain Arioviste : Jules César l'évoque à plusieurs reprises, et très favorablement, dans *La Guerre des Gaules* et Cicéron se souvient de lui dans son *De la divination* : « La Gaule a ses druides, parmi lesquels j'ai moi-même connu l'Héduen Diviciacus […] qui affirmait connaître la science de la nature […] et qui prédisait l'avenir en partie par une technique augurale, en partie par la conjecture. » Mais qui était-il, et qu'était-ce exactement qu'exercer la charge de *vergobret*, qui lui échut et qui montre en tout cas que des liens solides existaient chez ces peuples entre pouvoir politique et action religieuse et que des formes de délégation étaient déjà effectives puisque le vergobret, élu pour un an seulement sous l'égide des druides, s'il disposait du droit de vie et de mort sur les membres de sa tribu, n'avait par contre pas le droit de franchir la frontière, ce qui en cas de guerre le contraignait à ne pas cumuler avec son pouvoir la direction des armées ?

Il me semble qu'envers cette fonction et son appellation si singulière une rêverie pourrait s'installer, de même nature quoiqu'un peu plus conjecturale que celle dans laquelle Pierre Klossovski se lança avec les Templiers. Mais ce que je voudrais atteindre, et ce sera aussi la fin de ce chapitre sur la Gaule, c'est peut-être justement cet autre côté qui regardait la nuit et dont l'instillation semble encore présente à Bibracte, par exemple avec ce bassin de granit en forme de barque (ou de poisson ?) posé au milieu de ce qui aura sans doute été la grand-rue et dont nul ne sait aujourd'hui à quoi il était destiné. Sans doute est-il quelque peu restauré, mais il n'y a aucune raison de mettre en cause son implantation ou sa forme et tel quel il condense en lui, comme un point d'interrogation insistant, la part secrète de ces lieux. On sait que les Éduens, et tous les peuples celtes, vouaient un culte aux sources et avaient avec l'eau, surtout surgissante, des rapports teintés de magie : il suffit d'apprendre auprès d'une des sources qui sont sur le territoire de l'oppidum que, jusqu'à l'aube du XXe siècle, les nourrices morvandelles venaient y tremper leurs seins dans l'idée de les protéger de la maladie pour que s'esquisse, sans difficulté, le chemin d'une très longue descendance, celui-ci dût-il croiser une retombée de gouttes d'eau sur de jeunes poitrines. Un chemin qu'il est facile d'emprunter aussi à partir de simples objets comme ceux que l'on voit dans les vitrines ou les reconstitutions du musée : pas forcément l'attirail guerrier mais d'abord toutes ces choses paysannes, fauteuil d'osier inclus, qui tirent jusqu'à la campagne de notre enfance des traits dont l'évidence étonne. Objets, outils, vêtements, parures, presque tous, on s'en aperçoit, nous disent quelque chose – mais ce chant de l'archive, ainsi qu'on pourrait l'appeler, n'a pas tant pour effet de nous rapprocher de « nos ancêtres les Gaulois » que de faire partir les phrases d'objets ruraux que nous connaissons vers de très lointaines aires de résonance, d'où quelque chose d'inquiet ou, plus précisément, quelque chose qui est lié à la peur, ne se défait jamais complètement.

30
Du côté des bêtes (1)

En pays charolais, ou dans le Brionnais qui en est une variante un peu plus austère, c'est toujours une surprise de découvrir, aussitôt qu'un vallon s'entrouvre, à quel point la ponctuation des bovins répartis sur les pentes est nombreuse. Faciles à repérer du fait de leur blancheur, c'est un plaisir que de les regarder de loin évoluer dans le paysage par groupes d'importance variable, tantôt essaimés sur un grand pré, tantôt formant une sorte de file ou, quand l'herbe est haute et très abondante, y disparaissant presque ou, encore, quand chaleur et sécheresse deviennent accablantes, regroupés immobiles le long d'une lisière où ils ont cherché de l'ombre. En vérité, sur l'ensemble du territoire, avec des densités évidemment très variables d'une région à une autre, le nombre de bovins, en France, est très élevé : autour d'une vingtaine de millions de têtes, soit à peu près un bovin pour trois habitants. Réparties entre animaux destinés à la production de lait et animaux à viande, les races actuellement maintenues ne sont pas très nombreuses, certaines d'entre elles ayant échappé de peu à l'extinction, d'autres étant au contraire très répandues, comme les charolaises ou les montbéliardes, à la suite de la politique qui, après la Seconde Guerre mondiale, avait privilégié leur développement.

Ces animaux font donc partie du paysage. Ils en sont non seulement le signe (il suffit de voir combien sont fréquentes – et parfois d'un humour pesant – leurs images sur les tourniquets de cartes postales des petites villes situées dans leurs aires) mais aussi les agents : prairies et prés de fauche séparés par le linéaire végétal du bocage ou par celui des murets, ponctuation, en saison, des balles de paille ou de foin, et jusqu'à ces lignes parfaites que, parallèlement à la pente, les animaux brouteurs réalisent sous les arbres placés en lisière des prairies, y ménageant un retrait ombragé au dessin calme et véloce. Directement ou indirectement, les vaches (mais aussi les moutons, les chèvres et donc les animaux pour lesquels l'élevage en plein air n'est pas encore une exception ou un luxe) fabriquent le paysage et semblent habiter placidement leur œuvre, qui est aussi ce qui les nourrit. S'ensuit, dans l'imaginaire commun, une forme abâtardie et fugace d'empathie pastorale. Vues de loin, en passant, ou depuis le train que, paraît-il, elles regardent passer, les vaches ont bonne presse. Des prairies les plus basses aux alpages, de tel vallon envahi de boutons-d'or à tel pré écrasé de soleil, des paysages idylliques reproduits sur les étiquettes de camembert aux boucles d'oreilles de La Vache qui rit, leur réputation est celle d'êtres bonasses et frustes, bonnes grosses dont il faut toutefois se méfier mais que l'on peut montrer du doigt aux enfants, le summum de la relation étant atteint avec l'imitation du meuglement, celui-ci plus ou moins considéré comme un trait comique – comme le signe évident et lourd de l'impuissance des animaux à pénétrer le langage.

Dans cette pelote assez distendue de connotations et d'échos, où le taureau fait entrer une légère dissonance que le bœuf de la Nativité corrige de son mufle humide soufflant juste au-dessus de l'Enfant, la viande, autrement dit le bifteck, bien qu'elle soit la finalité d'à peu près la moitié du cheptel, est couramment évitée : c'est le lait qui domine et qui répand sur la représentation que l'on se fait des pâturages une lénifiante mais très trompeuse douceur. L'idée selon laquelle l'homme, par le lait, entrerait avec la vache dans une relation de domination atténuée, ne faisant que prélever sans dommage pour la bête, relève, aujourd'hui en tout cas, à l'âge des industries laitières, de l'idéologie. D'une part, c'est plutôt envers les animaux de trait que des liens affectifs ont été tissés dans les campagnes, d'autre part et surtout, la récolte quotidienne du lait ne peut se faire qu'en séparant brutalement les vaches de leurs veaux : la « vache à lait » n'est rien d'autre qu'une mère détournée de sa progéniture, et s'il a pu se faire que ce détournement reste dans les limites de la simple raison, il a pris aujourd'hui le plus souvent une tournure pénible : à l'imagerie des vaches traites à la main dans la pénombre et la tiédeur des étables succèdent les images d'animaux aux pis énormes forcés dans des manèges de tubulures mais qu'importe, les produits laitiers rabattent sans fin sur les troupeaux l'aura d'innocence et de pureté qui les accompagne, et que Barthes avait bien décrite en opposant le lait au vin dans ses *Mythologies*.

Rien de tel n'est possible avec la viande et c'est pourquoi la chose est éludée, tout se passant comme si entre les rouges morceaux proposés à l'étal et les animaux paissant dans les prés le rapport était si distendu qu'il en devient imaginaire. C'est peut-être avec les moutons, avec les agneaux, que la torsion est la plus folle, propulsée comme elle l'est par le mythe catholique, au sein duquel l'agneau pascal se transmue sans problème en gigot pour toute famille française, pratiquante ou non. Mais l'image la plus singulière de cet écart entre la réalité de la bête et celle de la viande, c'est au Salon de l'agriculture qu'on peut la voir, réduite pour ainsi dire à l'état d'équation : au-dessus des bêtes magnifiques lavées et parées pour le concours et, pour les meilleures d'entre elles, ornées de rubans tricolores, passent sans fin, sur des écrans suspendus assez haut au-dessus d'elles, des vidéos montrant des viandes en train d'être grillées ou poêlées par quelque chef. Il n'y a là nul cynisme, du moins volontaire, c'est comme inscrit dans les mœurs, avec solidité. À Limoges par exemple, dans la petite chapelle Saint-Aurélien construite par la corporation des bouchers qui avait là sa rue, toujours appelée rue de la Boucherie même si d'autres commerces ont souvent pris la place des anciennes boutiques fermées par des grilles, un groupe sculpté polychrome montre l'Enfant Jésus, entre Marie et sainte Anne, en train de porter à sa bouche un rognon (et il était d'usage, à ce que l'on raconte, que les bouchers de la rue offrent un rognon aux jeunes mères lorsqu'elles avaient enfanté). De tels liens, où la religion, comme on le voit, joue un rôle central (il est significatif que les monothéismes se divisent sur les pratiques d'abattage mais non sur le fait, considéré comme allant de soi pour l'homme dans sa relation aux créatures) et d'où la sexualité n'est pas absente (en termes de forces viriles puisées dans le sang), sont extrêmement forts et constituent, en France, une couche comportementale quasi inconsciente, où viennent puiser aussi bien la gastronomie que les usages quotidiens, des cantines aux bistros et de ceux-ci aux restaurants à étoiles. Cette couche, en fait, est d'apparition assez récente : ce n'est que tardivement dans l'Histoire que l'accès aux nourritures carnées régulières fut rendu possible (grâce à l'augmentation du niveau de vie mais aussi aux transports rapides et à la réfrigération), mais son emprise est telle qu'on la confond avec quelque chose de transhistorique, où la poule au pot du roi Henri et tel gras légendaire de moines et de chasseurs trouvent aisément leur place. Il semble d'ailleurs que sa régression ait commencé, pour des motifs à la fois diététiques et moraux.

Lors d'un colloque sur les animaux, à Strasbourg, je me souviens d'un philosophe allemand assez original qui, avec un fort accent et des tournures de prophète, dénonçait ce qu'il appelait la « dictature carnivore ». Même si elle est frappante, je pense que l'expression n'est pas juste et qu'une conversion massive et totale aux régimes sans viande, qui peut sembler souhaitable en effet sur le strict plan de la défense des animaux, n'aurait pourtant pas que des conséquences bénéfiques, même pour eux. Je m'explique. Ce qui est véritablement choquant, ce n'est pas tant de manger de la viande (et donc d'élever des bêtes pour à la fin les tuer) que de le faire sans pensées, sans égards, comme s'il s'agissait d'un droit exercé depuis toujours et devant lequel les animaux n'auraient d'autre destin et d'autre raison d'être que ceux d'être engraissés puis abattus. Plutarque se demandait « s'il est loisible de manger chair » (ici dans la langue d'Amyot) : la question, ancienne, on le voit, est taraudante et, s'il y a d'un côté des végétariens et, de l'autre, des mangeurs de chair impénitents, il me semble que pour beaucoup, dont je suis, le débat est intérieur et continu : non parce qu'il serait question de se repentir, assez hypocritement d'ailleurs, à chaque bouchée, mais simplement parce que l'idée, très archaïque, remontant au temps des chasseurs-cueilleurs, d'une dette envers ceux qu'on abat n'est pas morte et qu'elle nous traverse. Ce qui vient avec elle, qui n'a rien à voir avec la sensiblerie, c'est la pensée que chaque animal, selon son mode propre, constitue une entrée dans le monde, une existence, une expérience et qu'interrompre celles-ci dans le but de prolonger les nôtres doit avoir un sens et être réfléchi.

Philippe Descola, dans son grand livre *Par-delà nature et culture*, rapporte le propos qu'Ivaluardjuk, un chaman inuit, tint un jour à l'anthropologue Karl Rasmussen, au début du siècle dernier. Ce que ce chaman expliquait, c'est que le « plus grand péril de l'existence [venait] du fait que la nourriture des hommes [était] faite d'âmes ». Dans le Grand Nord où rien ne pousse, la vocation carnivore est évidemment automatique, mais il semble qu'à peu près partout sur la terre elle ait eu d'abord ce profil dénué de cruauté, où la survie s'accordait, mais dans la crainte, la possibilité (la nécessité) de tuer. Donc de tuer des âmes, des esprits, selon la conception inuit qui est ici représentative de celles de tous les peuples premiers, de toutes les populations de chasseurs-cueilleurs – pour lesquels au demeurant l'esprit franchit aisément tous les états du vivant, inondant de sa présence le monde végétal aussi bien. Mais nous, si loin que nous ayons été déportés de ces formes de pensée, peut-être pouvons-nous tout de même, et sans effort, réintégrer l'esprit dans ses habits de nature et regarder tout autrement le monde qui nous entoure, en commençant justement par les prés et les troupeaux : et alors c'est une révélation que de se dire, dans un éclair, que des *âmes* ou des *esprits* habitent les prés : là, près de nous, groupés comme je l'ai dit, errants, et par exemple selon leur blancheur d'apparition, par une nuit de pleine lune, non comme des fantômes mais comme ce qu'ils sont, des bêtes, des esprits, et qui broutent, on peut les entendre, on entend leur souffle, c'est la campagne, ils sont là.

Ces bêtes, ces esprits ou ces âmes habitant le pays, dès lors, j'ai voulu les approcher un peu, autant qu'on le peut en n'étant ni éleveur ni vétérinaire, et tenter de comprendre s'il n'y avait pas entre eux et le territoire qu'ils peuplent une sorte de contrat secret, entièrement négocié par les hommes, cela va de soi, mais échappant aussi à ces derniers par quelque biais. C'est facile, il suffit de se répéter à chaque rencontre avec eux la leçon qu'on a entendue, et de les considérer d'abord comme des êtres, des personnes, des esprits – exactement comme le furent, sans aucun doute, leurs ancêtres peints sur les parois des cavernes. Mais le voyage est violent car l'esprit, on peut le dire, est malmené.

Tout commence simplement par une multitude de rencontres : en remontant vers l'enfance tout d'abord, puisqu'il était encore courant, dans les années cinquante et non loin de Paris, d'aller chercher le lait à la ferme, ce qui s'entend avec un pot métallique muni d'une anse, qui reproduisait plus ou moins la forme des bidons, plus grands, qui servaient à transporter le lait directement issu de la traite : avec précaution – chaque enfant ayant à l'esprit *La Laitière et le Pot au lait* de La Fontaine –, mais avec émotion aussi, car cela signifiait, et c'était vaguement pris comme un honneur ou comme un stade auquel on avait accédé, qu'on avait le droit d'entrer dans l'étable et donc d'approcher les animaux, les vaches, et le mystère de la métamorphose de l'herbe en ce breuvage blanc et onctueux, tiède, opaque et un peu écœurant. Et si dans les bouteilles de lait en verre (celles, d'abord, des livreurs anglais qu'au petit matin l'on découvrait lors du premier voyage outre-Manche) quelque chose du lait, de l'aspect matériel du lait, à commencer par sa couleur pas tout à fait blanche, demeurait, c'est une tout autre histoire aujourd'hui avec les briques ou les bouteilles en plastique et ce que je désigne ainsi, ce n'est pas un bon vieux temps, mais un éloignement progressif envers la matérialité, comme si celle-ci comportait quelque chose de brut qu'il fallait effacer ou tout au moins atténuer, l'animalité se profilant derrière elle comme une ombre.

L'animalité ! Mot que je n'aime pas tellement (il est bien trop générique, bien trop intéressé), mais allons-y, près d'elle, si c'est bien d'elle qu'il s'agit avec cette grande patience ponctuant les prés, ou avec cette douleur meuglante qui monte des stabulations. Donc une masse, une masse incompréhensible, surprenante et farouche qui, incompréhensiblement, nous regarde. Et aussi, en certaines régions – c'est le cas des pays d'embouche –, une présence qui est comme un silence doucement hanté, une composition de mouvements glissés écrivant sans fin de nouvelles séquences dans le paysage, chaque vache comme un curseur y poussant sa note (et ce que j'imagine un instant, parmi elles, c'est ce qui se passerait, ce qu'il adviendrait du paysage en question si elles n'étaient plus là, s'il n'y avait plus, grâce à elles, ce lourd chant d'appropriation déployé alentour comme une basse continue). Je dis

« vaches », mais ici il faut diversifier un peu. D'une part parce que bien souvent se mêlent à elles des chevaux ou des ânes, sans compter moutons ou chèvres peuplant les prés voisins, mais d'autre part parce que ce pluriel générique masque une diversité qui elle-même se complexifie selon le type d'approche que l'on veut avoir : à la répartition entre veaux, génisses, vaches, bœufs et taureaux, qui est celle que chacun peu ou prou connaît, s'en substituent de plus subtiles dès lors que l'on regarde du côté des éleveurs, pour lesquels entrent en lice des critères morphologiques (c'est le cas des culards) ou liés au type d'alimentation (c'est le cas des broutards) mais qui tous désignent assez froidement la destinée-destination des bêtes, autrement dit leur valeur en kilos et en qualité de viande. À quoi il faut bien entendu ajouter encore la diversité des races, qui ne s'éprouve toutefois qu'en voyageant : il est rare en effet de voir évoluer sur les mêmes aires plus de trois ou quatre races, en y incluant les laitières (qui finissent aussi le plus souvent par être abattues et mangées, même si ce n'est pas leur destinée initiale).

C'est la particularité des marchés et des foirails que de permettre au profane une approche plus directe et plus brusque des réalités de l'élevage. Si ces lieux, par le nombre d'animaux qui y sont rassemblés comme par les types humains qui y travaillent, sont sans aucun doute pittoresques, ils n'ont rien de charmant et toute rêverie bucolique et/ou pastorale en est impitoyablement exclue. Il y a en France une quinzaine de marchés qui comptent, très inégalement répartis sur le territoire, le plus important étant celui de Sancoins, dans le Cher. Non parce qu'il est en pays éduen, mais parce qu'il se trouve près de la maison où je me retire pour écrire, je me suis rendu plusieurs fois à celui de Saint-Christophe-en-Brionnais, qui se tient chaque mercredi. Créé en 1488, il eut lieu pendant longtemps dans l'allée de Tenay, qui est quasi l'unique rue de ce village de cinq cents habitants. On se contentait alors de tendre des cordes entre les arbres pour contenir et attacher les bêtes, puis un champ de foire fut créé en 1866, à l'époque du développement de la race charolaise dont on dit que le berceau (mais c'est encore plus conjectural que pour les sources des rivières) serait à Oyé, très beau village tout proche situé au creux d'un vallon. Le marché est l'unique activité du village, il en est la raison d'être. Il y eut bien autrefois un tout petit établissement thermal qui a fonctionné jusqu'en 1914 et dont on peut voir une image pleine d'un charme campagnard assez différent de celui des villes d'eaux – trois ou quatre femmes posant devant une sorte de buvette en bois –, aujourd'hui la chaudière est utilisée comme bac à fleurs devant l'église, celle-ci, contrairement à celle de tant d'autres villages du Brionnais, n'étant ni très ancienne ni très belle, mais conservant à l'intérieur un des traits de cette région où la dévotion semble avoir toujours été austère : n'était l'antiquité de la plupart des églises ou chapelles (il en est de vraiment magnifiques, à Varenne-l'Arconce, à Châteauneuf) on pourrait presque se croire en pays protestant.

Jusqu'à très récemment, l'unique fonctionnement du rendez-vous hebdomadaire de Saint-Christophe fut celui du marché de gré à gré. Comme tel il s'est maintenu et a lieu sous la grande halle ouverte, en haut de l'allée de Tenay. Il présente une image assez ancienne, un peu réconfortante, avec les bêtes point trop malmenées alignées les unes à côté des autres dans leurs boxes, la plupart étrangement calmes. Les hommes en blouse noire avec leurs bâtons, les bouviers, deux ou trois commerces spécialisés vendant des habits de travail et des ustensiles parfois surprenants, ainsi des étrilles assez différentes de celles qu'on utilise pour les chevaux ou un nouveau modèle de bâton en plastique jaune. De temps en temps une vache pisse, justifiant l'expression bien connue qui désigne les pluies battantes, une autre meugle, le temps passe, on ne comprend pas trop bien ce qu'il en est, ce qui arrive et, quoiqu'elle soit au rendez-vous pour les bêtes, la mort n'est pas là, ne rôde pas. Juste à côté de la halle se trouve l'école communale de Saint-Christophe, ce qui veut dire bien sûr que tous les enfants de ce village sont initiés dès leur plus jeune âge au mystère qui le fonde. Les menus de la semaine à la cantine sont affichés, comme c'est l'usage désormais, et contrairement à ceux des restaurants du village (il y en a plusieurs) ils ne chargent pas trop les repas en protéines d'origine animale, suivant sans doute en cela des consignes diététiques nationales où des mets qui n'existaient pas ou à peine il y a trente ou quarante ans, comme le taboulé ou les kiwis, font bonne mesure avec le poisson du vendredi – une des rares concessions de la République à l'Église.

Mais depuis peu le dispositif du foirail s'est modernisé et ce que l'on appelle un marché au cadran a été créé, qui a relancé entièrement la valeur économique du site. C'est le même fort accent, ce sont les mêmes faces assez rudes, c'est aussi la même odeur d'étable, mais c'est un autre monde, dans lequel l'argent, que le système de gré à gré du moins n'exposait pas, est devenu omniprésent, sous la forme d'enchères dont le montant s'affiche continûment au-dessus de la scène où, un par un ou par lots, les animaux sont présentés. Étrange plateau de théâtre qui est aussi un plateau de balance, le poids de la bête s'affichant aussitôt qu'elle entre, se retrouvant, apeurée, face à une sorte de tribunal : l'hémicycle en gradins à forte pente où, sur plusieurs rangs, sont assis les acheteurs, munis d'un petit boîtier électronique qui leur permet de passer leurs ordres. Ceux-ci sont directement communiqués au chef des ventes, autrement dit au speaker qui, depuis sa cage de verre, annonce à toute allure, et de façon peu compréhensible au non-initié, les montants et les résultats atteints par chaque bête. Vanté pour sa transparence économique (pas de dessous-de-table et pas d'impayés) et aussi pour sa modernité technique (il y a désormais à Saint-Christophe-en-Brionnais l'une des plus grandes toitures photovoltaïques d'Europe), modernité qui inclut tout un discours sur le confort des animaux, le marché au cadran offre pourtant un spectacle d'une étonnante violence. Ce qui ne va pas, c'est que tout est prévu et calculé de façon lisse, comme si les animaux n'étaient pas des êtres vivants, comme s'ils pouvaient ou devaient circuler sans heurts, tels des produits sur des tapis roulants. Or ils sont vivants, très vivants, ce qu'ils manifestent d'abord par la peur, débouchant dans le « cadran » avec ce même air effaré qu'ont les taureaux jaillissant dans l'arène, mais sales, s'étant conchiés au cours du transport, et égarés, perplexes, tournant dans l'espace restreint où un employé muni d'une perche les surveille en les tenant à distance et très vaguement les guide.

J'ai aimé un moment qu'une jeune vache limousine plutôt nerveuse force son tour et sème la pagaille en faisant irruption sur scène quand celle qui la précédait n'était pas encore partie, mais après pas mal de confusion (l'employé s'étant même retranché derrière les barres comme le font les *peónes* derrière les planches des arènes), battue, elle s'est mise à saigner, passant sa langue sur son museau sanglant et ce fut pour moi comme la goutte d'eau (de sang) faisant déborder le vase – certes très peu de chose à l'aune des malheurs contemporains, passés et futurs, mais un signe, le signe de la malédiction de notre espèce incapable de non-violence, et cette espèce, telle qu'elle était figurée dans ce théâtre des vaches, telle donc que les actrices la voyaient, je la voyais aussi, m'étant placé le plus en retrait possible, de manière à lui faire face : visages que pour la plupart on aurait pu croire sortis de *L'Enterrement à Ornans*, visages souvent engoncés, tous emportés par la même vague sérieuse et terriblement adulte, adulte sans rémission, l'appoint, parfois, d'une moustache un peu britannique n'y changeant rien, la même brutalité rêveuse et assommée régnant, pleine d'intelligence aussi, et de ruse, de *mètis*. Je ne voudrais surtout pas qu'on aille penser, de ma part, à du mépris ou de la haine, c'est de tout autre chose qu'il s'agit – d'une soudaine distance, d'un ploiement. Et lorsque parmi les visiteurs, qui sont admis à se tenir en haut, derrière les gradins, un groupe de demeurés qu'on promenait là pour les distraire est apparu, je ne me suis pas senti plus proche d'eux pour autant, il y avait parmi eux une grosse fille aux yeux globuleux qui poussait un petit cri à chaque entrée d'animal et je pourrais dire, en mode hugolien, qu'à Daumier s'ajoutait Goya, mais ce serait mentir car rien n'était ainsi, rien ne se poussait ainsi hors de l'orbe très simple d'un après-midi de campagne comme les autres, où pourtant tout versait lentement et sûrement en direction de quelque chose de sombre et de pesant, que je finis par fuir.

Et malgré tout j'aime ce village, il est, je ne sais pas le dire autrement, honnête, et peut-être même innocent. Mais la question qui se pose là, c'est celle d'un mode d'élevage qui serait différent, qui n'utiliserait pas ces filières, ne succombant ni à leurs rituels ni à leur fascination pour le rendement. Or de tels modes existent, différents selon les régions ou les races et, bien sûr, les espèces. Il ne s'agira pas ici de développer cela – je n'en ai pas la compétence et cela m'emmènerait trop loin du sujet de ce livre, même si ce qui est entendu et attendu derrière le vocable magique « bio » doit à coup sûr être intégré dans une étude physionomique de la France d'aujourd'hui. Mais le hasard a fait que j'ai pu approcher, grâce à un ancien étudiant de l'École de Blois et à sa famille, une autre manière de faire, une autre manière d'envisager et de construire le rapport aux animaux et au paysage où ils existent. Leur ferme est à Vernand, près de Fourneaux, à une vingtaine de kilomètres au sud-est de Roanne, dans un paysage de collines assez prononcées où les prairies alternent avec les bois. Là, envers les bêtes, avec elles, quelque chose d'autre a été tenté : les bêtes, soit une quarantaine de vaches (des limousines et aussi, en fond de vallée, de spectaculaires highlands ébouriffées, qui sont un peu aux bovins ce que sont les ânes du Poitou aux équidés) mais également des moutons (environ quatre-vingts) et aussi, plutôt pour le plaisir et pour les enfants des écoles qui viennent visiter la ferme, trois ânes, deux chevaux et deux chèvres.

Aucune des cultures fourragères n'est forcée par des engrais (c'est là que j'ai découvert le triticale, ce croisement prometteur du seigle et du blé, résistant aux froidures mais bien mal baptisé avec son nom de médicament), toutes les données du terrain sont étudiées afin de diminuer le plus possible les transports d'un point à l'autre de l'exploitation, qui est partiellement dispersée, les animaux sont suivis du début à la fin et même au-delà puisque la découpe se fait à la ferme elle-même, dans une pièce spéciale : cette destinée des bêtes, on n'en a pas honte, mais on la redoute, la retarde, rendant leur mort la plus brève possible, sans attente. L'été, et là ce serait plutôt le contraire joyeux de leur dernier voyage jusqu'à l'abattoir de Charlieu, une partie des génisses est conduite en estive, par camions, sur les hauteurs des monts du Forez. Il faut traverser la Loire et la plaine du Forez puis remonter, assez haut : le point de la Jasserie de Garnier, où l'on doit laisser la voiture pour aller à pied à la rencontre des animaux, est à 1 362 mètres et Pierre-sur-Haute, où se tient une importante station hertzienne dont on perçoit les installations de très loin, avec ses 1 634 mètres, est le point culminant de la région. Il y a bien des affleurements rocheux, mais l'ensemble est comme une suite de dômes estompés, avec des chemins qui partent dans les herbes et retrouvent des boisements là où les bêtes ne vont pas. De nombreux moutons de diverses sortes, peu farouches, avec cet étrange effet d'horizontalité qu'ils produisent lorsqu'ils sont regroupés, comme là, se déplacent lentement sur ces hauteurs où la course des nuages projette un film d'ombres discontinu qu'on pourrait croire sorti d'un film soviétique, sauf que c'est mieux, parce que totalement muet, soufflé, étranger à toute enflure du sens. Un toit du monde, par conséquent, et pas des plus hauts, mais d'où le monde tout de même se voit comme quelque chose qui est en bas, plus bas : soit ce pays « qui en sa petitesse contient ce qu'il y a de plus rare au reste des Gaules », comme le dit inimitablement Honoré d'Urfé, qui en provient et qui y a placé les histoires de *L'Astrée*, soit encore ce qui se dessine de l'autre côté de la plaine du Forez, autrement dit les collines où se trouve Vernand, puis celles du haut Beaujolais et du Lyonnais et, enfin, par temps très clair, les Alpes et leur ligne neigeuse.

Depuis que j'ai eu connaissance du travail que Rémi Janin avait entrepris, pour son diplôme, sur les possibilités qu'il y avait de transformer cette exploitation en un écosystème cohérent intégrant ce séjour estival des génisses, j'avais formé le projet d'aller là-haut à leur rencontre, et cela a fini par se faire, grâce à Rémi qui, entre-temps, a ouvert avec son frère – à la ferme – une agence où ils s'efforcent de repenser le paysage et les architectures du monde rural, ce qui revient à vouloir corriger des années et des années de hangars et de stabulations faits n'importe où et n'importe comment, immenses parallélépipèdes de parpaings recouverts de toits en fibrociment et entourés de tas de pneus, et que l'on rencontre un peu partout, éclairés la nuit d'une lumière blafarde. Et donc je m'étais figuré que d'une certaine manière les prés d'estive, dans leur réalité d'altitude et d'air vif, représentaient cette autre agriculture, qui peut en effet se priver aussi de bâtiments : l'un des buts, à Vernand, étant justement, à terme, même en hiver, de restreindre les séjours à l'étable aux vaches malades et à celles qui viennent de vêler. Et j'avais eu raison : là-haut, sur ces terres, il y a un bonheur et il est, de toute évidence, celui des animaux aussi : non qu'en leur placidité encore fragile les jeunes limousines, quoique fringantes dans leur robe froment, se soient mises à bondir, mais il est évident qu'au cours de ces longs mois qu'elles passent en montagne (de début juin à mi-octobre), où d'ailleurs elles s'ensauvagent un peu, elles sont chez elles, et dans une sorte de plénitude.

Ce sentiment d'être *chez* les animaux, que l'on n'éprouve jamais dans les zoos par exemple, quels que soient les efforts de ceux-ci, et ils sont parfois considérables, pour se faire oublier, il m'est arrivé aussi, je dois le dire, de l'éprouver une fois dans l'une de ces terribles étables de ciment mal éclairées, une nuit d'hiver, à l'autre bout de la Saône-et-Loire, près du Creusot, dans une ferme dont les propriétaires, morts tous deux aujourd'hui, même s'ils se pliaient aux modes de faire coutumiers du productivisme, étaient des gens d'une assez formidable bonté. Là, dans une improvisation où se mêlait à la vieille élégance de terroir un envahissement de produits d'hypermarché, et dans une cuisine pleine d'empilements où les poules étaient admises et les canetons placés sur un radiateur, probablement entre un paquet de biscuits à la cuiller et un fer à repasser électrique (ce n'est plus un souvenir exact, mais tel était bien l'esprit de ces lieux), là, donc, M. Forest, puisque c'était son nom (grâces lui soient rendues là où il est, lui, qui, si gros, ne voulut pas entrer sous terre le jour de son enterrement, son cercueil s'étant avéré trop large pour la fosse), me dit qu'il voulait me montrer quelque chose : m'introduisant dans sa chambre à coucher, il me montra sur sa table de nuit un moniteur qu'il alluma et sur l'écran duquel je vis l'intérieur de l'étable que des caméras de surveillance filmaient – non pour surprendre quelque voleur mais parce que de la sorte on pouvait, à distance, remarquer si une vache s'apprêtait à vêler ou était fébrile. Un peu plus tard et la nuit étant déjà tombée le valet de ferme (un homme extraordinairement timide qui avait été terrorisé dans son enfance mais qui près des bêtes qu'il connaissait toutes par leur nom retrouvait le sourire) nous conduisit dans cette étable dont j'avais vu l'image et là, comme chaque fois, je fus subjugué par l'extraordinaire densité d'existence de ces animaux, par leur façon d'être là dans l'intégralité de leur être, incapables d'affectation, dans cette soudaineté massive de la présence qui n'est qu'à eux et qui rassure et fait peur à la fois. C'est-à-dire que nous étions chez eux, même s'ils étaient, eux, exilés de leur véritable séjour dans cette construction de béton heureusement pour eux un peu déjetée.

Leur véritable séjour, je viens d'écrire ces mots, et il y a là une résonance que je n'aime pas trop : le séjour véritable, c'est toujours là où l'on se trouve, et c'est donc là où ils étaient, et nulle part ailleurs. Mais rêvent-ils ? Sans doute. À des prés lointains, tranquilles ? C'est probable. Mais nous n'en savons rien, nous ne pénétrons pas les pensées de ces esprits pensifs et peut-être endormis. Ce que je peux savoir, par contre, c'est qu'entre la vision que j'en avais dans cette étable éclairée au néon et la petite image en noir et blanc que ce très gros homme tenait à avoir près de son lit quelque chose d'un secret passait, et que ce n'était pas rien. M. Forest nous avait conseillé de nous rendre à Saint-Christophe-en-Brionnais, qu'il fréquentait à l'époque du seul gré à gré. Il aimait les bêtes, c'était sa vie, et je pense souvent à lui en fendant la campagne.

31

Du côté des bêtes (2), suivi d'une note sur les arbres

Les animaux domestiques et ceux de compagnie ne sont habituellement pas considérés comme faisant partie de la faune, où ne sont compris que les animaux sauvages vivant librement en nature – ou en ville. Pourtant, s'il fallait, au sein d'une physionomie de la France d'aujourd'hui, établir le portrait particulier de la relation de ses habitants aux animaux, il faudrait, bien sûr, faire une place à part aux animaux d'élevage (nous venons de les approcher) mais aussi aux animaux de compagnie – chats et chiens avant tout – dont le nombre, très élevé, et notamment en ville, surprend souvent les étrangers. Mais, malgré la vénération que j'ai pour les chats (il faudrait tenir une liste de tous ceux que l'on rencontre et avec qui l'on échange un instant, de tel tigré de ruelle provençale à tel chat noir d'arrière-cour n'importe où), ce ne sera pas mon propos. Ce que je voudrais plutôt approcher, c'est le lien des animaux – sauvages par conséquent – au territoire, mot qui doit être pris ici dans ses deux sens – celui, premier, d'espace de construction de l'*Umwelt* animal et celui, second, d'espace formel national. On le voit aussitôt : le simple fait de considérer le signifiant France comme renvoyant à une somme plus ou moins achevée d'*Umwelten* et, donc, de formes de vies animales déployées sème le trouble : imaginons un instant qu'un imbécile muni de ciseaux coupe en deux une toile d'araignée posée à cheval sur une frontière – elle serait détruite irrémédiablement bien sûr, et tels sont les territoires animaux, en leurs chevauchements et recoupements, se moquant des nations comme des provinces, mais non pas des écosystèmes. S'il y a une caractéristique nationale de la faune, elle résulte avant tout du spectre de possibilités offert par les écosystèmes présents sur l'ensemble du territoire, registre à quoi vient s'ajouter un certain état du rapport que les populations humaines entretiennent avec les populations animales, mais ici, on le pressent, il est bien difficile de passer outre les différences de région à région ou d'individu à individu, et de pouvoir établir un rapport type.

Au moment où l'on croit pouvoir se fonder sur une opposition relative entre les pays du nord de l'Europe, ceux des aires anglo-saxonne, germanique et scandinave en tout cas, et ceux du Sud latin, censés être moins enclins à se soucier du sort des animaux, l'on constate que le maintien d'aires de protection des ours et des loups se fait sans réelles tensions en Italie ou en Slovénie, alors qu'en France, en tout cas dans les Pyrénées, il soulève de très rocailleuses protestations. Mais la France est-elle ici du Nord ou du Sud, dépend-elle de l'ensemble méditerranéen ou d'une donnée européenne plus large et située plus au nord ? La réponse ne peut être qu'hésitante, puisque de Forbach à Bayonne ou de Cherbourg à Menton (deux lignes qui forment une belle croix sur la carte), les indicateurs varient du tout au tout. De même, sur le plan des comportements, il est évident que l'on rencontre la gamme la plus étendue, du bousilleur pur et simple à la vieille dame qu'indigne la moindre cruauté, du discoureur à principes au connaisseur subtil, de l'ami des bêtes à celui qui les méprise ou les ignore.

Il reste qu'une certaine coloration idéologique d'ensemble peut être malgré tout décelée et qu'elle transite par des patterns divers et enchevêtrés – certains remontant à la nuit des temps (ou, moins métaphoriquement, aux temps préhistoriques), d'autres étant récents, comme ceux entretenus par le ton sentimental et anthropocentré des films animaliers qui passent régulièrement à la télévision. Mais il me semble qu'entre tous ces traits, le plus influent et le plus spécifique provient de tout ce qui est confié aujourd'hui encore aux écoliers français par les fables de La Fontaine. Directement et via leurs illustrateurs – qu'il s'agisse de François Chauveau, qui fut le tout premier, de Gustave Doré, qui est le plus célèbre, ou de Benjamin Rabier, dont tout le monde connaît au moins deux images, puisqu'il est l'auteur du dessin originel de la baleine à la gueule grande ouverte montrant toutes ses brosses sur la boîte à sel des Salins du Midi et, surtout, de La Vache qui rit. (À propos de ce dernier dessin, il est amusant de rappeler qu'il fut initialement utilisé, à la suite d'un concours organisé par le train, pendant la Première Guerre mondiale, pour orner les wagons du Ravitaillement en viande fraîche, ce qui bien sûr lui valut d'être aussitôt appelé la *Wachkyrie*...) Ce ton rigolard – ici plutôt sympathique – n'est pas celui des fables, auxquelles je reviens, mais il est vrai qu'à travers celles-ci c'est au fond tout autre chose que la faune réelle qui est approché : non tant parce que des animaux familiers comme le loup, le renard, l'âne, le rat, le bœuf et le corbeau y voisinent avec le lion, l'ours ou le singe, mais parce que, en vérité, bien qu'il sache en fixer les traits avec une concision presque cruelle tant elle est précise, le but de La Fontaine n'est pas tant de rejoindre ou de toucher l'animal comme tel que d'en faire, à partir d'un de ses traits supposés (ruse, cruauté, présomption, discernement, bêtise, etc.), le comparse allégorisé d'une historiette morale. Pourtant, ce que l'on en retient enfant, et qui se grave, ce n'est pas vraiment ou pas du tout cette efficience morale, c'est une sorte de campagne imaginaire qui résiste au temps et dans laquelle le caractère sauvage est constamment effacé : une ferme verbale magique, qui s'ouvre dans la mémoire comme le font les pages de ces livres en relief de la fin du XIXe siècle.

On dit que les petits films animés réalisés par Benjamin Rabier dans les années vingt auraient influencé Walt Disney, en tout cas ce nom-là lui aussi devait venir – non parce qu'il aurait le sens d'une intrusion impérialiste, mais parce que l'hiatus qui est déjà celui des fables, entre l'animal figuré et l'animal réel, y devient quasi absolu. De la souris ou du canard, Mickey, Minnie, Donald ou Picsou ne sont plus que des souvenirs graphiques et il est bien possible que cela, et tout le carnaval des peluches, fasse partie du paysage au point d'occulter le vrai : on peut facilement imaginer un enfant lisant Mickey monter sur une chaise pour échapper à une vraie souris. Mais c'est justement aux vraies souris que je veux en venir, à elles, et

à leurs cousines ailées dont le vol chaque soir strie les nuits d'été,

aux crapauds (les accoucheurs et les autres) et aux grenouilles, aux cistudes et autres tortues,

aux couleuvres filant entre les herbes, aux orvets et aux salamandres,

aux hérissons bien sûr, et aux renards,

aux buses qui tournoient haut dans le ciel en poussant de petits cris,

aux chouettes, chevêches et effraies pareillement,

aux ducs et aux faucons, aux geais et aux pics,

aux pies et aux freux, aux martinets, aux merles, mésanges, chardonnerets et moineaux de toutes sortes

en n'oubliant ni les faisans, perdrix, sarcelles et autres cailles,

ni les oiseaux des étangs et des marais,

ni ceux de la mer, les mouettes, les cormorans, les fous de Bassan, les macareux,

aux cerfs, daims, chevreuils et biches, aux lapins et aux lièvres,

aux lynx (s'il en reste, on dit que oui, dans le Jura), aux sangliers, castors, ragondins, loups, ours, blaireaux, belettes,

aux loutres et aux carpes, brochets, écrevisses, ablettes, truites, gardons, à tout le peuple des rivières

ainsi qu'aux libellules, cigales, hannetons, criquets, mouches, abeilles, araignées et fourmis,

et à tous ceux dont cette énumération qui n'est qu'un condensé hâtif ne dit pas les noms, des noms qui, lorsqu'on les découvre, cherchant souvent en vain à les retenir, instillent dans la langue une sorte de poème latent qui la révèle à elle-même, la déplie, l'allongeant au soleil sur de petites gelées friables ou la laissant flotter comme le font les algues dans les courants d'eau douce : comme dans la boucle de la Seille à Han où était venue entre autres oiseaux, souvenez-vous-en, la rousserolle effarvatte, que l'on risque de confondre, dit un manuel d'ornithologie, avec la fauvette des jardins mais aussi avec la bouscarle de Cetti ou le phragmite des joncs. Et ainsi de suite, quantité de peuplements, de présences, de cachettes, de noms – exactement ce que l'on appelle une faune, exactement ce qui est, de chaque pays, la face la moins connue et le partage le plus secret, souvent aussi le plus menacé.

Mais entre ravages et protection, où placer le fléau de la balance ? On ne le sait pas, même si toute une batterie de dispositifs officiels et de réglementations existe. On connaît le goût démesuré de l'Administration et des ingénieurs, en France, pour les abréviations et les acronymes : la ZNIEFF, qui se prononce en effet *znieff*, comme si l'on éternuait, est l'un de ses plus beaux fleurons. Ce qu'elle désigne, ce sont les « zones naturelles d'intérêt écologique, faunistique et floristique » et il y en a de deux sortes, celles de petite étendue, correspondant le plus souvent à un peuplement particulier voire spécifique, et de beaucoup plus grandes, correspondant à des ensembles paysagers assez vastes dont les potentiels biologiques restent importants. Les secondes peuvent englober en leur sein les premières et toutes deux sont évidemment dans une relation active avec d'autres formes de délimitation du territoire, comme les parcs naturels régionaux ou les espaces protégés du littoral. Si l'on regarde la carte de leur répartition, on voit qu'il y a de fortes densités dans les zones montagneuses ou, en plaine, dans des régions parsemées d'étangs, comme la Brenne. Et, plus que les villes encore, ce sont les espaces voués à l'agriculture intensive qui sont les plus éloignés de toute possibilité d'intégration de ces zones.

Déterminées et mises à jour sous l'autorité du ministère de l'Environnement, ces zones sont d'abord considérées comme des outils de connaissance du territoire et n'ont pas de portée juridique directe. Elles témoignent malgré tout de la lente reconversion des mentalités en direction de politiques d'aménagement moins brutales, et si elles correspondent à une sensibilisation qui est effective et vérifiable, on reste bien loin encore, en France, de ce que pourrait être une « charte des règnes », pour employer un langage un peu moins technocratique que celui qui a cours entre préfecture et conseil général, où un exposé sur *L'Accès des PMR dans les ZNIEFF en PACA* ne surprendrait personne (les PMR sont les « personnes à mobilité réduite » et PACA est, tout le monde le sait aujourd'hui hélas, cette dénomination franchement abominable par laquelle on désigne la région Provence-Alpes-Côte d'Azur). Si j'en parle un instant, c'est justement parce que le langage fait symptôme : là où le sureau noir ou la potentille rampante, le courlis ou le sphinx de la vigne (un très beau papillon crépusculaire aux tons fondus de vert et de rose, assez commun, je le précise) font appel, entre des milliers d'autres, par le registre où leur nom résonne, à toute une mémoire de la langue et du paysage, la langue technocratique avoue ce qu'elle est et ce qui la caractérise en premier – son incapacité congénitale à nommer le réel, à le toucher, le pire étant peut-être ce qui s'en détourne avec une hypocrisie quasi superstitieuse : un aveugle est un malvoyant et plus personne ne meurt dans un pays où l'on décède, des suites d'une longue maladie de préférence. Cette manière de fausser la langue en l'aseptisant, il est fatal qu'elle prospère là où l'on n'a pas besoin du sens, là où on le redoute, autrement dit dans la sphère politico-médiatique, où tout repose sur la croyance exclusive en la fonction de communication du langage, élue et flattée au détriment de son autre fonction, première, qui n'est justement pas de communiquer, mais de faire passer un sens, soit le fruit d'un frottement, d'un contact avec les choses (et d'une épreuve avec ce qu'elles ont, effectivement, d'indicible).

Je parlais de la faune, et aussitôt est venu le langage – le rapport est constant, naturel (oui, naturel : les noms sont la culture qui vient se poser *naturellement* sur les existences). À l'extraordinaire diversité bigarrée des espèces animales et végétales correspond un fonds lexical étendu et exubérant. Et ce sont les mêmes groupes, les mêmes cercles qui ont intérêt à ce que le sens ne se sache pas, ne se propage pas et à ce que l'exubérance propre au déploiement des formes d'existence soit contrôlée et soupçonnée – les mêmes qui cherchent à éliminer simultanément les référents et les signes, les êtres vivants et les mots qui les réverbèrent. Imagine-t-on qu'il puisse y avoir des « zones d'intérêt sémantique » (des ZIS !) ? Non, bien sûr – c'est tout le langage qui est cette zone, laquelle dès lors n'est plus une zone, mais un espace ouvert et sans bord à l'intérieur duquel chacun, chaque locuteur, se déplace comme il veut. Aucune nostalgie ici – la modernité ne réside pas dans l'évitement du réel, mais dans l'actualité dispersée de chaque touche, de chaque contact, de chaque trouvaille, et la dimension populaire ou argotique est ici aussi présente que la dimension littéraire. Les animaux, je l'ai toujours pensé, sont les vecteurs, plus encore que les plantes, de la singularité – et les *animots*, pour reprendre une nouvelle fois ce jeu de mots qu'affectionna Jacques Derrida, les suivent.

Dans *Le Merveilleux Voyage de Nils Holgersson à travers la Suède*, le merveilleux – être réduit à la taille d'un Lilliputien et pouvoir être transporté sur le dos d'une oie sauvage – vient au soutien de l'intention patriotique. Or ce que je voudrais, hors de toute intention de ce genre, mais en dérivant de l'idée de ce grand voyage, ce serait que l'on puisse se figurer un pays comme une somme sans fin révisée de trajectoires – celles des oies, et celles, éphémères, des papillons et des libellules ou celles, mathématiquement sévères, des rapaces diurnes puis, en descendant des airs vers la terre et les eaux, celles des saumons (retour à l'observatoire du Bazacle) et des silures, des chevreuils et des renards et toutes les autres, y compris les minuscules : soit tout ce monde d'hyperactivité et d'enquêtes silencieuses et furtives, toujours menées sur le terrain, qui est celui des bêtes, et qui pour finir a la valeur d'une sorte d'expertise sensitive infinie. Il me semble, et peut-être est-ce une mémoire cynégétique qui s'éveille en moi, non-chasseur et même plutôt ennemi de la chasse, que c'est ainsi, par de tels chemins, qu'il faudrait pouvoir tantôt s'enfoncer dans le paysage, tantôt le contempler de loin. De la sorte, au lieu de ressembler à une surface finie, comme celles que présentent les cartes, et à quelque échelle qu'on l'envisage, le pays apparaîtrait comme une sorte d'espace *all over*, chacune des lignes de cet espace, quoique écrite dans la chair du monde, ne laissant aucune trace : dans l'air pas même un sillage, dans l'eau, quelques bulles et, sur terre, un peu d'herbe froissée. L'idée étant bien sûr qu'à l'issue de cette « désanthropisation » dépaysante, quand bien même elle ne serait qu'imaginaire et provisoire, quelque chose du pays, justement, nous reviendrait.

À l'agitation constante mais réglée qui régit le monde animal, le règne végétal oppose l'apparence d'un ordre immobile. Nuancé sans doute par le régime saisonnier des métamorphoses et des croissances, cet ordre (qui est, via les arbres, un ordre de grandeur, de majesté, imposant quelque chose de tutélaire) a suffisamment d'emprise pour avoir fourni à l'humanité la malencontreuse métaphore des racines, qui est absurde à tout point de vue. Du point de vue de l'homme, puisque celui-ci, animal ultime, est pleinement un hétérotrophe, c'est-à-dire un vivant que ne tient pas au sol, et qui a dû se déplacer continûment pour trouver à se nourrir. Du point de vue des racines elles-mêmes, puisque celles-ci, loin d'être immobiles, en une réciprocité saisissante avec ce que font vers le haut ramures et branchages, sont perpétuellement en train d'explorer et de palper le sol où elles s'enfoncent. Et enfin et surtout du côté des arbres, puisque si ceux-ci peuvent passer pour des figures de la pérennité, ce n'est qu'au prix d'une illusion, rien sans doute parmi les êtres vivants n'ayant voyagé autant qu'eux. Par l'intermédiaire des graines et des plants, ce qui veut dire par l'intermédiaire des hommes, sans doute, mais qu'importe : ce qui compte et qu'il faut rappeler sans cesse, d'abord à soi-même, c'est que quantité d'arbres ou de fleurs qui nous entourent et qui font pour nous spontanément partie de ce que nous identifions comme flore locale sont de provenance lointaine et, souvent, récente. On a beau le savoir, c'est toujours un effort de penser par exemple qu'Anne de Bretagne jamais ne vit un hortensia, alors que cette fleur est la parure quasi obligatoire de chaque maisonnette de ce qui fut son duché et que des plantes grimpantes ornementales aussi répandues que le chèvrefeuille ou la glycine, originaires d'Extrême-Orient, sont d'apparition récente ou que le mimosa, qui est presque l'emblème de la Côte d'Azur et qui enchanta Francis Ponge comme une fleur native, vient d'Australie et n'a guère, sur nos bords, plus de deux siècles d'ancienneté.

Et que penser du marronnier, si familier aux Parisiens qui en connaissent les montées de fleurs blanches ou roses au printemps et les longues chutes tourbillonnantes d'automne, et qui n'arriva à Paris qu'en 1612, en provenance d'Asie Mineure, pratiquement en même temps d'ailleurs que le robinier ou faux acacia qui venait, lui, de Virginie et dont le plus ancien sujet survit dans le square de Saint-Julien-le-Pauvre ? Ou encore de l'ailante et du buddleia ou arbre aux papillons qui l'un et l'autre accomplissent avec zèle une tâche de conquête entamée timidement à la fin du XIXe siècle via quelques introductions en pépinière et devenue aujourd'hui déferlante, avec une préférence marquée pour les abords des chantiers ou les friches urbaines : la vision d'un groupe de buddleias recouverts de poussière cimenteuse ou celle d'un ailante jaillissant à travers une ruine – ce sont là aujourd'hui des rencontres quotidiennes pour tout habitant des banlieues et des faubourgs.

Espèces considérées comme charmantes et totalement, c'est-à-dire culturellement, acclimatées ou, au contraire, espèces considérées comme invasives – l'univers végétal offre aux amateurs de glissements dangereux le répertoire voulu, mais la seule chose qui soit ici effectivement à retenir, c'est la mobilité, ce sont les bases tout à fait pratiques sur lesquelles Gilles Clément a pu construire sa théorie du « jardin en mouvement ». On pourrait, une fois n'est pas coutume, prendre à la lettre le célèbre mot de Pétain selon lequel « la terre ne ment pas » et ajouter qu'il est alors de sa vérité d'être en effet accueillante, extraordinairement, à ce qui vient de l'étranger et des lointains. La France « terre d'accueil », ce slogan purement idéologique et devenu aujourd'hui entièrement caduc pour ce qui est des mouvements humains ne trouverait à se vérifier que sur le plan botanique et ce que cela veut dire explicitement, c'est que les racines résultent d'un accord entre telle terre et telle plante, donc d'une occurrence et non d'une donnée inamovible. Si le paysage peut être décrit comme un certain phrasé, alors on peut prolonger la métaphore et considérer qu'il y a en lui une donnée lexicale ouverte et un ensemble, ouvert également, de possibilités syntaxiques. Le national (ou plutôt, en reprenant la notion déviée que l'on doit à Hölderlin, le *nationel*), dès lors, ce ne serait que l'ajointement performé d'un certain lexique et d'une puissance syntaxique, autrement dit d'une volonté d'articulation. Cette puissance peut être comparée à la fertilité : c'est dans la mesure même où elle est capable d'intégrer de nouveaux mots et de former avec eux des séquences inouïes qu'une syntaxe peut être considérée comme valide. Il ne s'agit pas, bien sûr, de se livrer à un essayage permanent qui irait totalement à l'encontre de ce qui est de toute manière assuré par une certaine force d'inertie de la langue – mais un paysage réussi, un paysage que l'on aime regarder, c'est justement un équilibre apaisé (et comme tel apaisant) entre cette force d'inertie et une activité de renouvellement. Avec, bien entendu, des accents d'invariance (par exemple un lac en haute montagne) et, au contraire, des espaces où la variabilité est elle-même la donne – ce qui est le cas de la plupart des espaces agricoles (sauf ceux dits de culture permanente, comme la vigne et les vergers).

On l'aura compris : ce que je cherche à faire surgir, tant avec l'espace *all over* des trajectoires animales qu'avec celui, rhizomatique, des déploiements végétaux, c'est de fournir des contre-exemples aux logiques de filiation et d'enracinement, c'est de dire, en quelque sorte, que le pays se dépayse de lui-même et que c'est ainsi, mystérieusement, qu'il devient ressemblant. Par la même occasion, il est possible, il me semble, de regarder autrement ce qui est instrumentalisé dans le catalogue arrogant des valeurs patrimoniales : les arbres remarquables, par exemple, ne serait-il pas plus juste de les considérer comme de très vieux voyageurs ayant fait halte ? Je n'en citerai qu'un seul, le grand cèdre du Liban du musée des Beaux-Arts de Tours. Planté en 1804, il est extrêmement accompli dans l'équilibre et, magnifique, occupe presque la totalité de la cour du musée. Son voisin immédiat, naturalisé et placé dans les écuries de l'ancien palais épiscopal, est lui aussi un voyageur et tous les enfants de la ville le connaissent – il s'agit de l'éléphant Fritz qui faisait partie du cirque Barnum & Bailey et qui, déjà très âgé, fut abattu en pleine rue à Tours le 11 juin 1902, étant paraît-il devenu fou furieux au cours d'une parade. Se sentant peut-être fautive, la ville en tout cas lui a accordé cette façon de tombeau. Rien qu'avec les éléphants, celui, échappé du Cirque d'hiver et entré dans un café du boulevard Beaumarchais dont il ne pouvait plus s'extraire, et celui, bien sûr, même s'il n'est qu'une effigie et une maquette, dans lequel génialement Victor Hugo a fait s'établir Gavroche, rien qu'avec les éléphants, donc, un chapitre et même un livre seraient possibles, mais dans celui-ci ils n'auront fait que passer, venant clore de tout leur poids ce côté des bêtes qui, après donc un détour par les plantes, s'achève.

32

Séquences

Une chose est de se saisir d'un objet ou d'une icône et d'en étudier le fonctionnement au sein de la société même qui l'a créé ou élu : par exemple, un objet monumental et rituel comme le monument aux morts, ou un objet de consommation courante reconnu comme étant spécifique à une nation, ce qui est le cas de tant de produits alimentaires, baguette de pain en tête (et souvent, comme tels, exportés – *« Die Baguette ist da ! »*, je me souviens de cette annonce dans les boulangeries berlinoises). Une autre est de suivre des rapports qui s'établissent d'eux-mêmes entre des objets qui n'ont pas forcément cette plus-value symbolique ou cette popularité, mais qui forment entre la réalité matérielle où ils sont présents mais endormis et la perception qui les éveille une sorte de couche de reconnaissance aux contours imprécis, que l'on pourrait caractériser aussi comme un contexte inconscient. Ce sont ces rapports ou ces suites, dont la logique constructive est celle du ricochet, dont le milieu de développement est l'intuition et le point d'arrivée l'oubli, que j'appelle des séquences. Elles ont lieu à tout moment, elles n'ont pas de durée, mais sont comme des refrains : à travers elles le pays se conjugue, non comme un ensemble d'arias, mais comme une masse composite de récitatifs et de refrains.

Il s'agit de signes discrets, qui sont les cousins de ces signes ou objets inaperçus au moment de la prise mais relevés et inscrits par elle, dont les théoriciens de la photographie remarquèrent très tôt l'importance et que Walter Benjamin conceptualisa plus tard en parlant d'« inconscient optique ». Ces signes ou objets et la façon dont ils s'associent en des chaînes provisoires ne sont pas à proprement parler des indices, ou alors ce sont des indices dormants. Mais ce qui est étrange, c'est que tous, même ceux qui sont importés ou qui correspondent à des effets de mode planétaires (effets qu'on ne compte même plus aujourd'hui), sont des marqueurs de la coloration locale qui agit sur les choses. Ce mystère de la tonalité locale est puissant et non spectaculaire et il se distingue entièrement du volontarisme patrimonial. Au lieu d'être une couche d'effets repassée et entretenue dans le but de produire une image conforme (et conforme la plupart du temps à une idée entièrement formatée), cette tonalité agit plutôt comme un dépôt. C'est ce qu'une fois, dans un texte où je m'opposais à la fièvre patrimoniale, j'avais appelé le « passé simple » : simplement le temps passe et dépose quelque chose de lui sur les choses. Il ne s'agit pas seulement de patine, puisque l'action est différente selon les lieux, et il y a d'ailleurs une échelle des tonalités : de la plus petite (tel point de la vallée plutôt que tel autre) à la vallée elle-même puis au « pays » ou à la région où elle s'insère et enfin au pays tout entier : il est d'ailleurs symptomatique que, dans la langue française, le mot *pays* emboutisse plusieurs échelles – c'est pourquoi dans sa première acception, là où il désigne un ensemble relativement restreint, j'ai dû ici le mettre entre guillemets anglais. Ces pays-là sont aujourd'hui particulièrement en vogue, prenant même une forme juridique (« communauté de communes du pays de... » est l'expression requise) qui vient se greffer sur les découpages administratifs antérieurs, apparaissant par rapport à eux comme une tentative d'adosser la sphère des contenus et des décisions à la réalité effective supposée d'un territoire, autrement dit à ce qui est reconnu et promu, souvent de façon très volontariste, comme un style local partagé.

Je remarque aussi, en passant, combien le mot *pays* (qui est de même souche latine que l'italien *paese* ou l'espagnol *pais*) signe par son orthographe ou ce qu'il faudrait appeler son allure quelque chose de très français : ces allures de langue, on les remarque habituellement lorsqu'on est étranger, mais là, dans le décalage entre l'aspect et la prononciation, avec cette finale en *ys* et, bien sûr, avec la traîne d'associations qui s'entame avec les dérivés paysan, paysanne, il est clair que nous sommes en plein dans le retentissement de quelque chose d'exotiquement français, d'un lignage très ancien – seule la langue étant d'ailleurs le substrat de ces transhumances du sens dans l'Histoire : la langue –, une identité à fond perdu, un chant (lui aussi le mot *chant* !). On y reviendra (peut-être) mais d'ores et déjà je me souviens que c'est par là que ce livre commence ou du moins sa raison d'être, le chant de la langue tel qu'un jour je l'entendis à New York via le réseau sonore des voix dans *La Règle du jeu* et tel que je l'entends par exemple dans le livre que je suis en train de lire – c'est le même climat, *c'est* un climat –, un livre de Patrick Modiano que je ne connaissais pas, trouvé à la Maison de la presse de Cluny, *Vestiaire de l'enfance*, où il est d'ailleurs nommément question de l'exil par rapport à sa langue et à son pays : chant, c'est connu, léger, pas appuyé du tout, c'est un talent qu'ils ont, certains, de laisser faire la langue, et parfois je le leur envie, moi qui viens de parages où l'idée est plutôt de la rendre active. Le hasard fait que dans ce livre de poche j'ai placé un marque-page provenant de la librairie Strand à New York (formidable échouage des objets), un endroit où l'on peut passer des heures (*18 miles of books*, c'est le slogan de la maison) et où soudain j'ai envie d'être, parce que telle est la puissance d'appel des langues en général et, ici, de l'anglo-américain en particulier.

Mais je reviens à mon sujet, et donc à ces suites de marqueurs discrets, en me cantonnant à ceux d'entre eux qui concernent non tel coin ou recoin, telle ville ou telle campagne mais le pays tout entier – l'idée sous-jacente étant qu'au fond, mais dans un fond secret, sans grandeur et sans ruse, ils en sont la fabrique peut-être la plus tenace, n'en déplaise à tous ceux qui préfèrent croire que l'identité reposerait sur une essence des choses. Parmi eux, et pour rester encore dans l'orbe du langage, il y a la typographie – moins celle des livres et du papier imprimé en général que celles de la signalétique, à commencer par ces panneaux qui, dans les gares, annoncent le nom des stations : et que la frontière soit évidente, comme lorsqu'on va en Angleterre (autrefois en prenant le ferry entre deux trains, aujourd'hui en restant dans un train qui circule sous la mer), ou imperceptible, comme lorsqu'on glisse vers la Suisse par exemple, et aussitôt quelque chose, dans l'écriture des signes, annonce que l'on est passé d'un autre côté, Times ou Helvetica, c'est ce que je dirais, n'ayant pas vérifié, et que l'on a quitté le registre de ces lettres capitales en blanc sur fond bleu (ou inversement) des panneaux des gares françaises, qui sont à la fois moins sobres et plus solennelles, en tout cas moins modernes, et cela dans un pays où la modernité ferroviaire est pourtant un culte. Je ne connais pas le nom du caractère (je sais qu'on dit la police mais je ne m'y ferai jamais) utilisé dans les gares françaises, mais l'on sent bien à travers lui, comme d'ailleurs à travers l'ensemble des écritures publiques, que le souvenir de Garamond et, plus encore, de Didot, est actif, sans même qu'on le sache. Sans doute y a-t-il, lové dans les langues, une sorte d'inconscient typographique, et quand bien même elle ne serait pas aussi évidente que le changement complet qui a lieu lorsque l'on passe d'un système d'écriture à un autre, la modification qui intervient en passant simplement d'une langue à une autre au cours d'un voyage en train prend la valeur d'une infime rupture de charge.

Ce qui est en jeu ici, naturellement, c'est une mémoire de la formation de la langue écrite – et l'on en connaît les enjeux politiques –, il suffit de se rappeler la façon dont l'allemand chercha un temps à remonter la pente en direction du gothique. Si imperceptibles que puissent être ces signes, ils sont importants : la ligne qui parcourt le français d'Estienne et de Garamond à Didot, la détermination (par Firmin Didot) du point typographique, qui est l'unité de mesure de l'impression des textes (aujourd'hui supplantée par le point pica), tout cela vient écrire dans l'écriture même ou sous elle, en pointillé, une histoire idéale qui irait de la Pléiade à la République, qui n'est ni un fantôme ni un fantasme. Il doit être clair aussi que cette histoire s'entrelace à celle des langues voisines, à commencer par l'italienne, et que sa dimension européenne, présente dès le début de l'imprimerie, réaffirmée avec Bodoni au XVIIIe siècle et aujourd'hui via l'informatique, ne peut pas être effacée par le petit écart de singularité que je signale : c'est au contraire en son sein qu'elle prend corps.

De la culture typographique, le voyage ne sera pas long : avant d'entrer dans les matières, nous allons encore rester dans les signes, d'un côté populaire cette fois, c'est-à-dire en direction des cartes postales. C'est évidemment un sujet énorme, à étudier en tant que tel : son histoire ne commence vraiment en Europe qu'à la fin du XIXe siècle, avec des cartes aniconiques éditées par l'Administration, l'idée des cartes postales illustrées ne venant qu'un peu plus tard, mais pour prendre un essor très rapide. Les spécialistes placent l'âge d'or de la carte postale autour des années vingt et il est courant de dire que son déclin, régulier depuis la fin de la Seconde Guerre mondiale, s'est évidemment accéléré récemment avec la généralisation du téléphone portable et celle des envois d'images par courrier électronique. Toujours est-il qu'incroyablement fin était encore le maillage du territoire par la carte postale dans les années cinquante et soixante : les buralistes des campagnes les plus perdues pouvaient proposer plusieurs vues du moindre village, et il y avait même des cartes postales représentant les nouveaux quartiers d'HLM, que l'on n'appelait pas encore les cités : rien n'est plus étrange, d'ailleurs, que de revoir ces images vieilles (déjà !) d'un demi-siècle, où tours et barres rangées comme à la parade dans des espaces verts encore vides ou à peine plantés de frêles scions montrent dans sa nudité la proposition radicale de ce type d'habitat dérivé des préceptes instaurés par la charte d'Athènes. On sait aujourd'hui à quel point la visée était fausse, mais il n'est que plus déroutant de voir ces documents d'un bonheur social imaginaire, au climat presque soviétique. Souvent photographiées en noir et blanc, ces vues étaient ensuite coloriées à l'impression, ce qui leur procure une sorte d'allonge fantomatique. Le photographe Mathieu Pernot a eu l'idée de les reprendre, en les agrandissant tout d'abord – c'est la série intitulée *Le Meilleur des mondes* – puis, ensuite, ayant découvert en elles de petites silhouettes isolées de passants pris malgré eux dans le champ de l'opérateur, en agrandissant à leur tour celles-ci – c'est la série intitulée *Les Témoins*. Simplement là (passants, enfants qui jouent) ou se sentant vus par l'opérateur et donc, comme tels, nous regardant, ces infimes personnages totalement anonymes, émergeant de la trame comme un imperceptible groupement de points colorés, sont à la fois atomisés et intensément présents : à peine apparus, à peine admis à figurer dans la mise en scène si étonnamment triste du progrès social que devaient incarner ces bâtisses qui étaient leurs maisons, ils sont déjà en train de disparaître, en train de s'effacer – comme le feront, plus tard, certaines de ces tours ou de ces barres, détruites par explosion en un processus que Mathieu Pernot aura d'ailleurs également photographié, en spécifiant que ce qu'il photographiait de la sorte, c'était une sorte de mise à mort symbolique et non une simple et spectaculaire mesure technique d'aménagement, et c'est donc aussi par rapport à cette mémoire soufflée que sa reprise des cartes postales prend tout son sens.

La plupart de ces cartes sont estampillées au nom de leur éditeur, comme c'était l'usage, et les noms que l'on lit sur elles (La Pie, La Cigogne, Lynx, Guy, Jack, Yvon) ont un étrange parfum « Je me souviens » puisqu'on se souvient, en effet, de les avoir vus sur de tout autres cartes montrant la pointe du Raz, Cabourg, les Vosges ou Chamonix. Yvon surtout, qui était (et est toujours) un leader de la carte postale et dont le logo, si daté (c'est l'époque des styles penchés reprenant de façon stylisée une graphie manuelle, dont la signature des studios Harcourt est l'emblème),

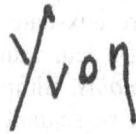

fonctionne comme une véritable empreinte, on s'aperçoit en le voyant qu'on le connaît, qu'il est gravé en nous, mais c'est là justement qu'il faut s'arrêter, sur ce nous et ce qu'il désigne, qui est exactement ce dont je veux parler, ce que je cherche à cerner ici, soit ces signes de reconnaissance qui sont comme des mots de passe que l'on n'a même pas à dire mais qui délimitent un espace mémoriel partagé : rien ici, dans ce découpage, n'implique une exclusion (ceux qui en sont et les autres), ou ne marque un privilège (ceux qui savent), il s'agit juste d'une communauté de réception que l'on pourrait en toute froideur sociologique déterminer comme celle des personnes ayant vécu en France et envoyé ou reçu des cartes postales dans les années soixante à quatre-vingt-dix, mais il va de soi qu'il s'agit là d'une communauté qui n'est même pas consciente d'elle-même, qui n'a ni portée ni efficace. Or ce que je crois, c'est que la « communauté nationale », par-delà principes et déclarations, est d'abord faite de la somme inachevée de ces communautés inconscientes formées autour de repères qu'elles partagent sans même les avoir à l'esprit. Et si je choisis (je ne l'ai d'ailleurs même pas choisi, il est venu avec les cartes postales de la banlieue nouvelle des années soixante) un motif aussi léger, aussi évanescent que celui de la signature Yvon, c'est parce qu'il me semble, là où tant de pesante solennité vient encombrer la détermination des identifiants, qu'il faut cette légèreté, mais c'est surtout parce qu'il s'agit d'une impression, d'une suite de caractères imprimés, d'une typo – d'un type. Et que, tout comme le style des panneaux dont il a été question plus haut, ces marques ou ces types s'impriment sur notre mémoire, exactement comme l'ont décrit Platon et Plotin.

Le régime de la publicité en général pourrait être défini comme une instrumentalisation, plutôt fruste et cynique, de cette possibilité d'impression et de déposition : produire une image-choc, répéter le nom de la marque et donc fabriquer à partir de lui une sorte de jingle visuel, tels sont les procédés usuels, dont la conséquence est que sans même consommer les produits ainsi exhibés dans l'espace public on en connaît forcément au moins l'existence. Mais dans ce capharnaüm de signes et d'images, il y a d'une part des époques et d'autre part des échelles de diffusion. Pour l'époque, tout est clair : la publicité a une déjà longue histoire et chacun sait que l'immense texte de panneaux, d'annonces et d'enseignes que l'on peut voir sur les photographies montrant les rues des villes du

XIXᵉ siècle ou que l'univers, plus récent, de ce qu'on appelait la réclame en sont des étapes. Cette histoire enchevêtre des durées très variables, du plus éphémère au persistant (on peut presque considérer Bibendum, par exemple, l'homme-pneus de Michelin, comme une divinité). Quant aux échelles, s'il semble évident que la mondialisation de l'annonce a progressé (Coca-Cola, la graphie Coca-Cola étant ici la plus parfaite réussite), le spectre des possibilités reste largement ouvert entre l'annonce purement locale, celle de plus large portée, et celles à prétention nationale, voire mondiale. Ce qui m'intéresse ici, c'est la façon dont le jeu combiné de ces différentes échelles finit par délimiter, de façon flottante et évolutive mais non aléatoire, des aires nationales de propagation.

Ce qui vient alors en premier à l'esprit, pour la France (via des images, des types et des étiquettes plus encore qu'à travers le goût), c'est, bien avant les parfums ou les produits de luxe, la parade des apéritifs, telle qu'elle est (ou était) déclinée en une infinité de variantes, dans chaque café ou bistro, du plus rural au plus banlieusard et du plus faubourien au plus central, et telle qu'on la voyait aussi, peinte en caractères énormes sur les pignons des maisons et des immeubles ou dans les tunnels du métro à Paris. Cette pratique ancienne de l'annonce, abandonnée aujourd'hui (la face rubiconde du bébé Cadum en était en France l'icône absolue), comporte quelque chose de fascinant, puisque avec elle c'est l'effacement progressif de la trace qui devient le véhicule de son inscription dans la mémoire. Jean Echenoz a écrit à partir de ce motif le très beau et très bref récit qui s'appelle *L'Occupation des sols*, et un ancien étudiant de l'École de photographie d'Arles,

Benoît Galibert, a inventorié toutes les traces de panneaux SUZE qu'il a pu trouver sur les routes de France, voyant à travers eux moins une réclame qu'un étrange état stationnaire du nom et une sorte de dépôt archéologique, d'autant plus suspendu que le nom de l'apéritif à base de gentiane est, comme l'a justement remarqué Benoît Galibert, l'anagramme de ZEUS.

Sans doute n'est-ce pas un hasard si, dans cette discussion improvisée sur ce que l'on pourrait appeler les identifiants mineurs, arrive l'univers du café, du bistro, avec ce qu'il apporte automatiquement de clichés. Mais en le tenant seulement par les noms qu'on peut y lire écrits sur les bouteilles (lecture qui est une pratique d'oisiveté que connaît tout habitué des comptoirs et des dilatations du temps, courtes mais efficaces, qu'ils autorisent), peut-être est-il possible d'éviter une imagerie facile – imagerie d'autant plus tentante que l'on est entré, il me semble, et quelle que soit encore la popularité des débits de boissons en général, dans une époque de régression des comptoirs. Noms presque disparus, comme Byrrh ou faisant retour, mais par un côté chic, comme Lillet, ou stagnant dans une réputation intermédiaire, assez haute encore, comme celle de la Suze, justement, ou basse, comme Ambassadeur, Clacquesin ou Bartissol – tous éclipsés au demeurant par les anisés et les italiens. Ce qui est certain en tout cas, et l'Italie (nul comptoir, par exemple, n'offre en France de Cynar, cet apéritif à base d'artichaut dont l'étiquette intrigue tant les visiteurs de la Péninsule) ou tout autre pays européen le confirmeraient, c'est que par-delà la valse des étiquettes internationales existe un fonds propre à chaque nation (à chaque région, on ne pourrait plus le dire, seules des dominantes existent, celle du pastis, en Provence, étant la plus évidente) et qu'en ce fonds quelque chose de cette nation se réverbère : pas forcément quelque chose de très ancien, certainement pas quelque chose à quoi l'on puisse promettre ou assurer une pérennité, mais tout de même quelque chose de très formé et, surtout, j'y tiens, d'entièrement passé dans les mœurs. Chaque nom ayant pour chacun une résonance particulière et devenant l'amorce d'une série de ricochets, celui de Byrrh par exemple, si étrange par ailleurs, et qui ne doit pas dire grand-chose à de très jeunes gens, me renvoyant d'abord à un passage du journal de guerre de mon père, déjà évoqué, dans lequel celui-ci raconte – nous sommes pendant l'offensive allemande à la fin de la « drôle de guerre » – que dans son errance, et s'étant retrouvé avec quelques camarades dans un café abandonné du Nord ou de l'Aisne où il ne restait que du Byrrh pour toute réserve, ils se résolurent à en remplir leurs bidons...

Je m'aperçois au passage que je n'en ai jamais bu, mais voilà, c'est ainsi, elle faisait partie du paysage, cette boisson dont Simon et Pallade Violet, anciens bergers catalans devenus marchands ambulants, déposèrent la marque en 1873, ayant eu l'idée de mêler de l'écorce de quinquina à des vins importés d'Espagne et en tablant sur la confusion qu'ils instauraient volontairement entre l'attrait d'une boisson alcoolisée et celui d'une formule apéritive quasi recommandable par la Faculté. Formidable outil qu'Internet puisqu'on y déniche vraiment tout ce que l'on cherche et, consultant donc les différentes entrées Byrrh, j'y trouve le récit complet de la grandeur et décadence d'une famille : les héritiers des frères Violet n'ayant pas eu la même sagesse paysanne que leurs ancêtres délaissèrent quelque peu Thuir et son magnifique chai construit par Eiffel pour devenir, dans les années trente, de très riches viveurs parisiens ; on raconte par exemple que Jacques Violet, qui fit tout de même construire à Thuir la plus grande cuve de chêne du monde, d'une contenance de 420 500 litres, se rendait chez Maxim's avec deux Rolls, au cas où l'une des deux serait tombée en panne. Ce genre d'histoire ne m'intéresse pas particulièrement, mais ce sont aussi des moyens de pénétrer dans la chair du pays et, peut-être est-ce à cause de la proximité géographique ou de la possession compulsive de bijoux, toujours est-il qu'elle me fait penser à celle d'Yvette Labrousse, née à Sète en 1906 et qui, fille d'un conducteur de tramway et d'une couturière à façon, après avoir été élue Miss France en 1930 et avoir épousé l'Aga Khan en 1944 se fit connaître dans le monde comme étant la bégum, l'Om Habibeh des Cairotes, une femme dont la presse à sensation parlait souvent dans mon enfance et sans doute en vérité parce qu'elle venait de là, de ces profondeurs populaires à qui elle pouvait renvoyer dès lors l'image d'une permanente toujours impeccable et de rivières de diamants ou de triples rangées de perles couvrant des épaules de plus en plus rondes et de moins en moins montrées au fur et à mesure que le temps passait, la conduisant de la fiancée radieuse à la veuve un tant soit peu matrone.

Il se peut – j'en ai bien l'impression en tout cas – que je m'égare, mais tel est ce chapitre, plein d'embardées semblables à celles que fait la pensée lorsqu'on est au volant, alors que l'on s'efforce par ailleurs de n'en pas faire de vraies sur la route. Mais je crois que c'était inévitable, surtout auprès de ces comptoirs où l'on dit et entend tant de choses et auxquels je reviens, quittant désormais les apéritifs pour les sirops, qui sont un peu les apéritifs des enfants, et dont le nombre et la variété, en France, m'ont toujours étonné. De ces sirops occupant presque avec ostentation un espace réservé sur les étagères placées derrière le comptoir je peux citer quelques noms, en notant qu'on les trouve tout de même plutôt dans les cafés des petites villes et des campagnes, tout établissement branché les tenant à l'écart – Teisseire, Bigallet, Frigolet, Saxo, Eyguebelle, Fuego, certains d'entre eux d'un rayonnement plus local –, en n'oubliant pas de mentionner les saveurs qu'ils proposent, parmi lesquelles il y en a de classiques comme la menthe, le cassis, l'orgeat, le citron ou la grenadine mais aussi de nouvelles comme la violette, la châtaigne ou la pomme verte, dont on se demande bien qui les boit.

Voilà, peu à peu l'on descend ou l'on glisse dans les contenus imperceptibles d'une France un peu datée mais qui survit, et que je ne tiens ni à valoriser ni à dénigrer, mon propos est seulement d'évaluer la consistance, la durée et la résistance d'un certain nombre de signes discrets, mais avant d'en venir à la grande question, qui est celle d'une dissémination ou d'un effacement de ces signes au profit de tout autre segment d'identification, je voudrais suivre encore quelques pistes et cette fois du côté des matières et des objets, et là on va le voir, c'est tout un roman, le roman des natures mortes involontaires et des paysages composites, roman sans personnages principaux ni héros mais dont l'intrigue se renoue à chaque virage si l'on est sur la route et à chaque angle si l'on est dans la rue.

Par exemple la très fine et très obscure relation qui s'établit entre les petits reliefs de gelée bordant les plats présentant les divers pâtés dans la vitrine d'une boucherie-charcuterie de campagne et le ciment craquelé d'un trottoir dans les fentes duquel un peu de mousse tente de vivre, puis entre ce trottoir et de pauvres touffes d'herbe détruites par un désherbant chimique ou thermique, tandis que dans un enclos maçonné aux joints très apparents des tulipes jaunes et rouges semblent lancées dans une course immobile vers l'imitation des fleurs artificielles,

ou le montage à effet de ricochet qui se fait de lui-même, dans le faubourg d'une ville moyenne, entre les colonnes recouvertes alternativement de mosaïque jaune et noire (les noires contenant quelques éclats de jaune et réciproquement) supportant, un peu comme une galerie, le premier étage d'un immeuble locatif des années soixante, la plante en pot fatiguée genre caoutchouc qui orne le hall et les haies de thuyas et de troènes qui s'en vont, longeant les pavillons, formant le cadre perspectif où s'éloigne la camionnette d'un plombier ou d'un électricien,

ou encore le continuum d'objets réglant les jardins et les arrière-cours tels qu'on les voit, depuis le train surtout, quand il ralentit en s'approchant des gares (voir le chapitre du voyage Arles-Strasbourg) – palettes empilées dans un coin à côté d'une bétonneuse hors d'usage, chaise en plastique rouge où s'est accumulée un peu d'eau de pluie, jouets d'enfant aux couleurs vives éparpillés sur une pelouse, rangs de poireaux aux longues feuilles bronze un peu jaunies, rosiers parfois étincelants, cabane aux parois passées d'une lasure sombre, portails standard et voitures, voitures toujours et presque toujours sans rapport avec l'état de la maison, de rutilantes neuves devant des bicoques et de très vieilles oubliées au fond de jardins, en une glissade sans fin s'ajouteraient pêle-mêle des piliers de portail surmontés d'un dé de ciment placé en équilibre et dont les points, de un à six, ont été repeints avec soin, l'auvent en tôle encombré de feuilles mortes d'une cour d'entrepôt où un chariot élévateur sort des caisses d'un camion, une station-service contemplée un jour de pluie à travers les essuie-glaces, comme dans n'importe quel road movie provincial, le regard s'attardant, on ne sait pourquoi, sur l'appareil servant à vérifier la pression des pneus,

puis, le montage s'accélérant et s'amplifiant, mais seul, de son propre gré, surgirait un plan de coupe montrant le public d'une émission de télévision enregistrée tapant dans ses mains à l'entrée d'une chanteuse, et de là ou par là un palier serait franchi en direction d'autres séquences, même si elles sont, c'est leur loi, toutes entrecoupées, entretressées : donc une séquence urbaine avec des voitures s'en allant dans la nuit sur la chaussée luisante d'une grande avenue ponctuée de feux rouges et de signaux, longeant des squares éteints, et là, c'est bien clair, on est maintenant dans la ville générique où pourtant il serait si amusant de repérer une à une les petites embardées du ton national, distraites, maladroites, nostalgiques, guindées ou involontaires,

puis il faudrait faire halte dans le parking d'un hypermarché, et contempler les allers-retours des caddies, surchargés ou non, suivis ou non d'enfants trépignant, l'un d'eux parfois rêveur ou au contraire bruyant assis dans le petit siège dépliant inséré dans le chariot, ses genoux contre des packs de bière et des pots de yaourt, tenant maladroitement un biscuit dans son poing – et là la conférence s'ouvrirait pour rappeler que ce genre de surfaces commerciales, qui est mondial bien entendu, a pris en France, en trente ans, une extension exceptionnelle, le processus semblant irréversible, inenrayable, contournant des lois censées le ralentir et aboutissant parfois à des zones immenses où, entre les très grands magasins et les grappes des plus petits, spécialisés, l'on se perd tout à fait lorsqu'on n'en est pas un habitué ou un fidèle – c'est très différent en effet si l'on y va pour faire des courses selon un parcours établi que l'on a pu un peu apprivoiser ou si l'on s'y aventure pour la première (et souvent dernière) fois : au nord de Lyon, à Vitrolles (je crois que c'est l'une des plus grandes concentrations de France et même d'Europe) ou à Thionville, au Geric, un groupement de cent dix boutiques où j'étais allé à pied, pour voir, et où je me souviens que dans une galerie il y avait une animation pour enfants, avec des comédiens déguisés en Gaulois, portant casques à cornes, braies et fausses moustaches,

c'est ce jour-là, d'ailleurs, que pour la première fois (depuis j'en ai croisé d'autres, l'une, à Charolles, notamment), non loin, j'ai vu ce nouveau genre de cités policières (comment les appeler autrement ?) où des immeubles de deux ou trois étages posés à distance les uns des autres en un sinistre quinconce forment une zone à part, entièrement ceinte de grillages et de petits réverbères évoquant le camp retranché, destinée à héberger les familles des policiers (ou gendarmes ?), en une version de la caserne qui est d'autant plus oppressante qu'elle cherche à imiter une donne vaguement résidentielle indexée sur des images de catalogue, finissant par donner l'idée d'un monde où il n'y aurait que des flics et des assureurs avec, en bout de route, le mirage de l'hypermarché. Autrement dit un monde de séquences atones, routinières et appauvries – l'équivalent hors les murs (et encore, ce n'est pas sûr) de ces techniques de privation sensorielle qui sont la base du vocabulaire de l'enfermement.

Transition – si l'on veut – qui introduit sans trop de difficulté, avec même à vrai dire une facilité déconcertante, un autre régime de séquences, inévitable à ce point de ma récapitulation tournoyante : le régime bien sûr des cités ou des quartiers, mais qui est tout sauf fixe et unanime : quels qu'en soient les répétitions, les invariants – les terribles invariants architecturaux ou sociaux –, le pire serait de s'en servir pour contresigner l'image que, justement, le monde des policiers et des assureurs cherche à en donner, qui est celle d'espaces invivables et violents où le mieux que l'État puisse faire se résume à des opérations de répression, spectaculaires si possible, ou à des destructions symboliques, elles-mêmes éléments spectaculaires d'un programme sans fin reconduit, mais mesquin, frileux et, à terme, impuissant, de réhabilitations et de rénovations.

Les cités, si on le veut, on peut ne les voir que de loin, rien n'y amène et rien n'y attire. Ce qui serait à analyser, c'est comment peu à peu est venue cette situation qui a fait d'elles des zones reléguées, où tout ce qui donne au fait de vivre ensemble des qualités et des lignes de plénitude est sans cesse contrecarré, nié, abîmé. Et de ce manque, la pression (comme on dit là-bas) est si forte qu'aussitôt que l'on se retrouve dans l'un de ces quartiers il faut un temps de décompression, justement, pour ressentir que ce n'est pas comme ce à quoi l'on s'attendait, et qu'il s'en faut parfois de peu, même, pour que la vie, qui n'a jamais cessé, reprenne et ne s'en aille plus. Cependant elle n'est pas là, pas là comme il faudrait. Soit qu'elle soit simplement absente, comme à la suite d'un évidement, d'une désertion, soit qu'elle se concentre en de petits noyaux agressifs. De telle sorte qu'ici les séquences d'environnement sont, en règle générale, extrêmement appauvries et souvent chargées d'un signe négatif : non seulement espaces verts sans emploi parsemés d'aires de jeux pour enfants et d'arbres déjà vieillis (les peupliers, notamment), zones mortes, parkings et centres commerciaux à demi fermés mais aussi, comme au Mirail à Toulouse ou à Montreynaud au-dessus de Saint-Étienne (entre autres, mais là je l'ai vu), rez-de-chaussée et parfois premier étage aux fenêtres murées, l'ambiance dès lors virant à la catastrophe, non celle de l'accident mais celle d'une menace insidieuse produite par l'espace lui-même – comme si entre les antennes paraboliques orientées vers le ciel et les aires vides séparant les immeubles une épée de Damoclès était suspendue.

Mais comme on n'y va pas, ou peu, quand on n'en est pas ou que l'on n'a pas de motif particulier de s'y rendre, les quartiers dits sensibles, pour l'essentiel, restent repliés sur eux-mêmes, leur mise à l'écart de la ville et du tissu des rues normalement pénétrables ayant fini par fonctionner comme un piège qui s'est refermé, où la relégation sociale, le morcellement ethnique et les logiques de bandes qui en découlent se sont lentement et sûrement développés, installant des situations parfois désespérantes. Longue est la genèse de cette exclusion progressive, entre le moment de l'édification des premières cités, lorsque dans toute l'Europe c'était encore le « principe espérance » – sans doute un peu rogné déjà – qui présidait au mouvement de reconstruction, et la situation actuelle, qui est celle d'un échec civilisationnel complet. Sur cet échec, ses causes, son actualité, ses conséquences et son avenir, il y aurait beaucoup à dire, c'est la matière de livres entiers mais ici je ne peux que la nommer, la frôler, l'intégrant tant bien que mal à cette affaire de séquences que j'essaie de cerner, l'idée étant évidemment celle d'un enrichissement des séquences, celle d'une diversification des éléments qui les composent, autrement dit celle de la mise à mort, mais effective, patiente et entêtée du zonage – cette division entre travail, loisirs, commerces et habitat qui est le legs le plus désastreux des conceptions venues de la charte d'Athènes et colportées dans le monde entier. Des expériences allant dans ce sens existent, mais leur propagation est lente, alors qu'il faudrait une politique d'ensemble, une volonté de new deal pour que la banlieue des cités se réapproprie ses espaces et on en est loin, très loin, l'unique volonté politique visible, au niveau de l'État, étant celle de la surveillance et de la répression, dans une course-poursuite qui ne peut avoir d'autre résultat que l'exaspération de la délinquance prétendument combattue.

La perspective de ce grand chantier (qu'aucune des forces politiques agissant en France n'a l'air d'envisager sérieusement) ne consiste pas à projeter pour les banlieues une sorte de devenir-ville mimétique et nostalgique, ce dont il est (serait) question, c'est de logiques de pliages et de redéploiements autonomes, conçues à partir de la singularité des données de chaque situation, et qui permettraient donc de retrouver, à nouveaux frais, quelque chose de l'esprit de la rue – non sous la forme idéalisée d'une sorte de 14 juillet perpétuel façon Doisneau revisitée, mais sous celle d'une réinvention quotidienne des formes et des usages : pour illustrer cela et montrer qu'il ne s'agit pas de simples vœux pieux ou de fantasmes pacifiques, je produirai deux récits. Dans l'un, la rue est imaginaire, dans l'autre elle est tout à fait réelle. Dans les deux cas il s'agit d'une défense et illustration : la rue comme axiome, la rue comme vertu. Je commence par le récit de la rue imaginaire, il se place à Bourges et plus précisément à la cité des Gibjoncs, qui fait partie de la zone dite sensible de la capitale du département du Cher.

La cité des Gibjoncs ne s'est pas rendue célèbre par la quantité d'incidents qui l'ont frappée, mais les ingrédients habituels du délaissement et du retrait sont là. Les étudiants de l'École de Blois, comme à Roubaix (mais il s'agit d'une autre promotion), sont censés trouver des solutions aux problèmes de déshérence et aux dysfonctionnements de la cité qui sont nombreux et, peut-être justement parce qu'il n'y a rien là de très spectaculaire ou de trop aggravé, l'exercice est difficile. La visite s'est faite par escouades, ou solitairement, parfois en groupe, comme celle, plus proche du centre-ville, des Marais, vaste étendue de jardins ouvriers séparés par de nombreux petits canaux, un endroit très beau, paradis du cabanon d'où s'aperçoit, comme flottant au-dessus de la ville, la cathédrale (qui est pour moi, avec celle d'Amiens, la plus belle de France, en tout cas la mieux surgie, puisque jaillissant sans parvis à même le tissu médiéval qui la porte). Or ce qui arriva, c'est que l'un des étudiants, Nicolas Triboï, grand gaillard brusque, inventif et charmant, à demi auvergnat et à demi roumain qui, aujourd'hui installé en Roumanie où il s'efforce – et c'est un vrai combat – d'implanter et d'imposer le métier d'ingénieur du paysage, avait eu une idée formidable : ce qu'il avait pensé, c'est qu'il fallait aux Gibjoncs un attracteur aussi puissant que l'est la cathédrale pour le centre-ville, quelque chose dont les habitants pourraient être heureux et fiers, quelque chose aussi que l'on viendrait voir de loin. Il avait donc à cet effet proposé de créer sur l'une des avenues de la cité une sorte de grand mail planté de séquoias destinés à devenir géants : son projet était étayé par une étude de faisabilité, en termes de compatibilité, de coût ou de maintenance, et il reposait bien sûr sur l'idée d'une très longue durée, ayant presque d'ailleurs une incidence ironique envers le « durable » qui est devenu le mot magique des aménageurs et des édiles.

Ce qui m'apparut devant ce projet, et qui m'enthousiasma, c'étaient deux choses : la première était que la transformation du quartier passait d'abord par une modification à la fois radicale et lente de son percept, ce qui veut dire que d'une certaine façon, avec la perspective de ces géants à venir, le quartier se serait créé une ouverture, un horizon d'attente étonnamment palpable, que la population aurait pu vérifier un peu comme le font les parents marquant au mur d'un discret coup de crayon la croissance de leurs enfants. La seconde, c'était sa nature programmatique, son allure de manifeste : en lieu et place de petits aménagements timides ou convenus, si peu aptes à modifier quoi que ce soit, un grand geste, mais ayant une portée collective et une valence d'affect. Derrière la création ou l'invention de cette séquence monumentale inattendue, hélas imaginaire, je vis beaucoup de lucidité, et une intelligence politique de ce qu'était ou pouvait être justement la rue, ici dans une version amplifiée, qui est celle du mail.

Je sais trop bien avec quels arguments réalistes on peut démolir un tel projet en le reversant à l'utopie généreuse, et je sais aussi que les séquoias, si grands qu'ils puissent devenir, ne sont pas prédisposés à sauver les banlieues de la dérive dans laquelle elles sont prises. Et pourtant, si je me contente de fermer les yeux et d'imaginer cette merveilleuse allée, tout change : Bourges a deux cathédrales et s'est rapprochée d'elle-même, et on y est terriblement bien.

Le second récit porte sur une rue de Montreuil, la rue de Paris. (À Paris même, cet axe porte le nom de rue de Montreuil mais un temps seulement, ayant été baptisé rue d'Avron tout du long de sa traversée du XXe arrondissement.) C'est une rue que je connais bien et que même, un temps, j'ai connue par cœur. En 2003, le Centre dramatique national de Montreuil avait eu l'idée de nous demander, à Thibaut Cuisset et à moi, de travailler sur cette rue longue de un kilomètre et demi, lui par des photographies et moi, naturellement, par un texte. Ni pour lui ni pour moi l'exercice n'était familier : en effet, si Thibaut Cuisset, qui habite Montreuil, est un quasi-riverain de la rue de Paris, son approche photographique, patiente, à la chambre, consacrée au paysage, à la lente déposition du paysage en lui-même, se retrouvait là confrontée à une animation qui n'est pas dans ses habitudes. Quant à moi, pour parer au piège de la description, j'optai pour un poème tout entier orienté par le prélèvement pur et simple de tout ce qui formait le matériau de cette rue : les enseignes, les noms, les inscriptions. À travers ces noms comme à travers les passants ou leurs allures, c'était sans brusquerie le monde entier qui était là, car telle est bien la séquence de cette rue, qui constitue, à travers une multiplicité d'images et de provenances, l'équivalent d'une rue-monde, semblable, comme telle, en effet, à bien des rues de par le monde, mais en même temps unique et singulière jusque dans les moindres replis de tout ce qu'elle comporte de banal.

Le résultat fut un livre, simplement intitulé *La Rue de Paris à Montreuil*. Il parut en 2005, et si je le regarde aujourd'hui deux choses me frappent particulièrement : la première, c'est que les photos de Thibaut Cuisset qui, d'emblée, avaient refusé de céder à l'effet ou à l'expression, sont tout sauf neutres ou froides : les tourbillons d'humanité qui les traversent et les animent sont comme recueillis au sein d'un calme immense, un peu comme s'il y avait en elles un contrat de paix entre l'existence d'une durée et la caractéristique fatale de l'instantané. La seconde chose qui me frappe, et elle est liée à cette donne instantanée, c'est que cinq ou six ans après, cette rue, qui a conservé son ambiance et sa force, s'est pourtant considérablement modifiée : je n'ai pas fait le compte exact, mais je dirais qu'au moins un tiers des boutiques, maisons ou officines que nous avions répertoriées ont été effacées ou remplacées, sans que cela ait pris, il faut le souligner, la forme d'un glissement sociologique lié à des questions de classes ou de peuplades : la rue de Paris reste une rue-monde et peut-être appartient-il à l'être de ces rues d'être si vivement et si continûment renouvelées, tout un monde de partants et d'arrivants y faisant la ronde, mais, j'y viens, plutôt pour le meilleur que pour le pire. Et c'est ce meilleur que, sur un fond d'ignames, de patates douces, d'épices et de théières, balancé entre des poufs, des rouleaux de printemps, des döner kebabs, des boucheries halal, des salons de coiffure, de petits hôtels, des cafés, le siège de la CGT et des échoppes de retoucheurs, de téléphonie ou de tissus africains, j'avais appelé dans ce poème le *bariol*, formant donc un mot qui sera ici, près de la fin de ce livre, l'occasion d'un nouveau et presque ultime chapitre.

33

L'hypothèse du bariol

Ce mot, « bariol », revenait deux fois dans le poème. Il y apparaissait comme un mot-valise intégrant le souvenir du *barrio* hispanique à l'adjectif français *bariolé*. Le *barrio*, c'est le quartier, le quartier en général, mais avec une nuance, imprécise et non appuyée, de quartier populaire : il arrive d'ailleurs qu'en français aussi le mot quartier sorte de sa neutralité pour prendre une dimension appropriative qui équivaut aux valences plus archaïques de faubourg et de zone : « Nous, des quartiers… », cela se laisse entendre tout seul. Quant à *bariolé*, le mot parle également de soi-même, en tant qu'il désigne, dans le monde des couleurs et, par extension, dans toute formation composite, une intensité de la variété, avec un accent de gaîté ou de vivacité qui finit, dans certaines définitions, par côtoyer la notion d'un assemblage hasardeux, voire vulgaire. La valise par conséquent se referme et le mot nouveau s'établit : partant ici de la description d'un faubourg, il s'ouvre à un sens littéral résultant de la somme qu'il rassemble, où il équivaut dès lors à « quartier mixte, bariolé ». Mais ce sens, on le comprend aussitôt, prend, du simple fait qu'il le nomme, la valeur d'une défense et illustration d'un certain type d'habitation et de coexistence :

le bariol, que j'écrirai désormais ainsi sans guillemets ni italique, l'installant dans la langue par l'effet d'un putsch verbal délibéré, ce n'est donc pas tant un quartier que la forme d'un état de monde présent dans de très nombreux quartiers, ceux où, comme autour de la rue de Paris à Montreuil, la diversité des provenances est grande ou très grande et où, par la force des choses, et malgré les résistances, les inerties, les tensions, une dimension de coexistence finit par l'emporter.

Aucun angélisme derrière cela, j'ai parlé de coexistence et pas de solidarité, et nombreux sont les obstacles qui s'opposent à ce que la dimension proprement politique du bariol se dégage dans sa plénitude, laquelle comporterait nécessairement, non un effacement des différences mais au contraire leur exaltation, dans une sorte d'émulation infinie qui ne pourrait elle-même s'exercer qu'au sein d'un milieu porteur fondé sur une absolue tolérance. À quel point nous sommes loin de cela et à quel point nous le resterons toujours, il est inutile de le souligner. Mais à quel point aussi, parfois, dans certaines rues ou à certaines heures, cela se glisse, avançant sous l'apparence de la division le dessin en filigrane d'une commune émancipation, il faut le dire. Et ce sont des moments véritablement très heureux (et, *comme tels*, porteurs d'une politique à venir) que ceux où cela, c'est-à-dire ce que j'appelle le bariol ou sa reconnaissance, s'impose de soi-même et semble former l'évidence du monde. Moments où les notions mêmes impliquées par les slogans, où elles sont toujours raides et empesées, deviennent souples et incarnées – le partage, par exemple, sautant hors de la pesanteur des bonnes intentions pour s'effectuer sensiblement dans des gestes qui ne sont peut-être encore que frôlés, en rodage.

Par exemple un soir de juillet à Marseille, il fait très chaud, la nuit est tombée, des lumières crépitent un peu partout sur le Vieux-Port où il semble que toute la jeunesse de la ville, y compris celle des « quartiers », est descendue. La Canebière, les rues qui remontent, tout semble électrisé et calme à la fois. Le Panier, lui, étant un peu plus sombre et intime – j'en venais, descendant de la Vieille Charité (où le CipM, ou Centre international de poésie de Marseille m'avait invité – dans un autre livre il faudra l'expliquer, la poésie, en France, est en train de changer et c'est par elle que les opérations novatrices sans lesquelles une langue meurt se font les plus vives, les plus traçantes – dans un autre livre encore il faudrait s'attarder sur la chapelle ovale de Puget qui est sans doute ce qu'il y a de plus beau comme architecture en France, mais je reviens à celui-ci (de livre), juste pour dire encore qu'ayant été logé cette fois dans un petit hôtel au-dessus du Vieux-Port, j'en ai été heureux, pour la vue, bien sûr, mais aussi parce que je me retrouvais ainsi juste au-dessus de ce qui fut le restaurant Basso, où Walter Benjamin vit le temps se mettre à tanguer, comme il le raconte dans son livre sur le haschich).

Mais ce qui survint ce soir-là, recouvrant tout cela, ou l'accueillant avec une sobre et louable indifférence, c'était le bariol, comme chez lui – chez lui : c'est-à-dire tous ces gens faisant glisser la ville vers une Afrique aux contours indécis : maghrébine, noire, marseillaise, écoulant tous les genres, du fruste au sapé, du très doux au très dur avec beaucoup de faux dur, du jeu, beaucoup de jeu dans les parures, les cris, les interpellations : mais tout cela comme à l'intérieur d'un silence qui aurait tout englobé ou tout réparti, disséminant une chorégraphie de reflets entre l'eau du port et les carrosseries luisantes, une sorte d'émulsion, de tentative, où les corps déballés circulent et s'échangent dans un composé subtil et presque insaisissable d'obscénité et de pudeur, cagoles, comme on dit là-bas, filles dénudées croisant épaules de garçons, mixte de *passeggiata* surveillée par d'invisibles parents et d'effusion ado, cœur de ville ne s'écoutant pas battre mais laissant entendre, comme une infinité de petits tambours, l'idée d'une paix ou d'une rémission venant sur tout cela, planant sur tout cela, illusoire bien sûr mais en même temps portée par la nuit, *Belsunce breakdown*, je me suis souvenu d'une autre ville, rue Thubaneau, les garçons arabes dansaient entre eux, plus près des années FLN que d'aujourd'hui, on aimerait qu'il y ait une pente qui aille de la guerre vers la paix et qui le fasse sans fin, avec patience, scrupuleusement, ce n'est pas comme cela, ce n'est pas ainsi, la violence rissole, il y a de très mauvais rôdeurs, de très méchants signaux, mais ce n'est pas une raison pour négliger les indices qui vont dans l'autre sens : non celui d'une France « black blanc beur » comme celle à laquelle les journalistes firent semblant de croire après la victoire de l'équipe de France de football à la Coupe du monde de 1998, mais celui d'une invention politique à laquelle aucun mot je crois ne correspond – ni créolisation dans un sens ni intégration dans l'autre –, invention qui serait celle d'une nouvelle donne et de son acceptation, ventilation du corps social par l'apport d'énergies nouvelles totalement acceptées, évidemment ce à quoi l'on n'ose croire mais qui s'impose, dès qu'on y réfléchit froidement, comme la seule issue pour un pays qui s'ankylose ou se noie.

Autre soutien, pour moi beaucoup plus familier, à cette hypothèse de travail : en plein Paris cette fois autour des portes Saint-Denis et Saint-Martin, soit dans ces quartiers que Proust trouvait « sordides » et qui le sont sans doute toujours pour certains habitants des parages du bois de Boulogne. Thomas Clerc, dans sa description du Xe arrondissement, en résume clairement l'intérêt ou la chance : « Le plaisir sans mélange de la rue mélangée vaut tous les déplacements », écrit-il, sachant de quoi il parle, puisqu'il y vit. Ce qui s'esquisse dans sa phrase d'un désir de se retirer, de ne plus bouger, parce que le monde justement est venu sur place se configurer – non comme un catalogue de vente mais comme un enchevêtrement de destins qui fonctionne –, j'en ai souvent ressenti la tentation, dans un mouvement où entrent des fantasmes de retraite mais non pas la lassitude. Et voici ce qui le justifie : la petite Istanbul côtoyée par des Serbes, les boutiques de confection sépharades succédant dans la rue du Château-d'Eau à la double haie bruyante et joyeuse des salons de coiffure black (où toujours, autour des clients et de ceux qui en effet les coiffent toute une foule de villages s'amoncelle palabrante) encadrant elle-même jusqu'à hier un pâtissier au millefeuille renommé qui vient d'être remplacé par un spécialiste des macarons, des Chinois bien sûr en nombre et des Pakistanais, l'entier couloir de restaurants indiens du passage Brady avec Ganesh dans tous ses états, le fonds maghrébin présent comme partout avec une forte marque kabyle voire chleuh, j'en oublie forcément, les Portugais par exemple, monde ou mondes auxquels il convient d'ajouter bien sûr les Français, présents tout autrement que comme un reste et représentés d'abord, du côté des boutiques, par une importante délégation auvergnate mais, du côté des passants que l'on croise, venant pour une part du peuple et pour l'autre de la petite-bourgeoisie jeune et branchée (dans une proportion toutefois insuffisante pour affecter profondément la vie du quartier), plus des indépendants, peu assignables à telle catégorie, telle est la composition, extraordinairement mouvante, des environs des portes Saint-Martin et Saint-Denis où tout le monde ignore superbement la grande inscription LUDOVICO MAGNO pourtant repassée à l'or, et où personne ne se soucie du fait que juste sous la porte Saint-Denis, à l'entrée du faubourg, le Petit Pot Saint-Denis eut autrefois pour client régulier Gérard de Nerval qui venait y boire de l'alcool de poire.

Je m'étais dit que dans ce livre je ne parlerais pas ou quasiment pas de Paris intra-muros, d'une part parce que c'est presque un autre sujet et d'autre part parce qu'il me semble que trop souvent je n'aurais eu qu'à redire ce qu'Éric Hazan a écrit dans son *Invention de Paris*, mais je ne crois pas que cette petite embardée dans mon propre quartier soit une diversion : ce qui est en jeu avec cette habitude du mélange dont ce quartier témoigne, c'est justement la qualité principale du bariol, qui est celle d'un élargissement du national, tant pour le pays récepteur que pour chaque habitant reçu, étant entendu que ce qui dès lors le reçoit, ce n'est pas tant une « terre d'accueil » que, justement, une aire réservée, aux contours indécis, au sein de laquelle l'étrangeté (le fait d'être étranger) est la norme. Mais qu'il s'agisse de l'exemple de la rue de Paris à Montreuil ou de celui, presque quotidien pour moi, du Xe arrondissement de Paris, ou de celui, encore, peut-être un peu fantasmé, de cette nuit marseillaise, on le devine aussitôt et c'en est la donne écrasante, le bariol est exclusivement urbain, il est une idée que la ville produit en la réalisant, en la voyant se réaliser dans ses murs, et encore seulement dans certaines aires : au bariol la plupart du pays échappe. Tantôt, sur les lieux mêmes où il devrait pouvoir prendre, parce que les logiques de tension et de repli sont les plus fortes, tantôt tout simplement parce qu'il n'y a pas matière à le former, c'est le cas des campagnes et de bien des villes de province, surtout petites.

De telle sorte qu'une coupure apparaît, profonde, entre ce qui a connaissance d'un brassage (si relatif que soit celui-ci, il existe, il commence) et ce qui, ne l'éprouvant pas, ne le comprenant pas, le redoute. Cette division entre un pays du repli et un pays ouvert peut, jusqu'à un certain point, n'apparaître que comme un nouvel avatar de la division traditionnelle entre ville et campagne ou entre effet métropole à fort indice cosmopolite et effet province à fort indice repliant. Nombreuses sont les constructions sociologisantes qui viennent fortifier ce schéma, derrière lequel rôde plus souvent qu'à son tour le spectre d'une « vraie France » reconnaissable à ses paysages et à ses noms et pour laquelle l'hypothèse même de quelque chose de semblable à ce que j'appelle ici le bariol ne peut être qu'insensée ou dissolvante. S'il ne s'agissait que de ne pas y penser, ce ne serait pas grave et, de fait, on n'y pense pas, au bariol, quand on est à Ornans ou à Montignac, où il n'y a pas de raison de le faire. Mais ce qui est en jeu, on le sait bien, ce n'est pas du tout cette insouciance plus ou moins confondue à la forme de certains paysages, c'est le souci qui vient dès lors qu'à l'apport des étrangers ou qu'à la diversité des provenances, qui sont des réalités massives de tous les pays de la vieille Europe, est opposé comme un argument le mur de l'identité nationale (ou religieuse).

L'identité, il faudrait en premier lieu la relier à ce qui est son véritable terrain, je veux dire l'ensemble des processus d'individuation, l'ensemble (bariolé !) de toutes les possibilités du devenir soi-même. L'idée étant qu'une accalmie pourrait venir si c'était ce critère-là qui était d'abord retenu et si la République était en effet l'espace de garantie de la liberté des individuations, quelles que soient les provenances des individus. Comme à chaque fois que l'on entre sur ce terrain, la menace du vœu pieux se fait sentir et serre de près les phrases comme une mendiante, mais ce que je veux dire, à la fin de ce livre, est simple : c'est qu'il faut sortir l'identité du carcan du national (et de tous les autres carcans, à commencer par ceux des religions) et en faire le principe actif d'un partage disséminé, qui serait celui d'une république à venir. C'est à ce prix seulement, dans l'espace d'une redistribution ample et audacieuse, que la valence nationale (que l'on pourrait définir comme un accord entre les êtres et leur monde) pourra se retrouver, non comme une citadelle ouvrant ses portes à quelques élus, mais comme une aire d'expérimentations – comme une langue commune n'oblitérant jamais en elle-même son propre point de fuite.

Je pense ici peut-être plus précisément à ceux de mes amis que cette pensée rebute et qui redoutent que cette redistribution ou nouvelle donne incluant les arrivants finisse par effacer de nombreux signes auxquels ils sont attachés – non parce qu'ils seraient des patriotes bornés, mais parce qu'ils identifient à travers ces signes la culture qui les soutient et les fonde. Or ce que je crois, et si loin que puissent aller la fatigue (devant telle forme d'excitation communautariste) ou l'agacement (devant les vulgates du partage « citoyen »), c'est que la pire menace qui pèse sur des signes de culture quels qu'ils soient, c'est ce qui les abaisse au niveau d'un discours sur les valeurs, discours qui est toujours l'antichambre, dans un premier temps, du repli (nos valeurs) et, dans un second, qui vient vite, de l'exclusion (nos valeurs sont les seules à être des valeurs). Ce que l'on peut vouloir pour les signes, c'est le plein emploi de leur sens, non la garde d'une signification avérée qui serait la leur sans écart ni tremblé. L'énoncé « un chat est un chat » représentant ici l'exact opposé de toute approche effective de ce qu'est le sens, mais l'on sait à quel point il plaît et combien souvent il revient comme ultime recours quand de l'identité, justement, commence à se manifester, c'est-à-dire à s'exercer selon la puissance de son devenir. De cela je pourrais disserter longuement, mais je n'en ai pas envie, pas cette fois du moins, pas ici – ce que je voudrais dire, à travers cette discussion à peine amorcée sur les possibilités de revitalisation d'un pays à partir de ses forces centrifuges, c'est que s'y dessine un sens imprévu du dépaysement – dans lequel le mot serait à entendre un peu comme un déniaisement : non pas ôter le pays du pays pour l'accomplir dans un vague et creux devenir universel (cela, c'est ce que souhaite le capitalisme libéral, quelles que soient les panoplies nationales dont il s'affuble), mais l'empêcher de se raidir dans la pose de l'identité – où il ne peut que se contracter et mourir (quitte à négocier cette mort sur le marché du tourisme mondial en devenant la terre d'accueil momifiée de petits séjours délassants).

34

Point de fuite

Dépaysement : lorsque j'ai pensé à ce mot pour le titre, j'ai aussitôt vu sa richesse polysémique, mais le sens premier était le plus simple et le plus immédiat, celui qui arrive lorsqu'on dit que l'on est « dépaysé » devant telle scène de genre ou tel paysage, soit parce que l'on se retrouve effectivement ailleurs, transporté très loin de ce que l'on connaît, soit au contraire parce que ce que l'on connaît ou croyait connaître s'est transporté de soi-même dans un ailleurs indiscernable mais présent. Quel est donc, se demande-t-on alors, quel est donc cet ailleurs qui est ici ? Ce que j'ai tenté, au fond, c'est de creuser cette question, c'est de sonder, le long des pistes d'identification qui venaient à ma rencontre, les étranges et imprévues bifurcations qui survenaient toujours, qui toujours emmenaient le pays au-delà de lui-même, le rendant en quelque sorte infini.

De cet infini, seuls des îlots, des pièces détachées, des fragments pouvaient donner la mesure. Opus incertum, archipel, puzzle inachevé dont bien des pièces ont été perdues – toutes ces images me conviennent. À travers elles en effet se dessine tout autant ce qui m'a échappé que ce que j'ai perçu : le point de fuite n'est pas seulement celui d'une idée politique dont j'aimerais être sûr (mais qui se configure, dès que je relâche mon attention, comme une cible inatteignable et peut-être péniblement idéale), c'est aussi, en chaque point du territoire abordé comme sur la carte dépliée, l'immense réseau latent des destinations non suivies : tout ce que je n'aurais fait que frôler et, plus encore, tout ce que j'aurais oublié de suivre ou de connecter. Au moment de clore la suite des chapitres venant des rivières, j'ai évoqué mes regrets de n'avoir pas longé plus longtemps la Saône ou la Garonne et de n'avoir pas du tout remonté les vallées des Alpes jusqu'aux sources des torrents qui les ont formées, au moment d'achever ce livre et par conséquent d'en finir avec tous ces petits voyages que déjà je regrette, je vois tout ce que j'ai dû délaisser, des régions entières comme la Normandie, le Poitou, la Savoie, de grandes parties de l'Auvergne. Soit, rien que pour la Normandie, la côte des falaises blanches du côté de Dieppe et de Varengeville, les plages du Débarquement et sans doute aussi l'abbaye d'Ardenne à Saint-Germain-la-Blanche-Herbe, à la sortie de Caen : à Varengeville, j'aurais pu partir du côté de Braque et peut-être encore plus, via le manoir d'Ango, vers André Breton et ses amis cherchant le merveilleux dans le beau naturel des géodes roulées par la mer au pied des falaises (roulement sonore et mouillé que je peux entendre rien qu'en écrivant ces lignes). À propos des plages du Débarquement, sans doute n'aurais-je pu m'empêcher d'entrecroiser une rumeur d'enfance liée aux noms de Ouistreham, de Riva Bella et d'Arromanches à cette autre rumeur, d'enfance elle aussi, venant avec les noms américains de ces plages, Omaha, Utah, Gold, Juno – un retentissement sonore de l'Histoire qui semble n'avoir plus pour écho fossile que les bétons intacts ou renversés du mur de l'Atlantique. Pour l'abaye d'Ardenne, comme elle est le siège de l'Institut mémoires de l'édition contemporaine, le dessin, justement, se serait inscrit du côté de cette mémoire, soit de ces kilomètres entiers d'archives et de la métaphore qu'ils offrent à toute recherche (aiguille et botte de foin, détail, indice, ricochets infinis du sens), mais sans doute aussi aurais-je parlé de deux aires bien précises et marquées par le deuil – celle où se trouve la stèle honorant les onze soldats canadiens fusillés là par les Allemands lors des batailles qui suivirent le Débarquement et celle du jardin potager dans le mur duquel est fichée l'urne contenant les cendres de Christian Bourgois, avec qui je me suis promené plus d'une fois dans ce jardin et qui est, entre tous les chers disparus, celui à qui j'aurais le plus désiré pouvoir adresser ce livre.

Mais je vois qu'à Bourges j'ai passé tellement vite sur les Marais : insistant sur l'apologie de l'eau douce qu'ils stimulent, j'aurais glissé vers les hortillonnages, me souvenant d'Amiens et donc de sa cathédrale, en un mouvement parfaitement réciproque avec celui de Bourges. À Amiens, j'aurais pu corriger l'erreur que je fis un jour en y faisant naître Jules Verne, né à Nantes (mais qui s'installa en effet à Amiens, la ville de sa femme Honorine, à partir de 1872), et cela dans un texte intitulé *Route nationale 1*, une commande du Centre régional de la photographie Nord-Pas-de-Calais, où il accompagnait des photographies prises par Bernard Plossu, merveilleusement glissées (je me souviens du voyage en voiture de Paris à Dunkerque, avec Pierre Devin au volant et cet art qu'avait Bernard Plossu de photographier sans qu'on s'en aperçoive – il me faisait penser à Jean-Pierre Beauviala, l'inventeur de la paluche, expliquant dans les *Cahiers du cinéma* qu'une caméra ne devait pas peser plus lourd qu'un chat sur l'épaule). Sans oublier encore ce voyage que j'y fis pour voir l'université construite par Henri Gaudin dans le quartier Saint-Leu, avec ses courbes étonnamment douces et sa brique pâle, à l'époque où Gilles de Robien était maire (je me souviens de cet homme de droite expliquant aux habitants des quartiers venus débattre qu'il avait été éduqué selon l'idée qu'à la table familiale une place devait être toujours réservée pour un éventuel hôte de passage, il avait l'air sincère en disant cela, oubliant peut-être qu'en passant de la simple tablée familiale à une grande ville la référence à une hospitalité aristocratique et catholique se chargeait malgré tout d'une certaine morgue).

Ouvrant maintenant la carte ou regardant simplement cette petite découpe en plastique du territoire que l'on trouve dans les rayons de papeterie bien achalandés à côté des compas et des rapporteurs, je vois les espaces qui manquent, je devine les noms qui affluent. Le projet bien sûr n'était pas de couvrir la totalité du territoire, il eût comme tel été impossible et vain, mais n'empêche, exactement comme au moment de quitter pour longtemps une maison on s'inquiète de n'avoir pas bien tout éteint et replié, je redoute d'avoir négligé ici un port et là une usine, un jardin, une cité. Cela va d'une sorte de tribunal intérieur (Comment ? Pas même un mot sur la Corse ! Presque rien sur Lyon, rien du tout sur Nantes ou sur La Rochelle !) à de toutes petites remontées d'images dont nul ne pourra me reprocher l'absence mais qui sont pour moi comme d'infimes et contagieux repentirs.

À Perpignan au 17 *bis* de la rue Boileau, fin juin 2010, une affichette annonçait : PERDU PERROQUET GRIS DU GABON. QUARTIER GARE. Aussitôt la sonde se met en route et s'arrête au Bar de la Gare à Pierrelatte, où il y a une très grande cage avec des perruches et une plus petite qui contient deux inséparables. Se serait-il agi dès lors de suivre la piste des cages à oiseaux ou bien, en restant autour d'elles, d'évoquer les environs des gares en général ? – ce que je n'ai guère fait qu'au chapitre sur Culoz. Environs qui sont parfois si désolés, comme c'est le cas à Pierrelatte justement, villégiature connue d'abord par sa centrale atomique ou, à l'autre bout de la France, à Givet – terminus où un très improbable et poétique restaurant chinois, de l'autre côté d'un terre-plein pelé, attend le voyageur ; j'ai négligé d'en parler au chapitre « Vérité en deçà… ». Ainsi, d'un bord à l'autre du pays, les fils décousus d'une trame irrégulière où parfois des fils conducteurs s'interrompent tandis que de petites pelotes finissent par former des nœuds, réseau de synapses semblable à celui d'une carte que la mémoire parcourrait du doigt, comme un enfant suivant les lignes d'un livre ou un aveugle le fin grenage de l'écriture braille.

Références et remerciements

L'écriture de ce livre, orientée par des voyages brefs, nombreux et désordonnés, nourrie de retours et de débats internes quant à son matériau, n'aurait sans doute pas pu se maintenir à un niveau à peu près normal d'inquiétude si, d'emblée, je n'avais pas bénéficié de la confiance de Bernard Comment, directeur de la collection *Fiction & Cie*, et du soutien régulier et patient de Flore Roumens, son assistante. Qu'ils soient donc remerciés ici l'un et l'autre, et très sincèrement, c'est bien le moins.

Chemin faisant je me suis vite aperçu qu'il ne serait pas bon d'encombrer le cours du texte des références que pourtant parfois (rarement à dire vrai) il appelait : l'idée de ne les faire apparaître qu'à la fin dans une sorte de récapitulation tournoyante et non exhaustive me convainquit d'autant mieux qu'elle me permettait aussi de faire figurer dans ce dernier moment du livre les noms de tous ceux qui, en m'accueillant ou me guidant au cours de telle ou telle de mes incursions, ont grandement facilité mon travail.

Pour le chapitre « Nasses, verveux, foënes, etc. », je tiens à remercier Jean-Louis Larrieu, qui m'a promené dans ses bureaux parmi les objets si divers que sa maison, rue Sainte-Colombe à Bordeaux, vend ou fabrique.

Les amis avec qui j'ai partagé la galette des Rois à Arles sont Patrick et Laetitia Talbot, grâce à qui j'ai pu venir tant de fois dans cette ville, Patrick m'ayant invité à participer aux activités de l'École nationale supérieure de photographie, qu'il a dirigée jusqu'au printemps 2010. L'occasion du voyage en train raconté dans « Le voyage de la fève » fut fournie par l'invitation qui me fut faite par Isabelle Baladine et Gérard Haller de contribuer à leurs « Lectures dans la montagne », qui se tenaient donc au Hohwald, dans la maison d'hôtes de Pierre Schoch. Ils me firent le grand honneur de m'inviter un 20 janvier, date anniversaire du départ de Lenz dans la forêt, tout près de là. Les « gens charmants » qui m'accueillirent ensuite sont Sylviane et Philippe Poirier.

Les amis dont il est question dans le chapitre « Culoz » sont Florian Rodari, de Genève, qui m'a parlé des étranges correspondances nocturnes de la gare de Culoz autrefois, et Gilbert Vaudey, lyonnais et immense connaisseur de sa ville mais qui m'a initié aussi à l'existence du Bugey.

Je dois à Pierre Marsaa, qui me le suggéra, d'avoir été voir à Sceaux l'exposition du Transparent de Carmontelle.

À Saint-Étienne, pour la visite et la connaissance des jardins ouvriers, j'ai eu le grand plaisir d'être guidé par Philippe Roux, le cher Loulou à qui je dois aussi quelques nuits dans sa ville, et par Jean-Marc Cérino, dont la maison est juste au-dessus de la statue égyptienne de la rue Littré, ainsi que par Jean-Baptiste Vray, dont la générosité a été si grande. Que soit remercié aussi M. Christian Vallayer, des jardins de Malacussy.

RÉFÉRENCES ET REMERCIEMENTS

La citation de Stendhal par laquelle s'ouvre le chapitre « La France commence à Gentilly, Portugal » provient de ses *Mémoires d'un touriste*, dans le volume *Voyages en France* de la « Bibliothèque de la Pléiade ». Il en va de même pour les autres citations de Stendhal qui émaillent le livre.

Le chapitre « L'Atlantide de Rodin » a été écrit dans le cadre d'une « résidence » au musée Rodin. Ce qui ne signifie pas, comme on pourrait le croire, que j'aie planté ma tente sur les pelouses de l'hôtel Biron ou installé un lit de camp à la villa des Brillants, mais simplement que j'ai eu à participer aux activités du musée pendant un certain temps. C'est dans ce cadre que le chapitre a été lu à l'auditorium du musée en mars 2011. Mes remerciements vont ici tout d'abord à Noëlle Chabert, qui a porté ce projet de bout en bout, ayant eu tout d'abord la rude tâche de me convaincre. Je remercie également, pour leur accueil très chaleureux, Dominique Viéville, directeur du musée Rodin, et Mmes Aline Magnien et Isabelle Bissière, sans oublier Bénédicte Garnier qui m'a si gentiment guidé dans le dédale des réserves du site de Meudon. Les citations de Rodin sont extraites des *Cathédrales de France* (Bartillat, Paris, 2010), les expressions de Leo Steinberg de son livre *Le Retour de Rodin* (Macula, Paris, 1991).

Le passage de Goethe évoqué dans « Varennes ou Buzancy » est dans sa *Campagne de France*, qu'on trouvera dans le volume de ses *Écrits autobiographiques* (Bartillat, Paris, 2001). Pour ce même chapitre, j'ai lu attentivement le *Varennes* de Mona Ozouf, publié dans la collection « Les journées qui ont fait la France » (Gallimard, 2005) et aussi *La Route de Varennes* d'Alexandre Dumas.

Ainsi que je l'explique dans le corps du livre, le chapitre sur Rimbaud vient d'un projet antérieur mais a été écrit alors que j'avais déjà le projet du *Dépaysement* en tête et fait donc, comme tel, partie de sa genèse. C'est à Jacqueline Salmon que je dois de l'avoir écrit : c'est elle qui me proposa d'accompagner les photographies en noir et blanc extrêmement denses et probes qu'elle avait prises aux environs de Roche. Paru fin 2006 chez Marval sous le titre *Rimbaud parti*, le livre sortit à l'occasion de l'exposition qui se tint au musée Arthur-Rimbaud de Charleville-Mézières.

Le poème d'Henry Vaughan qui donne son titre gospel au chapitre « *All gone into the world of light* » est cité par Frances A. Yates dans ses *Fragments autobiographiques* (Allia, Paris, 2009). Sous le titre de *Im Park des wahnsinnigen Gärtners* (« Dans le parc du jardinier fou »), ce chapitre a été publié dans la *Frankfurter Allgemeine Zeitung* du 27 mars 2010, dans une traduction de Michael Bischoff. J'en ai été très heureux et je remercie encore Hanns Zischler et Andreas Platthaus d'avoir rendu cela possible.

Dans le même chapitre, le « national-esthétisme » un instant évoqué est un concept forgé par Philippe Lacoue-Labarthe. La citation d'Ernst Jünger provient du *Boqueteau 125* (Christian Bourgois, Paris, 2000) et je remercie Michel Simonot pour m'avoir fourni les renseignements relatifs à l'affaire du passage d'Heiner Müller à Verdun.

Dans le chapitre sur Toul et Delme, la citation de Walter Benjamin provient de *Sens unique* (Maurice Nadeau, Paris, 1978). J'ai utilisé pour ce chapitre le livre d'Henry Schumann, *Mémoire des communautés juives*, qui est l'ouvrage de référence sur l'histoire des communautés juives de Lorraine (Serpenoise, Metz, 2003).

Merci à nouveau à Pierre Marsaa, hôte et non plus souffleur cette fois ; c'est en effet dans le studio qu'il m'a prêté à Biarritz, que j'ai pu consigner les notes du Pays basque et de la frontière. Je m'en souviens comme d'un camp de base idéal : presque désert, habité par la lumière seulement, tamisée par les persiennes et tombant sur une petite table et de vieux fauteuils.

L'allusion, dans ce chapitre pyrénéen et atlantique, à l'éventualité d'un *Brigadoon* plutôt basque qu'écossais est un clin d'œil à Denis Roche, qui fut tellement surpris lorsque je lui avouai n'avoir pas vu ce film, l'occasion de réparer cette lacune de culture cinématographique (j'en ai beaucoup, il est vrai) se confondant avec l'écriture de ce livre et m'ayant été donnée de façon inattendue : une projection en plein air, dans la cour d'une école de la campagne profonde, par une froide nuit d'août où j'avais eu peur de laisser ma femme, malade, à la maison, ce serait tout un chapitre à écrire, mais dans un autre livre ou dans une saute du temps : les bruyères, le petit pont, la nuit.

L'ami pour lequel comptait tant la formule de Pascal sur « ce qui passe infiniment l'homme » est Philippe Lacoue-Labarthe. Je ne suis pas certain qu'il aurait approuvé le glissement que je lui fais suivre en direction de la nature (de l'océan). La première partie du chapitre sur Lorient doit son existence à Gilles A. Tiberghien qui m'avait proposé de réfléchir sur le thème du « bout du monde ». À Lorient même, c'est à Christophe Desforges, qui enseigne là-bas aux Beaux-Arts, que va toute ma reconnaissance.

Pour le chapitre « Beaugency, Vendôme, Vendôme... », bien qu'ils soient ici passés sous silence, car je ne suis jamais allé les voir là-bas, une pensée pour mes amis de Meung-sur-Loire (la gare avant Beaugency et le pays de Notre-Dame de Cléry), Suzanne Doppelt et Tanguy Viel, une pensée aussi pour Claude Eveno, qui pendant des années aura été mon compagnon dans le train entre Paris et Blois.

Les chapitres « méridionaux » doivent beaucoup à mes séjours réguliers à Arles ainsi qu'à toute une mémoire provençale que chacun d'entre nous porte en lui plus ou moins, mais où trop de noms seraient mêlés pour que je puisse les citer.

Dans « Castellum aquae », les références aux écrits de voyageurs, principalement au sujet du pont du Gard, sont relativement nombreuses, en tout cas par rapport à ce qui est de règle dans les autres chapitres. Outre les *Mémoires d'un touriste* de Stendhal et les *Confessions* de Rousseau, je fais allusion aux livres de Tobias Smollett (*Voyages à travers la France et l'Italie*, José Corti, Paris, 1994) et d'Henry James (*Voyage en France*). La citation de José Bergamín vient de sa *Solitude sonore du toreo* (Éd. du Seuil, Paris, 1989) et celle de Francis Ponge, qui vient de *Pour un Malherbe*, je l'ai retrouvée dans « L'or de la figue », l'étude de Jean-Marie Gleize qui ouvre l'édition de *Comment une figue de paroles et pourquoi* (GF Flammarion, Paris, 1997).

À Nîmes, toute ma reconnaissance va à mon logeur exclusif, Emmanuel Laugier, dans sa maison du haut des pentes, et à son chat Philou. Une pensée aussi pour les amis Bobo et Dominique, qui sont de là, et comment !

Pour la Loue, un tout autre pays, la référence est la *Correspondance* de Courbet que j'ai lue, complète, dans l'édition qu'en a donnée Petra ten-Doesschate Chu (Flammarion, Paris, 1996). Même s'il n'y parle pas de la rivière et s'il est en général très peu descriptif, j'ai considéré que je devais avoir cela en tête pour aller voir son pays de près, pays que l'on retrouve dans le livre de Jean-Pierre Ferrini (*Bonjour monsieur Courbet*, Gallimard, Paris, 2007). Le livre d'Élisée Reclus, *Histoire d'un ruisseau*, est aujourd'hui d'un accès facile. La citation d'Anthony Vidler est tirée de la version revue en 2005 d'un *Ledoux* initialement paru chez Hazan en 1987, à l'époque où j'y travaillais.

Suite des histoires d'eaux, la Vézère. Pour elle les textes cités sont ici les *Questions d'art paléolithique* de Jean-Louis Schefer (POL, Paris, 1999) et « Apparition de la figure », contribution de Tomás Maia (jeune philosophe portugais) à un volume collectif intitulé *La Figure dans l'art* (William Blake & Co., Bordeaux, 2008) qui reprenait les éléments d'un colloque initié par Federico Nicolao qui s'était déroulé au musée Picasso d'Antibes. Auprès de la rivière en crue, à Terrasson, c'est la maison de Marie-Paule Baussan qui m'a accueilli.

Le livre de Stevenson, *An Inland Voyage*, a été publié en français sous le titre *En canoë sur les rivières du Nord* par les Éditions Babel, en 1994. *Chemins d'eau*, de Jean Rolin, se trouve aujourd'hui dans la « Petite Bibliothèque Payot » (Payot et Rivages, Paris, 2004).

Les renseignements sur les années passées par Matisse à Bohain-en-Vermandois viennent de la brochure *Henri Matisse, homme du Nord*, éditée par le musée Matisse du Cateau-Cambrésis. Le texte est d'Hilary Spurling, auteur par ailleurs de la biographie de Matisse parue en deux volumes aux Éditions du Seuil.

Le Sourire du chat, de François Maspero, évoqué dans le chapitre « Le Nord ? », a été publié par les Éditions du Seuil (1984). Les photos de Cartier-Bresson montrant

Pierre Bonnard dans sa maison du Cannet sont reproduites, par exemple, dans *Bonnard et Le Cannet* de Michel Terrasse (Hercher, 1987). Par ailleurs, je ne suis pas parvenu à retrouver dans Bataille l'expression « force organique inconsciente » que je cite comme étant de lui.

Les deux professeurs et amis avec qui je suis allé à Roubaix sont Chilpéric de Boiscuillé, directeur de l'École de Blois de sa création jusqu'au printemps dernier, et Marc Claramunt. C'est avec eux aussi que j'ai été dans le quartier des Gibjoncs à Bourges, évoqué à la fin du chapitre « Séquences ».

Le chef et druide éduen Diviciacos est évoqué par Jules César dans la *Guerre des Gaules*, notamment en I, 31-33, et par Cicéron dans *De la divination*, I, 90.

La citation, dans le chapitre sur les animaux, des propos tenus par le chaman Ivaluardjuk à Rasmussen se trouve dans Philippe Descola, *Par-delà nature et culture* (Gallimard, Paris, 2005, p. 37). Le concept d'*Umwelt* revient à Jakob von Uexküll, qui l'a développé notamment dans *Mondes animaux et Monde humain*. Je remercie bien sûr Rémi Janin mais aussi toute sa famille et notamment Isabelle Janin, pour l'accueil que j'ai plusieurs fois reçu à la ferme de Vernand.

Pour le chapitre « Séquences » : les photographies de cartes postales reproduites et/ou retravaillées par Mathieu Pernot sont recueillies dans le livre *Le Grand Ensemble* édité par le Point du jour en 2007. Une (petite) partie du travail de Benoît Galibert sur la Suze a été publiée dans le n° 9 des *Cahiers de l'École de Blois* (2011).

Le livre *La Rue de Paris à Montreuil* que j'évoque aux chapitres 32 et 33 a été publié fin 2005 par les éditions Filigranes, à Paris, avec le soutien du Centre dramatique national de Montreuil.

Dans l'ultime chapitre, la référence exacte à Benjamin est son livre *Essai sur le haschich* (Christian Bourgois, Paris, 1993). C'est dans *À l'ombre des jeunes filles en fleurs* que Proust parle des arrondissements « sordides » qui entourent les portes Saint-Denis et Saint-Martin (*À la recherche du temps perdu*, « Bibliothèque de la Pléiade », t. I, p. 489). Le livre évoqué de Thomas Clerc est *Paris, musée du 21ᵉ siècle, Le dixième arrondissement* (L'Arbalète, Paris, 2007), le projet de l'auteur étant (on le souhaite en tout cas) de traiter de tous les arrondissements de Paris, ce que sur un autre mode Éric Hazan a réalisé dans son *Invention de Paris* (Éd. du Seuil, Paris, 2002). Et c'est à Marc Trivier, qui vint m'y chercher, que je dois d'avoir connu les abords de la gare de Givet.

Il me reste enfin à remercier ceux à qui j'ai donné à lire des chapitres isolés, quand le besoin se faisait sentir d'un contact ou d'une réponse, en vérité d'un encouragement propre à relancer la machine : Suzanne Doppelt, Élisabeth de Fontenay, Éric Hazan, Jean-Luc Nancy, Patrick Talbot, Jean Torrent, Gilbert Vaudey, Hanns Zischler et, bien sûr, Gilberte Tsaï.

Table

1. Introduction 7
2. Nasses, verveux, foënes, etc 15
3. Le Bazacle 22
4. Le voyage de la fève 26
5. Culoz 38
6. Le transparent de Carmontelle 45
7. Légers jardins, à peine 57
8. La France commence à Gentilly, Portugal 68
9. Passerelle du Cambodge 83
10. L'Atlantide de Rodin 89
11. Bassin des carpes, cour des adieux 106
12. Varennes ou Buzancy 117
13. Rimbaud parti 134
14. *All gone into the world of light* 150
15. Qu'elle est petite, la Seille ! 167
16. Le cimetière de Toul, la synagogue de Delme 177
17. Frontières, encore 188
18. Vérité en deçà, erreur au-delà 205
19. Entrer dans l'océan 227
20. À Lorient, le bout du monde est une rue 235
21. Beaugency, Vendôme, Vendôme 247
22. Drac ou Tarasque ? 264

23. Castellum aquae 281
24. Résurgences de la Loue 298
25. Un voyage le long de la Vézère 321
26. Origny-Sainte-Benoîte :
    « ... mais la barque s'éloigne » 343
27. Le Familistère et la danse 359
28. Le Nord ? 377
29. Vaste était le pays des Éduens 397
30. Du côté des bêtes (1) 410
31. Du côté des bêtes (2),
    suivi d'une note sur les arbres 429
32. Séquences 443
33. L'hypothèse du bariol 468
34. Point de fuite 477

Références et remerciements 483

DU MÊME AUTEUR

Essais

Le 20 Janvier
Bourgois, 1980

Le Paradis du sens
Bourgois, 1987

La Fin de l'hymne
Bourgois, 1991

La Comparution
avec Jean-Luc Nancy
Bourgois, 1991

Adieu, essai sur la mort des dieux
Éditions de l'Aube, 1993
Éditions nouvelles Cécile Defaut, 2014

Le Propre du langage
Voyages au pays des noms communs
Seuil, 1997

L'Apostrophe muette
Essai sur les portraits du Fayoum
Hazan, 1997 et 2012

Panoramiques
Bourgois, 2000

La Légende dispersée
Anthologie du romantisme allemand
Bourgois, 2001

Le Champ mimétique
Seuil, 2005

Le Versant animal
Bayard, 2007

L'Atelier infini
30 000 ans de peinture
Hazan, 2007

L'Instant et son ombre
Le Seuil, 2008

Le visible est le caché
Le Promeneur, 2009
La Véridiction
Sur Philippe Lacoue-Labarthe
Bourgois, 2011

The Hand : sketch book
Die Hand : Skizzenheft
La Main : carnets de dessins
Bibliothèque de l'image, 2013

Berlin 2005
(photographies de Bernard Plossu)
Médiapop, 2013

Les Cinq Sens
Bayard, 2014

Récits

Beau fixe
Bourgois, 1984

Description d'Olonne
Bourgois, 1992
et « Titres », n° 110

Tuiles détachées
Mercure de France, 2004

Dans l'étendu
Colombie-Argentine
Fage éditions, 2010

Poésie

L'oiseau Nyiro
La Dogana, 1991

Blanc sur noir
William Blake & Cie, 1999

Basse continue
Seuil, 2000

RÉALISATION : Nord Compo
IMPRESSION : CPI FRANCE
DÉPÔT LÉGAL : SEPTEMBRE 2012. N° 107812-6 (2035304)
IMPRIMÉ EN FRANCE

Éditions Points

Le catalogue complet de nos collections est sur
Le Cercle Points, ainsi que des interviews de vos
auteurs préférés, des jeux-concours, des conseils
de lecture, des extraits en avant-première…

www.lecerclepoints.com

DERNIERS TITRES PARUS

P3160. La semaine où Jérôme Kerviel a failli faire sauter le système financier mondial. Journal intime d'un banquier, *Hugues Le Bret*
P3161. La Faille souterraine. Et autres enquêtes
       Henning Mankell
P3162. Les deux premières enquêtes cultes de Wallander :
       Meurtriers sans visage & Les Chiens de Riga
       Henning Mankell
P3163. Brunetti et le mauvais augure, *Donna Leon*
P3164. La Cinquième Saison, *Mons Kallentoft*
P3165. Les Nouvelles Enquêtes du Juge Ti :
       Panique sur la Grande Muraille
       & Le Mystère du jardin chinois
       Frédéric Lenormand
P3166. Rouge est le sang, *Sam Millar*
P3167. L'Énigme de Flatey, *Viktor Arnar Ingólfsson*
P3168. Goldstein, *Volker Kutscher*
P3169. Mémoire assassine, *Thomas H. Cook*
P3170. Le Collier de la colombe, *Raja Alem*
P3171. Le Sang des maudits, *Leighton Gage*
P3172. La Maison des absents, *Tana French*
P3173. Le roi n'a pas sommeil, *Cécile Coulon*
P3174. Rentrez chez vous Bogner, *Heinrich Böll*
P3175. La Symphonie des spectres, *John Gardner*
P3176. À l'ombre du mont Nickel, *John Gardner*
P3177. Une femme aimée, *Andreï Makine*
P3178. La Nuit tombée, *Antoine Choplin*
P3179. Richard W., *Vincent Borel*
P3180. Moi, Clea Shine, *Carolyn D. Wall*
P3181. En ville, *Christian Oster*

P3182.	Apprendre à prier à l'ère de la technique, *Gonçalo M. Tavares*
P3183.	Vies pøtentielles, *Camille de Toledo*
P3184.	De l'amour. Textes tendrement *choisis par Elsa Delachair*
P3185.	La Rencontre. Textes amoureusement *choisis par Elsa Delachair*
P3186.	La Vie à deux. Textes passionnément *choisis par Elsa Delachair*
P3187.	Le Chagrin d'amour. Textes rageusement *choisis par Elsa Delachair*
P3188.	Le Meilleur des jours, *Yassaman Montazami*
P3189.	L'Apiculture selon Samuel Beckett, *Martin Page*
P3190.	L'Affaire Cahuzac. En bloc et en détail, *Fabrice Arfi*
P3191.	Vous êtes riche sans le savoir, *Philippe Colin-Olivier et Laurence Mouillefarine*
P3192.	La Mort suspendue, *Joe Simpson*
P3193.	Portrait de l'aventurier, *Roger Stéphane*
P3194.	La Singulière Tristesse du gâteau au citron, *Aimee Bender*
P3195.	La Piste mongol, *Christian Garcin*
P3196.	Régime sec, *Dan Fante*
P3197.	Bons baisers de la grosse barmaid. Poèmes d'extase et d'alcool, *Dan Fante*
P3198.	Karoo, *Steve Tesich*
P3199.	Une faiblesse de Carlotta Delmont, *Fanny Chiarello*
P3200.	La Guerre des saints, *Michela Murgia*
P3201.	DRH, le livre noir, *Jean-François Amadieu*
P3202.	L'homme à quel prix?, *Cardinal Roger Etchegaray*
P3203.	Lumières de Pointe-Noire, *Alain Mabanckou*
P3204.	Ciel mon moujik! Et si vous parliez russe sans le savoir?, *Sylvain Tesson*
P3205.	Les mots ont un sexe. Pourquoi «marmotte» n'est pas le féminin de «marmot», et autres curiosités de genre, *Marina Yaguello*
P3206.	L'Intégrale des haïkus, *Bashō*
P3207.	Le Droit de savoir, *Edwy Plenel*
P3208.	Jungle Blues, *Roméo Langlois*
P3209.	Exercice d'abandon, *Catherine Guillebaud*
P3210.	Le Roman de Bergen. 1999 Le crépuscule – tome V, *Gunnar Staalesen*
P3211.	Le Roman de Bergen. 1999 Le crépuscule – tome VI, *Gunnar Staalesen*